FLORES MUERTAS

Julio César Cano (Capellades, Barcelona, 1965) comenzó a escribir después de trabajar durante años como músico y mánager de grupos.

Es conocido, sobre todo, por su serie sobre el emblemático inspector Monfort, ambientada en Castellón, en cuya provincia reside el autor en la actualidad con su familia.

La soledad del perro es el sexto caso del afamado inspector, después de *Asesinato en la plaza de la Farola, Mañana, si Dios y el diablo quieren, Ojalá estuvieras aquí, Flores muertas* e *Incluso la muerte miente.*

El autor ha sido merecedor de varios premios, entre otros, el Galardón Letras del Mediterráneo de novela policíaca en 2017, el Premio Pasión por la Literatura en 2018, el XXI Premio Onda Cero Castellón de Literatura en 2021, el Premio Vila-Real a la excelencia literaria en 2022 y el TurisCOPE Castellón en 2023.

Este libro se ha elaborado con papel procedente de bosques gestionados de forma sostenible, reciclado y de fuentes controladas, avalado por el sello de PEFC, la asociación más importante del mundo para la sostenibilidad forestal.
www.pefc.es

EMBOLSILLO apuesta para frenar la crisis climática y desea contribuir al esfuerzo colectivo y permanente de proteger y preservar el medio ambiente y nuestros bosques con el compromiso de producir nuestros libros con materiales sostenibles.

JULIO CÉSAR CANO

FLORES MUERTAS

La música y el crimen se dan cita
en el nuevo caso del inspector Monfort

EMBOLSILLO

Benito Castro, 6
28028 MADRID
www.maeva.es

ISBN: 978-84-18185-46-5
Depósito legal: M-73-2023

Diseño e imagen de cubierta: Opalworks Bcn

Fotografía del autor: © Ana Portnoy

Impreso por CPI Black Print (Barcelona)

Impreso en España / Printed in Spain

A Esther.
Te vi desde el escenario,
la más bella melodía.

Escenarios de la novela

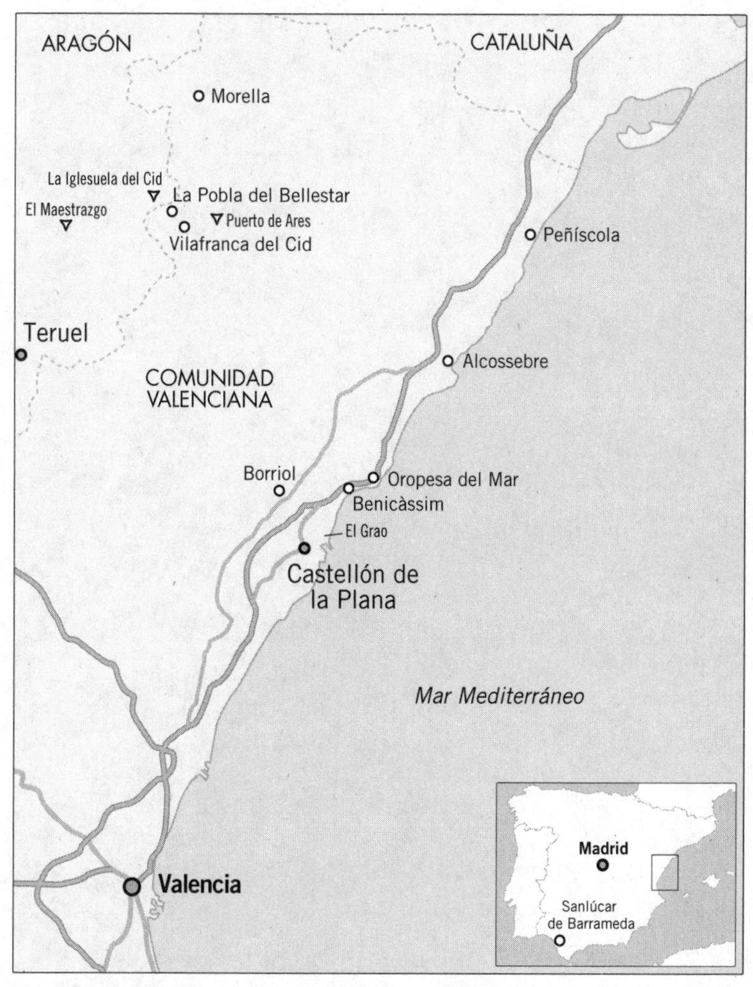

Otro escenario: Londres

Había notado que el miedo era reemplazado
por el pesar, y el pesar por la conciencia casi reconfortante
de que la muerte estaba en camino.

La mujer que arañaba las paredes
JUSSI ADLER-OLSEN

¡Oh, envidia, raíz de infinitos males y carcoma
de las virtudes! Todos los vicios, Sancho, traen un no sé
qué de deleite consigo; pero el de la envidia no trae
sino disgustos, rencores y rabias.

El ingenioso hidalgo Don Quijote de la Mancha
MIGUEL DE CERVANTES

La muerte vende. La música no tanto.

Una música prodigiosa
MITCH ALBOM

El público espera impaciente. Nervios contenidos, sonrisas cómplices. Expectación. Algunas personas corean el nombre del grupo. Todos dirigen la vista hacia el escenario, un espacio a oscuras en el que apenas se distinguen los instrumentos en reposo. Los técnicos apuran los últimos retoques. Cruzan el escenario deprisa, agazapados, comprobando que todo esté perfecto. Una luz tenue ilumina el patio de butacas lleno a rebosar. La espera resulta eterna para los seguidores más impacientes. Un operario, situado en una esquina del escenario, consulta su reloj de pulsera y hace una señal con la mano. De repente, se apagan las luces que iluminan la sala; todo queda sumido en una gran oscuridad. El público grita, libera la tensión; los nervios se descargan deprisa. El escenario se ilumina en un rojo intenso. Lo primero que se percibe es la silueta de la batería, en el centro, situada sobre una tarima. Suena una introducción grabada que los asistentes reconocen enseguida, pues los gritos casi ahogan el volumen con el que se propaga a través del sofisticado equipo de sonido.

Los componentes del grupo, mimetizados entre sombras encarnadas, ocupan su lugar en el escenario. El público aplaude con energía. El batería se sienta detrás de su instrumento, levanta los brazos, sostiene una baqueta en cada mano, como si fueran una prolongación de sus dedos. Hace chocar la madera de las baquetas y, a la vez, cuenta en voz alta: «¡Uno... dos... Un, dos, tres, cuatro!».

Desde los laterales del escenario, una fila de potentes focos de luz blanca ciega la vista de un público totalmente entregado. Una ola de sonido brutal inunda el auditorio. Todos reconocen la canción, mueven las caderas, cabecean al ritmo de una guitarra que llena de acordes el espacio físico y lanza chispas imaginarias sobre los cuerpos de los presentes. Es la introducción del primer tema del concierto. Se prolonga durante más tiempo que en el CD para crear tensión, ímpetu y emoción. Los focos que arrojan sobre el público la cegadora luz blanca cambian a verde esmeralda mientras giran con lentitud hacia el escenario. El público sabe lo que viene a continuación. Lo que estaban esperando.

El cantante del grupo aparece en escena. Saluda con una mano, hace una reverencia teatral, luego otra, y vuelve a inclinar la cabeza una tercera vez. Avanza hasta el borde del escenario, donde los privilegiados ocupantes de la primera fila estiran los brazos para que les corresponda chocando las manos. Se incorpora sonriente. Satisfecho, extiende los brazos en cruz y luego, con la mano derecha, se toca la zona del corazón. En sus labios se lee un «gracias» al que los presentes corresponden con aplausos enfervorecidos. Retrocede ceremoniosamente hasta el punto en el que un foco cenital proyecta un haz de luz circular en el suelo, en el espacio justo para que su cuerpo quede iluminado por completo.

Con un gesto estudiado, agarra el micrófono con la mano derecha y lo desprende del pie que lo sujeta.

«¡Buenas noches!», proclama, y el local parece venirse abajo.

Acto seguido, comienza a interpretar lo que el público, extasiado, espera que cante.

¡Comienza el espectáculo!

1985

Las bajas temperaturas resultaron propicias para llevar a cabo el rito ancestral de la matanza del cerdo.

En diciembre, el interior de la provincia de Castellón registró temperaturas por debajo de los diez grados bajo cero. Era el momento idóneo para sacar al fresco la carne obtenida en la matanza. En los balcones se oreaban los productos del cerdo que, una vez curados, estarían listos para el consumo. En los próximos días también colgarían de los relucientes ganchos los jamones y las paletillas. Imágenes como aquellas se repetían en los pueblos de la comarca; formaba parte de la vida y las costumbres de la gente de la montaña.

En el balcón de una vieja casa de piedra, alejada del pueblo, los chorizos y las morcillas, colgados de una barra de hierro, se balanceaban a merced de un viento gélido proveniente del norte. Tres grados bajo cero a las diez de la mañana. De madrugada, habían alcanzado los siete bajo cero. Allí estaban acostumbrados a soportar las bajas temperaturas. La nieve caía despacio sobre los tejados y en el camino que llevaba hasta la casa se acumulaban ya más de veinte centímetros de espesor.

Contra todo pronóstico, el cartero realizaba su tarea diaria de reparto del correo en todas las casas, por diseminadas que estuvieran con respecto al núcleo urbano. Vestido con tantas capas de ropa como si se tratara de una cebolla y calzado con unas botas de goma que le llegaban hasta las rodillas, se apresuró a llevar un sobre de color marrón hasta la última vivienda, la que estaba más alejada en su recorrido diario.

El cartero estornudó varias veces antes de abrir la cancela de entrada. Se quitó uno de los guantes, buscó un pañuelo en uno de los bolsillos del abrigo y se sonó ruidosamente. Observó el pañuelo manchado de sangre. Echó la cabeza hacia atrás y se taponó el orificio nasal en un intento de detener la pequeña hemorragia. No es nada, pensó; le había ocurrido en otras ocasiones. Todavía con la cabeza inclinada, observó el balcón de la casa. Una barra de hierro cruzaba de lado a lado las paredes a cubierto. De ella colgaban ganchos relucientes, de los que pendían los productos del cerdo. Ensartado en uno de los ganchos colgaba algo que no pudo distinguir a primera vista, aunque tuvo la certeza de que no se trataba de ninguno de los embutidos habituales. Se acercó un poco más y entonces vio qué era. Tiró el pañuelo ensangrentado y salió corriendo de allí como alma que lleva el diablo; hasta las incómodas botas le parecieron ligeras en su carrera por alejarse de la casa a toda prisa.

Al llegar a la plaza del pueblo, entró en el bar. La estufa de leña caldeaba generosamente la estancia. Los pocos clientes que había en el interior lo saludaron con un simple gesto de cabeza. Llevaba años allí y aún lo trataban como a un forastero, pese a que por su profesión se dedicaba a ir de puerta en puerta a entregar la correspondencia diaria. Escrutó a los presentes en busca de alguien que le inspirara confianza, pero no encontró a nadie. Salió de nuevo a la calle respirando de forma entrecortada, se sentía aturdido.

Llegó hasta la pequeña oficina de Correos casi sin aliento. Dentro hacía tanto frío como en el exterior; sin quitarse el abrigo, descolgó el auricular del teléfono que había en la pared y giró el disco con el dedo índice para marcar los números anotados en un pedazo de cartón clavado, junto al teléfono. Aguardó con impaciencia mientras escuchaba los tonos de llamada.

Una voz poco amable contestó cuando ya creía que nadie iba a descolgar al otro lado de la línea telefónica.

–Cuartel de la Guardia Civil, dígame.

–Soy el cartero.

–Dime.

–En el balcón de la casa grande de piedra que hay en las afueras...

–Sí, ¿qué pasa?

–¡Hay un brazo! El brazo de una persona... cuelga de un gancho... al lado de los chorizos y las morcillas.

Sábado, 5 de abril de 2008

A JUZGAR POR su aspecto, el ascenso le había sentado estupendamente. Se notaba ligera y ufana, como si de una vez para siempre hubiera soltado el lastre sobrante, como si hubiese dejado de arrastrar los pies por la vida de forma condescendiente.

Caminaba con seguridad por uno de los estrechos pasillos de la vieja comisaría. Se acomodó un mechón de cabello detrás de la oreja en un gesto repetido cientos de veces durante el día.

Tras meditar concienzudamente la propuesta, accedió a la oferta del comisario Romerales; a cambio, consiguió la promesa del ascenso, un despacho propio y la estabilidad que necesitaba desde hacía, quizá, demasiado tiempo.

Trabajar como enlace del nuevo departamento de Policía Científica que la comisaría de Castellón había puesto en funcionamiento recientemente suponía dar un paso adelante en su carrera profesional, pero también en relación con su vida personal.

Con orgullo, observó la placa de la puerta de su nuevo despacho: «Subinspectora Silvia Redó».

Pronto se mudarían a la nueva comisaría y aquella especie de mausoleo de la ronda de la Magdalena en el que trabajaban con más pena que gloria quedaría atrás para siempre. Según se comentaba por los pasillos, en poco más de un año se instalarían en las nuevas dependencias situadas en una de las rondas de circunvalación de la ciudad. Silvia había visto la maqueta del edificio, su estructura le había recordado a un transatlántico varado en mitad del asfalto; moderno, seguro, práctico, pero falto de carácter y un tanto desangelado.

Miró a su alrededor cuando ya se encontraba en el interior de su nuevo despacho. Esbozó una sonrisa al pensar que nada podría superar el decadente encanto de la vieja comisaría de Castellón.

CUATRO FIGURAS CON el gesto serio contemplaban un mar de plata cuyas olas lamían la pequeña playa de guijarros cercana a la ciudad de Peñíscola. A sus espaldas, la sencilla construcción de piedra y cal que la abuela Irene había acondicionado para convertirla en su retiro junto al mar presenciaba como testigo mudo el solemne momento. Irene, el padre de Monfort y la mujer que cuidaba de él aguardaban en silencio detrás del inspector, que sujetaba en las manos la urna que contenía las cenizas de su madre, Yolanda Tena.

El agua le acariciaba los zapatos. Horas antes había llovido y las piedras que cubrían la recóndita playa como una alfombra brillaban a merced de un sol desvaído. Olía a salitre y a bosque de pinos, las esencias que probablemente cautivaron a la abuela Irene cuando se refugió en aquella ignota parcela de tierra, entre la Sierra de Irta y el mar Mediterráneo, tras la muerte de Violeta Fortuny, su nieta, la esposa de Bartolomé Monfort. A lo lejos, el tómbolo de Peñíscola adentrándose en el mar como una gran barca de piedra y la figura pétrea de la Torre Badúm fueron espectadores del destino final de los restos de Yolanda Tena.

Monfort destapó la urna y se dio la vuelta un instante para dirigir la mirada a los pocos seres queridos que le quedaban en el mundo. A continuación, sacudió el recipiente al aire y una nube gris voló hacia el mar. El viento esparció las cenizas a su antojo.

Por un instante pensó que quizá habría sido mejor darle sepultura en el cementerio de Vilafranca del Cid, el pueblo en el que ella había nacido, pero desechó la idea al recordar que su madre fue siempre una mujer libre, y yacer enterrada bajo tierra, pudriéndose a merced del tiempo, no era lo mejor para ella.

Cuando la nube de ceniza se volatilizó en el horizonte, Monfort volvió sobre sus pasos y se detuvo junto a su padre. No tardaría en reunirse con ella; la demencia avanzaba deprisa. En aquellos momentos el hombre era consciente de por qué se encontraban allí, pero la certeza no duraría mucho tiempo, la enfermedad se encargaría de ello. La mirada del hombre se debatió entre las lágrimas y la infructuosa búsqueda de los restos de su esposa que el viento y el mar habían engullido.

Monfort posó la mano en el hombro de su padre y el anciano contrajo el rostro. Todo había terminado para él con aquel ceremonial, no era necesario decir nada más.

Yolanda Tena viajaba ya a merced del viento sobre el mar Mediterráneo, libre, bella, buena.

Acarició la espalda de su padre y pensó: Mi madre.

A LA MAÑANA siguiente desayunaron temprano en la casa de la playa. La asistenta de la familia acomodó a Ignacio Monfort junto a la mesa de la cocina. A continuación le sirvió un tazón de café con leche y untó una tostada con mantequilla y mermelada. Luego se dispuso a ordenar la cocina sin quitarle ojo al anciano.

Era de la familia, una más; así se lo hicieron sentir desde que empezó a trabajar para ellos. Tuvo mucha suerte al encontrar aquel trabajo nada más llegar a España, sola, con una mano delante y la otra detrás. Echaría mucho de menos a Yolanda Tena; sin duda había sido una persona muy importante en su vida, como una madre, como la madre que se le murió al otro lado del Atlántico poco antes de embarcarse rumbo al sueño español del que tanto había oído hablar. Ellos la habían acogido en su magnífica residencia del Paseo de Gracia de Barcelona. Siempre la trataron con respeto y cariño. Una lágrima descendió despacio por su mejilla, había llorado mucho desde que la señora murió en el hospital rodeada de los suyos. Ella también permaneció a su lado en los últimos momentos. Ahora la salud del señor era muy delicada, parecía que había tirado la toalla antes de que le llegara la hora.

Pensó en que le aguardaba un futuro incierto.

El salón de la casa de la solitaria playa era pequeño, pero muy confortable y decorado con exquisito gusto al estilo de los *cottages* de la costa de Cornualles. La chimenea engullía desde primera hora de la mañana la leña que crepitaba y llenaba la estancia de aromas y calor de hogar. Fuera hacía frío. Un viento desapacible soplaba en todas direcciones; aun así, la abuela Irene y Monfort salieron de la casa para dar un paseo.

El cielo era una sábana de color plomizo que se extendía hasta lo que parecía el final del mundo. Monfort imaginó que allí, donde el horizonte llegaba a su fin, se abría una inmensa cascada que se tragaba todo lo que hasta allí era capaz de llegar, como las cenizas de su madre, que sin duda habrían volado hacia aquel lugar desconocido y tenebroso.

La mañana se abría paso entre las sombras, el sol iluminaba lo justo para pasear y escuchar el rumor de las olas, una música mágica que convivía con la abuela Irene desde que había decidido refugiarse entre libros y salitre, entre pinos y poemas.

–Hay días en los que tengo miedo –dijo de repente.

Él guardó silencio. La mujer se agarraba con firmeza a su brazo.

–Algunas noches tengo pesadillas –prosiguió–. Sueño que llegan hasta aquí las excavadoras y derriban la casa, que la convierten en material de escombro, que arrasan la playa y destrozan las dunas, que cortan los árboles y se llevan los troncos de los pinos.

–Podrías venir con nosotros a Barcelona, aunque solo sea a pasar una temporada –le ofreció Monfort.

–Barcelona... –Irene exhaló un suspiro y luego añadió–: Demasiadas tristezas. Demasiados recuerdos.

–Quizá sería mejor que no estuvieras tan sola, que tuvieras alguien cerca para hacerte compañía, alguien con quien hablar, a quien poder confiarle lo bueno y lo malo. Llegará el día en el que aquí, sola... –Supo en aquel mismo instante que estaba metiéndose donde no lo llamaban, pero aun así continuó hablando y con ello metiendo la pata de forma irremediable–. No tienes ningún vecino cerca, nadie vive a menos de dos o tres kilómetros de aquí, necesitas desplazarte para todo; ir al pueblo debe de ser una odisea en los días de lluvia y viento. Por no decir que si alguna vez el mar creciera de forma considerable podría llegar a tragarse la playa, y con eso quiero decir también tu casa. Lo mejor sería...

No terminó la frase, pues ya estaba arrepentido de las palabras que acababa de pronunciar.

La abuela Irene se soltó del brazo y se encaró a él. Sus ojos eran brasas y el labio inferior le palpitaba. Monfort vio en su mirada el reflejo de su esposa, la imagen de Violeta, que no le habría consentido ni la mitad de las tonterías que acababa de articular.

–¿Quién es el que me da tales consejos? –le espetó la mujer–. ¿Se trata de Bartolomé Monfort Tena, el viudo de mi nieta? ¿El hijo de mi buena amiga Yolanda, a la que hemos despedido lanzando sus cenizas al viento? O quizá se trate del hombre afable que se relaciona de maravilla con todo el mundo, el policía cuyos colegas están siempre a su lado. ¿Dónde están tus amigos? Dime, ¿dónde están? Eres igual que yo, somos muy parecidos pese a que no corre la misma sangre por nuestras venas. Yo me recluí aquí cuando pasó lo de Violeta; sí, así es: me escondí, hui del mundo, lo sabes perfectamente, conoces bien la historia. Escurrí el bulto para no enfrentarme con la rutina del dolor de ver que ella ya no estaba con nosotros solo porque unos malnacidos quisieron divertirse, pero mírate tú, piensa un poco, aunque quizá ni siquiera debas hacerlo porque lo sabes perfectamente. Tú no eres mejor. Muchos días, demasiados, seguimos hundidos por la pena, por el dolor de haberla perdido. –Hizo una pausa que se hacía eterna. El sonido del mar crecía por momentos, el olor a salitre era cada vez más penetrante–. Y no quiero que vuelva a pasarnos lo mismo ahora que tu madre nos ha dejado para siempre. Así que ya sabes, coge a tu padre y a la asistenta y los llevas de vuelta a Barcelona, los acomodas para que estén perfectamente y luego regresas a tu trabajo, ese oficio que consigue anestesiarte del dolor. Yo seguiré aquí, con los guijarros y la arena de esta playa, donde quiero estar.

Monfort agachó la cabeza y cerró los ojos, apretó los puños y se maldijo. Luego la abrazó con delicadeza. Ella apoyó la mejilla en su pecho.

El temporal cubriría parte de la pequeña playa y arrastraría piedras desde el fondo marino, de manera que al día siguiente el aspecto de la cala sería distinto, y así día tras día, semana tras semana, año tras año.

–Perdona, Bartolomé –dijo sin separase de él–, pero me quedaré aquí. Nada me moverá de este lugar.

–No hay nada que perdonar. En todo caso, soy yo quien te pide disculpas por mi torpeza.

La abuela Irene se alzó de puntillas y le besó la mejilla. Olía a lavanda, a pureza, fragancias que él ya casi había olvidado.

Pensó que también la echaría mucho de menos cuando ya no estuviera.

Recordó entonces la letra de una canción de Pink Floyd que tenía un título muy recurrente: «Mother».

> Madre, ¿crees que tirarán la bomba?
> Madre, ¿crees que les gustará mi canción?

Domingo, 4 de mayo de 2008

La XXIV Feria del Libro de Castellón abrió sus puertas con un nuevo formato. La disposición tradicional en casetas individuales alrededor de la plaza la había sustituido una gran carpa con una oferta de más de treinta y cinco mil libros. «Un auténtico supermercado del libro», según las palabras del alcalde el día de la inauguración, una modalidad que se había hecho posible gracias al acuerdo entre los libreros, pese a que no todos estaban de acuerdo con ello. Algunas empresas del sector discrepaban del nuevo formato y ponían en duda la eficacia del invento; otras, simplemente, dejaron de asistir.

El cielo despejado dejaba lucir en su plenitud un sol de mayo que calentaba como si se tratara de los últimos días del mes de junio. La luz se filtraba por todos los recovecos de la plaza. La carpa que protegía a los libreros y al público se asemejaba a un barco que surcaba un mar de páginas escritas con tinta de colores infinitos.

La feria presentaba algunas piezas especiales, como la *Crónica General de España*, de Alfonso X el Sabio, de 1344, una edición facsímil de muy corta tirada. Los ejemplares a la venta conservaban las mismas características del original custodiado en Lisboa. Sin embargo, otros dos títulos mucho más actuales prometían arrasar en número de ventas. Se trababa de la nueva novela de Carlos Ruiz Zafón, *El juego del Ángel*, y *Un mundo sin fin*, de Ken Follet.

Alrededor de aquel universo de libros, compradores y curiosos, las terrazas de los bares hacían su particular agosto. Las palomas que habitaban la plaza no perdían de vista los restos de comida que caían al suelo. Aleteaban, gorjeaban, volaban rasas sobre las cabezas de los clientes y desprendían un olor poco agradable.

La plaza de Santa Clara, junto al emblemático edificio del Mercado Central que la separaba de la plaza Mayor, era el centro neurálgico de la ciudad, una ciudad burguesa y acomodada que a todas luces se encaminaba hacia una profunda crisis económica. Por los altavoces instalados en la plaza, una voz de mujer anunciaba que el escritor Gustavo Seguí se encontraba firmando ejemplares de su novela *La piel del lobo*.

En la solapa del libro se podía leer que Gustavo Seguí había nacido en Castellón en 1971, que estudió Filología Hispánica en la Universidad de Valencia y que trabajaba como profesor en Castellón. *La piel del lobo* era su primera obra de ficción. Seguí era conocido por su faceta docente, así como por algunos artículos publicados en revistas universitarias.

La cola para que el escritor firmara los ejemplares de su flamante novela era considerable. Estaba sentado a una mesa bajo una sombrilla en el exterior de la carpa. Los lectores aguardaban estoicamente bajo un sol de justicia. Algunos se cubrían la cabeza con periódicos o con el propio libro que acababan de comprar para que el autor les estampara su dedicatoria en las primeras páginas. A Seguí, haber ganado el premio Comunidad Valenciana de Narrativa le había otorgado seguidores que sin duda antes no tenía; una nada desdeñable campaña promocional llevaba abordando a los posibles lectores desde que se conoció el fallo del jurado, compuesto por las personalidades más relevantes de la cultura valenciana.

Gustavo Seguí estaba en una nube. Firmaba ejemplares de su novela con mano firme, charlaba con los compradores, sonreía aquí y allá y se dejaba querer por sus admiradores.

Una joven encargada de velar por el público y facilitar la información necesaria a los asistentes de la feria se acercó al escritor mientras este le dedicaba un ejemplar a una señora octogenaria que sostenía en los brazos un perrito tan pequeño que parecía de peluche. La chica susurró unas palabras al oído del escritor; mientras le hablaba, Seguí levantó la vista, clavó la mirada en una persona que aguardaba a cierta distancia y una oleada de calor invadió su cuerpo.

Continuó con su particular éxtasis de dedicatorias personalizadas; sin embargo, le temblaba el pulso y algunas palabras quedaron escritas de forma ininteligible.

Comenzó a sudar.

La euforia dio paso al miedo, y el miedo, a la terrible sospecha de que él había vuelto para hacerle pagar lo que sin duda creía que le debía. ¡Hacía tanto tiempo que no sabía nada de él! Desconocía su actual paradero. Deseaba con esperanza que hubiera desaparecido de la faz de la tierra, pero se había equivocado.

Una vez más, se había equivocado.

TRAS EL ACTO de firmas abandonó la feria sin apenas despedirse de nadie. Caminaba deprisa por el paseo central del Parque Ribalta, el sol le achicharraba el cogote y no dejaba de sudar. Miraba hacia atrás cada cuatro pasos, escrutaba entre los árboles; aunque no veía a nadie, estaba convencido de que lo seguía, de que lo observaba. Llegó hasta el edificio de la antigua estación, cruzó la avenida de Barcelona, pasó frente a la puerta de El Corte Inglés, la que da a la sección de perfumería. Algunas personas fumaban junto a los ceniceros que había fuera. Estuvo tentado de entrar y refrescarse con el aire acondicionado, como había hecho en otras ocasiones, pero no lo hizo. Extrajo las llaves del bolsillo pese a que todavía quedaba un trecho hasta llegar al piso. Apuró el paso. Su presencia en la feria habría sido memorable de no haber sido porque lo había visto entre el público. Al final de la fila de lectores que esperaban para que les dedicara su libro, creyó ver una sonrisa amarga, una cara conocida, demasiado conocida; un rostro que esperaba no volver a ver nunca más. Siguió estampando firmas en los ejemplares que los lectores habían adquirido, pero ya nada fue lo mismo. Le sudaban las manos, le temblaban los dedos; apenas conseguía escribir lo que sus seguidores querían que plasmara en la primera página en blanco; a duras penas recordaba el trazo con su nombre ni la rúbrica.

Firmó todos los libros y cuando acabó él ya no estaba allí, ni al final de la fila, ni en los alrededores, ni mirando los montones de libros expuestos en la feria, ni en las terrazas de los bares circundantes. ¿Dónde se habría metido? Lo había visto con sus propios ojos, lo había reconocido. Aquella mueca torcida, la sonrisa vengativa, el odio, la envidia. Ahora sentía la bilis en el esófago y estaba a punto de vomitar lo poco que había desayunado. Tropezó con el bordillo de la acera y sintió un vahído que casi le provocó una caída. Retuvo el aire en los pulmones hasta que estuvo frente al portal, e introdujo la llave en la cerradura de forma temblorosa. Llamó al ascensor; le pareció que tardaba una eternidad en llegar hasta la planta baja. Trató de serenarse, pero le flaqueaban las rodillas. Pensó en los tranquilizantes que aguardaban en la mesita de noche; los tomaba desde hacía demasiado tiempo ya. El efecto que normalmente debían producir estaba mitigado por el hábito en el que los había convertido. Aquella mañana, cuando salió camino de la feria, no creyó que debiera cogerlos; era su día, uno de los grandes días que aquel libro le estaba proporcionando desde que consiguió el premio. Ahora todo podía irse al garete, que se pudrieran la alegría y la ilusión. Había dado con él y la próxima vez no se conformaría con la sonrisa amarga que le regaló entre la fila de lectores.

Llegó el ascensor y accedió al interior, pulsó el botón de la planta en la que vivía solo. Solo, siempre solo, compartiendo su triste vida con sus manías y adicciones, escondiendo secretos, suplantando verdades, utilizando furtivamente lo que no le pertenecía. El ascensor se detuvo y salió al rellano. En escasos segundos estaría dentro del piso, a salvo. Se tomaría los tranquilizantes, un trago de whisky y, al fin, podría relajarse. Ya pensaría más tarde lo que debía hacer.

Introdujo la llave en la cerradura y dejó escapar un profundo suspiro. Fue entonces cuando se percató de las rosas marchitas que había sobre el felpudo. Un pequeño ramo de flores muertas. Ahora que lo había visto, debía actuar.

JOAN BOIRA, EL cantante de Bella & Lugosi, había insistido para que el último concierto de la gira, un *tour* que había llevado a la formación por todo el país, incluyendo en la gira las ciudades francesas de Toulouse y Montpellier, se celebrara en Castellón de la Plana.

Boira había nacido en Castellón, aunque había trasladado su residencia a Madrid, donde el grupo tenía su sede y residían los otros componentes. Se incorporó al grupo madrileño cuando este ya tenía dos CD en el mercado y gozaba de una importante popularidad. El cantante de la formación original optó por emprender su carrera solo, y el resto de la banda propuso realizar un *casting* para dar con el cantante que pudiera suplir a la voz que había conseguido posicionar al grupo entre los más vendidos del panorama *indie* nacional.

Jesús Castro, el director de la compañía discográfica Safety Records, que además era el propietario de la oficina de *management* que se encargaba de la producción de los conciertos del grupo, organizó una última serie de audiciones tras haber desechado a un gran número de vocalistas que habían acudido llamados por su necesidad de cantante.

Cuando los tres componentes del grupo, Alfonso Roca, Pedro Paraíso y Lucas Socolovich, acompañados por el director de la compañía, escucharon la voz de Joan Boira, no lo dudaron ni un segundo.

Tras largos meses de arduo trabajo, el cuarteto entró de nuevo en el estudio de grabación para trabajar en el que sería su tercer CD, titulado *Drácula* en un claro guiño al caprichoso nombre de la banda. La voz de Joan Boira se integró a la perfección y el resto de los componentes respiraron aliviados, por no hablar de la cara de satisfacción de Jesús Castro al comprobar que el negocio de Bella & Lugosi no se había terminado con la marcha de Javier Artà, su cantante original, cuya carrera individual iba viento en popa pese al arriesgado cambio de registro, más inclinado ahora hacia la música *dance*. Artà regresó a su Mallorca natal y, desde allí, apoyado por una compañía discográfica alemana afincada en la ciudad de Palma, emprendió su nueva carrera musical en pos de la conquista del público germano.

Pronto se agotaron las entradas en el Auditorio y Palacio de Congresos de Castellón para presenciar el último concierto del *Drácula Tour*. El aspecto de la sala era ya de por sí un gran éxito. En el concierto, el grupo ofreció media hora extra a unos fans incondicionales que abarrotaban el moderno recinto. Como colofón iban a interpretar una más que acertada versión de un tema de The Rolling Stones, una canción con la que llegaban al final en todos los conciertos de aquella gira y que el nuevo cantante había aportado por tratarse de una de sus favoritas.

Joan Boira se había retirado un instante al camerino para cambiarse de camisa antes de salir y darlo todo en el bis con el que culminaría la gira; después tendría un merecido descanso, unas vacaciones tranquilas en las que pudiera tostarse al sol. A Elena, su novia, con quien vivía en Madrid, le encantaba relajarse en las calas de aguas cristalinas de la isla de Menorca.

En la platea, el público coreaba el nombre del grupo y los gritos de «otra, otra» se sucedían sin tregua. Roca, Paraíso y Socolovich entrechocaron las manos detrás del escenario mientras esperaban a que Boira regresara del camerino. Las máquinas de hielo seco cubrían el escenario de humo espectral, un manto de niebla que otorgaba el aspecto tenebroso que acompañaba normalmente al grupo. Los técnicos estaban preparados, todos en sus puestos.

Boira se despojó de la camisa y se secó el sudor con una toalla. Eligió una de las prendas que colgaban del perchero, contempló su rostro en el espejo del camerino y bebió un trago de agua de una botella de plástico. Estaba exultante. En poco tiempo había tocado el cielo. Lo había conseguido. Cuando por su edad ya vislumbraba un futuro poco prometedor, alcanzó la gloria, llegó lo que durante tantos años había ansiado. Los sueños se habían cumplido, por fin; había trabajado duro para conseguirlo.

Un sonido que llegó desde la puerta le hizo dar un respingo. A través del espejo vio una figura moverse rápidamente a su espalda; pensó que se trataba del *road manager*, que venía a advertirle de que regresara al escenario.

Se volvió de golpe cuando reconoció la voz. Sintió que el frío le recorría la espina dorsal.

Sostenía una jeringuilla en la mano derecha y lo miraba fijamente a los ojos.

–¿Sorprendido? Acércate, toma un poco de esto.

–Ya no me drogo –contestó Boira aterrorizado.

Quien hablaba exhibió una mueca que poco se parecía a una sonrisa.

–Hoy vas a volver a hacerlo y así entenderás de qué va la canción.

1985

Mamá estaba muerta.

Yacía en la cama, bella y relajada. Parecía dormida. Tenía las mejillas ligeramente hundidas y los ojos entreabiertos.

La observé desde los pies de la cama y reconocí en su mueca la última de sus sonrisas. Por fin podría descansar.

Cogí las flores que quedaban en un jarrón y se las puse entre los brazos. Mamá sabía lo que me gustaba hacer y lo que haría cuando consiguiera salir de allí.

Yo quería cantar las canciones que me susurraba al oído cuando lucía el sol y se secaba el barro del camino. Quería escribir, con aquellos lápices de grafito que me regaló por mi cumpleaños, los versos que me recitaba antes de dormir.

Luego todo empezó a ir mal.

Ahora estaba muerta.

Mamá sabía lo que me gustaba hacer.

Algunos meses antes, justo cuando cumplí los quince años, él decidió que no íbamos a salir más de casa, que para mamá se había terminado lo de ir a comprar al pueblo y para mí lo de estudiar. Dijo también que todo era culpa mía y que no estaba dispuesto a que fuéramos la comidilla de la gente.

Aquella mañana la nieve teñía de blanco la tierra baldía. Él cargó parte de la carne de la matanza del cerdo en la vieja furgoneta para venderla en los pueblos cercanos. Antes de marcharse, sacó del cobertizo una cadena gruesa y la ancló con un candado en un gancho que había en la pared de la cocina. Del otro extremo de la cadena pendía una argolla con la que ciñó uno de los tobillos de mamá y luego la cerró con llave. La cadena era lo suficientemente larga para que pudiera moverse por la cocina, pero no tanto como para salir a la calle y huir lejos de allí. Conmigo fue distinto; me agarró del cuello con sus grandes manos y apretó hasta que me faltó el aire para respirar. Cuando creí que los ojos me iban a reventar, me soltó y me dijo que si salía por aquella puerta me buscaría y terminaría lo que había estado a punto de hacer.

Yo había oído antes los gritos, los golpes, las amenazas y los llantos de mamá. Él terminaba las discusiones siempre de la misma forma: la agarraba como si fuera un trapo y la lanzaba contra las paredes de la casa. Ella caía inerte en el suelo de pizarra negra y tardaba mucho tiempo en reunir las fuerzas suficientes para poder levantarse. Las discusiones y los golpes eran por mi culpa. Él decía que me gustaba hacer cosas de mujeres y le reprochaba a mamá que no fuera de capaz de poner remedio a semejante defecto. Decía que no nos lo iba a permitir aunque para ello tuviera que arrancarnos la piel a tiras. Mamá le imploraba perdón y misericordia, y le suplicaba una y otra vez que me dejara ser un niño feliz. Y en vez de pegarme a mí le pegaba a ella. Lanzaba puñetazos contra sus costillas una y otra vez, la agarraba del pelo y la arrastraba, la hacía tropezar con violencia contra los muebles y las paredes.

Se aseguró de que la cadena estuviera bien sujeta a la pared. Levantó el dedo índice señalándome de forma inquisitoria y me juró que si intentaba escapar me cortaría un brazo y lo pondría a secar junto al resto de la carne de la matanza del cerdo.

Aquella noche no vino a dormir. Mamá improvisó un lecho en el suelo de la cocina; ella decía que se habría gastado el dinero de la venta bebiendo en los bares del pueblo. Me acurrucó contra su pecho, acarició mi pelo y me cantó canciones al oído. Me dijo que cuando fuera mayor debía ser lo que quisiera ser, que nadie pondría barreras a mi felicidad, ni me cortaría las alas que debían permitirme volar en busca de lo que soñaba ser. Me colmó de besos y de caricias, de palabras reconfortantes como solo mamá sabía hacer, hasta que me quedé dormido en el más bendito de los sueños.

Cuando abrí los ojos, mamá lo había recogido todo, la cocina estaba limpia como los chorros del oro, había hecho café y su aroma inundaba un espacio que en algún momento había sido un hogar, pero que ahora no era más que el maldito infierno.

Yo sabía bien lo que todo aquello significaba.

Él no tardaría en regresar.

Él era mi padre, aunque yo nunca lo llamaba así.

Domingo, 4 de mayo de 2008

Por la noche

–¿BELLA & LUGOSI? No me suena de nada. ¿Quieres hacer el favor de ir un poco más despacio?

Monfort se agarró al asidero de encima de la puerta del coche. Silvia Redó conducía a toda velocidad por la ronda de circunvalación que recientemente había estrenado la ciudad de Castellón.

–Espera, tengo un CD en la guantera. –Silvia hizo un extraño movimiento con la intención de abrir el receptáculo donde guardaba los compactos, soltando una mano del volante e inclinando el cuerpo peligrosamente hacia la derecha.

–¡Estate quieta y mira la carretera! –le espetó el inspector, que revolvió entre la oferta musical que su compañera llevaba en el coche hasta dar con lo que buscaba. Abrió la caja e introdujo el CD. Tamborileó con los dedos hasta que empezó a sonar la primera canción del grupo madrileño. A las primeras notas, Silvia le dedicó una mirada con la intención de que dijera si conocía o no al grupo.

–¡Qué! ¿Los has oído alguna vez? –preguntó al ver que Monfort no articulaba palabra.

–No, ni idea –contestó a la vez que negaba con la cabeza.

–Me parece que me tomas el pelo.

–¿Yo?

–No, la madre superiora del convento de las carmelitas descalzas.

–No hace falta que te pongas así; no los conozco, ya sabes que, según tus propias palabras, escucho música antediluviana.

–En eso tienes razón –repuso ella–, todo el mundo ha oído hablar de Bella & Lugosi a menos que haya nacido antes del pleistoceno.

–Muchas gracias –arguyó Monfort y señaló el edificio de color blanco bien iluminado que se veía a lo lejos, rodeado de un amplio espacio ajardinado–. Veo que te ha sentado bien el ascenso, no te callas ni media.

–Gracias, jefe –dijo Silvia con una amplia sonrisa.

Inaugurado en el año 2004, el Auditorio y Palacio de Congresos de Castellón de la Plana era una sucesión de distintos volúmenes simétricos de formas rectangulares, construido con hormigón blanco y rodeado de un extenso parque que minimizaba sus grandes dimensiones.

Dio un volantazo sin apenas reducir la velocidad para tomar la salida de la ronda de circunvalación.

–¿Llegar antes tiene premio? –preguntó él con sorna.

–El premio se lo llevarán todos esos cuando se enteren de lo que ha pasado –respondió y señaló con la barbilla el tumulto que se agolpaba a las puertas del auditorio y que poco a poco iba abandonando el perímetro del recinto.

–¿Estás segura de que el público no sabe lo que ha pasado ahí dentro? –preguntó a la vez que arqueaba las cejas.

–Nadie ha dicho nada, ha sido al final del concierto. Debían aparecer una vez más en el escenario para interpretar el último bis, pero el cantante ya no ha salido del camerino. Han dado por terminado el concierto y los agentes de seguridad se han encargado de desalojar la sala.

–Sin más explicaciones –dijo Monfort.

–Sin más explicaciones –corroboró Silvia.

La subinspectora rodeó el moderno edificio, le mostró su credencial a un guardia y detuvo el vehículo en una de las puertas de carga y descarga a la que se accedía tras descender por una rampa. Había un camión con el nombre del grupo rotulado en la puerta del conductor, una furgoneta de pasajeros y varios coches. Por suerte, no había ningún vehículo oficial de la Policía. El único que desentonaba era uno en cuya puerta se leía «Servicios Médicos».

–A ver si esta vez hacemos las cosas bien. –El saludo que el inspector dedicó al comisario Romerales hizo que este resoplara con fuerza y mascullara entre dientes; aun así, se dieron un sentido abrazo. Romerales tuvo que estirar los brazos a conciencia para llegar hasta los hombros de Monfort.

–Te acompaño en el sentimiento –dijo el comisario.

–Gracias, jefe. –Apretó los labios y luego preguntó–: ¿Se ha marchado alguien?

–No. Están todos los que tienen algo que ver con el grupo y con el recinto, si es eso a lo que te refieres. –El comisario se había anudado de malas maneras la corbata y le asomaba un pedazo de camisa por detrás de la americana.

–Cualquiera diría que te han sacado de la cama –observó Monfort al ver el desbarajuste estilístico del comisario–. Vamos, muéstrame lo que queda del *espectáculo*.

Pasaron por delante de una sala en cuyo interior se encontraba un nutrido grupo de personas. Algunos estaban sentados y, cabizbajos, guardaban silencio, pero la mayoría permanecía de pie, hablando entre ellos, gesticulando. El inspector distinguió a los agentes Terreros y García haciendo preguntas y tomando notas. Tenían el gesto serio y sus miradas eran de preocupación. Monfort los vio a través del cristal redondo instalado en la puerta, pero no entró, de momento.

El comisario Romerales abrió la puerta de un camerino que custodiaba un policía vestido de paisano, como todos los que se encontraban allí; la prioridad era no sembrar el pánico entre los asistentes al concierto. Eso, de momento, parecía que lo habían conseguido; prueba de ello era que no había ni rastro de periodistas ni de fans, que, sin duda, era lo más complicado.

–Adelante –lo invitó a pasar. El inspector accedió con decisión. Silvia se quedó un momento hablando con el comisario.

El doctor Morata, el forense amigo del comisario Romerales, saludó a Monfort a la vez que le tendía un par de guantes de látex. En el interior, tres miembros de la nueva sección de la Policía Científica de la comisaría de Castellón, embutidos en buzos de plástico de color blanco, hacían fotografías, recopilaban datos y señalaban posibles pruebas.

–Nos vemos en todas las juergas –terció el forense, que le tendió la mano al inspector.

–En todas las que ocurren en este pequeño paraíso mediterráneo –afirmó este.

–Siento lo de tu madre –dijo el doctor.

Monfort, una vez que se hubo puesto los guantes, posó la mano en el hombro del forense ejerciendo una ligera y afectuosa presión.

–Es lo que hay –dijo al cabo.

El camerino era un espacio amplio y diáfano, moderno, como todo el edificio, limpio, pintado en color blanco, con algunas ventanas altas que permanecían cerradas; pese a ello, había buena ventilación artificial y el aire no estaba viciado. De una de las paredes pendían tres grandes espejos rodeados en su totalidad por pequeñas bombillas que todavía estaban encendidas y que proporcionaban una excelente iluminación para maquillarse antes de salir al escenario. Bajo los espejos había un tablero largo anclado a la pared, que cumplía la función de mesa para dejar los enseres de peluquería, maquillaje o de lo que hiciera falta. Debajo de la mesa había tantas sillas como espejos. En la pared opuesta, una mesa larga albergaba refrescos embotellados, vasos, una cubitera con hielo y una bandeja con algunas piezas de fruta. En un plato había pequeños bocadillos envueltos en plástico transparente y algunos dulces. Monfort miró de reojo los bocadillos. No le habría importado coger uno que parecía relleno de atún; no había cenado y las tripas dejaron escapar un solidario sonido de protesta. No había cerveza ni ningún otro tipo de bebida alcohólica. Una puerta abierta conducía a un cuarto de baño bien equipado. Había también una funda de guitarra en el suelo, en mitad del camerino, como si alguien se la hubiera olvidado allí, con la tapa cerrada. Era una funda rígida de color negro, con la forma silueteada del instrumento. Un perchero con ruedas, del que colgaban camisas, toallas, pantalones y chaquetas, era todo lo que quedaba por ver en el camerino.

Hasta allí todo controlado, salvo que Joan Boira, el cantante del grupo de moda, según las palabras de Silvia, estaba sentado en el suelo, en una esquina del camerino. Tenía las piernas estiradas y la cabeza y parte del tronco inclinado hacia adelante en una postura poco natural. Era delgado y no parecía que fuese muy alto, pese a que era difícil calcular su estatura en semejante postura. Tenía el pelo negro y muy rizado, no llevaba camisa, pero sí una toalla enrollada alrededor del cuello. Vestía pantalón vaquero y botines de punta fina. No se le veía el rostro en aquella posición.

El fotógrafo de la Policía Científica estaba haciéndole instantáneas desde todos los ángulos posibles.

–¿Por qué está ahí? –le preguntó Monfort a Morata.

–La droga debe de haberle hecho moverse de aquí para allá antes de vencerlo. En vez de quedarse sentado en la butaca, donde presumiblemente estaba cuando se la inyectó, y morirse sin hacer ruido, lo que se ha metido debe de haberle hecho reaccionar de manera incontrolada. Quizá buscaba la manera de salir del camerino y no ha sido capaz de encontrar la puerta.

–Un mal viaje –repuso Monfort más para sí mismo que para su interlocutor.

–Un viaje espantoso y sin retorno –corroboró el forense.

–¿La puerta del camerino estaba cerrada con pestillo?

–No, al menos no lo estaba cuando su compañero ha entrado para ver por qué no salía.

–¿Cómo sabes que se inyectó estando en la butaca?

–Por las manchas de sangre y los pequeños restos de droga. Parece que parte de lo que estaba metiéndose se le cayó en la butaca.

Un miembro de la Científica recogió lo que el doctor Morata había indicado como restos de la droga y lo introdujo con sumo cuidado en una bolsita de plástico. A continuación, hizo lo mismo con otras cosas que estaban tiradas por el suelo: una cucharilla ennegrecida, una jeringuilla usada y lo que debió de ser una papelina y que ahora no era más que un pedazo de papel arrugado. Metió las pruebas en distintas bolsitas de plástico con cierre.

–Si se trata de una sobredosis, ¿para qué me necesitáis aquí? –preguntó el inspector.

–Dicen que no se drogaba, que ni siquiera bebía alcohol. Todos afirman lo mismo. Llevan meses de ensayos, grabaciones y giras, y no lo han visto nunca fumarse un porro ni beberse un whisky. Cuando le hagamos la autopsia sabremos si decía la verdad y qué es lo que realmente se metió en la vena.

–Siempre podría tratarse de su primera vez –repuso el inspector–, y el primer viaje suele ser peor de lo esperado.

–Sí, tienes razón –afirmó Morata sin convicción alguna. A Monfort le sonaron huecas sus palabras, como si no las hubiera pronunciado siquiera.

–¿Quién ha entrado a buscarlo? –preguntó en voz alta, dirigiéndose en realidad al comisario Romerales.

–Se llama... –Romerales desplegó una hoja de papel en la que había algunas anotaciones–. Se llama Lucas Socolovich, es el que toca la batería en el grupo.

Asintió con la cabeza sin decir nada. Miró a su alrededor como si hubiera visto algo que no encajara en la escena; un pequeño detalle, una tontería tal vez, algo que no cuadraba o, mejor dicho, que desentonaba allí. A veces le ocurrían cosas así cuando inspeccionaba el escenario de un crimen: una ventana abierta cuando no debía, un libro cerrado de malas maneras, un pantalón demasiado arrugado, una barra de labios sin usar o un cigarrillo a medio fumar.

El equipo seguía tomando fotografías, recogiendo muestras y cualquier rastro que fuera susceptible de investigación. Silvia extrajo una libreta y empezó a anotar lo que sus compañeros le indicaban.

–Silvia. –Su superior la llamó sin levantar la voz para que los demás no lo advirtieran–. Ven, acércate un momento, por favor.

Ella avanzó hasta donde estaba. Dejó la libreta encima de la mesa. Llevaba puestos los guantes de látex.

–Dime, jefe.

–Esa funda de guitarra en el suelo –le señaló.

–¿Qué le pasa?

–No lo sé. Todo está ordenado, cada cosa en su sitio, y la funda está en mitad del camerino, en el suelo. Si alguien caminara por aquí lo más normal sería que le diera una patada sin querer. Si hay una guitarra dentro, apuesto a que valdrá un dineral.

–¿Qué quieres decir?

–No sé, nunca tuve oportunidad de aprender a tocar la guitarra.

Silvia puso los ojos en blanco y a continuación abrió los cuatro cierres de la funda. Levantó la tapa.

En su interior, negro y aterciopelado, no había ninguna guitarra, solo un pequeño ramo de rosas marchitas.

–Cierra eso enseguida –le pidió en voz baja.

–¿Socolovich es tu verdadero apellido?

–Sí, es el apellido de mi padre. Nació en una ciudad de Argentina que se llama Lanús, muy cerca de Buenos Aires.

–¿No nació allí también...?

–Sí, Maradona nació en Lanús. –Socolovich respondió a la pregunta de Monfort antes de que este acabara de formularla. Por una parte estaba sorprendido, todo el mundo sabía que Maradona es argentino, pero pocos conocían que había nacido en la ciudad de Lanús; por otra parte, le pareció poco delicado pensar en ello en aquel preciso instante.

Como La Mano de Dios, pensó el inspector en referencia a Diego Armando Maradona. El apodo se lo ganó en el transcurso de un partido entre Argentina e Inglaterra, en la Copa Mundial de Fútbol de 1986, cuando anotó un polémico gol al que se refería diciendo que lo había marcado «Un poco con la cabeza y otro poco con la mano de Dios». Muchos calificaron aquel partido como algo más que un encuentro deportivo entre dos naciones. Todavía coleaba, y mucho, el conflicto de las islas Malvinas que por parte del Reino Unido dirigió con mano firme la primera ministra Margaret Thatcher.

–Socolovich no suena a argentino –insistió Monfort, que dejó a un lado los pensamientos bélicos y futbolísticos.

–Hubo una importante migración desde el este de Europa hasta las llanuras que se encuentran junto a la cordillera de los Andes, y apellidos como el de mi padre fueron pasando de generación en generación y expandiéndose por todo el país. No es nada extraño allí aunque pueda parecerlo aquí.

–¿Naciste en Argentina? No tienes acento.

–Nací en Madrid. Mis padres vinieron a España en busca de trabajo.

Lucas Socolovich no tenía aún los cuarenta años, aunque le faltaba poco para cumplirlos. Era robusto, con los brazos musculados a base de tocar la batería. No estaba nervioso, sí preocupado, pero mantenía la calma en todo momento. Vestía un chándal holgado y zapatillas de la marca Adidas. El perfil de su rostro era alargado y llevaba el pelo rapado casi al cero; tenía ojos grandes y nariz aguileña. Un aro reluciente colgaba de una de sus orejas.

Monfort y Lucas Socolovich se encontraban en uno de los despachos del auditorio. El inspector se sentaba en la silla de quien ocupara el despacho habitualmente y el batería lo hacía enfrente. Sus manos no paraban quietas un solo momento. De haber tenido un par de baquetas, habría estado percutiendo sobre la mesa.

–Háblame de Joan Boira.

–Llegó al grupo cuando pensábamos que no quedaría otra alternativa que disolverlo. Nuestro cantante siempre había preferido hacer otro tipo de música, más discotequera, más bailable, otro rollo. Al principio se conformaba con interpretar lo que nos gustaba a los demás, pero, curiosamente, cuando las cosas empezaron a ir bien...

–¿A ganar dinero?

–Sí, exacto. Entonces decidió que su nombre ya era conocido y que podría embarcarse en sus propias aventuras musicales.

–¿Y vosotros qué pensasteis sobre eso?

Socolovich se encogió de hombros, pareció meditar su respuesta.

–Que se cargaba el grupo –dijo al fin–, que nos dejaba tirados. Al público no le importa tanto quién toca la batería, el bajo, la guitarra o cualquier otro jodido instrumento, pero el cantante, sí.

–Una vez le escuché decir a alguien que lo importante son las canciones. También el espíritu del grupo, la trayectoria, la perseverancia y la fe en el trabajo bien hecho.

Socolovich esbozó una sonrisa cargada de ironía.

–Sí, todo eso que dice es cojonudo y romántico, pero no es suficiente en estos tiempos. Javier Artà les había dado una sonoridad característica a las canciones, un toque muy personal. Tiene una voz peculiar. No es la mejor voz del país, eso lo sabíamos todos, pero su timbre era perfecto para lo que hacíamos.

–¿Quién componía las canciones?

Socolovich se lo quedó mirando y su frente se arrugó por un instante. Monfort se acordó de las palabras de Silvia: «Todo el mundo conoce a Bella & Lugosi». Todos menos él; eso parecía, al menos.

–Los cuatro –contestó–. Las canciones están compuestas y firmadas por todos los componentes de la banda.

–Los discos se venden bien, los conciertos se llenan, las giras se alargan... –Parecía pensar en voz alta más que hablar con su interlocutor–. Y el cantante se larga con viento fresco.

–Así es –resopló el batería–. Recibió la oferta de una compañía discográfica alemana afincada en Mallorca.

Mucha pasta, fueron sus propias palabras. Javier Artà dijo que no podía dejar escapar ese tren, que quizá fuera la última oportunidad de hacer lo que realmente le gusta.

–¿Y entonces?

–Entonces nos cagamos en su puta madre y nos pusimos a buscar otro cantante. ¿Qué otra cosa podíamos hacer? Pasamos por momentos complicados en los que estuvimos a punto de tirar la toalla, pero como de la nada apareció Joan Boira.

–¿De la nada?

–Es una forma de hablar –puntualizó el batería pese a que no hacía ninguna falta–. Pedíamos voces peculiares, gente que tuviera magia en la voz, con algo de experiencia en conciertos y grabaciones. Hicimos audiciones, cientos de audiciones horrorosas en busca de un timbre parecido. No creo haber escuchado tanta mierda en toda mi vida.

–¿Odiasteis a Javier Artà por dejaros en la cuneta sin cantante?

Socolovich se reacomodó en la silla.

–Habríamos tirado dardos contra su cara en un póster colgado de la pared. Sí, nos acordamos de sus muertos una y mil veces, pero en el fondo entendimos su decisión. La música tiene esos duelos entre el amor y el odio. Pero no, no lo odiamos entonces ni lo odiamos ahora. Cuando viajamos en la furgoneta y suena en la radio una de sus canciones, subimos el volumen y lo criticamos o lo alabamos, pero no lo odiamos. Somos buenos tipos. –Sonrió finalmente mostrando una dentadura blanca y cuidada.

–¿Cuál fue la reacción de Joan Boira cuando le comunicasteis que formaría parte del grupo?

–Flipó mogollón, pero no se le subieron los humos a la cabeza; tampoco se lo hubiéramos permitido. Se puso a currar como un cabrón. Era el primero en llegar a los ensayos y el último en marcharse. Joan es, bueno, era un tipo impresionante, un trabajador nato que se ganaba el cariño y los aplausos del público porque se partía la camisa en ello. No es lo mismo llegar aquí con veinte años que con treinta y tantos, se lo aseguro.

–¿Qué opinan los otros dos miembros del grupo?

–Le dirán lo mismo. Para nosotros fue un regalo, la oportunidad de seguir haciendo lo que más nos gusta, la única manera de continuar con lo que estábamos haciendo, nuestra forma de vida, en todos los sentidos.

–Supongo que el resto de la comitiva que acompaña al grupo opinará de forma parecida. Me refiero al *road manager*, a los técnicos, al personal de la compañía discográfica y a todos los que lo rodeaban.

–Estoy seguro de que todos piensan igual. Boira era un cabrón, ya se lo he dicho. Un tipo total.

–Celebro tal veneración –intervino Monfort–, pero ahora está muerto y no puede hablar.

Lucas Socolovich no dijo nada. Arrastró la silla hacia atrás hasta que tuvo espacio suficiente para cruzar las piernas.

–Entraste en el camerino antes de que lo hicieran los demás, ¿cierto? –le preguntó.

–Sí. Estábamos esperándolo: nosotros tres, los técnicos y sobre todo el público, que no dejaba de gritar para que tocáramos otro tema. Pero Joan no salía al escenario. Antes del último bis solía desparecer un momento en el camerino y se cambiaba de camisa, para quitarse la que llevaba sudada y estar más fresco, también para dar un toque de efecto al final del *show*, pero solía salir enseguida. Nosotros tres seguíamos esperando detrás del escenario. No vi al *road manager* por allí y supuse que estaría con él en el camerino. Alfonso y Pedro llevaban colgados el bajo y la guitarra respectivamente, así que me acerqué yo hasta el camerino. Lo habitual es que compartamos el mismo camerino en los conciertos, pero aquí, en Castellón, le habían preparado uno para él solo. Lo agasajaron por todo lo alto al ser de aquí. Entré y no lo vi junto al perchero ni frente al espejo. Me volví para regresar al escenario y entonces lo vi sentado en el suelo, con las piernas estiradas, el tronco inclinado hacia delante y la cabeza casi tocándole las rodillas. Me acerqué hasta él, me puse en cuclillas y le pregunté qué le pasaba. No respondió, lo moví ligeramente y como no contestaba lo zarandeé. Me enfadé, creo que incluso le grité que se pusiera de pie de una vez. Entonces vi su brazo, el pinchazo, un enorme moretón y la sangre que le caía hasta los dedos de la mano.

Socolovich se quedó en silencio, agachó la cabeza, cerró los ojos y se pellizcó el puente de la nariz.

–¿Y qué pensaste?

–¡No sé qué cojones pensé en ese momento!

–¿Pensaste que se había inyectado droga?

–¿Droga? Aquí no se droga nadie, es condición indispensable para formar parte de nuestro circo particular. Ni una raya, ni mucho menos un chute. O se respetan las normas o a la puta calle. Esa es la norma.

–Alguna cervecita sí caerá de vez en cuando, ¿no? –Monfort intentó quitar un poco de tensión a las palabras del batería, que poco a poco iba exaltándose.

–No somos monjas de clausura, pero en este caso da la casualidad de que Joan, además de no drogarse, no probaba ni una gota de alcohol. Nunca, en ningún caso, sin excepción. Se hinchaba a Coca-Cola, pero nunca lo vimos beber alcohol.

El inspector se puso de pie y Lucas Socolovich lo secundó. Le tendió una tarjeta con su nombre y el teléfono móvil anotado.

–Por si recuerdas cualquier otra cosa que creas que debería saber.

–Como en las películas –terció el batería con un mohín de tristeza.

–Sí, pero en esta peli el actor principal no volverá a ver a sus compañeros nunca más.

Socolovich se guardó la tarjeta en uno de los bolsillos de su chándal.

–Un par de cosas más –apuntó antes de que el batería se diera la vuelta y saliera del despacho–. ¿Qué crees que puede haber pasado?

–No tengo ni puta idea. ¿Y la otra cosa?

–¿Cabe la posibilidad de que se haya suicidado?

–¿Joan? ¡Ni de coña!

MIENTRAS TANTO, SILVIA dialogaba con los otros dos miembros del grupo en una pequeña sala de espera, junto al despacho en el que hasta entonces ocupaban Monfort y el batería. Ambos pasaron por delante de ellos, pero el inspector no permitió que Lucas Socolovich se detuviera a hablar con sus compañeros. Redó lo miró esperando alguna noticia acerca de lo que pudiera haber dicho el músico, pero no leyó nada en sus ojos.

Salió a fumar a la puerta principal del auditorio. Desde donde estaba podía ver a los agentes Terreros y García hablando con el responsable del equipo de sonido e iluminación y con el *road manager* del grupo, un tipo alto y fuerte, con algo de sobrepeso, que llevaba unas gafas de espejo que no necesitaba ni en aquel lugar ni a aquellas horas. Más tarde se encargaría de ellos.

Un taxi llegó a toda prisa y frenó con brusquedad junto a la entrada. De él se apearon un hombre y una mujer, ambos tendrían más de sesenta años. Sus rostros de dolor indicaban que podía tratarse de los padres de Joan Boira. Se abalanzaron hacia el interior del recinto pasando por delante de él, que les abrió la puerta para facilitarles el acceso. Romerales los esperaba al fondo del pasillo con aspecto circunspecto. Se pasó la mano por la cara al verlos llegar; a ningún policía le gusta comunicar malas noticias a los familiares de una víctima. Sin duda, los había despertado y sacado de la cama para darles la peor noticia de sus vidas.

Monfort se acercó al taxista, dio unos golpecitos al cristal de la ventanilla con los nudillos y el conductor accionó el mando para bajarla. Un halo de aire viciado le dio en la cara. Le mostró su identificación y se presentó.

–Menuda carrera le ha tocado, amigo.

–Pobre gente –dijo el taxista. No debía haberlo pasado nada bien llevando al matrimonio hasta el auditorio.

–¿Dónde los ha recogido?

–En su casa. Han bajado en pijama, desesperados, no dejaban de llorar.

–¿Y qué ha hecho?

–Les he dicho que se vistieran, que así no podían salir. Con la ayuda de una vecina los hemos llevado de vuelta al piso. Ella se ha desplomado un par de veces. El hombre no atinaba ni siquiera a abrir la puerta. Pobre gente –repitió.

–Así es –afirmó Monfort–. Yo no tengo hijos, pero sé lo que significa una noticia de esa magnitud, me ha tocado darla en alguna que otra ocasión y también recibirla. ¿Usted tiene hijos?

El taxista, que hasta el momento tenía la mirada perdida en un punto impreciso entre la luna delantera del vehículo y la puerta del auditorio, volvió la cara y se quedó mirando al policía con ojos soñolientos.

–Tres. Se me ponen los pelos de punta solo de pensarlo.

–No piense en eso, hombre, que no adelanta nada. –Monfort le dio unos golpecitos en el hombro para intentar quitar hierro al asunto–. ¿Dónde viven? ¿Dónde ha ido a buscarlos?

–Son de Borriol. ¿Usted es de por aquí?

–No –contestó; no creyó conveniente añadir nada más sobre la procedencia de sus padres. Sintió una punzada en el pecho al recordar a su madre, a la que ya no volvería a ver nunca más.

Borriol era una población muy cercana a la capital, a tan solo cinco kilómetros. Contaba con unos cinco mil habitantes y era el primer pueblo al salir de Castellón en dirección norte, hacia Vilafranca del Cid o Morella, o, cuando finalizaran las obras de la nueva autovía, hacia Barcelona vía Torreblanca, pasando por el polémico aeropuerto todavía en construcción. Entonces, la crisis, que ya se veía venir pero de la que nadie quería ni oír hablar, amenazaba seriamente aquellos proyectos.

El taxista se apeó del coche y apoyó el trasero en la puerta, sacó un paquete de cigarrillos y le ofreció uno al policía. Tras encenderlos retomaron la conversación.

–Según me ha contado la vecina mientras acababan de vestirse, son una familia muy conocida en el pueblo. El padre nació en Cabanes, cerca de allí, y la madre es de Borriol. Solo tenían ese hijo. El chico les salió artista. Su padre habría preferido que fuera arquitecto o algo así, ya sabe, que hubiera conseguido un buen trabajo y no que se pasara todo el día de aquí para allá con la música.

–No tiene por qué ser un mal trabajo. Lo de ser músico, quiero decir –apostilló Monfort, pero sabía que convencerlo de eso era como encontrar agua en el desierto.

El taxista no dijo nada y expulsó el humo del cigarrillo de forma ruidosa.

Rondaba los cincuenta años, tenía el cabello ralo, cortado de forma irregular, como si lo hubiera hecho un aficionado. Su rostro conservaba vestigios del niño que había sido, regordete en el mejor de los casos. Miraba a Monfort con los ojos ligeramente entornados, como si tuviera la vista cansada o hubiera dormido poco, más bien lo segundo. Vestía un pantalón vaquero caído en las caderas y un polo desgastado de color verde.

–¿Y de la madre? ¿Qué decía la vecina acerca de la madre?

El taxista aplastó la colilla con la suela del zapato y se pasó una mano por el pelo.

–La vecina no ha dicho nada, pero en el viaje hasta aquí la madre no ha dejado de repetir que sabía que su hijo acabaría así.

«Que su hijo acabaría así.» Se repitió, memorizando la frase pese a que no lo necesitaría.

Silvia abrió la puerta desde el interior.

–¿Puedes venir? –le preguntó.

–Claro –contestó Monfort agradecido de que lo rescatara de allí. Luego se dirigió al taxista–: ¿Le han pagado la carrera?

–Da igual –contestó el hombre metiéndose de nuevo en el vehículo con un gesto de desdén.

–Nos espera el director del auditorio –anunció mientras el conductor abandonaba ya el recinto.

–¿Qué tal con los otros miembros del grupo? –preguntó Monfort.

–Nada. Repiten una y otra vez que no se drogaba, que es muy extraño que se metiera un chute y más aún que tuviera intención de suicidarse; que era feliz en el grupo, y por lo que conocían, también en su vida privada; que era un currante nato y bla bla bla. Parecen buenos tipos, la verdad. Y tú, con el batería, ¿qué tal?

–Un tipo curioso. También el bla bla bla que dices, pero con algunos matices.

–¿Matices?

–Sí, una historia de amor y odio que no acabo de entender bien. Lucas Socolovich es el líder del grupo, tiene alma de jefe y carácter también. He notado algo que podría ser un ramalazo de envidia hacia Boira; quizá solo me lo ha parecido, pero...

–Cambiando de tema, ¿qué narices crees que es eso de las flores en la funda de la guitarra?

–No lo sé, puede que solo fuera un fetiche para el cantante; ya sabes, un amuleto, un recuerdo, un regalo.

–O la firma de un asesino.

Monfort le hizo una señal para que no siguiera hablando.

–¿No pretenderás que guarde silencio sobre una prueba?

–A veces pareces adivina.

El despacho del director del auditorio era muy moderno y amplio y estaba excelentemente iluminado. Las paredes y el suelo estaban cubiertos de madera en tono claro. Había un cómodo sofá de piel y una mesita baja, también una mesa de reuniones con sillas alrededor. Sin embargo, les hizo una señal para que se acercaran hasta la mesa del despacho a la que estaba sentado.

–Soy Tomás Bustos, el director del auditorio. –Se incorporó un poco de la silla y se presentó tendiéndoles la mano mientras los invitaba a tomar asiento. Monfort le presentó a la subinspectora y luego a sí mismo a la vez que le ofrecía su tarjeta.

No tendría aún los cuarenta años, debía de ser alto y bastante fuerte; se le veía en forma. Tenía el pelo cano, con un poco de melena que le cubría casi toda la nuca; sin embargo, evidenciaba profundas entradas que le conferían una frente clara y despejada. Del cuello le colgaba un fino cordón que sujetaba unas gafas. Vestía de forma elegante, americana azul de algún tejido fresco y debajo una camisa beis que parecía de lino. Pantalones chinos a juego con la americana. No se le veían los zapatos, ya que estaba al otro lado de la mesa.

–¿Presbicia? –preguntó señalando las gafas nacaradas.

–Sí –contestó cogiéndolas con una mano como si quisiera mostrárselas–. Son un fastidio. Si me las dejo puestas me mareo al mirar de lejos, pero si me las quito no puedo leer bien.

–Dicen que ahora se puede operar –terció.

–Ya, pero según tengo entendido hay que aflojar tres o cuatro mil euros.

Silvia decidió cortar aquella conversación banal e innecesaria; era demasiado tarde para andarse por las ramas.

–Me ha informado el comisario Romerales de que han estado ustedes hablando y de que podemos disponer de las grabaciones de las cámaras de seguridad del auditorio.

–Exacto –confirmó el director.

Giró hacia ellos el monitor que tenía encima de la mesa. Era la pantalla de un ordenador Apple de, como poco, veintisiete pulgadas. A continuación, Tomás Bustos tecleó a toda velocidad.

–¿La grabación recoge el día completo? –preguntó Silvia.

–Creo que sí –respondió el director sin dejar de teclear–, pero lo que quiero que vean es esto –pulsó la tecla *enter* con un gesto grandilocuente.

En la pantalla se veía un pasillo y, al final de él, la puerta del camerino en el que Joan Boira había muerto.

Silvia señaló en la pantalla la numeración digital que aparecía en la parte inferior derecha, que sin duda correspondía a la hora en la que se habían grabado aquellas imágenes.

–¿Es correcta la hora? –dijo con extrañeza.

–No, por desgracia parece ser que no está ajustado, pero con paciencia quizá podamos saberla. Si contamos a partir de un momento en el que... ¡Ahí está! –exclamó cuando en la pantalla se vio a alguien que cruzaba el pasillo a toda prisa y se metía en el camerino. Era alguien de complexión fuerte, alguien vestido de negro.

–No se ve una mierda, con perdón –irrumpió Monfort.

–Pero ustedes, la Policía, pueden hacer milagros con esto, ¿no? Ampliar, acercar...

–Sí, como en la serie del CSI –ironizó Silvia. Y a continuación–: Si no sabemos la hora con total exactitud no tenemos casi nada. Tampoco ayuda mucho que parece ir completamente vestido de negro. ¿Ha visto cómo visten casi todos los que acompañan al grupo?

–Ponga las imágenes grabadas en el interior del camerino –intervino Monfort.

–No hay cámaras en los camerinos –aclaró el director temiéndose la que se le venía encima.

–¿Qué? –exclamó, y a Silvia se le escapó una risita cargada de ironía–. Vamos, hombre, no nos amargue la noche. No me diga que no graban lo que pasa en los camerinos.

–Lo siento, no hay cámaras en el interior de los camerinos. Cuando me hice cargo del puesto ya era así, decían que era para respetar la privacidad de los artistas.

–Ya, y así nadie ve cómo se meten las rayas de coca. Los artistas están contentos, ustedes también, y si sucede algo como lo de esta noche ya vendrá la Policía a... ¿cómo ha dicho? A hacer milagros con esto. Ampliar, acercar...

Monfort se puso en pie y su compañera hizo lo mismo; sin embargo, el director se quedó sentado en la silla, azorado, sin saber qué decir. Su rostro era un poema.

–Por favor, Silvia, que te entregue las grabaciones y que mañana las revisen con lupa en la comisaría. Y a usted –dijo señalando al director–, lo quiero a disposición para lo que necesitemos. ¿Me ha entendido?

–Por supuesto, faltaría más. Ahora lo más importante es saber qué ha podido ocurrir. –Tomás Bustos, el director del auditorio, sabía que una muerte como aquella traería cola y muchos problemas a su puesto de trabajo.

El inspector salió del despacho visiblemente contrariado. Silvia esperó en el interior a que el director le facilitara las grabaciones de las cámaras, que analizarían minuciosamente. La persona a la que se veía fugazmente entrar en el camerino parecía ser un hombre vestido con vaqueros negros y camiseta negra, como casi todos los individuos que permanecían en el interior del auditorio a la espera de lo que el comisario Romerales decidiera hacer con ellos aquella noche.

Dos personas accedieron por la entrada principal del auditorio tras pasar el control de los agentes que la custodiaban. Se trataba de una joven atractiva que caminaba deprisa y cabizbaja. Tras ella, un hombre vestido con traje negro y el nudo de la corbata aflojado, apuraba el paso para tratar de alcanzarla. Era alto, llevaba el pelo engominado y peinado hacia atrás. Monfort había vuelto a salir a fumar; el lastre de siempre, pensó con la primera calada. Cuando pasaron por delante de él pudo ver que la joven había llorado. Tenía la tez y los ojos enrojecidos. La saludó cortésmente, pero ella no contestó. Consultó la hora en su reloj de pulsera y calculó mentalmente que todavía no habrían pasado cuatro horas desde que les dieron el aviso de que Joan Boira había muerto. Sin duda se trataba de la novia del cantante, que había viajado desde Madrid hasta Castellón en coche nada más conocer la noticia.

Los padres de Joan Boira salieron a su encuentro y los tres se fundieron en un abrazo desesperado. El hombre del traje aguardaba dos metros por detrás. Monfort se acercó hasta allí de forma discreta y le tocó la espalda para llamar su atención.

–Disculpe. ¿Usted es...? –preguntó al tiempo que el hombre se volvía sobresaltado.

–Buenas noches –contestó el hombre a la vez que le tendía la mano al inspector–. Soy Jesús Castro, el director de Safety Records, la compañía discográfica de Bella & Lugosi.

–Inspector Monfort –se presentó–. ¿Han venido juntos desde Madrid? –Hizo una señal con la mano primero hacia ella y luego hacia él.

–Sí, Elena me llamó nada más conocer la noticia; estaba destrozada, no sabía qué hacer y me ofrecí a traerla. De todas formas, iba a venir en cuanto me avisaran. Debo estar aquí en este difícil momento, he de acompañar al resto del grupo en este duro trance.

–Ha conducido deprisa –observó y creyó ver en el rostro de su interlocutor un gesto que denotaba satisfacción por lo que acababa de decirle–. Debe de tener un buen coche. Menos de cuatro horas es un tiempo magnífico entre Madrid y Castellón.

–De noche hay menos tráfico.

–Ya, pero salir de Madrid lleva su tiempo. Habrá tenido que pasar por su casa a recogerla. –Miró de nuevo la hora en su reloj y, de forma intencionadamente distraída, dijo–: Cualquiera diría que ya estaban juntos.

–¿Ha empezado ya el interrogatorio? –preguntó molesto Jesús Castro, aunque supo en ese mismo momento que no había sido un comentario afortunado por su parte. El inspector sonrió de forma poco disimulada y él lo notó.

–¿Cree que habrá un interrogatorio en el que usted debería participar? –preguntó esbozando la misma sonrisa ambigua.

Jesús Castro se pasó una mano por el pelo engominado. Lo tenía aplastado y brillante, como recién peinado. A Monfort siempre le había intrigado cómo conseguían ese efecto. Él lo había probado alguna vez, pero su pelo rebelde apenas soportaba el fijador más de media hora; luego, simplemente, le quedaba apelmazado, como una masa de engrudo, como cola de empapelar.

La novia de Joan Boira se volvió hacia ellos. Monfort se presentó y le dio la mano, ella dudó por un instante. Finalmente, aceptó el saludo y se presentó por su nombre y el primer apellido. Los padres de Joan Boira regresaron a la sala en la que aguardaban antes de que llegaran la novia de su hijo y el director de la compañía discográfica. Estaban destrozados, se apoyaban el uno en el otro. El hombre no decía nada, la madre no dejaba de sollozar palabras ininteligibles, sonidos de dolor.

Elena Barrantes estaba vencida, tenía los hombros caídos y la mirada perdida.

–¿Prefiere que nos sentemos? –preguntó.

Ella negó con la cabeza, pero no se mantenía firmemente en el suelo; parecía que iba a desvanecerse en cualquier momento. Le flaqueaban las piernas, tenía las manos cogidas y no paraba de retorcerse los dedos.

–¿Quién lo ha matado? –preguntó casi en un susurro.

–No tenemos ninguna prueba de que alguien le haya quitado la vida –respondió. Jesús Castro permanecía a su lado, a la espera de alguna reacción por parte de Elena.

–Sus padres creen que se ha suicidado –prosiguió la joven–, pero eso es imposible. Todo le iba bien, había conseguido su sueño. Pensábamos marcharnos unos días a Menorca después de este último concierto de la gira.

Elena se tambaleó ligeramente y Jesús Castro dio un paso adelante de forma rápida para sujetarla.

–Creo que debería descansar –opinó Monfort.

–El médico nos ha dado unos tranquilizantes –indicó ella con voz trémula y señaló la sala en la que se encontraban de nuevo los padres de Boira acompañados de un médico y una enfermera que el comisario Romerales había hecho llegar hasta allí para atender a los familiares.

–Vamos a trasladarlo al instituto forense, no vamos a poder hacer mucho más aquí esta noche. Le practicarán la autopsia y mañana sabremos más sobre lo que ha podido ocurrir. Lo siento mucho –dijo con total sinceridad.

–¡Joan no se ha suicidado! –gritó la joven con un quejido que le salió de lo más profundo de sus entrañas, y al momento se le doblaron las rodillas y cayó de bruces al suelo. La enfermera salió de la sala al oír el grito y se la llevó casi en volandas a la habitación en la que aguardaban unos padres deshechos de dolor.

Monfort exhaló un suspiro y enderezó la espalda. Estaba agarrotado, agotado y hambriento. En aquel momento habría pagado una buena suma por un trago. La boca le sabía a cuero y metal.

–Usted. –Se dirigió a Jesús Castro, que estaba quieto, de pie, a su lado, mirando hacia la sala a la que se habían llevado a la joven–. Necesito que se quede en Castellón esta noche. ¿Ya sabe dónde va a alojarse?

Castro se encogió de hombros, quizá no había pensado en aquel detalle. El inspector intervino en su nombre.

–Ahora le indicará uno de los agentes dónde pasará la noche. Mañana quiero hablar con usted sin falta.

–¿Dónde se queda ella?

–Eso, ahora, no es asunto suyo.

–¿Cómo?

–Lo que ha oído. No se mueva de aquí. Enseguida le darán instrucciones.

Monfort observó al comisario Romerales, que dialogaba con el personal de seguridad contratado por el auditorio, pasó de largo y se acercó hasta donde estaban los agentes Terreros y García. No había tenido oportunidad de hablar con ellos desde que había llegado, los había saludado con la mano al llegar, pero nada más. Ambos le dieron el pésame por el fallecimiento de su madre, intercambiaron algunas palabras con él y le ofrecieron un café demasiado caliente y aguado que habían sacado de una máquina expendedora.

–¿En qué hotel se alojan?

–El grupo se hospeda en el hotel Luz, el que está enfrente de la estación de trenes. El personal de sonido e iluminación regresará a Madrid tras desmontar el equipo y cargarlo en el camión. Les hemos tomado declaración, no hay nada más que puedan hacer aquí.

Menuda vida la de los técnicos, pensó Monfort. Mientras que los integrantes del grupo gozaban de la gloria tras los conciertos y a continuación lo celebraban en algún bar de moda de la ciudad en la que se encontraran, rodeados de seguidores que los agasajaban, idolatraban y a saber qué más, los técnicos desmontaban minuciosamente los cachivaches del sonido y las luces, que debían volver a caber en las cajas metálicas que luego irían dentro del camión, todo ello sin apenas dormir y comiendo regular y deprisa para que el asunto no se eternizara, ya que, tras todo el trabajo, alguien debía conducir durante horas para llegar al destino final. No es oro todo lo que reluce, pensó.

–Necesito que se queden aquí esta noche los tres miembros del grupo con su *road manager*. También el director de la compañía discográfica, que se quede en el mismo hotel. Encargaos de que le consigan una habitación.

–Va un poco repeinado –observó el agente Terreros.

–Sí, parece Mario Conde –ironizó el agente García–. ¿Los vigilamos por la noche?

–Por supuesto –señaló Monfort–. Quiero que los acompañéis a dormir como si fueran bebés y que no se muevan del hotel hasta nueva orden. Mañana los quiero a todos en la comisaría para que conozcan un escenario menos «musical» que el que han pisado esta noche.

–Entendido, jefe –dijeron los dos agentes a la vez.

–Por cierto –terció mientras dejaba el vaso del café encima de una mesa–, ¿qué tal es el *road manager*?

–Un chuleta –apuntó Terreros–. Se debe de creer que es el representante de los puñeteros Beatles.

–ES MUY TARDE y estoy hasta las narices –dijo Monfort tras entrar en el mismo despacho del que un momento antes habían salido Silvia y el director del auditorio.

Esteban Huete, el *road manager* de Bella & Lugosi, era un tipo alto y fuerte. Tenía algunos kilos de más, aunque quizá había estado más sobrado en el pasado; la papada que lucía insinuaba aquella posibilidad. Vestía completamente de negro: pantalón vaquero de color negro, camiseta negra con las mangas recortadas, con el símbolo de Harley Davidson estampado en el pecho y botas camperas del mismo color que la vestimenta. Un aro en cada oreja y gafas de sol de aviador con los cristales de espejo, de manera que era totalmente imposible ver sus ojos ni nada de lo que pudieran expresar en aquel momento.

–Siéntate –le indicó y señaló el sofá.

Cuando se hubo sentado, Monfort se dirigió al interruptor de la luz que había junto a la puerta y apagó las luces del despacho.

–¿Qué coño hace? –increpó Huete contrariado.

–Habla bien –le sugirió el inspector.

–¿Por qué apaga las luces? Aquí no se ve una mierda.

–No te muevas de donde estás.

–¿Qué?

–Ya me has oído.

–¿De qué va este rollo?

Monfort permanecía de pie, a oscuras, junto al interruptor, apoyado en la pared con las manos entrelazadas a la espalda.

–Este rollo va de que da lo mismo que la luz esté encendida o apagada; total, con las gafas esas que llevas da lo mismo lo que se vea o se deje de ver. ¿O es que prefieres que no te veamos los ojos?

–No entiendo nada.

–Sí que lo entiendes.

–¡Que no!

–Quítate las gafas, déjalas sobre la mesa que tienes delante; puedes palparla si quieres, no necesitas que haya luz.

El *road manager* farfulló unas palabras que Monfort no pudo entender, pero que imaginaba perfectamente.

–Ya está –dijo cuando dejó las gafas sobre la mesa.

Monfort accionó de nuevo el interruptor y el despacho se iluminó por completo. Huete se frotó los ojos con las yemas de los dedos como si la iluminación fuera excesiva para él.

Rodeó el sofá y pasó por detrás de él, que todavía se cubría la cara con las manos. Se sentó en el reposabrazos y lo miró a los ojos. Tenía las pupilas tan dilatadas que no se veía de qué color los tenía.

–Si no he entendido mal –prosiguió–, según la conversación con Lucas Socolovich, el batería y a mi manera de entender, el líder del grupo, aquí no se droga nadie; dice también que es condición indispensable para... ¿cómo lo ha dicho? –Monfort se rascó la barbilla tratando de recordar las palabras exactas–. ¡Ah, sí!, Para formar parte de este circo.

–¿Y?

–Tú eres una de las piezas que forman este circo, ¿no es así?

–Claro, soy el *road manager*.

–Siempre me ha parecido un poco hortera y pretenciosa la expresión, creo que podría buscarse una alternativa en castellano.

–¿Qué expresión? –Huete estaba confundido. El inspector sonreía, sabía que aquello lo ponía nervioso.

–Además, no eres muy listo –observó.

Esteban Huete hizo amago de levantarse.

–¡Siéntate! –exclamó Monfort–. No vas a moverte de aquí hasta que yo te lo diga.

–Pero...

–Mira, lo que me parece hortera y pretencioso es el nombre que se le da a tu trabajo, pero me importa poco cómo demonios quieras llamar a tu ocupación, eso no es importante ni tampoco la razón por la que estás aquí ni la respuesta a por qué he apagado la luz.

–Pues ya me dirá. –Huete estaba cada vez más confundido.

–Seré breve para que no perdamos el tiempo, me rugen las tripas, pero por otro motivo muy distinto al que te rugen a ti.

–¿Qué leches dice? No entiendo nada.

–Llevas todo el día y lo que llevamos de noche metiéndote cocaína, una droga que sin duda entra en los gastos fijos del grupo, pese a que sus componentes defienden a capa y espada que aquí no se droga nadie. Bien, nadie no, eso ya está claro; tú sí que te drogas. Por otro lado, y esto es más importante para mí y mucho menos agradable para ti, tenemos las grabaciones de una cámara en las que se ve a una persona de una estatura y complexión similares a las tuyas, vestida de negro que ha entrado en el camerino cuando Joan Boira iba a cambiarse de camisa para salir a interpretar el último bis. ¿Qué hacemos? –preguntó Monfort. Era evidente que las últimas palabras se las había sacado de la manga, pues no sabían a ciencia cierta el momento en el que aquella persona había accedido al camerino. Se acercó un poco para estar más cerca de él. Como la respuesta no llegaba, continuó preguntando–. ¿Me cuentas lo que quiero saber o informo a Lucas Socolovich sobre qué es lo que te mantiene tan espabilado?

–¿Qué quiere saber? –contestó al fin con una pregunta y el ceño fruncido.

–Todo. –La respuesta de Monfort vino acompañada de una consulta a su reloj de pulsera–. Se ha hecho muy tarde, pero ya no tengo tanta prisa. Cuéntame todo lo que sepas de Joan Boira, de su relación con el grupo, con los técnicos y también contigo. ¿Eras su camello? –Huete negó con la cabeza–. Háblame de los otros componentes, de la oficina de contratación, del director de la compañía discográfica, de su novia. Y, de paso, me dices dónde escondes la droga. Más vale que lo sepa yo antes de que lo hagan tus compañeros y te pongan de patitas en la calle, salvo que dé con tu alijo particular alguno de mis compañeros y entonces te detengan por otra cosa. Ya ves que tienes varias y buenas opciones, ¿qué me dices?

–Yo no sé nada –farfulló el *road manager*.

Monfort supo que iba a averiguar bien poco de aquella conversación.

El inspector observó el furgón de los servicios forenses que abandonaba el recinto del auditorio con el cuerpo de Joan Boira en su interior. Poco a poco, habían recolocado en sus alojamientos a todas las personas relacionadas con el fallecido, a la espera de las indicaciones de la Policía para la jornada siguiente; los agentes Terreros y García se habían ocupado de ello de forma rápida y diligente. La ausencia total de seguidores del grupo había ayudado a que no se corriera la voz todavía, aunque irremediablemente pronto se conocería la extraña muerte del cantante y entonces correrían ríos de tinta. Era lo normal, en todo caso.

Dos agentes habían acompañado a los padres de Joan Boira y a su novia al domicilio de Borriol. El *road manager*, con quien Monfort quería continuar la conversación al día siguiente, los otros tres componentes del grupo y el director artístico de la compañía discográfica se alojaban en el hotel Luz, hasta donde fueron en la furgoneta del grupo, escoltados por agentes de policía con órdenes de vigilar durante la madrugada para que no abandonaran el hotel. Los miembros de los equipos de sonido e iluminación desmontaron sus bártulos y, tras cargar el camión, regresaron a Madrid. Terreros tenía sus declaraciones.

La ilusión por conocer mundo, la vida nómada emparentada con la música, y la sensación de libertad jugaban muchas veces un papel decisivo para que aquellos profesionales se embarcaran en extensas giras que los apartaban de sus familias y sus camas durante muchos meses al año. A él, en cierto modo, le pasaba igual, ya se lo había dicho la abuela Irene. «Ese trabajo tuyo que te anestesia de todo lo demás.»

Ahora el auditorio parecía un desierto. Apenas se oía la conversación entre el comisario Romerales y el director. Monfort no quería ni verlo. Aquello de las grabaciones lo había puesto enfermo. Silvia se acercó a donde estaba.

–No es precisamente el mejor final para una gira –dijo ella y miró en la dirección en la que lo hacía el inspector, pese a que él no miraba nada en concreto.

–En efecto, no lo es.

–¿En qué piensas?

Pensaba en Joan Boira.

–En el fondo creen que se ha excedido en la dosis de heroína.

–¿Crees que sospechan que Boira ocultaba su adicción?

–En todo caso, sería lo mejor para ellos. El cantante es adicto, pero los tiene a todos engañados para poder permanecer en el grupo. Con la euforia del último concierto de la gira se pasa con la dosis y la palma. Sería un buen argumento. «El cantante de Bella & Lugosi, muerto por sobredosis», puedo imaginar los titulares de los periódicos.

–Quizá hasta le convenga al resto del grupo. Les daría popularidad, en todo caso.

–¿Quieres decir que no hay mal que por bien no venga?

–Exacto. Buscando el beneficio de la fatalidad.

–Sí, parece una fórmula constante en el mundo de la música. Mueres deprisa y de forma extraña, y sales en las noticias.

–Y vendes más discos.

–Y vendes más discos –repitió Monfort.

–Pero ahora viene cuando tú no te crees ni un ápice de todo lo que estamos hablando.

–¿Te he dicho antes que a veces pareces adivina?

–Sí.

–Pues llévame al hotel, si no te importa. Mañana empieza nuestro *show* particular.

–Enseguida, jefe.

–¿Conducirás despacio?

–Lo haré. Incluso te dejaré escuchar la música que prefieras.

–¡Qué gran detalle!

–¡Bah! No tiene importancia –exclamó Silvia con un divertido gesto de desdén.

Se despidieron del comisario Romerales, que continuaba intercambiando detalles de las formalidades a seguir con el director del auditorio. Los agentes de la Científica cargaban sus cacharros en el coche y Silvia se acercó para decirles algo.

Llegaron al hotel Mindoro en apenas diez minutos. La subinspectora se detuvo frente a la puerta acristalada. Dentro había poca luz. Una joven tecleaba en el ordenador de recepción. No se veía un alma por la calle y el cielo estaba negro como boca de lobo.

–Gracias –dijo Monfort–. Procura descansar. Dentro de un rato nos vemos en la comisaria.

–No hay problema, allí estaré.

–¿Puedo? –preguntó y señaló la guantera del coche.

–Claro –contestó Silvia. Sabía que se refería al CD de Bella & Lugosi.

El hombre abrió la guantera y cogió el compacto, no sin antes ver la bolsita de plástico de autocierre.

–¿Te lo has llevado?

–¡Ah, eso! Sí, las flores marchitas que estaban en la funda de la guitarra. Quiero verlas con detalle, pensar un poco –aclaró Silvia–. Podría ser la pista que marcara la diferencia entre una sobredosis o un asesinato.

1985

*C*UANDO LLEGARON, LAS *flores ya estaban marchitas.*

*Y*O QUERÍA ESCRIBIR, *cantar... Él repetía una y otra vez que aquello eran cosas de mujeres, no de hombres. Dijo que me cortaría un brazo si lo hacía, que me lo cortaría y lo pondría a secar al fresco, como hacía con los pedazos de carne de la matanza del cerdo.*

Me decía: «¿Qué clase de escritor vas a ser con un brazo cortado? ¿Qué cantante va por ahí como un tullido?». Y se burlaba de ello una y otra vez.

Así que al final fui yo el que se lo cortó a él.

Por bocazas, borracho y maltratador.

Primero envenené a mamá para que no sufriera más, para que no tuviera que seguir viviendo con aquel ser insoportable que de todas formas habría acabado con ella. Utilicé estricnina, tal como le había visto hacer a él para acabar con los zorros que amenazaban por las noches a las gallinas del corral.

El veneno mezclado con la comida. Letal.

Y mamá dejó de sufrir.

De no haberlo hecho yo, él la habría matado a palos.

*C*UANDO APARECIÓ LA *Guardia Civil, las flores ya estaban marchitas, igual que el bello rostro de mamá.*

Él también estaba muerto para entonces, el muy indeseable.

Entró en la cocina gritando que qué le ocurría a mamá. Lo golpeé en la cabeza con un martillo y lo dejé sin sentido. A continuación, le corté el brazo con el cuchillo más grande que encontré en la cocina, cuando todavía estaba vivo, inconsciente pero vivo, para que aprendiera la lección, para que supiera lo que se le había ocurrido hacer conmigo, para que se pudriera en el abismo del dolor, para que probara un poco de toda aquella maldad que nos provocaba, sobre todo a mamá.

Ahora ella ya estaba a salvo, en el cielo.

Él ardería en el infierno, como la tea.

LOS VI LLEGAR *desde la ventana, traqueteando despacio por el camino con el Land Rover de color verde oliva, el techo blanco, la sirena azul. Él no quería arreglar los baches del camino; decía que de esa manera se sabía cuándo alguien se acercaba a la casa. Tenía razón. Los vi llegar.*

Se apearon del vehículo con sus uniformes de color verde y las armas colgando del cinto. De una de las puertas traseras se bajó un hombre vestido de paisano. Lo reconocí enseguida, era el cartero; venía de vez en cuando hasta la casa a traer el correo. Siempre me sonreía y me decía alguna cosa cuando me asomaba a la ventana. Podía haber gritado entonces que él nos tenía allí encerrados, que nos amenazaba con matarnos, que golpeaba a mamá hasta dejarla sin sentido, pero no lo hice, no hice nada de eso.

De forma instintiva miré el buzón que había junto a la puerta, de él sobresalía un sobre de color marrón. Me eché hacia atrás cuando el cartero les señaló el balcón en el que yo había colgado su brazo junto a los embutidos. Entendí entonces que el cartero había descubierto lo que había hecho, que había sido él, al traer el correo, quien había visto el brazo secándose al aire de la montaña y también quien había alertado a la Guardia Civil.

Me escondí en un armario bajo de la cocina, doblé las piernas y me rodeé las rodillas con los brazos, hundí la cabeza y me obligué hasta que de mis ojos brotaron lágrimas falsas. También podría haber sido actor. Para acabar de darle el dramatismo que creí conveniente, me oriné encima y, con las manos, me restregué la ropa para impregnarla del olor.

Se oyeron golpes en la puerta que no atendí. Llamaron a mamá por su nombre, también gritaron el nombre de él, por supuesto, pero nadie contestó.

Oí que hablaban por la radio del vehículo, sonidos metálicos ininteligibles, voces agudas diseminadas por el campo.

Al rato sobrevino un gran estruendo y comprendí que habían derribado la puerta.

Más gritos, ruidos de pisadas que subían por las escaleras que llevaban hasta el primer piso, donde estaban la cocina y el balcón en el que se oreaban los productos de la matanza, y también la habitación donde ya descansaba mamá.

Los dos hombres uniformados entraron en la cocina con las armas en la mano y se encontraron cara a cara con el horror.

Lunes, 5 de mayo de 2008

Se había hecho de día mucho antes de lo que hubiera deseado. La noche había sido larga y triste; la madrugada, también.

A través del ventanal que daba a la fachada posterior del Teatro Principal de Castellón, los colores del nuevo día anunciaban cambios en la climatología. Las nubes de tonos morados y la tenue luz que se colaba entre las cortinas invitaban a meterse entre las sábanas y dormir a pierna suelta, pero no había tiempo.

Monfort sabía que, con todo lo sucedido, no iba a poder conciliar el sueño de ninguna de las maneras. Vaciar sin contemplaciones el minibar de la habitación tampoco había sido una idea excelente. Las chocolatinas y la raquítica bolsa de patatas fritas no consiguieron mitigar el hambre; el whisky y la ginebra, tampoco. Se había pasado dos horas curioseando en su recién estrenado ordenador portátil. Se había decidido por fin a adquirir uno de aquellos aparatos, lo compró en una tienda de informática de la calle Alcalde Tárrega que Silvia le había recomendado. Podía haber tomado uno prestado de la Policía, pero no tenía ganas de que le calentaran la cabeza con las normas de seguridad y todo lo demás. El encargado del establecimiento se lo había preparado para que no tuviera que hacer nada más que ponerlo en marcha y empezar a bucear por internet, según sus propias palabras. Había pasado un buen rato buscando música.

Descubrió por casualidad que podía escuchar música a la vez que hacía otras cosas en el dispositivo. Recordó aquello de minimizar y maximizar las ventanas que había dicho el de la tienda. Dejó de fondo, a bajo volumen, el segundo disco en solitario de Lou Reed, *Transformer*. Se tumbó bocabajo en la cama, con el portátil frente a él, desobedeció las normas que prohibían fumar en la habitación y escribió con torpeza en la barra de navegación de Google.

Bella & Lugosi era un alias curioso para un grupo musical. Entre las opciones expuestas como resultado del buscador accedió a la página llamada «oficial» y se encontró con un decorado de película de terror que hacía referencia al juego de palabras que daba nombre al cuarteto madrileño.

A la izquierda de la pantalla se podía ver un dibujo original de la factoría Disney de Bella, la joven y delicada protagonista de *La Bella y la Bestia*. Al otro lado, a la derecha de la página, aparecía una imagen del gran actor Béla Lugosi, inmortalizado en el tiempo por haber interpretado los primeros papeles del conde Drácula, ataviado con su sempiterna capa y su mirada más que penetrante. En el centro de la pantalla había un texto de bienvenida y las primeras palabras sobre las inquietudes musicales del grupo.

Monfort sonrió al comprender por fin el significado del juego de palabras del nombre con el que sus miembros habían bautizado al grupo. Bella & Lugosi. Bella, de *La Bella y la Bestia*, y Lugosi, del actor Béla Lugosi; sin duda, una pareja tan imposible como singularmente original.

La página contenía otros apartados: Inicio, Bio, Discografía, Conciertos, Fotos & Vídeos, Contratación, Noticias...

También se podía conocer parte de la historia de los personajes que daban nombre al grupo en enlaces que llevaban directamente a la biografía del carismático actor rumano, Béla Lugosi, nacido en los Cárpatos cuando la actual

Rumanía formaba parte del Imperio austrohúngaro, así como los orígenes de *La Bella y la Bestia*, una obra basada en un cuento tradicional francés.

Puso en pausa a Lou Reed y escuchó algunas canciones del nuevo CD del grupo, titulado *Drácula*.

Si Lucas Socolovich, que parecía erigirse como el líder de la banda, hubiera estado allí en aquel momento y le hubiese preguntado a Monfort qué le parecía lo que estaba escuchando, no habría sabido qué contestarle. No era aquel el tipo de música que él solía escuchar. La teatralidad impuesta por la voz de Joan Boira, las melodías oscuras del grupo y el dramatismo exagerado de los textos no eran muy de su gusto; no, definitivamente no le gustaba lo que estaba escuchando. Se lo diría a Silvia Redó en cuanto la viera.

Vio un vídeo filmado como si se tratara de una película en alta definición, con una calidad excelente. Luego vio parte de un concierto en Madrid, en la mítica sala El Sol, en la céntrica calle Jardines, junto a la calle Montera, a cuatro pasos de la Gran Vía; uno de los templos de la movida madrileña que todavía seguía ofreciendo música en directo pese a la enorme crisis que asolaba el panorama musical en nuestro país.

Lucas Socolovich a la batería y Alfonso Roca al bajo imprimían una base rítmica sólida y potente, perfectamente conjuntada. Lo hacían realmente bien. Para el gusto de Monfort, Pedro Paraíso, el guitarrista, había presenciado demasiados conciertos de guitarristas virtuosos que lo habían influenciado notablemente, pero él no era nadie para juzgar a un tipo que, con la guitarra colgada, se desenvolvía como un profesional. Sin embargo, prestó atención a la interpretación de Joan Boira: afectado en sus movimientos, amanerados por momentos, un tanto rimbombante y exagerado, con la voz engolada. Pero, a juzgar por los rostros de satisfacción de las jóvenes embobadas de la primera fila, a pie de escenario, que cantaban las canciones de pe a pa y bebían los vientos por él, se diría que en poco tiempo Boira se había convertido en un verdadero fenómeno de fans.

Ahora lo importante era saber si le gustaba tanto cantar como juguetear por los senderos prohibidos de las drogas. ¿Era Joan Boira un yonqui?

Consultó el reloj. Quizá el forense hubiera dado ya con la clave.

Marcó su número de móvil.

–¿Tú tampoco duermes? –contestó Pablo Morata al segundo tono de llamada.

–En eso somos parecidos.

–Espero que solo sea en eso. Iba a llamar a Romerales en este momento.

–Apuesto a que duerme como un niño.

–Sí, es posible. Él no es como nosotros, si te refieres a eso.

–¿Qué se metió por la vena?

–Directo al grano.

–No hay tiempo que perder.

–Todavía no lo sabemos con exactitud, es demasiado pronto; hemos hecho un primer análisis de la sangre, pero...

–Pero qué...

–Apuesto a que un noventa y cinco por ciento de la sustancia inyectada es algo más que tóxica. El cinco por ciento restante quizá sea heroína, pero solo quizá.

–¿Con qué guarradas la cortaron?

–¡Buf! Ya te digo que es pronto aún, pero la lista podría ser larga, puede que incluso con algún tipo de veneno para ratas, aunque ese dato tardaremos un poco más en confirmarlo. En definitiva, el que le suministró la droga llevaba la guadaña en la mano.

–¡Joder! –Monfort no pudo evitar el exabrupto.

El forense carraspeó antes de seguir hablando.

–Lo que de verdad es preocupante es que quien lo hizo vaya por ahí repartiendo más de lo mismo.

Volvió a las canciones de Lou Reed que seguían en pausa y como si las casualidades existieran, en el ordenador portátil empezó a sonar una de sus canciones más conocidas, «Vicious».

SENTADA A LA mesa de la cocina, con un vaso de zumo de naranja en la mano, Silvia miraba a través de la ventana del piso que dos semanas atrás había alquilado. Volvía a estar sola, pero se sentía mejor que en mucho tiempo. No es que con Jaume Ribes, su anterior pareja, estuviera mal, no, no se trataba de eso; simplemente, se sentía mejor estando sola, al menos de momento. Sabía que tras la segunda ruptura perdía de forma irremediable la relación con el joven doctor, pero ella era incapaz de engañarse a sí misma, y mucho menos a aquel hombre que tan bien se había portado con ella desde el día en que se cruzó en su vida. A veces pensaba en él, era inevitable, sobre todo por las noches, en la soledad que proporcionaba poner la mesa para cenar sola, y después, en el momento de meterse en la cama, y al despertar, y al regresar a casa, y también al no ver ya en la pantalla del teléfono móvil su nombre escrito cuando la llamaba.

Se puso de pie. No podía seguir pensando en él de aquella forma, acabaría volviéndose loca. Se encontraba bien, sí, se encontraba bien; quizá debía repetírselo para estar segura de que era cierto, pero se encontraba bien sin él. Reconciliarse dos veces con el mismo hombre era cosa de locos, pensó.

Esperaba la llamada de Monfort; no es que hubieran quedado en que él la llamaría, simplemente esperaba que lo hiciera después de la nochecita que habían pasado en el auditorio.

Ella había conseguido dormir cerca de tres horas seguidas, pero él seguro que se había pasado la madrugada en vela dando vueltas al asunto del cantante. Miró el teléfono por si había dejado algún mensaje. Nada, ningún mensaje, ninguna llamada. Se habían citado con el resto del equipo en la comisaria a las diez de la mañana para dar un poco de margen y poder descansar, pero eran las ocho y cuarto y Silvia tenía los ojos bien abiertos y la mente despejada, siempre y cuando en los pensamientos no se cruzara ningún hombre.

Se había puesto un pantalón vaquero y una camisa de color rojo que le gustaba especialmente. Se pintó los labios de un tono casi idéntico al de la camisa y se calzó los botines de cremallera.

El ascenso a subinspectora, y con ello la aceptación de la oferta del comisario Romerales para quedarse en Castellón, le había proporcionado cierta seguridad y un principio de estabilidad. Hacía tiempo que necesitaba establecerse en algún lugar, fijar los pies en la tierra, sentir que al cerrar la puerta había llegado a casa, un hogar. Su madre seguiría viviendo en Massalfassar, eso era inamovible, al menos de momento, pero estando en Castellón podía ir a verla a menudo sin necesidad de pedir permisos ni hacer grandes desplazamientos.

En el nuevo departamento de Policía Científica en el que el comisario Romerales la había integrado en calidad de enlace entre el equipo y sus superiores, se encontraba a gusto. Los compañeros eran agradables, además de verdaderos profesionales. Habían venido desde diferentes lugares como Madrid, Oviedo y Burgos, y en breve se incorporaría un nuevo miembro que debía llegar desde Sanlúcar de Barrameda, en

Cádiz. Ella se encargaría de la comunicación entre el nuevo equipo y el comisario Romerales. Deseaba estar a la altura ahora que había conseguido el ascenso.

El piso que había alquilado se encontraba en el centro de la ciudad. Había tenido mucha suerte. El comisario Romerales le echó una mano y llamó a una inmobiliaria en la que, según le comentó, trabajaba un conocido suyo. De la manera que fuese, a Silvia le enseñaron un solo piso y quedó encantada con la zona en la que se encontraba, pero, sobre todo, con las estupendas vistas al colosal edificio de Correos que tenía frente al pequeño balcón.

Huevos revueltos, dos tiras de beicon crujiente, zumo de naranja y café solo devolvieron a Monfort las ganas de seguir con vida para convencerse de que podía ser un buen día pese a todo. Para terminar se sirvió un vaso de agua con el que deglutió dos comprimidos de paracetamol. Salió a la calle, encendió un cigarrillo y caminó en busca de la dirección que llevaba anotada en su libreta de bolsillo.

El nuevo piso de Silvia se encontraba en la céntrica plaza de Tetuán, un animado espacio urbano con terrazas de bares ocupando casi todo el perímetro, presidido por la emblemática sede de Correos. Convertido en uno de los iconos arquitectónicos de la ciudad, el edificio se había inaugurado en el año 1932 en un punto estratégico del entramado urbano. Al tratarse de una edificación aislada y situada en un extremo de la plaza, producía un impacto visual de gran contundencia. Sus tres plantas de altura y las cuatro esquinas redondeadas formando torreones rematados por aleros de cubiertas a cuatro aguas le daban un aspecto de fortificación, como un pequeño castillo en mitad de la ciudad. El vestíbulo, destinado a la atención del público, estaba abierto desde el suelo hasta el tejado. Se trataba de un patio cerrado en la parte superior por una bella cristalera a la que era imposible no dirigir la mirada nada más acceder y que dotaba al interior de una luminosidad espectacular. El ladrillo exterior, la cerámica y el vidrio constituían los primordiales elementos de las cuatro fachadas que recordaban, al verlas desde lejos, a la más clásica tradición de la arquitectura mudéjar.

Monfort salió del interior del edificio al que solo había accedido por curiosidad.

Cruzó la calle. El número nueve estaba junto a la puerta del antiguo colmado de salazones y conservas Giner y Verchili. Echó un vistazo. Sardinas de bota, bacalao en salazón, aceitunas y decenas de exquisitas conservas. Le gustaba cómo olía y la sutil forma en la que habían conservado el genuino sabor de las tiendas de ultramarinos de antaño. Llamó al interfono.

–¿Dígame?

La voz de Silvia tenía un tono de sorpresa.

–¿Es un mal momento, subinspectora? –preguntó.

–Esperaba que hubieras llamado por teléfono.

–Si lo prefieres, te llamo; tengo el móvil en la mano.

–Eres muy gracioso para ser tan temprano y haber dormido tan poco. ¿Bajo o subes?

–¿Tienes café?

–Claro. ¿Quién puede vivir sin café?

–Entonces subiré, si no te importa. Me gustaría comprobar la vista que tienes de ese imponente edificio desde el balcón.

–No me importa –dijo Silvia a la vez que pulsaba el botón que abría el portal.

–¿No funciona el ascensor? –preguntó cuando vio a Silvia en la puerta del piso.

–No hay ascensor. Tampoco te quejes, son solo dos alturas; además, es un edificio modernista, no vamos a estropearlo con tonterías.

–¿Has averiguado a qué hora cierran por las noches las terrazas de los bares de la plaza?

Silvia se encogió de hombros. El hombre continuó.

–Podrían acabar con tus dulces sueños.

–¿Tienes envidia?

–Puede que sí, sobre todo de la tienda de salazones y conservas que tienes ahí abajo.

Él había estado en la Feria del Libro. Su mirada de rencor no era fácil de olvidar. La tenía clavada en el subconsciente, imposible de borrar.

Gustavo Seguí pensaba a toda prisa sin conseguir ordenar sus pensamientos. El miedo le atenazaba los sentidos, le temblaba el pulso.

En cualquier caso, no le quedaba otra alternativa que acudir al joven farmacéutico al que había sobornado en tantas ocasiones y que empezaba a manifestarse reticente a sus encargos. Le dijo que al final lo echarían a la calle si seguía suministrándole los tranquilizantes. Seguí prometió pagarle el doble de lo acordado; necesitaba dosis mayores, apenas podía controlar el pulso, el corazón le iba a mil.

Agarró la botella de whisky y bebió un trago. Cogió dos comprimidos del frasco y se los echó a la boca. Otro trago. Respiró hondo y trató de acompasar la respiración.

Había venido a por él, no le cabía la menor duda. No podía asegurar con certeza si lo había seguido tras el acto de firmas de la feria; el caso era que estaba allí, entre los lectores; él lo había visto, eso no podía negárselo nadie.

–¿TIENES LAS FLORES?

–Sí. –Silvia abrió un cajón y le tendió la bolsita con las flores marchitas en su interior.

Monfort las observó con detalle, sin decir nada. Bebió un sorbo del café que ella había preparado.

–Está rico.

–Jaume Ribes me regaló la cafetera, una Nespresso.

–¿Cómo se lo ha tomado?

–Bien. No es la primera vez que le hago pasar por lo mismo.

–¿Arrepentida?

–A veces, pero debo mantenerme en mis trece.

–¿Sabes de dónde proviene esa expresión?

–¿La de a veces o la de mantenerme en mis trece?

Sonrió.

–El papa Luna –dijo Monfort mientras contemplaba el edificio de Correos a través del pequeño balcón que daba a la plaza Tetuán–. Es un poco largo de explicar, pero te lo resumiré.

Benedicto XIII, también conocido como el papa Luna, fue elegido pontífice en mitad de una serie de luchas internas de la Iglesia católica por conseguir la sede papal. Cuando se le retiró el apoyo a Benedicto XIII, el papa Luna se trasladó al Castillo de Peñíscola, donde siguió manteniéndose firme en su puesto de pontífice, a pesar de recibir todo tipo de presiones y amenazas para que renunciara, lo que provocó que se comenzase a utilizar, refiriéndose a él, la expresión «Sigue en sus trece».

–¡Jesús! –exclamó Silvia.

–Te llevaré al castillo de Peñíscola. Quizá si te cuento la historia del tozudo aragonés entre sus recias paredes, la entiendas mejor.

–¿Y si me aburro? –ironizó Silvia.

–Siempre podemos terminar la visita con una exquisita caldereta de pescado en el restaurante Tío Pepe.

Como por arte de magia, a Silvia le llegó el aroma del guiso marinero que Monfort acababa de nombrar.

–Haré un hueco en la agenda, jefe, faltaría más.

–No te arrepentirás. Y, ahora, dime, ¿qué significado crees que tienen esas flores secas?

–Podrían ser un amuleto, también un regalo de alguna admiradora que el cantante guardara por algún motivo.

–Ya, pero no las guardaste por nada de eso.

–A ti también te sorprendieron, por eso me dijiste que cerrara la funda de la guitarra enseguida.

–Tienes razón, pero no sé qué pensar. Habría que tratar de encontrar alguna huella; encárgate, por favor. Supongo que se tomaron las que hubiera en la funda.

–Sí, los compañeros tomaron muestras de todas las huellas en el camerino, menos de las flores, aunque me ocuparé personalmente de que se analicen –dijo Silvia.

–He hablado con el forense –la informó Monfort–. Todavía es pronto, no han terminado con la autopsia, pero tiene una idea aproximada de qué fue lo que se metió por la vena.

–No sé por qué, pero me temo que nada bueno.

–Heroína adulterada. Veneno.

–Me lo temía.

–El doctor Morata ha dicho algo más.

–Esto es un sinvivir.

–Opina que deberíamos preocuparnos muy en serio por encontrar al camello que está distribuyendo la droga; es mortal, directamente, eutanasia en vena. Es como si hubiera un asesino en serie suelto por ahí invitando a chutes.

–Por lo tanto...

–Por lo tanto, cabe la posibilidad que Joan Boira se viera obligado a inyectarse o que lo pincharan con el veneno y no se hubiera podido defender.

–Tienes claro que estamos frente a un caso de asesinato.

–No se me ocurre mucho más, la verdad. Todos coinciden en que Joan Boira no se drogaba, no está nada claro que de buenas a primeras se metiera un pico y que además estuviera tan maliciosamente adulterado.

–Será cuestión de hablar con sus padres y con su novia, en primer lugar. Quizá ellos puedan aclararnos si se había drogado en el pasado o si había tenido algún devaneo ocasional con las drogas en los últimos tiempos.

–Sí, es una buena opción, pero también...

–También te mosquea el batería, ¿verdad?

Monfort miró a Silvia y pensó en decirle aquello de que parecía adivina, pero ya se lo había dicho pocas horas antes; tampoco era cuestión de que se creyera el genio de la lámpara nada más comenzar con su nuevo papel de subinspectora.

–Ve cuanto antes a hablar con los padres y la novia al pueblo ese que está cerca, ¿cómo se llama?

–Borriol –contestó Silvia.

–Eso. Ve a Borriol. Habla con ellos, tú tienes el tacto necesario para ese tipo de situaciones.

Silvia cerró los ojos y torció un poco el gesto. Hablar con los familiares directos de una víctima era una tarea muy desagradable, pero él mandaba y no había más que discutir.

–Me gusta tu casa –dijo Monfort.

–Gracias, puedes venir siempre que quieras.

–¿Nos vemos en la comisaría a la hora de comer? –preguntó el inspector antes de marcharse.

–De acuerdo. A la hora de comer.

–Pues adelante, no hay tiempo que perder. Gracias por el café. Y por las vistas.

DECIDIÓ IR A pie hasta la comisaría, apenas se tardaba quince minutos andando desde el nuevo hogar de Silvia. Le había gustado la ubicación en la céntrica plaza, con el edificio de Correos, que le parecía una de las pocas joyas arquitectónicas de la ciudad. Ella estaría bien allí, cerca de todo, de la comisaría, de las tiendas del centro. Monfort se sintió reconfortado de que Silvia estuviera en un buen lugar; de ella dependía ahora no complicarse la vida, y él no era nadie para darle consejos.

Tenía el viejo Volvo en el concesionario de Castellón, por fin había tomado la decisión de revisarlo. En el fondo esperaba temeroso la llamada del encargado del taller por si a su fiel colega le diagnosticaban algo más grave que un simple cambio de aceite y de líquido de frenos.

Entró en la comisaría y saludó al agente de recepción.

–El comisario lo espera en su despacho –anunció el que estaba detrás del mostrador a la vez que consultaba la hora en el reloj que colgaba de la pared.

–¿Se puede? –preguntó Monfort dando dos golpecitos con los nudillos en la puerta.

–Adelante –refunfuñó Romerales. El inspector tomó asiento frente a él–. Tengo el chiringuito a reventar de personas a las que hay que investigar.

–¿Y bien?

–¿Por dónde quieres que empecemos? –masculló el comisario.

–Por llamar a Terreros y García.

Romerales levantó el auricular del teléfono fijo para pedir que los dos agentes se personaran en su despacho.

–He hablado con el forense –terció, aunque el comisario no había terminado de hablar por teléfono.

–Yo también. En cuanto has dejado de *interrogarlo* sobre lo que se había metido el cantante ese, me ha llamado a mí.

–Entonces ya sabes que es probable que tengamos a un asesino suelto con un cargamento de veneno mortal que trapichea como si fuera heroína de la buena.

–Ni que tuvieras la frase estudiada.

–Vengo memorizándola desde el piso que le has conseguido a Silvia.

Romerales emitió extraños sonidos, algo parecido a una tos repentina, pero que Monfort reconoció como un buscado paréntesis para hablar de otra cosa que no fuera el domicilio de la nueva subinspectora.

–Sí, me preocupa mucho que haya un degenerado vendiendo droga adulterada, tal como dices, pero me preocupa también que en cualquier momento salte la noticia de la muerte de Joan Boira, que parece ser muy popular. Y entonces nos freirán vivos.

Romerales tenía la mesa llena de revistas y periódicos de hacía tiempo, con entrevistas y fotografías del grupo, pero sobre todo con artículos en los que aparecía el cantante de Bella & Lugosi.

Llegaron los agentes Terreros y García, que entraron en el despacho sin llamar.

–Usted dirá, jefe. –Terreros se dirigió al comisario Romerales.

–Sentaos, vamos a organizar un poco este caos.

–¿A quién tenemos disponible para tomar las primeras declaraciones? –preguntó Monfort.

–A todos, más o menos –contestó el agente García.

El agente Terreros se dirigió a la pizarra para empezar a anotar mientras hablaba.

–En una sala tenemos a los miembros restantes del grupo: Lucas Socolovich, Alberto Roca y Pedro Paraíso; por cierto, Socolovich está un poco nervioso. Lleva aquí apenas una hora y ya ha discutido con media comisaría, también con sus compañeros del grupo, se queja de todo y pregunta una y otra vez si es legal interrogarlo sin la presencia de un abogado de oficio.

Terreros escribió, en un lateral de la pizarra, el nombre de los componentes que quedaban del grupo, un nombre debajo del otro, empezando por Lucas Socolovich. A continuación, garabateó en el centro del encerado el nombre del *road manager*. Fue García el que tomó la palabra.

–Esteban Huete. Lo tenemos en un cuarto a él solito. De la chulería de anoche ha pasado al canguelo total. Está asustado, no sabe qué decir ni qué hacer. No sabemos exactamente qué le pasa, pero está cagadito. Por cierto, ya no lleva las gafas de espejo.

Monfort sonrió.

–Estamos esperando a Tomás Bustos, el director del auditorio –dijo Terreros mientras escribía su nombre y el apellido en la pizarra–, lo hemos llamado hace media hora y nos ha prometido que estaría aquí enseguida. Lo mismo con el director de la empresa de seguridad que trabajó anoche en el concierto; ambos parecen dispuestos a colaborar.

–Silvia ha ido a Borriol para hablar con los padres y la novia de Joan Boira. No estaría de más que apuntaras en la pizarra el nombre de la novia –le indicó Monfort a Terreros.

–También está aquí Jesús Castro –prosiguió García, y Terreros escribió su nombre–, el director de la compañía discográfica. A este lo tenemos en nuestro despacho; nos ha preguntado si podía esperar allí. No deja de hablar por teléfono con gente de Madrid, dice que está trabajando.

–¿Trabajando? ¿Hablando por teléfono con gente de Madrid? –El inspector dio un respingo en la silla. Miró a Romerales y señaló con el dedo a los agentes Terreros y García–. ¿Desde cuándo está ahí solo?

–Hace diez minutos –contestó Terreros.

–Fantástico –exclamó Monfort con sorna–. Ahora todo el mundo sabe que Joan Boira ha muerto después de un concierto en Castellón.

«Puedes venir siempre que quieras, puedes venir siempre que quieras, puedes venir siempre que quieras». La frase rebotaba en su cabeza una y otra vez.

–¡A saber cómo lo ha interpretado! –exclamó Silvia en voz alta a la vez que daba un manotazo al volante cuando ya había rebasado el recinto de la Universitat Jaume I, en dirección a la población de Borriol. Se sentía estúpida. Vio el rubor en sus mejillas reflejado en el espejo retrovisor. «Puedes venir siempre que quieras.» Lo pronunció con voz repelente.

Llegó enseguida a Borriol. La casa de los padres de Joan Boira se encontraba en la avenida Zaragoza, la antigua carretera que vertebraba el pueblo en dos partes y que lo cruzaba desde el principio hasta el final. Localizó el número de la vivienda. Los padres del cantante eran muy conocidos en Borriol.

Aparcó el coche junto a una tienda de productos ecológicos en cuya puerta se exhibían cestas de mimbre y otros enseres fabricados con productos naturales. Atrás habían quedado los graves problemas de insomnio que había conseguido mitigar gracias a la eficacia de una doctora de Valencia que la había animado a incorporar a su dieta hábitos alimenticios sanos y naturales, además de una controlada y estricta combinación de fármacos. Quizá, al salir de la casa de los padres de Joan Boira, echara un vistazo a la tienda; tenía buena pinta.

En el piso de los padres de Joan Boira había más gente de lo que cabía imaginar. Un hombre, que se presentó como el hermano del padre de Joan, le abrió la puerta y la invitó a pasar cuando ella le mostró la credencial. No dudó de que todos los habitantes del pueblo conocían ya el fatal desenlace.

Sentados en un sofá del salón, los padres del cantante hablaban con sus familiares y allegados; hablar hablaba el padre, pues la madre no hacía otra cosa que llorar.

La cocina, situada junto al salón, era amplia y estaba literalmente tomada por un buen número de personas que daban cuenta del café recién hecho y de una bandeja de pastas cuyo contenido empezaba a escasear. Alguien le puso la mano con suavidad en el hombro. Silvia se volvió sobresaltada y se encontró frente a frente con la novia de Joan Boira.

–Soy Elena Barrantes, la novia de...

Rompió a llorar y se cubrió la cara con ambas manos. Era una joven atractiva, vestía pantalón de lino de color crudo y una camisa verde ceñida al cuerpo. Tenía el pelo de un color negro brillante, al igual que los ojos; la nariz y la boca, de proporciones casi perfectas. Calzaba zapatillas planas, aunque no mediría más de un metro sesenta.

–Siento mucho lo ocurrido –dijo la subinspectora. Nunca sabía qué decir en aquellas situaciones, pese a haberlas vivido demasiadas veces.

–Es increíble –argumentó Elena Barrantes, enjugándose las lágrimas con el dorso de la mano–. No consigo hacerme a la idea. Mire a sus padres, están destrozados. Su madre no levantará cabeza después de esto.

–La comprendo. –Silvia estaba aturdida. No se había preparado mentalmente para aquel momento. La visita de Monfort la había descolocado, y la cantidad de personas que abarrotaban el piso la había cogido por sorpresa.

–No se puede comprender cuando es imposible saber lo que ha podido pasar. Joan no se drogaba; hablamos sobre ello, me dijo que no se había drogado nunca. Odiaba todo lo que guardaba relación con las drogas. De lo contrario, me lo habría confesado. No había secretos entre nosotros.

–¿Desde cuándo se conocían?

Elena apoyó la espalda en el marco de la puerta de la cocina. Exhaló un largo suspiro y cerró los ojos tratando de concentrarse. Los familiares y amigos que se habían agolpado en la cocina dejaron la bandeja de pastas completamente vacía. Un hombre, que parecía el más mayor de los que estaban allí adentro, les hizo una señal a los demás para que abandonaran la cocina. Silvia aprovechó el momento y le indicó a Elena que pasaran al interior. Una vez que ambas estuvieron dentro, entornó la puerta y se sirvió café en una taza limpia. Le mostró la cafetera por si ella también quería, pero Elena negó con la cabeza.

–Desde que llegó a Madrid –dijo Elena con la voz rota–. Estamos juntos desde que se trasladó a Madrid a consecuencia de entrar en el grupo. No llevaba en la ciudad ni quince días y ya nos fuimos a vivir juntos. Fue un flechazo. –Agachó la cabeza y sollozó–. Joan se alojaba temporalmente en un apartahotel de la cuesta de San Vicente, cerca de la plaza España, frente a los jardines de Sabatini; bueno, no sé si sabe dónde queda eso.

Negó con la cabeza, pero no dijo nada para que ella prosiguiera.

–Lucas, el batería de Bella & Lugosi, es amigo mío desde hace años. Me invitó a ver un ensayo. Me dijo que por fin habían encontrado a un cantante. –Se le quebró la voz. Esperó a reponerse. Silvia aguardó paciente y bebió un sorbo de café.

Lucas quería que escuchara al nuevo fichaje; estaba muy preocupado porque con la marcha del anterior vocalista pensó que quizá deberían disolver el grupo. Habían hecho cientos de pruebas a cantantes venidos de todas partes, pero ninguno les convencía, hasta que escucharon a Joan.

–Entiendo –dijo la subinspectora Redó mientras apuraba lo que quedaba de café en la taza. La dejó en el fregadero suavemente para no hacer ruido–. Lucas Socolovich. Se llama así su amigo, ¿verdad?

–Así es. Sus padres son argentinos, pero él nació en Madrid.

–¿Lleva él las riendas del grupo?

–Se encarga de todo, desde el principio, sí. Él creó el grupo, los otros tres eran amigos suyos que tocaban en otras bandas, pero los convenció para que se fueran con él.

–Y no le fue nada mal –apostilló Silvia.

–Es un tipo muy serio, se toma la música como un trabajo disciplinado en el que no caben las tonterías.

–Así que es el líder.

–Ese término está pasado de moda. –Elena dejó ver algo parecido a una sonrisa–. Suena a grupos de los sesenta y setenta. Simplemente, había asumido la dirección de un negocio que iba viento en popa y que de pronto se vio amenazado porque el anterior cantante se marchó.

A Silvia, todos aquellos conocimientos musicales en general y, en particular, sobre el grupo en el que cantaba su novio le sonaron extraños. Quizá Elena estuviera más involucrada de lo que habían pensado en un primer momento o quizá no era más que una *groupie*, la típica fan que se cuela entre las bambalinas de los conciertos para estar cerca de sus ídolos musicales. Fuera como fuese, Elena Barrantes sabía bien de qué iba el tema, aunque tampoco era de extrañar: su amigo era el líder de un grupo y ella se enamoró enseguida del nuevo cantante. Resopló para sus adentros, se sentía confundida.

1985

Cuando me encontraron escondido en el armario, me hablaron con delicadeza y me trataron con mucho cuidado. Yo les conté que había llegado alguien hasta la casa, que él discutió a gritos con quien fuera en la puerta y que mamá me ordenó que me escondiera enseguida en un armario de la cocina, detrás del cubo de la basura y de los cacharros de limpieza, y que no saliera de allí por nada del mundo.

Les dije que no había podido ver su rostro ni reconocer su voz, que oí golpes y ruidos; también gritos, muchos gritos. Que sentí mucho miedo y que me tapé los oídos con los dedos para poder soportarlo. Que estuve tanto tiempo escondido que llegué a quedarme dormido.

Se lo creyeron; al fin y al cabo, era lo más sencillo para ellos.

En casa no había nada que pudieran robar, pero les dije que él guardaba el dinero debajo del colchón de la cama de su habitación. Miraron, por supuesto, pero allí no había nada. Qué demonios iba a haber, si no se fiaba de nosotros y además se gastaba el poco dinero que teníamos bebiendo en los bares.

Repararon en la cadena anclada a la pared de la cocina con la que él ataba a mamá. Se miraron, murmuraron algo por un instante y luego no dijeron nada más al respecto. Yo me limitaba a lloriquear, a temblar, a preguntar por mamá una y otra vez de forma desconsolada.

Me echaron una manta por encima de los hombros y me dijeron que me calmara, que estaban esperando refuerzos y que pronto vendría alguien para estar conmigo.

Me preguntaron si tenía parientes en el pueblo o algún amigo de la familia que pudiera ayudarme. ¿Familia? ¿Amigos? Apenas conocía el significado de aquellas palabras.

Les dije que mamá hablaba en ocasiones de una hermana que vivía en Castellón, una tía a la que yo no recordaba haber visto nunca y a la que seguramente él le prohibía visitar. Yo no sabía nada de aquella hermana de mamá, no sabía en qué lugar de Castellón podía vivir, ni siquiera recordaba su nombre, si es que alguna vez lo había pronunciado en realidad. Dudaba. ¿Ana? ¿Dolores? ¿Mercedes?

El cartero, que estaba pálido como la muerte y que hasta ese momento se había mantenido en silencio, lo aclaró: les dijo a los dos agentes de la Guardia Civil que la hermana de mi madre se llamaba Mercedes. Lo sabía porque mamá, en ocasiones, recibía cartas con remite de una tal Mercedes Reguart.

Lunes, 5 de mayo de 2008

En la comisaría

MONFORT ENTRÓ EN el despacho y le arrebató el teléfono a Jesús Castro.

–¡Será gili...! ¿Qué se supone que está haciendo?

Le colgó el teléfono y la conversación que tuviera Castro se interrumpió.

–¿A quién le ha contado lo que pasó anoche? –preguntó el inspector, que había apoyado las palmas de las manos en la mesa y el rostro del ejecutivo le quedaba a un palmo escaso del suyo.

–Verá. –Jesús Castro se retrepó en la silla y cruzó las piernas–. Esto no es un juego de adolescentes, no es un pasatiempo, ni siquiera se trata de un *hobby*. Es un negocio, ¿comprende? Es el trabajo de muchas personas, desde el conductor del camión del equipo de sonido hasta la señora de la limpieza de nuestra oficina de Madrid. De que cante o no cante un tipo como Joan Boira dependen muchas bocas, y ahora él ya no está. –Abrió los ojos desmesuradamente y levantó las cejas hasta mitad de la frente–. No está, Joan Boira no está, y desgraciadamente no estará. Se fue, se lo han cargado o quizá decidió quitarse de en medio él mismo. Ese es ahora su trabajo. –Señaló al policía con el dedo de forma inquisitiva–. Ese. Averiguar qué cojones ha pasado aquí. Y ahora, ¿sabe cuál es mi trabajo?

–Dígamelo usted. Se le da bien la oratoria.

–Se lo diré clarito para que pueda entenderlo hasta un policía como usted. –Monfort esbozó una sonrisa, aunque habría preferido arrearle un puñetazo en la nariz–. A partir de ahora mi trabajo consistirá en sacudirme de un plumazo la pena de haber perdido a un profesional como Joan Boira. Lo segundo será consolar a unos músicos que, por segunda vez, se han quedado sin cantante, claro que en esta ocasión ha sido el no va más. Habrá que suspender los conciertos contratados para el verano, no tendré más remedio que informar a la prensa para explicar... –Se quedó en silencio, como si pensara lo que iba a decir, hasta que lo dijo–: No sé qué mierdas voy a explicar. Y todo el personal que vio anoche en el concierto, técnicos, montadores, conductores y demás, se quedarán sin trabajo. ¡Sin trabajo! ¿Me ha entendido?

Monfort se incorporó, dio un par de palmadas para sacudirse el polvillo acumulado en la mesa del despacho de los agentes Terreros y García, abrió la pequeña ventana situada detrás de la mesa y se sentó en la silla. Jesús Castro estaba enfrente, lo miraba ahora con desconfianza. El inspector sacó un paquete de tabaco del bolsillo y se llevó un cigarrillo a los labios. Lo encendió con parsimonia, jugueteando con el encendedor. Dio una primera calada y, mientras dejaba escapar el humo lentamente, sonó la melodía de llamada en su teléfono móvil.

–¿Me permite?

Jesús Castro respiró profundamente. Monfort atendió la llamada.

–Inspector Monfort –dijo–. Sí. Entiendo. Me hago cargo. En efecto, son muchos años, pero... ¿Quedará bien? Menos mal. Muchas gracias. Entonces, ¿cuándo va bien que pase por ahí? ¿A partir de mañana? Así lo haré.

Terminó de fumar el par de caladas que le quedaban al pitillo y lo apagó en el alféizar de la ventana. Luego tiró la colilla fuera. Jesús Castro seguía con perplejidad los movimientos del inspector. Llevaba el pelo engominado y le brillaba de forma ostentosa.

–Era del taller –aclaró distraído, como si buscara algún dato entre los papeles que los agentes tenían encima de la mesa–. Tengo un viejo Volvo familiar, de esos tan grandes; un clásico. A algunos les parece un coche fúnebre. Tiene sus buenos años y un montón de kilómetros también. Siempre se ha portado como un verdadero campeón. Hacía mucho tiempo que no pasaba una revisión en condiciones, ya sabe, comprobar los filtros, frenos y líquidos en general; ya se lo merecía, el pobre. Yo no tengo la menor idea de motores. ¿No le pasa a usted que abre un capó y lo que ve allí le suena a chino? A mí sí, no me atrevería a meterle mano de ninguna de las maneras. Me decidí y lo llevé al taller. Me dijeron que me llamarían. Han pasado algunos días, estaba preocupado, la verdad; me esperaba lo peor, pero parece que todo está más o menos en orden. Le harán lo que tengan que hacerle y a correr otra vez. No me he separado de ese coche desde que lo compré en el año..., ya ni me acuerdo.

En fin, disculpe. Volvamos de nuevo al tema de la inesperada muerte de Joan Boira. Por extraña que pueda parecerle, hay una cuestión que me asalta desde anoche.

–¡Qué! –Castro estaba alterado, no dejaba de retorcerse en la silla. Monfort lo estaba poniendo realmente nervioso.

–¿Podría alguien beneficiarse de que el cantante de un grupo de moda falleciera de forma súbita, tras el último concierto de una gira exitosa?

Gustavo Seguí se despertó de un sobresalto. Estaba sudado, se sentía sucio. Olía mal. Levantó un poco la sábana y vio que estaba desnudo, la ropa esparcida por el suelo de la habitación. Consultó el reloj de la mesilla; las diez y media de la mañana. Le temblaban las manos. El blíster de las pastillas estaba casi vacío. Observó una mancha oscura en la sábana. Sangre. Sintió un escozor en el brazo; tenía una herida por debajo del codo que le llegaba prácticamente hasta la muñeca. La sangre se había solidificado y oscurecido. El corte no era profundo y había dejado de sangrar hacía rato. No se explicaba cómo había podido pasar. Le dolía mucho la cabeza. Se sentó en la cama. ¿Qué había pasado? ¿Dónde habría estado? Cerró los ojos con fuerza y con dos dedos se pellizcó el puente de la nariz; recordó vagamente haber llamado por teléfono al farmacéutico. Habían discutido de forma acalorada. Le ofreció pagar el doble de lo habitual, pero el joven se negaba una y otra vez a servirle lo que tanto necesitaba. Finalmente, y tras aumentar considerablemente la oferta inicial, quedaron en un callejón cercano a la farmacia en la que trabajaba. Tuvo que esperarlo durante mucho tiempo. Le dijo que iría después de cerrar, sobre las ocho y media, pero se presentó una hora más tarde. Seguí estaba turbado, necesitaba los fármacos. Hicieron la transacción y el joven se fue deprisa; allí mismo se tomó cuatro comprimidos, llevaba una petaca con whisky escondida entre la ropa. Vació la mitad con la primera ingesta de pastillas; el resto del contenido de la petaca lo ayudó a tragar otras cuatro más. Luego se sentó en la acera del callejón, que estaba mal iluminado y olía a meados. No había casas, solo dos puertas de garaje oxidadas, cagadas de perro y basura. Apoyó la espalda en la pared, dejó que los fármacos se diluyeran y recorrieran sus venas hasta llegar al cerebro; entonces sintió una oleada de calor y a continuación un gran placer que recorría las terminaciones nerviosas a gran velocidad. Después se dejó llevar por la euforia. Se puso en pie trastabillando y caminó hacia la luz de la calle principal.

El resto de la noche era una terrible incógnita.

Allí, en su casa, sentado a los pies de la cama, temblando, con la ropa sucia en el suelo de la habitación, trató de recordar qué había hecho y dónde habría estado.

SEGUÍAN DE PIE, en la cocina del piso de Borriol. Parecía imposible que pudiera hablar con los padres de Joan Boira en aquella situación; la cantidad de allegados que estaban prácticamente encima de ellos en todo momento la hizo desistir del intento.

Elena Barrantes se sentía indispuesta y se lo hizo saber a Silvia para que no siguiera haciéndole preguntas. Quería irse a la habitación que ocupaba en casa de los padres de Joan Boira. Ella solo quería saber cuándo podrían entregarles el cuerpo a los padres para que pudieran darle sepultura.

–De momento, todo está en manos del forense. ¿Qué va a hacer usted?

–Volver a Madrid cuanto antes. No sé qué haré cuando llegue a casa y él ya no esté, pero necesito volver y llorar todo lo que me dé la gana sin que nadie me diga nada. –Miró de reojo hacia el salón, donde seguía el mismo número de personas alrededor del matrimonio–. ¿Sabe qué? Me he instalado en la habitación de Joan, la misma habitación en la que pasó la infancia y la juventud. Todo huele a él. Abro un cajón y allí están sus cosas, los pósteres de sus grupos favoritos pegados en las paredes, algunos juguetes, todavía allí, como si esperaran a que él volviera y se pusiera a jugar sentado en la cama. ¿Cómo voy a dormir entre esas sábanas? Las sábanas que su madre lava cada semana pese a que él hace años que no duerme en ellas. Me volveré loca aquí. Son buena gente, pero me ahogo.

–¿Los conocía de antes?

–A sus padres sí, vinimos alguna vez desde Madrid, cuando Joan estaba libre de sus compromisos de giras y grabaciones y de todo el lío de la promoción. Pero a los demás familiares no los conocía. Todos quieren animarme, pero consiguen el efecto contrario. No sé si me explico.

–Perfectamente –dijo Silvia, pero pensaba en otra cosa–. ¿A qué se dedica en Madrid?

–Normalmente trabajo en Safety Records, la oficina que alberga la compañía discográfica y la oficina de contratación de Bella & Lugosi.

Silvia comprendió entonces sus conocimientos acerca del mundillo de la música.

–¿Normalmente? ¿Cuánto tiempo al año?

–Seis o siete meses, a veces más, sobre todo cuando se preparan las giras o hay grabaciones y Jesús se pasa más horas en los estudios que en la oficina.

–¿Jesús Castro? –preguntó Silvia, pese a que conocía la respuesta.

–Sí. Jesús trabajó como director artístico para CBS durante muchos años, pero la crisis se lo está cargando todo. Bueno, la crisis y la piratería, claro. La gente prefiere descargarse ilegalmente un CD por internet a gastarse el dinero en lo que representa la fuente de ingresos para tanta gente. Es un desacato. El negocio está muerto. Jesús fue valiente y abrió su propia compañía discográfica.

–Disculpe, me gusta mucho la música, pero no entiendo de negocios musicales –señaló Silvia–. Pero lo de CBS me suena a una de las más grandes en todo el mundo.

–Por supuesto –afirmó Elena, que parecía abstraerse mientras hablaba de aquellas cosas y no de su novio muerto–. Junto a EMI, Polydor, Ariola y alguna más, CBS siempre fue de las más grandes. Seguramente muchos de sus artistas preferidos grabaron para esa compañía, aunque no lo sepa.

–¿Quién más trabaja en la empresa de Jesús Castro?

–Fijo solo uno. Esteban Huete, el *road manager* de Bella & Lugosi. Es... ¿cómo diría...? Su hombre para todo. Él los acompaña en las giras, conduce la furgoneta, prepara el escenario, los lleva a comer, a dormir...

–Como una madre –apostilló Silvia.

–Más o menos. El resto del personal está subcontratado: técnicos de sonido, de iluminación, etcétera.

–¿Cuántos grupos tiene ahora en plantilla, si se puede llamar así, Jesús Castro en Safety Records?

–¿Cuántos? –preguntó Elena. Parecía sorprendida–. Uno, solo uno, creía que ya lo sabía. Únicamente a Bella & Lugosi. Si Lucas Socolovich es el líder, como usted misma ha dicho, Jesús Castro es el cerebro en la sombra. Como Brian Epstein para los Beatles. Jesús es el quinto Bella & Lugosi.

–¿Tendrá cojones creer que la muerte de Joan puede beneficiarnos de alguna manera?

–Eso tiene que contestarlo usted, es lo mismo que yo le he preguntado. Da la impresión de que haciéndome la misma pregunta está ganando tiempo para pensar la respuesta.

Jesús Castro perdió los nervios y cometió la torpeza de abalanzarse por encima de la mesa. Estiró los brazos y con una de las manos agarró a Monfort por el cuello. Aunque no tuvo tiempo de echarse hacia atrás, no lo pilló por sorpresa; había previsto que Castro sería capaz de cometer cualquier tontería. La presunta acusación de que la muerte del cantante podía beneficiar en popularidad al grupo sacó de quicio al ejecutivo. Mientras Castro intentaba apretar su cuello con la mano derecha, Monfort lo sujetó por el brazo izquierdo y lo doblegó hasta una posición imposible. En el momento en el que los huesos del brazo de su atacante empezaron a salirse de su lugar habitual, Castro cedió la presión y se dejó caer de nuevo en la silla que había estado ocupando hasta que le dio el arrebato.

–¿Ha visto eso? –dijo Monfort recomponiéndose y señaló una cámara instalada en una de las esquinas del techo del despacho–. Lo ha grabado todo; es lo malo de pelearse con un inspector de policía en uno de los despachos de la comisaría. –Monfort saludó a la cámara con la mano, como si el dispositivo fuera un viejo conocido–. No parece usted muy listo, la verdad.

Me gustaría que me hablara de dos personas –dijo Monfort yendo al grano–. Bueno, podríamos hablar de alguna más, pero con esto me bastará de momento.

El pelo de Jesús Castro, que antes estaba perfectamente engominado y peinado hacia atrás, le caía ahora a su antojo por la frente. Tenía los ojos desorbitados, sudaba y se agarraba el brazo izquierdo, el que Monfort había retorcido hasta un punto insoportable para un ser humano, a menos que hubiera sido contorsionista o faquir.

–¿Qué coño quiere saber? ¿De quién quiere que hablemos? –Se le escapó un gallo con la última palabra. Le dolía el brazo, le dolía de verdad. No volvería a abalanzarse sobre Monfort.

–De Lucas Socolovich; me da la impresión de que manda más que usted, por mucho director que sea.

–¿Y de quién más?

Monfort sonrió, se puso en pie, se alisó los lados de la americana con las palmas de las manos, rodeó la mesa despacio y, cuando estuvo detrás de Jesús Castro, se acercó hasta que tuvo la boca a escasos centímetros de su oreja. Lo dijo casi en un susurro.

–De Elena Barrantes, la novia de Joan Boira. Quiero saber por qué no estaban los dos en el concierto de anoche, el último de una importante gira en la que debe de haber ganado usted un buen pico. Me parece extraño que dos de las personas más importantes para Boira no estuvieran a su lado esa noche.

Castro se retorció en la silla y se pasó la mano por el pelo en un intento de recomponer el desaguisado de gomina brillante.

–Una cosa más –dijo Monfort con la mano en el paquete de cigarrillos–. También me gustaría saber cómo llegaron tan pronto a Castellón, los dos juntos, en ese pedazo de coche que tiene. ¿O es que acaso ya estaban ustedes aquí?

–¡NO HE HECHO nada, no pueden acusarme de nada!

Los agentes Terreros y García estaban con Esteban Huete en uno de los cuartos de interrogatorios. No quedaban despachos vacíos, y si quedaba alguno, tampoco se molestaron en buscarlo. En todo caso, los dos agentes creían que aquel tipo estaba a la altura de lo poco agraciado de aquel cuartucho del sótano de la comisaría.

–Cállate, anda –le sugirió el agente Terreros.

–Estás aquí porque tu jefe ocupa nuestro despacho –le explicó el agente García–. El inspector Monfort, el mismo al que tanto gustaron anoche tus gafas, está hablando con Jesús Castro en estos momentos. –García consultó su reloj de pulsera–. Por cierto, parece que la cosa se alarga; será que tu jefe tiene muchas cosas que contarle sobre ti.

–¿Sobre mí?

–¿Sobre quién si no? –terció García y se sentó frente a Huete en una silla tan pequeña que parecía de un aula infantil.

–Bueno, a lo que vamos. –Terreros daba vueltas al reducido espacio como si fuera una fiera enjaulada. Esteban Huete y el agente García estaban sentados frente a frente con un pequeño pupitre de por medio–. ¿Quién le suministró la heroína a Joan Boira? ¿Quién era el camello?

–No se metía nada. Joan no se drogaba.

–Pero tú sí.

–¡Joder! Pero no me meto caballo. Eso es para colgados.

–Ya, ya sé que lo que te va es la farlopa, quedó claro anoche.

–Sí, y por su culpa van a echarme del grupo. ¡Manda cojones!

–¿Cómo haces para pillar? ¿Compras en Madrid una buena cantidad para que te dure toda la gira o vas pillando a los camellos que se acercan cada noche a los conciertos en busca de carroña como tú dispuesta a meterse lo que haga falta?

–No voy a contestar a eso. ¿Pero esto qué es?

–Esto –dijo García en un tono casi inaudible– es una comisaría. Una comisaría chunga, con mala prensa. Una comisaría en la que a los tipos como tú, que no quieren colaborar, les estrujamos los huevos hasta que hablan como personas normales. Me parece que tampoco es tan difícil de entender, pero te lo explicaré otra vez a ver si la cabeza esa que tienes llena de la mierda con la que cortan la coca puede asimilarlo.

El cantante del grupo para el que trabajas ha muerto después de meterse en la vena algo que parecía heroína pero que vete tú a saber qué coño era. ¿Hasta aquí lo entiendes? –Huete movió la cabeza de forma afirmativa. El agente Terreros seguía con su paseo por el cuarto y una ligera sonrisa se le dibujó en los labios–. Bien, me alegro de que esto, al menos, lo hayas entendido. Y ahora necesito que comprendas esto otro y me respondas sin decir palabrotas ni nada por el estilo. ¿Pilló la droga en Castellón? ¿Viste a alguien entrar en el camerino? ¿Lo viste intercambiar algo con alguien a quien no conocieras?

–No tengo ni idea, no vi a nadie sospechoso entrar en el camerino, no lo vi hablando con nadie extraño, era el cantante del grupo, hablaba con todo Dios, técnicos, público... Era un tipo de lo más normal, un tipo serio que hacía su trabajo y que se llevaba bien con todos. Joan Boira no se metía nada, de verdad. Lo tengo clarísimo. No puedo decirles nada más. En este grupo no existen las drogas, excepto lo que ya saben... pero eso no lo sabían ellos, ya procurábamos nosotros que no se dieran cuenta.

Esteban Huete supo en aquel mismo momento que había vuelto a meter la pata una vez más. Lanzó un taco a la vez que golpeaba la mesa con el puño cerrado.

–Mi colega te ha dicho antes que no digas tacos –dijo Terreros con las manos a la espalda.

–Bueno –terció García–. Ese se lo permito, es normal. Cuando un tipo la caga, se suelen decir tacos. Yo los digo. Cuando la cago, me cago en todo bicho viviente.

–Sí, tienes razón –confirmó Terreros–. Es normal cagarse en todo en esos casos. Y nada, ya que sin querer hemos llegado a este punto tan escatológico, lo mejor será que desembuches y nos digas quién te acompaña en tu devenir por el fabuloso mundo de la cocaína. Me ha parecido oír que hablabas en plural.

El *road manager* tenía la frente perlada de sudor, las mejillas enrojecidas y los ojos perdidos en un lugar sin concretar entre la pequeña mesa y el suelo de feas baldosas.

–Jesús Castro –dijo Huete, con un fino hilo de voz–. Solo nosotros dos consumimos algo, como algo festivo, que quede claro. Eso no significa que estemos enganchados. El resto del grupo no se mete nada de nada, ya se lo dijeron anoche, ¿no? Es condición indispensable para trabajar con ellos. Ahora ya veremos qué pasa conmigo, y todo por cuatro rayas de nada.

–Eres un fenómeno, Terreros –concluyó el agente García. Se incorporó de la incómoda silla enana y estrechó la mano de su colega.

QUE LAS NOTICIAS vuelan es bien sabido. Si además las informaciones son negativas, estas planean en el aire durante un corto espacio de tiempo y se precipitan en picado hasta estrellarse contra el suelo.

Bajo un cielo cubierto que no dejaba ver el sol y entelaba la ciudad de colores plúmbeos que amenazaban con cualquier cosa menos con llover, la entrada del Auditorio y Palacio de Congresos de Castellón estaba abarrotada de jóvenes y no tan jóvenes que, en silencio y con los rostros compungidos, depositaban flores, cartas, muñecos de peluche y cientos de velas encendidas, formando un improvisado altar en memoria de Joan Boira, el cantante de Bella & Lugosi, que no hacía ni veinticuatro horas había fallecido de forma extraña en aquel mismo lugar.

Una docena de fotógrafos, sin duda pertenecientes a los medios locales, tomaban instantáneas de lo que allí ocurría. Una mujer con un micrófono en la mano entrevistaba a dos jóvenes que lloraban la pérdida del cantante.

–¿Estuvisteis anoche viendo el concierto? –preguntó la periodista a la que menos lloraba de las dos.

–Sí –contestaron las dos a la vez, y la voz les salió hipada.

–Al parecer no están claros aún los motivos de la muerte del cantante. ¿Qué pensáis que pudo ocurrirle? –dijo la entrevistadora para ver por dónde salían las dos fans del grupo.

–Dicen que ha muerto de un infarto –señaló una de ellas sin dejar de tocarse la larga melena rubia.

–He oído esta mañana a un imbécil por la radio decir que es posible que se tratara de una sobredosis –añadió la otra haciendo pucheros.

–Y vosotras, ¿a quién creéis? –Era una pregunta intencionada. La mujer, a juzgar por el logotipo dibujado en el micrófono, prestaba servicios para una cadena de radio.

Las jóvenes se atropellaron antes de dar una respuesta; querían hablar las dos a la vez, pero no se entendía nada de lo que decían. Al final se echaron a llorar y se abrazaron uniendo sus melenas, la una rubia y la otra morena.

Frente a la puerta principal del auditorio seguían concentrándose los fans. Algunos jóvenes cantaban canciones del grupo, como si fueran himnos; otros llevaban camisetas negras con la carátula del último CD, con el rostro de Béla Lugosi, el actor que encarnó al mejor Drácula de todos los tiempos.

Llegó un vehículo del que se apearon dos periodistas que cargaron sus cámaras al hombro para filmar aquellas demostraciones de cariño hacia Joan Boira. Pronto sería la hora de comer, pero allí nadie tenía hambre. El centenar de personas que ya se agolpaba en la explanada del auditorio no tenía ninguna prisa por moverse de allí. Era el homenaje particular que todos y cada uno de aquellos jóvenes rendían a un vecino de Borriol que había tenido suerte en la música, lo que a la mayoría de los presentes les hubiera gustado que les pasara en la vida: música, éxito, fans.

Un taxi ocupado se detuvo junto a la acera que quedaba más cerca del auditorio. El único pasajero que viajaba en los asientos traseros bajó la ventanilla, solo hasta la mitad. Sin dejar de observar a la cantidad de personas reunidas junto al edificio, le dirigió unas palabras al conductor. El taxista no detuvo el motor. El ocupante terminó de bajar la ventanilla y sacó la cabeza para poder ver mejor.

Olía a la cera de las velas encendidas, como si se tratara de un templo moderno, como una plegaria en mitad de la calle.

Se dirigió de nuevo al taxista para darle una nueva indicación. Subió la ventanilla y el automóvil partió deprisa hacia otro lugar.

Mientras el coche se alejaba, se volvió para echarle un último vistazo al auditorio a través de la luna trasera. Al menos una veintena de jóvenes, cogidos de las manos, formaban un círculo humano en cuyo centro se intuía el resplandor que los cirios propagaban hacia un cielo gris y encapotado, que proporcionaba tristeza a aquel aciago día.

El trayecto en tren desde Madrid hasta Valencia se le había pasado en un santiamén. Ahora iba sentado en un tren de cercanías que recorría la distancia entre Valencia y Castellón. El convoy se detuvo en todas las estaciones habidas y por haber, para convertir un corto viaje en una odisea. Algunos nombres de los pueblos en los que se detuvo le hicieron sonreír: Roca-Cuper, Albuixech, Massalfassar... No los había oído en la vida.

Robert Calleja cerró los ojos y gracias al traqueteo del tren se dejó llevar al pasado para recordar los días vividos en la Academia de Policía. Sus excelentes calificaciones fueron difíciles de comprender para sus profesores, dada la frenética actividad noctámbula del estudiante, heredada, sin duda, de todo el arte andaluz que corría por sus venas.

Robert había nacido en Sanlúcar de Barrameda, en la provincia de Cádiz. El genuino microclima de la ciudad, aspecto fundamental para la crianza de la manzanilla, el vino más representativo de los sanluqueños, así como las veladas pasadas entre la plaza Cabildo y el Bajo de Guía, acompañado de buenos amigos y de los exquisitos langostinos, símbolo inequívoco del tapeo de la ciudad, había forjado en él un salero sin igual para debatirse entre su lado más puramente festivo y la profesionalidad de un trabajo al que había decidido entregarse en cuerpo y alma un día en que la Policía actuó de forma diligente ante un atraco con rehenes en uno de los bancos cercanos al hogar de sus padres, en la céntrica calle de la Victoria. Entre los rehenes atados y amordazados a punta de pistola se encontraba su abuela Encarna. Robert se mantuvo en la acera de enfrente, al otro lado del cordón policial, hasta que los agentes desbarataron el intento de robo y consiguieron rescatar a los rehenes. Estuvo seis horas de pie, seis horas mordiéndose las uñas, maldiciendo a los indeseables que tenían muertos de miedo a su abuela y a media docena de vecinos tumbados en el suelo de la entidad bancaria.

Cuando uno de aquellos agentes, vestido como si fuera un extraterrestre, con chaleco antibalas, casco y fusil en mano, apareció en el umbral de la puerta del banco sosteniendo con delicadeza a su frágil y anciana abuela, Robert lo tuvo claro: esa sería su profesión. ¿Qué había que hacer para conseguirlo?

Una voz femenina que tenía poco de mujer y mucho de robot anunció que había llegado a su destino.

«Próxima estación, Castellón de la Plana.»

El pato que servían en aquel restaurante se había convertido en una de sus preferencias gastronómicas cuando se encontraba en Castellón. Tenía la certeza de que debía probar otras de las muchas propuestas de la carta, pero siempre acababa pidiendo lo mismo.

–¿Pato? –preguntó uno de los propietarios, pese a que ya sabía la respuesta.

Cuando llegó el plato, Monfort pensó casi en voz alta. ¿Cómo demonios prepararían aquella salsa sublime que acompañaba el pato? Aquellos sabores lo transportaban directamente al puñetero centro de Pekín.

Rellenó una de las ricas tortitas de maíz, todavía calientes, según el proceso tradicional: una cucharadita generosa de salsa Hoisin, un puñadito de cebolleta tierna cortada en juliana, dos o tres pedazos de crujiente pato cortado en láminas y, antes de llevarse a la boca el preciado manjar, un poco más de la misteriosa salsa. ¡Qué sabor! ¡Qué delicia! Ayudó a bajar el bocado con un trago de la excelente cerveza que allí dispensaban, porque esa era otra de las cuestiones gastronómicas que siempre lo preocupaban. ¿Por qué razón en algunos restaurantes se sirven cervezas mediocres? Nada mejor que una cerveza con cuerpo, sabor y consistencia, una cerveza digna de acompañar aquel plato. Tampoco era tan difícil.

El restaurante China I, en la céntrica y recoleta plaza del Real, era un lugar en el que la magia y la gastronomía se daban la mano o, mejor dicho, se la estrechaban con fuerza.

–¡Vaya! Que aproveche, creía que serías capaz de soportar veinte minutos de retraso y esperarme.

Monfort no había visto llegar a Silvia. Engulló antes de hablar.

–Disculpa, pero esperar aquí, con estos aromas que circulan cada vez que sale un plato por esa puerta, es complicado.

–Ya –dijo Silvia, que tomó asiento y recolocó los cubiertos y la servilleta a su antojo.

–¿Qué te apetece comer?

–Por el afán con el que comes, pediré lo mismo. –Señaló su plato–. Ya sabes que tus recomendaciones se convierten en templos sagrados de la gastronomía para mí.

El camarero se acercó a la mesa y estrechó la mano de Silvia, exhibiendo una amable y sincera sonrisa marca de la casa.

–Tomaré lo mismo –dijo ella.

Tras anotar en la libreta lo que ella había pedido, el camarero le guiñó un ojo a Monfort y se fue a la cocina para cantar la nueva comanda.

Con los cafés llegaron también las preguntas.

–¿Qué tal en Borriol?

Silvia lanzó una especie de gruñido y se sujetó la frente con la palma de la mano antes de empezar a hablar.

Lo que le apetecía decirle era que Elena Barrantes le había parecido una *groupie*, pero no se lo dijo; bueno, sí, se lo dijo, pero con otras palabras. Relató con detalle su *no* encuentro con los padres del cantante y la conversación con la novia de Joan Boira.

–¿Y aquello que el taxista le escuchó decir a la madre cuando los trajo desde Borriol hasta el auditorio? –preguntó Monfort.

–¿Lo de que ella sabía que su hijo acabaría así?

–Eso.

Silvia trató de restarle importancia.

–Quizá a sus padres les habría gustado que se hubiera dedicado a otra cosa; ya sabes, que hubiera hecho carrera para ser arquitecto, abogado o simplemente dedicarse a un trabajo normal y corriente, con un sueldo que le diera para formar una familia a la que poder mantener, comprar una casa y pagar los estudios de tres o cuatro hijos. Los padres son gente sencilla, viven en un pueblo; los familiares y vecinos opinando sobre que el chico se ha metido a músico. Muchas veces suena a vete tú a saber qué.

–Ya –dijo Monfort–. Pero no has podido hablar con ellos.

–Imposible, están destrozados, tienen la casa llena de parientes y vecinos, y no dejan de llorar y culparse como si ellos tuvieran alguna responsabilidad sobre lo que ha pasado. No creo que haya mucho que preguntarles, pero lo haré en cuanto sea posible. Ahora, como a cualquiera que le toque pasar por ese trago, solo piensan en darle el último adiós como es debido.

–Y a nosotros nos toca pillar al malnacido que realmente le dio el último adiós en el auditorio.

–Así es.

Silvia pasó a relatarle los detalles más importantes de su conversación con Elena Barrantes.

Monfort escuchó atentamente antes de decir:

–No deja de ser curioso que Elena Barrantes sea tan amiga de Lucas Socolovich, que trabaje en la oficina de Castro y que se hiciera novia de Boira en cuanto él llegó a Madrid.

–No, no deja de ser curioso –apostilló Silvia–, aunque creo que las curiosidades son tu debilidad.

–Sí, sobre todo intentar resolverlas –concluyó Monfort resignado e intentó captar la atención del camarero para que le llevara la cuenta de la deliciosa comida, nota que pensaba entregarle como gasto al comisario Romerales.

Ya en la calle, junto a la puerta del restaurante, Monfort encendió un cigarrillo.

–¡Ciruelas! –exclamó de repente.

–¿Qué? –Silvia no daba crédito.

–Ciruelas –repitió con un movimiento afirmativo de cabeza–. Son ciruelas lo que lleva la salsa Hoisin, la que acompaña al pato.

Ella puso los ojos en blanco y se apartó de la estela del humo del cigarrillo que le estaba dando en la cara.

GUSTAVO SEGUÍ SE bajó del taxi en la plaza María Agustina y pagó el importe del trayecto a través de la ventanilla cuando ya estaba fuera. Se quedó desorientado por un momento, sin saber realmente qué hacía allí.

La plaza María Agustina, con su gran rotonda que vertebraba las calles y avenidas que desembocaban en ella, había sido una de las entradas principales al centro de la ciudad.

Hasta noviembre de 2004, la plaza fue una de las pocas glorietas de circunvalación giratoria de Europa en las que el tráfico circulaba al contrario que en el resto. Esta singularidad hizo que se convirtiera en uno de los hitos populares de la ciudad. También era fuente de comentarios jocosos por parte de todo aquel que conocía este detalle y lo ponía como ejemplo de lo que no se debe hacer.

Uno de los elementos más representativos de la plaza era el enorme ficus centenario situado en el extremo sur, un gigantesco árbol plantado en una gran maceta recubierta de cerámica en la que se representaban los escudos de la provincia de Castellón.

La iglesia de la Purísima Sangre, el edificio que albergaba los sindicatos de UGT y Comisiones Obreras, la imponente mole arquitectónica de la Subdelegación del Gobierno y el Palacio de la Diputación Provincial de Castellón le daban a la plaza una importancia de capital de provincia.

Gustavo Seguí se pasó la mano por la frente; estaba desorientado. Se dirigió hacia la calle Mayor y caminó sin rumbo fijo. Dobló a la derecha al llegar a la calle Colón, llena de transeúntes que iban de compras o simplemente paseaban. Ascendió despacio la ligera cuesta y en poco tiempo llegó hasta la plaza Tetuán, donde se encontraba el edificio de Correos. Se fijó en las cuatro puertas centrales de cada uno de los lados del emblemático edificio y lo rodeó hasta situarse en la puerta de la fachada que daba al norte, la menos transitada por encontrarse en un extremo de la plaza.

Se sentó en la terraza de un bar que quedaba resguardado de las miradas de los transeúntes. Tenía la vista perdida en los ladrillos que cubrían la totalidad de las cuatro caras del edificio, pero en realidad no miraba nada.

–Parece de Exin Castillos. ¿Se acuerda usted de aquel juguete de construcción?

Seguí volvió la cabeza hacia la voz que le hablaba. Era un hombre, sonreía y llevaba una bandeja reluciente en una mano. Era un camarero, de eso no cabía ninguna duda, pero él no sabía si en realidad quería tomar algo o no.

1985

Los dos guardias civiles me llevaron hasta la planta baja, donde habían encendido la chimenea para que entrara en calor, pues la casa estaba helada y yo no dejaba de tiritar. Me las apañé bien para que los dientes castañearan a mi antojo y conseguí simular espasmos en los brazos y las piernas. Aquello los conmovía.

En el suelo de la cocina, cubierto con una sábana ensangrentada, estaba su cuerpo, un cuerpo al que le faltaba un brazo, amputado por encima del codo. Un brazo que pendía de un gancho en el balcón, para que se oreara al fresco de la montaña. Un brazo, lo mismo que él había jurado cortarme a mí si seguía con las fantasías de ser cantante o escritor, o cualquiera de aquellas cosas que a él le parecían de poco hombre, aquellas cosas que él maldecía una y otra vez y que cada vez que blasfemaba sobre ello yo quería ser todavía más.

El cartero había vomitado hasta en tres ocasiones; la primera, al ver el cuerpo en el suelo, desangrado, casi morado, con la sangre espesa, en proceso de solidificación. La segunda, al ver a mamá en la cama, muerta, como una santa, con las flores marchitas entre los brazos. Y la tercera, al verme a mí, que no dejaba de llorar y de temblar de forma compulsiva, embadurnado del orín que se mezclaba con las lágrimas.

Llegaron los refuerzos que habían solicitado por la radio del Land-Rover, dos coches de la Guardia Civil con hombres vestidos de paisano, una ambulancia y un coche fúnebre.

Me ofrecieron una taza de chocolate caliente con magdalenas. Una enfermera me despojó de la ropa sucia mientras me hablaba como si tuviera cuatro años. Me lavó con una esponja y me dio ropa para que me cambiara. Me iba grande, pero me dio igual; sus caricias al rozar mi cuerpo reconfortaron de todo aquel trajín.

En el piso de arriba se oían pasos que no cesaron ni un solo momento. Los agentes subían y bajaban las escaleras, un fotógrafo de la Guardia Civil disparó el flash de su cámara en cientos de ocasiones; supe que mamá saldría tan guapa como siempre en las fotografías. De él esperaba que hubieran fotografiado con detalle el buen trabajo que hice con la amputación de su miserable brazo.

Escuché decir que el juez acababa de llegar para proceder al levantamiento de los cadáveres. Un coche lujoso aparcó a escasos metros de la puerta de la casa. De él se apearon un hombre que parecía un ministro, seguido de una joven que portaba un maletín. Ella vestía una falda demasiado ajustada y unos zapatos de tacón totalmente inapropiados para un camino como aquel.

Mientras el juez y su secretaria estaban en el piso superior, llegó otro coche hasta la casa; era un vehículo más modesto que el del juez. Aparcó a una distancia prudencial, tal como un guardia le indicó. De él se bajaron un hombre y una mujer que caminaron indecisos hacia la casa. Él fruncía el entrecejo y apretaba los puños, era corto de estatura y tenía más kilos de los necesarios. Tenía el pelo negro muy tupido y unos ojos tan pequeños que no pude distinguir su color. Mostraba un enfado mayúsculo que no trató de disimular mientras hablaba con uno de los agentes.

Ella se cubría los labios con una de las manos; era delicada y frágil, y en su rostro, surcado de lágrimas, vi todo aquello que ansiaba tener: cariño, ternura y comprensión, todo lo que había perdido de forma irreparable. Pegué la nariz al cristal de la ventana. Ella alzó el rostro y su mirada se cruzó con la mía.

Era el vivo retrato de mamá.

Supe entonces que se trataba de Mercedes Reguart, mi tía, la hermana de mamá.

Lunes, 5 de mayo de 2008

En la comisaría

ESTABAN REUNIDOS EN la comisaría y hablaron largo y tendido sobre las declaraciones obtenidas. Las leyeron en voz alta para que todos los presentes extrajeran sus propias conclusiones, las desmenuzaron una a una con especial atención.

Decidieron que los tres miembros del grupo que quedaban, es decir, Pedro Paraíso, Alberto Roca y Lucas Socolovich, deberían permanecer algún día más en Castellón a disposición de la Policía. Volverían a entrevistarse con ellos al día siguiente y les plantearían las preguntas desde otro punto de vista, para ver de qué manera afrontaban los hechos ocurridos, juntos y por separado. Lo mismo habían decidido en cuanto a Jesús Castro, director de la compañía discográfica, y también para Esteban Huete, su *road manager*, con la salvedad de que ellos dos se alojarían en distintos hoteles a fin de que no pudieran comunicarse entre sí, ya que estaban convencidos de que Huete era la persona de confianza de Jesús Castro, pues trabajaba para él.

Silvia se quejó de que disponían de pocos efectivos para trabajar contra reloj. Romerales aprovechó la coyuntura para anunciar que un nuevo agente especializado había llegado a la comisaría esa misma mañana. La subinspectora informó de que los compañeros de la Científica se afanaban en esos momentos en descubrir alguna pista en el teléfono móvil y el ordenador portátil de Joan Boira. Las huellas encontradas en el camerino estaban siendo analizadas, pero el trabajo se presentaba lento y costoso, dada la cantidad de huellas halladas en ese mismo lugar.

Decidieron que los tres músicos de Bella & Lugosi y Jesús Castro continuaran alojándose en el hotel Luz, mientras que a Esteban Huete lo enviaron a un hotel del barrio marítimo.

La declaración del encargado de la empresa de seguridad que trabajó la noche del concierto en el auditorio no dio ningún resultado que no conocieran ya, aunque los que hablaron con él coincidieron en que se trataba de un tipo muy peculiar. Monfort creía que debía indagar un poco más a fondo sobre algunas de las personas relacionadas con la empresa de seguridad. Le ocurría algo parecido con el personal que trabajaba en el auditorio. El inspector seguía enojado con la licencia poco ética de no grabar lo que sucedía en el interior de los camerinos. El director había declarado que cuando ocupó el cargo, las cámaras ya no estaban en los camerinos, y que cuando preguntó por ello, le dijeron que algunos artistas habían reprobado que se grabaran imágenes suyas cambiándose de ropa. La secuencia que registró la cámara instalada en el pasillo, de aquella persona vestida de negro que entraba en el camerino, tenía tan poca nitidez que finalmente se desechó. No se conocía con exactitud la hora de la grabación y podía tratase de cualquier miembro de la comitiva del grupo. Pese a que al ampliar la imagen la estructura del sujeto podía coincidir con la del *road manager*, acordaron que no era vinculante.

A continuación, Silvia relató con detalle la entrevista que tuvo en Borriol con Elena Barrantes, la novia de Joan Boira. Con sus palabras consiguió que Jesús Castro y Lucas Socolovich parecieran más sospechosos aún de lo que cabía esperar en un primer momento. Dudaron los policías acerca del grado real de sospecha que podía recaer en ellos, pero todos coincidieron en que era un tanto extraña la relación entre el batería, el director de la compañía y la novia del cantante. Monfort recordó la primera conversación que tuvo con Lucas Socolovich, en la que hablaron de todo lo relacionado con el grupo, pero en la que no se mencionó nada de aquello. Volvería a hablar con él. Solicitó a Terreros y García que a primera hora de la mañana entrevistaran de nuevo a Pedro Paraíso y Alfonso Roca; él haría lo mismo con Lucas Socolovich, a solas. A Silvia le pidió que volviera de nuevo a Borriol para hablar con los padres de Boira, y de esa manera también controlar los movimientos de Elena Barrantes, a la que había que comunicarle que sería conveniente que no abandonara Castellón hasta que el juez decidiera cuándo podía hacerlo. A Jesús Castro y a Esteban Huete los quería en la comisaría lo más temprano posible; ya pensaría qué hacer con ellos.

No podían retenerlos allí todo el tiempo que quisieran, lo sabían y aquello jugaba en su contra. De momento no era posible demostrar ningún tipo de culpabilidad, pero aquellos personajes que pululaban alrededor de la víctima tenían más cosas que decir de las que habían dicho, eso lo tenían claro. La cuestión era que el juez no los mandara a casa antes de lo necesario.

La última parte de la reunión la dedicaron a hablar sobre lo que el anuncio de la muerte del cantante había desencadenado entre sus seguidores.

Bella & Lugosi era lo que se conocía como un grupo *indie*, o lo que era lo mismo, una formación musical que difícilmente llegaría a encabezar las listas de los artistas más vendidos ni los puestos más altos en las listas de audiencia de las emisoras de radio comerciales y los programas de radiofórmula. Bella & Lugosi era un grupo de culto al que muchos reverenciaban por su posición frente al injusto y draconiano mundo de la industria musical, poco los emparentaba con otros grupos más populares o con mayor número de ventas. Aquel año, en España, arrasaban los éxitos de artistas nacionales como Nena Daconte, La Oreja de Van Gogh o El Canto del Loco, pero en aquellos circuitos meramente comerciales no cabían grupos como el de Lucas Socolovich y sus amigos, pese a que tampoco competían para estar entre ellos.

Romerales no terminaba de comprender lo que estaban hablando, jamás había oído hablar de grupos *indies* ni de bandas de culto, ni de nada que tuviera que ver con esos tipos de música. Lo suyo era otra cosa, otros estilos. Aunque no tanto como al comisario, a Monfort también lo pillaron con el paso cambiado. Había oído alguna vez a aquellos grupos que nombraban con gran soltura Silvia, Terreros y García, pero no habría sido capaz de reconocer las canciones que citaban y emparejarlas con los artistas. Si se hubiera tratado de un juego, habría perdido. Sin embargo, por alguna extraña conexión, no dejaba de retumbarle en el cerebro la letra de «The Passenger», una canción de Iggy Pop, alguien al que posiblemente sus compañeros no habían escuchado tanto como él.

Años atrás, durante el interrogatorio a dos presuntos narcotraficantes de nacionalidad argentina, le oyó decir a uno de ellos, refiriéndose a la canción que ahora le bailaba en la cabeza: «Si la *escuchás* cuando te *despertás*, *sentís* ganas de salir corriendo a drogarte».

Y pensó en Lucas Socolovich.

Soy el pasajero
Cabalgo por los suburbios de la ciudad
Veo salir las estrellas en el cielo...

La pantalla del ordenador era lo único que dotaba de luz a la oscura habitación. Tenía las luces apagadas, las ventanas cerradas y las persianas bajadas para que no entrara ni un resquicio de luz de las farolas de la calle.

El cursor, una línea de color negro de apenas un centímetro, situada en la parte izquierda superior de la gran pantalla, parpadeaba inmisericorde sobre una página en blanco. Ni una sola palabra escrita.

Era incapaz de escribir. Se retrepaba en el sillón una y otra vez, se pasaba una mano por el cabello; una palabra, necesitaba una sola palabra para empezar a escribir. En la universidad les enseñaba a sus alumnos vocablos poco conocidos del lenguaje español. Escribió algunos de ellos y a su lado el significado aprendido de memoria años atrás:

«Petricor», el nombre que recibe el olor que produce la lluvia al caer sobre suelos secos.

«Nefelibata», dicho de una persona soñadora que no percibe la realidad.

«Ataraxia», imperturbabilidad, serenidad.

Dejó de escribir. Apoyó la espalda en el sillón sin dejar de mirar la pantalla. Los ojos, cegados por la luz artificial, eran dos líneas horizontales dibujadas en su rostro.

Abrió el cajón y sacó tres pastillas de un blíster suelto, fuera de su caja original. Junto a la pantalla había una botella de Johnnie Walker a la que le quedaban cuatro dedos. Con un gesto rápido se llevó las pastillas a la boca y las engulló ayudado por un trago de whisky. Dejó caer la cabeza y apoyó la frente en el borde de la mesa, justo por debajo del teclado; levantó la cabeza y se golpeó tres veces seguidas contra la madera de contrachapado. Enseguida surtieron efecto las propiedades de las pastillas. Se incorporó; poco a poco fue envalentonándose. Valentía artificial, sí, pero la valentía que necesitaba, al fin y al cabo.

Entonces recordó otra palabra que les enseñaba a sus alumnos, una palabra que le iba bien en aquel momento, una que debía utilizar, que debía grabarse a fuego en el cerebro, la que quizá fuera la clave de todo. Escribió.

«Resiliencia», capacidad de adaptación de un ser vivo frente a un agente perturbador o una situación adversa.

Otra pastilla, otro trago, una mueca al tragar. Cerró los ojos y se dejó llevar por el efecto de lo ingerido. Otro trago y otro más. Miró el blíster y recordó que el joven farmacéutico sería difícil de convencer la próxima vez. Quizá debería conseguir lo que quería utilizando nuevos argumentos, unos más expeditivos, menos implorantes.

Pasó mucho tiempo agarrotado en el sillón, frente a la pantalla. La combinación de fármacos y alcohol circulaba por sus venas, hacia el cerebro. Pensaba a toda prisa, como si a su alrededor las cosas empezaran a suceder a una velocidad a la que no podía dar alcance ni echar el freno. Sacó del bolsillo del pantalón el teléfono móvil, buscó el número del joven farmacéutico y llamó. Sudaba. «El móvil al que llama está apagado o fuera de cobertura.» Colgó. Cinco segundos más tarde, volvió a presionar la tecla de llamada. La misma locución, una asquerosa voz robotizada que pretendía ser amable y que conseguía el efecto contrario.

De un manotazo barrió las cosas que tenía sobre la mesa, causando un gran estruendo de objetos estrellándose en el suelo. Borró con la tecla de retroceso todo lo escrito con anterioridad.

Con el premio obtenido por su novela había conseguido el dinero suficiente para vivir durante un año. Solicitó una excedencia en la universidad y se la concedieron. Si supieran para qué la había pedido en realidad... El dinero no duraría un año, no de aquella forma. Quizá no fuera necesario que el montante del premio literario le diera para vivir un año, quizá ni siquiera sobreviviera por ese espacio de tiempo.

Volvió a llamar. «El móvil al que llama está apagado o fuera de cobertura.»

No tenía otro remedio que salir a la calle, buscarse la vida, meterse en el fango, chapotear de nuevo en la chapuza.

Apoyó con suavidad las yemas de los dedos en el teclado, como cuando la inspiración lo bendecía con alguna idea, cada dedo en su tecla correspondiente, dispuesto a escribir. Escribiría lo que el cerebro le ordenara y luego saldría a la calle, una vez más, una noche más. Miedo y asco, la combinación perfecta para un malnacido.

Sin mirar al teclado, ajustó la vista a la pantalla, cegado por la luz blanca. Escribió sin saber qué escribía.

Y leyó la palabra escrita.

«Occiso.»

En un arrebato, salió del piso a toda prisa y lo dejó todo tal y como estaba. Cerró la puerta tras de sí y bajó por las escaleras. Necesitaba respirar, allí se ahogaba; una ola de calor se apoderó de su cuerpo.

En la calle, un grupo de chavales escuchaba música rap. Llevaban los pantalones caídos en el culo y las camisetas anchas con grandes eslóganes impresos en el torso, las gorras con las viseras vueltas hacia atrás. Olía a hachís, un olor dulzón mezclado con el tabaco. Reían y se vacilaban los unos a los otros. Un enorme radiocasete, sobrado de graves, escupía versos y notas. La letra que aquel rapero desgranaba sin piedad era toda una declaración de intenciones.

–Kase-O es cojonudo –exclamó uno de ellos. Los demás recitaban en voz alta un texto que se sabían de memoria.

Gustavo Seguí hundió las manos en los bolsillos y apretó el paso, pero la letra lo perseguía.

¿Qué demonios significaba *occiso*?

Salí de casa en busca de aventuras trepidantes,
los horóscopos prometían cambios excitantes:
Fiestas, música, rap, *groupies* y fans sin orgullo,
es por eso que en mis planes no os incluyo.
Has de saber cuál es mi fórmula secreta,
cuido mi gramática más que mi etiqueta.

Sentado a la mesa de uno de los despachos de la comisaría, Robert Calleja inspeccionaba el contenido del ordenador portátil de Joan Boira. Al lado tenía el teléfono móvil de la víctima abierto en dos mitades y conectado a un PC en cuya pantalla aparecían reflejadas las llamadas entrantes y salientes.

Aquello había sido llegar y besar el santo, pensó Robert metido de lleno en el trabajo. Se había convertido en un especialista.

Le habían causado buena impresión los compañeros que a partir de ese momento tendría en su nuevo puesto de la Policía Científica.

Apenas había podido ver algo de la ciudad de Castellón en el corto trayecto en taxi desde la estación hasta la comisaría de la ronda de la Magdalena. Era consciente de que el cambio a Castellón sería notable; esperaba, sin embargo, que no fuera demasiado brusco. Una cosa tenía clara: no iba a parecerse en nada a Cádiz, y mucho menos a Sanlúcar de Barrameda.

El comisario Romerales, al que notó cansado e irritado nada más estrecharle la mano, le había proporcionado un minúsculo piso en lo que habían sido las antiguas viviendas de los agentes destinados a Castellón, enfrente de la comisaría.

Tuvo el tiempo justo de darse una ducha, cambiarse de ropa, cruzar la calle y ponerse manos a la obra con los cachivaches electrónicos de Joan Boira.

No tardó mucho tiempo en dilucidar que allí había poca cosa que rascar. Aquel tipo tenía el ordenador lleno de música, pero ni rastro de nada que guardara relación con drogas: ni posibles direcciones de camellos, ni nombres camuflados, ni carpetas sospechosas con documentos confusos, ni rastros ocultos de búsquedas fraudulentas por internet; ni tan siquiera páginas visitadas de contenido pornográfico. Nada. Solo música.

Robert pensó que si Joan Boira hubiera sido un yonqui, habría vendido el portátil de última generación y el carísimo teléfono móvil para meterse por la vena lo que hubiera sacado por ello. Para llegar a semejante conclusión no hacía falta haber destacado entre la gran cantidad de agentes dedicados en cuerpo y alma a los delitos informáticos.

Se había hecho tarde. Esperaba que en aquella comisaría no les diera por trabajar durante toda la noche. Él, por su parte, tenía bastante claro el veredicto acerca de los dispositivos informáticos de la víctima. Lo que en realidad le apetecía era una copita de manzanilla y un buen plato de jamón, quizá no fuera demasiado complicado encontrarlo en Castellón.

El comisario Romerales llamó a la puerta pese a que estaba abierta. Entró acompañado.

–Te presento a la subinspectora Silvia Redó –dijo el comisario a modo de saludo. Luego se dirigió a ella–. Él es el agente Robert Calleja, de Sanlúcar de Barrameda, especialista en delitos informáticos, como puedes ver. –Señaló las dos grandes pantallas del ordenador en las que se reflejaban los entresijos y las confidencias de los aparatos de Joan Boira.

Silvia estrechó la mano del agente, esbozó una sonrisa amable; él también. Era imposible no fondear en sus ojos azules.

–Me gustaría tener un informe detallado sobre lo que hayas encontrado. Cualquier cosa, por nimia que parezca, podría ser importante. ¿Crees que será posible tenerlo para mañana a primera hora?

Robert enarcó las cejas. Se esfumaron de un plumazo los pensamientos acerca de la manzanilla y el jamón.

–¡*Ea*! No pasa *ná*, te lo hago del tirón –dijo el agente con su particular vocabulario, que era todo un derroche de salero.

Tuvo la certeza de que las zalamerías de Robert Calleja no iban a sentarle especialmente bien.

¿Robert? A nadie en su sano juicio se le ocurre hacerse llamar así, pensó.

Monfort se retiró temprano a su habitación en el hotel Mindoro. De camino, entró en la tienda El Pilar, en la calle Colón, compró una botella de Clotàs, de las Bodegas Flors, un excelente vino tinto elaborado en el interior de la provincia de Castellón que ya tenía la suerte de conocer y unas láminas de queso parmesano.

Desde la puerta del colmado se alcanzaba a ver el nuevo piso de Silvia, enfrente del edificio de Correos. Ella se había quedado en la comisaría, revisando los trabajos de la Policía Científica. Las huellas dactilares estaban resultando un serio problema, el problema de siempre. El camerino estaba lleno, separarlas y cotejarlas suponía un enorme quebradero de cabeza para los agentes. Trabajaban también con los dispositivos electrónicos de algunos de los sospechosos: ordenadores y teléfonos móviles. Ya podían armarse de paciencia los de la Científica; tenían juerga para toda la noche, pensó Monfort. Esperaba que su compañera se fuera pronto a descansar; ya había dormido lo mínimo la noche anterior y otra más en vela no le convenía. Al día siguiente había que seguir, y de momento no tenían ningún resquicio por el que adentrase en busca de una pista certera.

Los agentes Terreros y García tuvieron algunas discrepancias con los compañeros de Joan Boira. Los habían reconducido a su alojamiento a la espera de seguir interrogándolos la próxima jornada. Se quejaron y protestaron enérgicamente, pero al final no tuvieron más remedio que claudicar y conformarse.

Ya en la habitación, el inspector descorchó la botella de vino y se sirvió un vaso. Recolocó la butaca frente al ventanal que daba a la fachada posterior del Teatro Principal. Qué manía tenían con cambiar la posición del sillón cada vez que limpiaban la habitación.

Puso en marcha el ordenador portátil y buscó en YouTube un álbum de Elvis Costello que llevaba tiempo sin escuchar. Cuánto echaba de menos su colección de vinilos, muertos de aburrimiento allí, en su piso de Barcelona. Menos mal que existía el recurso de internet. Ahora era de lo más sencillo escuchar música sin gastarse un solo euro, así les iba a los músicos y a las compañías discográficas. De eso era de lo que se quejaban, y con toda la razón, Lucas Socolovich y Jesús Castro: de la piratería, de las descargas ilegales, del top manta, de todos aquellos que escuchaban música sin pagar un chavo. ¿Era delito lo que él mismo estaba haciendo en aquel momento? No lo sabía a ciencia cierta, pero tampoco tenía la cabeza para mucho más. Sentía un cansancio indescriptible, algo poco habitual en él.

North empezó a sonar. La primera canción del álbum se titulaba «You Left Me In The Dark», me dejaste en la oscuridad.

Elvis Costello había dado un giro estilístico con baladas emocionantes, tristes y desgarradoras, centradas en el piano y en los elegantes arreglos de cuerda. Su voz sonaba sutil, tranquila, controlada, como si hubiera adquirido un compromiso directo con el amor, como una copa de buen vino, una grata compañía o una caricia. Así era *North*.

Las canciones, plenas de emoción y de sentimiento, lo llevaron a pensar en su madre, en su esposa, en la razón de que alguien como Joan Boira, un cantante al que le había llegado su oportunidad, perdiera la vida y dejara tras de sí el cruel reguero del dolor de aquellos que lo querían. La muerte de alguien a quien se ama es totalmente injusta e inmerecida.

Era noche cerrada cuando se metió en la cama y decidió apagar la luz de la mesilla de noche. La botella de vino estaba casi vacía, junto a la butaca. El queso, intacto, en la nevera del minibar; quizá al día siguiente. Un resquicio de la luz que proyectaban las farolas se filtraba entre las cortinas y creaba una penumbra agradable.

Cerró los ojos; debía descansar, era lo que más le convenía. Sin embargo, las imágenes seguían allí, vívidas, imposibles de borrar.

Reinaba la oscuridad. Los faros de los automóviles confundían la realidad y la transformaban en imágenes espectrales.

La autopista estaba cortada salvo en uno de los carriles, y la policía desviaba lentamente los vehículos hacia la salida más cercana.

Dos cuerpos yacían sobre el asfalto, y uno era el de Violeta. Estaban cubiertos con mantas térmicas. Soplaba el viento y el sonido que producía aquello que los tapaba ponía los pelos de punta.

Acudió en su propio coche. En cuanto le comunicaron lo ocurrido, partió a toda velocidad hacia el lugar de los hechos. «No hay nada que podamos hacer ya», le dijeron por teléfono. Le pareció tan cruel...

Al llegar vio la zona acordonada, la autopista cortada, las sirenas, naranjas y azules, que giraban en la oscuridad, destellos de luz cegadora. Ambulancias, vehículos de la policía, una furgoneta de servicios funerarios... Reconoció el coche de Violeta, panza arriba, los cristales esparcidos sobre el alquitrán de la vía. El otro coche estaba en la mediana, empotrado contra el guardarraíl; un vehículo caro, de alta gama. Dos operarios de la empresa de autopistas, ataviados con chaquetas reflectantes de color amarillo, barrían los restos de chapa y cristal con escobas industriales. Quedaban manchas de sangre sobre el asfalto, sangre que alguien había intentado cubrir, sin éxito, con serrín.

¿Por qué a ella? ¿Por qué maldita razón había tenido que pasarle a ella? Apretó tanto los puños que se clavó las uñas en las manos. Gritó en la noche como grita un animal herido.

Horas antes habían hablado por teléfono. Violeta iba a visitar a su madre y a su abuela, a la abuela Irene. «Iré por la autopista, que suele haber menos tráfico. No te preocupes, llegaré pronto». Y él besó el auricular del teléfono a modo de despedida, para que ella pudiera oírlo. A modo de despedida. La quería con todo su corazón.

La cinta de balizamiento que delimitaba la zona parecía tener vida propia, se sacudía de forma frenética y provocaba un sonido sobrecogedor provocado por el viento. «Es mejor que no siga», le aconsejó el agente de la policía al que había informado de quién era, pero él alzó la cinta con una mano y pasó por debajo desoyendo la indicación. No pudieron impedírselo.

No dudó ni por un segundo cuál era el bulto plateado que correspondía al cuerpo de su esposa. Se hincó de rodillas junto a ella. Apenas podía respirar. Tenía ganas de vomitar, las arcadas le sobrevenían una y otra vez. No lloró entonces, era imposible que alguna cosa viva saliera de su cuerpo en aquellos momentos.

Un agente le dijo que no podía permanecer allí, que tenía que regresar al otro lado de la cinta, donde estaba la furgoneta de atestados policiales. Se lo indicó con buenas palabras.

Un hombre se acercó y le tendió la mano. Se presentó como el médico forense. Le preguntó quién era él respecto de la víctima; le dijo que ella era su esposa. El doctor le puso una mano en el hombro, pero él se zafó con un movimiento brusco. «Lo siento», dijo el patólogo y apretó los labios.

Monfort levantó la manta térmica para poder ver su rostro, tenía que verla con sus propios ojos. Con las yemas de los dedos le acarició los párpados, las cejas, los labios. Sintió una brecha que se abría para no cerrarse jamás, un dolor desconocido, un desgarro mortal. La muerte, sí, era la muerte, que se interponía entre los dos.

¿Por qué a ella y no a mí?

Arreció el viento, implacable; una noche oscura e insondable. Le ofrecieron café en un vaso de plástico y lo acompañaron a la parte trasera de un furgón de la policía. Allí le entregaron sus pertenencias, las cosas que llevaba en el coche: su bolso, que olía a ella; los zapatos. Los miró sin verlos, imaginó sus pies dentro, las caricias, las risas, el amor... y nada más.

Luego vino el levantamiento de los cadáveres, la declaración policial, las preguntas, las hipótesis, la familia, el inmenso dolor de los suyos. Él mismo se encargó de comunicárselo a sus padres, desde allí, por teléfono, en el furgón policial. La madre de Violeta dejó de existir esa misma noche. La misma noche en que la Policía descubrió que se trataba de una apuesta, un conductor kamikaze. La nota escrita con el valor de la apuesta todavía estaba en el asiento del acompañante, manchada de sangre. Tantos kilómetros en dirección contraria, tanto dinero ganado. La misma noche en la que hallaron una gran cantidad de cocaína en el maletero del vehículo del conductor suicida. La noche en que Monfort decidió que vivir, a partir de entonces, era algo completamente secundario.

La quería tanto... Y llegó la oscuridad.

1988

NO TARDÉ EN averiguar la razón por la que él no quería que mamá tuviera relación alguna con la tía Mercedes.

Debió de pensar que sería una mala influencia para mamá, porque Mercedes Reguart era todo lo que a ella le habría gustado ser en la vida: una mujer libre.

Habían pasado tres años desde que el cartero del pueblo se percatara del brazo que colgaba del balcón, tres años desde que la tía Mercedes y el imbécil de su marido me acogieran en su casa como al sobrino huérfano que era, como al hijo que nunca habían tenido. Tampoco era de extrañar que no hubieran tenido descendencia, con semejante inútil viviendo bajo el mismo techo. Yo estaba convencido de que el tío Andrés no valía ni para tener hijos.

Nadie sospechó de mí en los tres años que pasaron desde que decidí acabar con todo el dolor que él nos producía. Creyeron todo lo que les dije. ¿Quién iba a sospechar del pobre huérfano?

Lo que no intuí entonces fue el calvario de psicólogos, psiquiatras, terapias y todo tipo de mierdas para dementes que me esperaban nada más dejar atrás el pueblo. De no haber sido por el cariño y la ternura con los que me trataba la tía Mercedes, habría sido imposible soportar todas las perrerías que los matasanos pretendían inculcarme. Decían que los hechos acaecidos me habían vuelto un chico retraído, que me había encerrado en mí mismo a causa del dolor, que lo vivido en la casa había mermado mis facultades mentales, seguramente de por vida; en pocas palabras, creían que me había vuelto un poco subnormal. Unos desgraciados, eso es lo que eran. No se enteraban de nada. Bastaba con no contestar a lo que me preguntaban, con mantener la cabeza agachada en todo momento, con hacer como que no entendía lo que me decían, con simular temblores, con llorar. Me salía muy bien aquello de balancearme adelante y atrás con la mirada perdida cuando estaba sentado en la silla frente al médico de turno. Sí, se me daba bien y obtenía magníficos resultados.

La tía Mercedes era muy atractiva. Me parecía el vivo retrato de mamá, eran como dos gotas de agua. Me acariciaba la cara con el dorso de la mano cuando yo lloraba de forma fingida y le imploraba que no quería ver a ningún médico más.

El tío Andrés trabajaba en el edificio de Correos de la plaza Tetuán; por lo visto era un pez gordo allí. Todas las mañanas, la tía Mercedes le planchaba una camisa blanca y le hacía el nudo de la corbata, una distinta para cada día; ella procuraba que fuera al trabajo hecho un pincel. El tío Andrés tenía una panza desmesurada y una papada que le tapaba el cuello. Era un hombre muy poco agraciado, pero, por alguna razón, la tía Mercedes lo miraba embelesada. Ella había trabajado en el edificio de Hacienda de la plaza Huerto Sogueros, tramitando declaraciones y papeleos de cara al público, pero había pedido una excedencia que fue prorrogando año a año mientras yo estuve con ellos.

La tía Mercedes tuvo conmigo una paciencia infinita y un cariño sin medida que parecía difícil de dar a alguien que no había salido de sus propias entrañas. Algunas veces, cuando me ayudaba con los deberes o me hablaba de sus cosas o cantaba mientras hacía la cena, cerraba los ojos y creía estar junto a mamá, como si él no hubiera existido y ella y yo viviéramos solos en la casa del pueblo.

En casa de mis tíos no había problemas de dinero, todo lo contrario, vivían de forma acomodada y no escatimaban en su estilo de vida. Aquella circunstancia también fue de gran ayuda para mi adaptación.

Vivían en un gran piso en la avenida Capuchinos, muy cerca de la plaza María Agustina. Allí tuve la habitación que jamás habría soñado tener cuando vivía en el pueblo, donde todo olía a estiércol y a envidia. Todo menos mamá, claro, que era lo que yo más quería en este mundo.

La tía Mercedes había preparado aquella habitación para el hijo que nunca llegó y que tanto deseaba. Ahora me tenía a mí para suplir aquel vacío vital.

Decidí que estudiar me libraría de trabajar como un burro. Había tenido la oportunidad de ver a los chicos del pueblo dejar los estudios y ponerse a trabajar en el campo o con los animales, o con ambas cosas la mayoría de veces. Yo no quería aquella vida para mí. Yo soñaba con hacer todo lo que a mamá la hacía feliz, ilusiones que él se empeñó en truncar.

A la tía Mercedes no le importaba que me pasara las horas encerrado en mi habitación; allí leía y escribía. Tenían una librería que ocupaba por completo una de las paredes del salón. Miguel de Cervantes, Victor Hugo, Charles Dickens, Fiódor Dostoyevski, Julio Verne, Bram Stoker, Oscar Wilde, Edgar Allan Poe, Robert Louis Stevenson... Leía los libros de aquellos grandes autores y luego escribía fantaseando con emularlos, copiando frases enteras, mezclando las palabras aprendidas de los escritores consagrados.

También me gustaba escribir letras para canciones imaginarias que nunca tendrían música, poemas, sueños, aventuras fantásticas de lugares remotos en los que no había estado jamás y a los que probablemente nunca iría. Escribía páginas que luego escondía como el mayor de mis tesoros.

No me habría importado leerle a la tía Mercedes las cosas que escribía, pero me arriesgaba a que, entusiasmada, quisiera hacer partícipe de ello al bruto de su marido. Y yo estaba seguro de que el tío no lo habría aprobado de ninguna forma.

Me habría gustado cantar en voz alta las canciones que me enseñó mamá, pero el tío Andrés no me lo habría permitido.

Seguro que me habría llamado maricón, igual que hacía él cada vez que llegaba a casa oliendo a mierda de cerdo y me encontraba cantando.

Así que me esforcé en los estudios para que los médicos me dejaran en paz y tuvieran que morderse la lengua con todo lo que decían sobre que tenía el cerebro aletargado. Escribía a escondidas, le robaba horas al sueño; leía de noche con una linterna encendida debajo de las sábanas. Tomaba notas de las palabras que me impactaban de aquellos tomos lujosos que la tía dejaba a mano para que yo pudiera leerlos. Ella lo sabía, sabía que leía con avidez, que escribía, que mi vida se recluía entre las páginas de los clásicos y los estudios desdeñosos que, pese a lo que se esperaba de mí, superaba con buenas notas.

Un día me dijo que todos aquellos libros serían para mí, y yo aprendí a quererla con todo mi corazón, como había hecho antes con mamá.

La librería del salón estaba hecha de alguna madera noble, una madera que brillaba cuando le daba la luz del sol que entraba a borbotones por los ventanales. Tenía puertas acristaladas que protegían los libros del polvo. Estaban clasificados meticulosamente según los apellidos de los autores. Había libros en la parte superior del mueble y también en la inferior. Una fila de cajones en la parte central dividía el mueble, unos cajones en los que ellos guardaban sus cosas, papeles y documentos familiares. Por algún motivo que yo desconocía, uno de los cajones permanecía siempre cerrado bajo llave.

Descubriría la razón. Por supuesto.

Martes, 6 de mayo de 2008

La luz de un nuevo día no vino acompañada de consuelo alguno. El dolor permanecía clavado como una astilla en lo más profundo de su ser.

La mañana solo trajo la certera convicción de que estaba vivo para seguir sufriendo su pérdida.

Recogió el coche en el concesionario después de que le explicaran, con demasiados detalles para su escasa formación mecánica, qué le habían hecho a su viejo amigo.

Sintió una sensación parecida a volver a casa o a reencontrarse con un ser querido. Le dio unos golpecitos al volante con la mano y en vez de dirigirse hacia la comisaría, que era a donde debería haber ido, enfiló hacia el Instituto de Medicina Legal de Castellón.

Pablo Morata, el médico forense, estaba sentado a una mesa de despacho y miraba algo a través de un microscopio.

–Hay café recién hecho –dijo sin apartar el ojo derecho del ocular.

–Gracias –respondió Monfort, que cerró la puerta tras de sí–. Lo malo es que sabrá a formol.

El patólogo sonrió por el comentario, se incorporó y desconectó el microscopio. Estrechó la mano del inspector. Tomó el vaso que contenía su café y con una cucharilla de plástico removió un azúcar que con seguridad ya estaba disuelto.

–¿Y bien? –Monfort dibujó una línea recta al apretar los labios.

–Veneno, ya te lo dije. Mierda para parar un carro, con perdón. Lo están analizando concienzudamente en otro laboratorio, es posible que tarden.

–Lo del matarratas... ¿Puede ser cierto?

–Yo no bromearía ni por un solo segundo acerca de eso. Veneno puro, un certificado de muerte en cada dosis, sin duda alguna. El que va por ahí con eso es un asesino.

El inspector lanzó un bufido. Morata se había puesto serio, parecía leerle el pensamiento.

–¿Qué más quieres saber? No me lo digas. –Se interrumpió para dar un trago al café, sin dejar de mirar a Monfort, que había tomado asiento en un taburete–. También quieres saber si había consumido heroína en el pasado.

–Por ejemplo –contestó y levantó su vaso como si quisiera brindar con Morata por sus dotes de adivinación.

–Como ya sabes –empezó el forense–, la heroína es un opiáceo derivado de la morfina. Produce una primera sensación de placer que rápidamente se convierte en un estado de sedación total, acompañado también por fases de cierta euforia. Aunque ambos estados parezcan contradictorios, es así. Estos efectos suelen durar entre dos y tres horas. Se consume de forma endovenosa y a largo plazo produce problemas digestivos, psicológicos y también en el sistema nervioso. Pese a lo que muchas personas pueden creer, la heroína es menos tóxica que el alcohol –Monfort ladeó la cabeza. Morata continuó–, pero es infinitamente más adictiva. Quienes la consumen de forma continuada, acusan graves problemas en el sistema inmunológico, y lo que es más importante, sufren algo que en términos médicos se conoce como «trastorno depresivo grave», que no es otra cosa que una gran depresión. Esta es una de las principales causas de que los haga caer una y otra vez. En los adictos, cualquier bacteria o microorganismo adquirido puede derivar en una enfermedad gravísima.

–¿A qué órganos puede afectar? –preguntó Monfort mientras pensaba de forma ansiosa en el paquete de cigarrillos que guardaba en el bolsillo. Tenía el gusto amargo del café anclado en el paladar.

–Cerebro, riñones, hígado, bazo, pulmones... –contestó Morata como si pensara en voz alta.

–¿Cuál de ellos tenía jodido Joan Boira? –preguntó Monfort atajando de una vez la lección de medicina del amigo del comisario Romerales.

–¡Joder! –exclamó el forense–. Es arriesgado decir eso.

–Arriésgate –lo animó Monfort.

–Aparentemente era un hombre sano. Los órganos analizados corresponden a los de una persona saludable. No hay restos de alcohol en su organismo, ni problemas de tabaquismo, ni excesos de grasa; estaba en forma.

–Pero... –Monfort arqueó una ceja. Le encantaba ese momento crucial.

Morata estrujó el vaso vacío que provocó un ruido desagradable. Lo tiró a la papelera, se puso en pie y miró al inspector directamente a los ojos antes de hablar.

–El bazo –dijo por fin, y señaló el microscopio–. Hay algo en el bazo que he estado a punto de pasar por alto.

Silvia se despertó descansada y de buen humor, había dormido bien. Era cierto que por la noche había pasado más horas de la cuenta en la comisaría, revisando los resultados del departamento de la Científica, pero, para su satisfacción personal, los problemas que les acuciaban se quedaron en la vieja comisaría y no cruzaron con ella el umbral de su nuevo piso.

Despejada y con una taza de café con leche entre las manos, pensaba ahora en el caso.

Cotejar las huellas halladas en el camerino del auditorio estaba convirtiéndose en un arduo trabajo. Por otra parte, el tal Robert Calleja daba por seguro que en el ordenador y el teléfono móvil de la víctima no había nada más que buscar. «Solo hay música moderna y poco flamenquito», dijo con su acento andaluz. Sin embargo, y pese a que su especialidad eran los delitos informáticos, insistía en cotejar las huellas, por muchas que hubiera. Calleja sostenía que si alguien ajeno al grupo había estado allí, era probable que hubiese dejado su impronta en algún lugar del camerino.

Silvia salió temprano de Castellón y se dirigió hasta Borriol, tal como había sugerido Monfort; una vez allí, aparcó el coche junto al inmueble en el que vivían los padres de Joan Boira.

No quedaban ya familiares ni vecinos en el piso. El padre del cantante le abrió la puerta y se hizo a un lado para que pasara; tenía el rostro compungido por el dolor y la falta de descanso. La casa olía a tristeza y precisaba ventilación. El padre le indicó que pasara al salón, donde estaba la madre de Joan Boira, como si no se hubiese movido del sofá en aquel tiempo. Silvia la saludó. La mujer lloraba, quizá no hubiera dejado de hacerlo.

–Buenos días, señora –saludó Silvia con la voz más amable que pudo.

–No quiere moverse de ahí –intervino el padre con voz aterrada–. No quiere comer ni beber, ni nada de nada; no sé qué voy a hacer.

Silvia corrió la cortina del salón, subió la persiana y abrió la ventana. Al momento, un impulso de aire renovado se adueñó de la estancia viciada.

–Me ha dicho que no abra las ventanas –la advirtió el padre, como si desobedecer la petición de su esposa fuera a causarle algún trastorno.

–No se preocupe –dijo Silvia conciliadora–. Hay que ventilar, no pueden estar aquí adentro sin renovar el aire. Ayer vino mucha gente, hay olores poco agradables; es mejor que se vayan, ¿no cree? –Terminó con una sonrisa que el padre agradeció como agua de mayo.

–Sí –dijo él únicamente.

–¿Dónde está Elena? –preguntó Silvia.

–En la habitación de... –Se le encogieron las palabras, pero continuó–. En la habitación de Joan. No ha salido aún. No ha desayunado. Tampoco ella ha comido nada esta mañana –dijo el padre y señaló a su esposa en el sofá.

Se acercó y se puso en cuclillas frente a ella.

–Señora, por favor, hágame caso y levántese, vamos a preparar café. No puede dejarse vencer de esta manera. Me hago cargo del sufrimiento por el que debe de estar pasando, pero no puede abandonarse de esta manera.

Las palabras de la subinspectora surtieron un leve efecto en la mujer, que apoyó una de las manos en el brazo de esta para ayudarse a ponerse en pie. Sin dejar de hipar y de decir palabras ininteligibles, ambas se dirigieron a la cocina. Allí la mujer volvió a sentarse en una de las sillas. Silvia subió la persiana y abrió la ventana; la luz y el aire entraron a borbotones, también los sonidos de la calle.

Buscó café en los armarios. La cafetera estaba sucia, así que la desmontó, vació el sarro del café, la llenó de agua, puso varias cucharadas de café molido y conectó la vitrocerámica. A continuación, tomó una silla y se sentó frente a la mujer, junto a la pequeña mesa. El padre estaba apoyado en el marco de la puerta y le dirigió una mirada compasiva a Silvia. Luego se dio la vuelta y desapareció.

Al momento, la cocina se inundó del aroma del café recién hecho. Dispuso en la mesa dos tazas limpias, azúcar y un cartón de leche que había en la nevera. Vertió café en las tazas, luego, un par de cucharadas generosas de azúcar y, finalmente, un chorrito de leche fría. Removió el azúcar de ambas tazas con la misma cucharilla y desplazó por encima de la mesa una de las tazas hasta que el olor llegó directamente a la nariz de la madre de Joan Boira.

–Tómeselo –le aconsejó Silvia–, le sentará bien. Lo necesita.

Ella hizo lo que le dijo, tomó un sorbo y abrazó la taza con las manos como si en la porcelana fuera a encontrar el calor que tanto necesitaba. Con los codos apoyados en la mesa y la taza sujeta con ambas manos, la madre de Joan Boira empezó a contarle la historia de su hijo y de qué forma había acabado enrolándose en aquel grupo musical.

En la comisaría de Castellón, los agentes Terreros y García hablaban con los músicos, Pedro Paraíso y Alberto Roca. A juzgar por los comentarios y las expresiones, no se trataba de un interrogatorio, ni siquiera de una entrevista en pos de una pista que ayudara a esclarecer el caso. Los cuatro hombres hablaban de música, se confesaban sus gustos musicales, sus grupos preferidos, los conciertos que habían presenciado a lo largo de sus vidas. El agente Terreros, algo menos entusiasta que su compañero en aquel tema, escuchaba atentamente mientras ellos departían sobre instrumentistas conocidos. El agente García se interesó por algunos mitos como el de sexo, drogas y rock and roll. Paraíso y Roca desmentían los tópicos sobre el mundo de la música. Los compañeros de

Joan Boira les dieron una clase magistral a los agentes sobre todo lo relacionado con su profesión.

Terreros lo tenía claro, aquellos tipos eran unos mercenarios de la música. Tocaban sus instrumentos en Bella & Lugosi, pero podrían hacerlo para cualquier otro grupo. García les preguntó por su relación con Joan Boira fuera y dentro del escenario. Terreros se alegró al oír la pregunta. Aquella era la manera habitual de su compañero: primero se ganaba a los interrogados, se los llevaba a su terreno, y poco a poco se adentraba en las cuestiones que en realidad interesaban.

–Joan era un tipo cojonudo –dijo Pedro Paraíso, que cambió de forma radical el tono de su voz.

–Sí, un cantante muy bueno y un compañero de diez –corroboró Alberto Roca, el bajista del grupo.

–Por favor, contestad con total sinceridad, ¿qué creéis que pudo pasar en realidad? –les preguntó a ambos el agente García. Había conseguido allanar el terreno para hablar de forma amistosa con los dos músicos. Terreros, con el rabillo del ojo, le dedicó una mirada de aprobación.

Paraíso y Roca intercambiaron una mirada fugaz. Pedro Paraíso tomó la palabra en primer lugar.

–No lo sé. –Se encogió de hombros y negó con la cabeza–. Es todo muy extraño. No conocíamos tanto acerca del pasado de Joan como para saber qué historias pasaban por su cabeza, aunque habríamos jurado que no existían las drogas para él.

Alberto Roca hizo un gesto con la cabeza para darle la razón a su compañero.

Terreros y García entendieron con la respuesta que la hipótesis de la sobredosis era una opción que cada vez tenía más peso para ellos.

–Sus ganas de vivir –intervino Roca, de repente, como si hablara para sí mismo– y la ilusión que ponía en todo lo que hacíamos; la entrega total al grupo, su gran empeño en los ensayos para que todo saliera bien... –Se quedó en silencio varios segundos. Luego añadió–: Nada, absolutamente nada de lo que nos transmitía hacía pensar que pudiera acabar de esta manera.

–Para nosotros era un tipo genial, un cantante de puta madre. Con él hemos hecho conciertos memorables, y este último CD, *Drácula*, es el mejor de todos, sin duda –concluyó Paraíso, visiblemente consternado.

–¿Bella & Lugosi era mejor con él que con el anterior cantante? –preguntó García.

–Sí –contestaron los dos a la vez, como una nota clavada, como un compás exacto.

García miró a Terreros. Era su turno. Terreros no dilató el momento.

–Habladnos de Lucas Socolovich y de Jesús Castro –Pedro Paraíso dejó escapar una ligera mueca de disgusto. Quizá no quiso que se le notara, pero no pudo evitarlo. A los agentes no les pasó por alto el detalle–, y de la relación que ambos guardan con la novia de Joan Boira –concluyó el agente Terreros a la espera de lo que los músicos opinaban de los tres personajes en cuestión.

No querían marcharse sin hablar con Elena Barrantes. Llamó a la puerta de la habitación que había sido de Joan Boira. Abrió. Llevaba puesto un pijama con dibujos infantiles. Por su baja estatura, sin maquillar y vestida de aquella forma, parecía una niña que hubiera pasado una mala noche.

La habitación era pequeña; la cama, estrecha, estaba pegada a la pared por uno de los lados. Una ventana daba a la parte posterior del edificio, desde donde se veía una calle y, un poco más allá, un bancal de almendros en cuyas ramas todavía quedaban algunas flores. Sería bonita la vista en el tiempo de máxima floración, pensó Silvia. En las paredes había fotografías de cuando Joan era un crío y algunos pósteres musicales, casi todos de The Rolling Stones.

–¿Era su grupo preferido? –le preguntó. Elena había vuelto a meterse en la cama y se tapaba con la sábana.

–Sí, son... eran sus ídolos. Eran, eran, eran... ¡Joder! –exclamó–. No puedo acostumbrarme a hablar de Joan en pasado.

La subinspectora no prestó demasiada atención a sus exabruptos.

–No ha estado con la familia esta mañana y creo que anoche tampoco. No les iría mal un poco de compañía. Usted es la persona que vivía con su hijo, la que estuvo más cerca de él en los últimos tiempos.

–Me da la impresión de que sin él no les gusto en absoluto –dijo en voz baja–, sobre todo a su madre. Ayer la sorprendí mirándome de una forma extraña y desconfiada, como si yo tuviera la culpa de algo.

–Quizá solo se lo pareció –apuntó Silvia–. Es una mujer mayor, ha perdido a su hijo, hágase cargo.

Elena retiró la sábana de un manotazo, se sentó en el filo de la cama y se cubrió la cara con las manos.

–¿Y yo? ¿Acaso creen que soy de piedra? ¿Creen que no me afecta lo que ha pasado? Joan y yo vivíamos juntos, lo compartíamos todo, éramos novios, amigos, amantes. Y ahora ya no está, y parece que nadie se acuerda de lo que era para mí.

–No me malinterprete, nadie dice que no le afecte; me refiero a que ellos son sus padres y a que son mayores. Joan era su único hijo. Probablemente crean que todo el futuro que les quedaba ha terminado.

–¡Y a mí que me parta un rayo! –exclamó Elena y se puso en pie–. Si no le importa, voy a vestirme, y con usted aquí, ya me entiende.

–La entiendo –convino con las manos en alto en señal de paz.

–No creo que entienda nada –rezongó Elena–. Recogeré mis cosas y regresaré a Madrid.

–No puede hacer eso –le indicó sin apenas levantar la voz.

–¿Ah, no? ¿Y quién me lo va a impedir?

Ya estaba harta de tanta rabieta.

–Se lo vamos a impedir nosotros, la Policía, por orden del juez que lleva el caso. Le aconsejo que no se marche de forma voluntaria si no quiere que la traigan a rastras desde cualquier punto de la autovía entre Castellón y Madrid.

Silvia salió de la habitación para que Elena se vistiera. Llamaría enseguida a la comisaría para alertar de que podía largarse de allí con viento fresco en cualquier momento.

La madre de Joan Boira permanecía sentada a la mesa de la cocina en la misma postura, tenía la mirada perdida en algún lugar sin concretar.

Los pormenores sobre la infancia y la juventud de Joan no tenían, en apariencia, nada destacable. Fue un niño travieso y divertido, con una infancia feliz en el pueblo; estudios con calificaciones buenísimas, según su madre, y una carrera en la Facultad de Bellas Artes, en la Universidad de Valencia, donde empezó a relacionarse con gente del mundo de la música, un mundo del que ella desconfiaba a todas luces.

«Yo sabía que acabaría así», repitió una vez más, sin apartar la vista de la taza que tenía delante, como si en la porcelana hubiese encontrado la respuesta.

Silvia le preguntó con tacto sobre aquella sospecha infundada, pero la madre de Joan se limitó a negar con la cabeza. Silvia llegó a la conclusión de que se había obsesionado con que a su hijo podía pasarle algo malo lejos de la seguridad que aparentemente otorga el entorno familiar.

Se despidió de ella por el momento. La mujer asintió levemente con la cabeza; después lo hizo con el padre. Sintió lástima por él. Estaba destrozado al no verse capaz de animar a su esposa; bastante tenía ya con mantenerse en pie. Silvia le dio una tarjeta con su teléfono móvil y lo invitó a que la llamara si pasaba cualquier cosa que le pareciera extraña o si creía que debían contarle algo. Finalmente, le pidió que la llamara enseguida si Elena Barrantes salía por la puerta con su equipaje. El padre de Joan Boira no dejó de mirarla con los ojos enturbiados por el dolor; quizá hubiera preferido que Silvia no se marchara, para no tener que quedarse a solas en el piso con su esposa y la novia de su hijo.

Ya en el coche, de vuelta a Castellón, dilapidado por completo el buen humor con el que había comenzado el día, recordó que tenía en su piso las flores marchitas que habían encontrado en la funda de la guitarra de Joan Boira. Supo que debía entregárselas al equipo de la Científica, compartir con ellos el hallazgo, por insignificante que pudiera parecer. No sabía qué les diría al habérselas llevado por iniciativa propia. Bueno, sí, le echaría la culpa a Monfort, y listos. Les diría que había sido cosa de él.

Evidentemente, se había puesto de mal humor. Elena Barrantes la ponía de los nervios, no lo podía remediar.

Pensar en la cara que pondría Robert Calleja cuando entregara las flores al equipo de la Científica todavía la ponía de más mala leche. Pisó el acelerador cuando el semáforo se puso en verde.

Antes de ir a la comisaría, recogió las flores marchitas. Le daba igual lo que pensara Calleja; al fin y al cabo, era el nuevo del equipo, por muy azules que tuviera los ojos.

Monfort quiso hacer otra visita antes de encerrarse en las históricas paredes de la comisaría.

Sabía que Lucas Socolovich, Jesús Castro y Esteban Huete aguardaban su llegada, aunque pensaba que tampoco les iría mal un poco de desasosiego y un tanto de impaciencia.

Conducir un coche de aquellas dimensiones era todo un reto. Algunas calles de la ciudad no estaban hechas para semejantes proporciones, pero él se sentía bien al volante de su viejo Volvo; le daba igual tardar más o menos.

En la radio sonaba algo que le gustaba: The Pretenders y su clásico, «Back on the Chain Gang».

> Ahora estamos de vuelta en la pelea,
> estamos de vuelta en el tren,
> de vuelta a los trabajos forzados.

Cantaba y pensaba a la vez. No debería hacerlo, lo sabía; se mezclaban los conceptos y se distorsionaban los pensamientos.

El hallazgo del patólogo podía suponer un gran paso adelante en la paupérrima línea de investigación. Según las propias palabras de Morata, la heroína, tomada de forma continuada, podía dañar algunos órganos y dejar su huella por mucho tiempo que hubiera pasado. Quizá lo que había visto en el bazo de Joan Boira no era del todo vinculante, pero se iban a realizar nuevos análisis para comprobar de forma fehaciente si las anomalías halladas en dicho órgano tenían algo que ver con una posible adicción en el pasado. Desde luego, pensó Monfort, aquello cambiaría las cosas. Sus compañeros en el grupo aseguraban que Boira no se metía nada. Y seguramente estaban en lo cierto, pero... ¿quién podía saber si había consumido en el pasado? Aquel dato era importante. Si Joan Boira había jugueteado alguna vez con la heroína, tenía más sentido que hubiera muerto de una sobredosis la noche del concierto. Lo importante era saber si fue él quien compró la droga o si llegó alguien a quien conocía bien y una vez dentro del camerino lo obligó a inyectarse una dosis letal de matarratas. El caso era que si Joan Boira había consumido heroína en el pasado, les había mentido a todos, y el que miente esconde algo, aquello también lo tenía claro el inspector.

Encontró un sitio libre justo delante de la puerta de entrada. No todo iba a ser negativo.

La empresa encargada de velar por la seguridad en el fatídico concierto de Bella & Lugosi del Auditorio de Castellón tenía sus oficinas en un inmueble bastante cutre situado al final de la avenida Valencia. El empleado de la recepción parecía poco amigable. Se limitó a mostrarle la placa acreditativa de la Policía y a disfrutar viendo su escepticismo, muy distinto a lo que se entiende por un grato recibimiento en una empresa de seguridad.

El gerente de la empresa era un tipo realmente peculiar. Vestía algo parecido a la fusión entre el personaje de una película del Oeste y a otra que bien podría haberse titulado: *Motoristas del averno*. Monfort se presentó y le tendió la mano. Tomó asiento frente a él, la mesa del despacho los separaba; habría parecido un duelo de no haber permanecido sentados. Era tan calvo como una bola de billar. Los únicos cabellos, blancos y ajados, se concentraban en una barba grotesca que debía de tropezar con todo lo que hacía. Intentó imaginárselo comiendo una caldereta de bogavante, pero lo dejó estar.

–Me llamo Ignacio Checa, soy el gerente. Usted dirá.

–Ya sé que les han hecho muchas preguntas y comprendo que sea un engorro tenernos todo el día dale que te pego con lo mismo, pero me gustaría que me explicara con detalle lo que sus hombres pudieron ver y oír en el auditorio.

–Parece que fue un tema de drogas –apuntó Checa–. Caballo, jaco. Un chute chungo y al otro barrio.

Monfort valoró el nivel lingüístico del gerente.

–Podría ser, pero sus hombres estuvieron allí trabajando y cabría la posibilidad de que hubieran visto a alguien sospechoso en las inmediaciones de los camerinos del artista.

–Menuda murga. Los polis siempre husmeando.

–Siempre –afirmó–. ¿Usted estuvo allí?

–No. –Se rio el gerente y le mostró su maltratada dentadura–. Solo faltaría que tuviera que ir a todos los sitios en los que curramos. ¿Se imagina?

–Yo imaginación tengo poca –espetó el inspector.

–Mire –dijo el calvo tras apoyar los codos en la mesa y juntar las yemas de los dedos de ambas manos en una pose que seguramente había visto hacer en algún programa de tertulianos en televisión–. Nosotros vamos donde nos contratan. Somos una empresa solvente, con nombre y un estupendo palmarés. –Hizo hincapié en la última palabra, que habría memorizado para soltarla en momentos como aquel–. Esto era un concierto más. Hemos trabajado en mogollón de eventos como ese, puedo enseñarle datos si quiere. –Monfort hizo un gesto con la mano para indicar que no era necesario–. Este era el concierto de un grupo moderno con muchos fans, pero fans civilizados, nada de *jevis* con litronas, ni *empastillaos*, ni botellón ni nada por el estilo. Los Bella esos tienen un público buena gente. Habría jóvenes, pero la mayoría tendrían más de treinta años, de los que ya están pensando más en el sofá que en estar tres horas viendo a unos tipos tocar su música, por muy seguidores que sean.

–Ya, pero usted no estuvo en el concierto y no pudo ver lo que realmente ocurrió.

El gerente no ocultó su irritación.

–No, no estuve, fui a otra historia que teníamos esa misma noche; políticos y tal, una cena de alto copete. Ya sabe.

–No, no sé –terció Monfort enroscando la paciencia del calvo–. Y parece que sus hombres tampoco vieron ni oyeron nada de lo que pasó.

El gerente se encogió de hombros.

–Ya hemos hablado con otros polis. Mis hombres no vieron nada, no vieron a nadie sospechoso por allí, ni dentro del recinto ni fuera, nada.

–¿Cuántos hombres trabajaron en el concierto?

–Los habituales en el Auditorio de Castellón.

–¿Y esos cuántos son?

–Ocho. Es lo que tienen contratado con nosotros para conciertos como ese.

–¿Y ha hablado con los ocho? ¿Les ha preguntado si vieron algo extraño, algo que les hiciera sospechar?

–Sí, claro, ¿se cree que no hago mi trabajo? –contestó el gerente mientras se acariciaba la barba como si fuera el mayor de sus tesoros. Pero Monfort sabía que mentía.

–¿A quién envió como responsable de sus hombres?

–Al Sebas –contestó enseguida–. Mandé al Sebas, uno de mis hombres de confianza. Un veterano.

–¿Podría hablar con él un momento? –solicitó.

Ignacio Checa llamó a gritos al encargado. Nada de teléfono, nada de intercomunicador. A gritos.

El Sebas en realidad se llamaba Sebastián Jiménez. Tendría cincuenta años largos, parecía de etnia gitana, con los rasgos característicos del pueblo romaní. Moreno, de ojos grandes y delgado como un palillo, el Sebas hablaba únicamente con monosílabos y movimientos de cabeza. Vestía el uniforme reglamentario y del cinto le colgaba una porra con la que podría asestarle una paliza a cualquiera y dejarlo para el arrastre. Sus ojos eran profundos, muy negros y desconfiados; el típico individuo que si lo ves por la noche es mejor cambiar de acera.

Los tres hombres, alrededor de la mesa, daban vueltas al tema de la muerte de Joan Boira. El inspector silenció el teléfono móvil para que nadie lo interrumpiera. A decir verdad, solo hablaban Monfort y el gerente; el Sebas no hacía más que corroborar todo lo que decía su jefe y poco más, quitando algún sí y algún no. No había visto nada extraño ni digno de mención; el resto del equipo tampoco tenía nada que decir, y si ellos no tenían nada que decir, la Policía no podía estar todo el tiempo haciéndoles preguntas, al menos eso fue lo que dijo Ignacio Checa parapetado tras su mesa de despacho.

Finalmente, y antes de que Monfort se marchara de allí de la misma forma en la que había llegado, el gerente se ofreció a proporcionarle un listado de personajes y lugares de Castellón relacionados con las drogas y más concretamente con la heroína.

El inspector estrechó la mano a ambos y se dirigió al gerente para decirle que llamara a la comisaría cuando tuviera el listado y un agente pasaría a recogerlo en su nombre.

Ignacio Checa esbozó una mueca que parecía una sonrisa, abrió un cajón y extrajo de él una carpeta manchada de huellas y de otras cosas que Monfort no pudo identificar desde donde estaba.

–No hace falta –dijo–. Aquí lo tiene.

Cuando ya se marchaba, Monfort sintió la negra mirada del Sebas clavada en su cogote.

ROBERT CALLEJA LA miró con el ceño fruncido. Sostenía el pequeño ramo de flores marchitas en una de las manos enfundada en un guante de látex. Silvia resopló.

–¿Y dices que esto estaba en el lugar de los hechos? –La pregunta de Robert era más que previsible. Arrastraba las sílabas, alargaba las palabras, convertía la hache en jota, se comía las eses, y aquella mirada, entre sonriente, sorprendida y, sobre todo, encantada de haberse conocido.

–Sí –contestó Silvia de forma tajante. Era la subinspectora, tampoco iba a suplicar ni a pedir perdón.

Como si le hubiera leído el pensamiento, Robert dejó el pequeño ramo encima de la mesa y se acarició el mentón.

–Tú eres la subinspectora. ¿Qué quieres que hagamos con esto?

¿Por qué la tuteaba? ¿Debía decirle que no estaba bien que la tuteara? Él era un agente y además el último en llegar al equipo.

–Necesito saber quién de los nuestros ha tocado esto –dijo Robert, y se sentó a la mesa después de encender un flexo que enfocaba directamente a las flores marchitas.

–El inspector y yo –contestó Silvia–. Nosotros lo encontramos, pensamos que...

–Necesito las huellas del inspector y las tuyas –la interrumpió como si ya no estuviera escuchándola–. Voy a descartar las vuestras primero y a ver qué más encontramos.

Silvia estaba irritada, Robert Calleja ya estaba manos a la obra y ella todavía permanecía de pie, delante de la mesa, sin saber realmente qué hacer ni qué decir. Menuda subinspectora estoy hecha, pensó.

–¿Algún sitio bueno para comer que puedas recomendarme? –preguntó él de forma distraída mientras manipulaba las flores–. Puedes acompañarme, si quieres –concluyó con una sonrisa.

Aquel tipo empezaba a sacarla de quicio.

MONFORT LLEGÓ A la comisaría. Era mucho más tarde de lo que el comisario Romerales habría deseado. Lo recibió en mitad del pasillo, daba golpecitos con el dedo índice a su reloj de pulsera.

–¿Ha dormido bien el señor? –preguntó con ironía.

–Como un lirón –mintió.

–Anda, pasa a mi despacho, por favor. Tenemos que hablar.

Tenemos que hablar era para Romerales una frase hecha. El inspector sabía que solo hablaría él. O, mejor dicho, gritaría.

El comisario aguardó en el marco de la puerta de su despacho a que Monfort accediera primero. Luego pasó y cerró con un portazo innecesario.

–¡Estamos más perdidos que un pulpo en un garaje! –exclamó el jefe de la Policía de Castellón.

–Veo que estás ampliando el léxico, no te había oído decir esa frase con anterioridad. –Se sirvió un vaso de agua de una jarra.

–La prensa, la televisión, la radio... Me da la impresión de que todo el mundo sabe más que nosotros acerca de Joan Boira.

–Y lo que no saben se lo inventan –puntualizó Monfort–. El caso es hablar. Ahora lo tienen fácil: un cantante de éxito la palma después de dar un concierto en la ciudad que lo vio nacer. Menos mal que no tenía veintisiete años; habría ingresado de cabeza en el Club de los 27.

Romerales no entendía ni una palabra de lo que decía.

–No tienes ni idea de lo que digo, ¿verdad? –se recreó Monfort, que le había leído el pensamiento–. Por eso estás tan nervioso con este caso, porque, en general, no tienes ni idea.

–Cuéntamelo tú, que lo sabes todo –graznó el comisario.

–Otro día –concluyó.

Monfort recordó a los artífices del mundo de la música que casualmente habían fallecido a los veintisiete años, un buen número de estrellas que perdieron la vida a esa misma edad. Una casualidad, pero también una lástima. Sobre todo por la forma en que le llegó la hora a cada uno. El listado lo encabezaban grandes mitos de la música como Brian Jones, que murió ahogado en una piscina; Jimi Hendrix, ahogado con su propio vómito mientras lo trasladaban a un hospital por haber consumido alcohol y somníferos en grandes cantidades; Janis Joplin, por sobredosis de heroína; Jim Morrison, cuyo certificado de muerte fue insuficiencia cardiaca, aunque las verdaderas circunstancias nunca se aclararon; o más recientemente, Kurt Cobain, que decidió quitarse la vida voluntariamente.

La funesta lista no acababa con aquellos genios de la música, había muchos más, pero Monfort no tenía tiempo ni ganas de rememorar desgracias.

–¿Qué dice el juez acerca de que tengamos a los testigos medio enjaulados?

–De eso mismo quería hablar contigo esta mañana, pero como parece que te has buscado novia y no apareces por aquí ni contestas al móvil...

Monfort echó mano del teléfono que guardaba en el bolsillo. Lo tenía todavía en silencio tras la reunión en la empresa de seguridad.

–Ya me parecía raro que nadie me tocara las narices –dijo y volvió a activar el sonido.

–He hablado con el juez –informó Romerales.

–¿Y?

–Los quiere a todos fuera de aquí en las próximas horas. Dice que no hay pruebas suficientes para retener a tantas personas en un caso que parece que está claro. Las huellas encontradas en la jeringuilla y en los otros enseres que utilizó para pincharse eran del mismo Joan Boira. Para el juez hay poco más que hacer.

–¿Ah, sí? ¿Le parece tan claro?

–Sobredosis –atajó el comisario–. Creo que no va a darle más vueltas.

–¿Has hablado con el forense?

–¿Olvidas que somos amigos?

Monfort sabía que el doctor Morata y él estaban en contacto casi permanente.

–Me ha contado lo del veneno para ratas –continuó Romerales–, lo del bazo que están analizando y, como bien sabes, me ha advertido de que un asesino de yonquis podría estar en la calle repartiendo eutanasia.

–Has clavado sus propias palabras.

–Cuestión de memorizar.

–Qué portento.

–Eres un cachondo, Monfort, pero se nos acaba el tiempo.

–Y eso que acabamos de empezar.

Romerales no hizo caso del comentario.

–Voy a mandar a Terreros y a García a visitar los lugares de la ciudad donde se trafica con heroína. Están bien localizados. Esto no es Barcelona ni Madrid; aquí, si quieres heroína, has de acudir siempre a los mismos sitios y codearte con los mismos personajes.

–Nunca mejor dicho –ironizó y recordó la lista de lugares y traficantes que el gerente de la empresa de seguridad le había brindado. Por lo visto, no hacía ninguna falta mostrársela.

–Hay que saber de inmediato si algún camello está traficando con semejante veneno –dijo Romerales.

–Entendido –acató el inspector y luego cambió de tema–: ¿Y qué hacemos con los colegas de la víctima?

–El juez ha pedido que les tomemos nuevas declaraciones. No creo que vayan a decir mucho más de lo que ya han dicho hasta ahora, que es bien poco. Estamos más pillados que...

–No sigas con los chascarrillos, por favor –interrumpió Monfort.

–No me toques los cojones. Poneos las pilas y redactad informes detallados sobre las personas que han rodeado la vida de Joan Boira en los últimos tiempos. Traedlos aquí para que se los entregue al juez y me deje en paz de una vez. ¿Entendido?

–Cómo te gusta acabar siempre las frases con esa pregunta, jefe. Por cierto. ¿Sabe el juez que Lucas Socolovich, Jesús Castro y Elena Barrantes guardan una extraña relación de la que no sabemos gran cosa aún?

–Sí, insistí en ello.

–¿Y?

Romerales se encogió de hombros.

–Ya te lo he dicho, el juez quiere creer que Joan Boira murió de una sobredosis de heroína adulterada. Es lo que se ha encontrado en su cuerpo tras la autopsia, lo demás me parece que le trae sin cuidado. Es cosa tuya hacerlo cambiar de opinión, en el caso de que creas que debería cambiarla. Yo estaré encantado de comunicarle todo aquello que me digas.

Monfort se imaginó al batería, al director de la discográfica y a la novia de Boira de vuelta a Madrid, riéndose de la Policía de Castellón y también del juez.

Bebió el agua que le quedaba en el vaso y salió del despacho de Romerales. Marcó en su móvil el número de Silvia, que atendió la llamada antes de que terminara el primer tono de llamada.

–Os quiero a todos dentro de media hora en algún despacho en el que quepamos los cuatro.

–¿Qué cuatro? –preguntó extrañada, pero Monfort ya había cortado la llamada.

¡Occiso!

Gustavo Seguí se despertó con un sobresalto. Estaba seguro de que alguien le había gritado la palabra al oído. Por un momento le faltó el aire para respirar.

Por fin recordó el significado. Saltó de la cama. Estaba desnudo. Cogió el diccionario que solía consultar cuando escribía. Le temblaban las manos, dejó el tomo sobre la mesa y pasó las páginas deprisa hasta dar con la palabra y comprobar que, efectivamente, recordaba su significado a la perfección.

occiso, sa.

1 adj. Muerto violentamente.

Se llevó las manos a la cara. Vio que tenía pequeños cortes y algunas magulladuras en las manos. Observó su cuerpo. ¿Qué diantres hacía desnudo? Recordaba haber salido del piso para conseguir *algo* que lo tranquilizara; aunque el recuerdo de lo ocurrido el resto de la noche era difuso y extravagante, poco a poco fue acudiendo a su memoria.

La luz del sol entraba a raudales por las ventanas. Consultó la hora: las doce y media del mediodía. Se sentía agotado y le dolían todos los huesos del cuerpo.

El piloto de la pantalla del ordenador parpadeaba, el monitor estaba en reposo, pero en marcha. Se acercó a la mesa y accionó el ratón. La pantalla se iluminó. Una sola palabra escrita al principio de una hoja en blanco.

El cursor latiendo, como un órgano vivo, junto al punto.

Occiso.

Palpó con temor las magulladuras y los cortes, temblaba de los pies a la cabeza.

En la soledad de su propia existencia pronunció unas palabras en voz alta y se sintió estremecer.

–Muerto violentamente. Occiso.

El inspector entró con decisión en el despacho donde aguardaban Socolovich, Castro y Huete. Los miró sin decir nada y pensó: El engreído batería y líder del grupo, el engominado ejecutivo de la compañía discográfica y el tontorrón del *road manager* que se mete por la nariz todo lo que pilla. Vaya trío.

–¿Qué tal? –les preguntó, aunque no le interesaba en absoluto la respuesta y por eso volvió a hablar antes que ellos–. Van a volver a tomaros declaración y cuando se os comunique os podréis largar.

Los tres empezaron a murmullar.

–Alto, alto –les advirtió–: siempre y cuando lo que digáis tenga algún valor para nosotros y no se os vea el plumero. Si leemos embustes, os volveremos a llamar; si os pasáis de listos, también, y entonces no me esperaréis en este cómodo y lujoso despacho –dijo señalando las sillas incómodas y las paredes con la pintura descascarillada.

Los tres dejaron de cuchichear, pero en sus rostros se leía el triunfo.

–De todas formas, tú –dijo Monfort dirigiéndose a Esteban Huete– quizá tengas que explicar alguna cosa más sobre lo que ya sabes. Y vosotros dos –señaló ahora a Jesús Castro y a Lucas Socolovich–, me vais a contar, con todo tipo de detalles, antes de que un agente tome nota de vuestra declaración, por qué narices no habéis contado antes que Elena Barrantes es amiga tuya desde no se sabe cuándo –señaló al batería– y cuál es el verdadero trabajo que desempeña en la oficina del grupo –miró a Jesús Castro–.

Debéis de creer que somos de pueblo y no nos enteramos de nada, ¿no?

Se quedaron en silencio. A Monfort aquellos personajes le producían ardor de estómago. Llamó al agente uniformado que esperaba detrás de la puerta.

–Hazles las preguntas. No tengas prisa, que queden grabadas las declaraciones. Ve con cuidado, no aceptes respuestas que no tengan que ver con lo que está ahí escrito. –Señaló el bloc que el agente llevaba en la mano–. Estos que ves aquí se creen que en Castellón los policías vamos con la azada colgada del cinto; diles de dónde eres tú.

–De Madrid, señor, soy de Madrid, del centro, de la plaza de Isabel II –contestó el agente irguiendo la espalda.

–Pues eso –añadió Monfort dirigiéndose a los tres hombres–. No buscamos a los policías entre las acequias que riegan los naranjos, también los traemos del Madrid de los Austrias.

Mientras el agente comenzaba a formular las preguntas, Monfort se fue en busca del despacho en el que lo estaban esperando.

Terreros y García anotaban datos en una pizarra; Silvia y otro compañero, al que no conocía, estaban sentados a la mesa de reuniones del despacho. Miraban fijamente la pantalla de un ordenador portátil.

–Veo que somos cinco y no cuatro –le dijo el inspector a Silvia a modo de saludo.

–Perdón, jefe. Te presento a Robert Calleja, el agente que se ha incorporado al departamento de la Científica. –A continuación se dirigió a Robert–. El inspector Monfort es quien está al mando del caso.

Calleja tenía el gesto sonriente. No era ni gordo ni delgado, ni demasiado bajo, ni tampoco era alto; quizá tuviera más peso del que le convenía, pero lo disimulaba con éxito tras una vestimenta adecuada. Se le veía tranquilo y confiado. No titubeó al ponerse en pie para saludarlo de forma enérgica. Monfort le calculó por encima unos treinta y cinco años, no tendría muchos más. Lucía una buena mata de pelo de color negro, ni una sola cana a la vista, generosamente engominado y peinado hacia atrás. El único rasgo que sobresalía a primera vista eran, sin duda alguna, unos ojos tremendamente azules, y, en cuanto abrió la boca, también su peculiar acento.

–He revisado a conciencia los dispositivos electrónicos de las personas que rodeaban a la víctima –dijo con un marcado deje andaluz–. Ahora se lo mostraba a la subinspectora. Ahí no hay más que música y más música, canciones, letras, partituras, grabaciones...

–Y poco flamenquito –apostilló Silvia.

Monfort dedujo que habían bromeado sobre aquello con anterioridad. Enarcó las cejas y dejó escapar un leve suspiro.

–¿Y las huellas del camerino? –preguntó a ambos.

–Tardaremos algunos días. Hay muchas huellas que separar y cotejar. Lo primero que se ha hecho es confirmar que las que había en la jeringuilla pertenecían a la víctima –argumentó el nuevo–. Luego están las huellas en las... –Robert se mordió la lengua, porque no sabía hasta dónde podía hablar del pequeño ramo de flores marchitas que Silvia le había mostrado.

–¿De dónde eres, Robert? –preguntó Monfort.

–De Sanlúcar de Barrameda, señor –lo dijo con orgullo, sacando pecho.

Acudieron al pensamiento del inspector la rusticidad y contundencia de los platos servidos en Casa Bigote, el restaurante más popular de Sanlúcar de Barrameda, situado en el afamado barrio de Bajo de Guía, frente al Coto de Doñana, donde se degustaban los mejores langostinos cocidos con el añadido de unas vistas de ensueño a las marismas del Guadalquivir. Pero no se lo dijo; no era momento de adentrarse en profundidades gastronómicas que le hincharan el ego al joven policía. Ya lo habría hecho él, a buen seguro, contándole a Silvia las excelencias de su tierra en cuestión de mesa y mantel, y si no lo había hecho aún, no tardaría en hacerlo. Era solo cuestión de tiempo.

–Bueno, vamos a ver –dijo Monfort para cambiar de tema y volver a una realidad mucho menos apetitosa–. El juez va a mandarlos a casa y se nos escapa la oportunidad de tenerlos juntos y que suelten lo que llevan dentro. Hay detalles importantes que debemos tener en cuenta antes de que se larguen.

–Sí –afirmó Silvia–. Esos tres se traen un tejemaneje que me da mala espina –dijo refiriéndose a Socolovich, Castro y Elena Barrantes–. Y luego está el *road manager*.

–Esteban Huete es un gilipollas –intervino Terreros, que se volvió desde la pizarra en la que seguía con las anotaciones–. Con ese cerebro que tiene le debe de haber costado mucho esfuerzo aprender su trabajo. Se cree alguien importante y debe hacerse el chulo con sus amistades. Su trabajo consiste en recoger a los músicos en el punto de encuentro, conducir la furgoneta, buscar los restaurantes, hacerse cargo de la cuenta de las comidas y procurar que todo esté correcto cuando llegan a las pruebas de sonido. Después, los lleva a descansar y en busca de una cena ligera, o no, antes de actuar. Una vez terminado el concierto, les espanta a los fans pesados y los lleva bien de vuelta al hotel o bien de marcha; creo que para esto último Esteban Huete está sobradamente preparado.

–Debe de pensarse que es como una madre –suspiró Monfort con sorna.

–Una madre pasada de vueltas, en todo caso; quizá esconda algo que no haya dicho en las declaraciones –continuó el agente–, pero me temo que es el típico que ve los toros desde la barrera, hace lo que le dicen y aquí paz y después gloria.

–Os ha dado por los dichos –terció el inspector, pero los demás no entendieron lo que quería decir. Continuó–: Lo único que podría llevarnos a alguna pista certera es que entre el batería, el de la discográfica y la novia hay algo más que los une y no sabemos qué puede ser.

–A no ser que no sea nada –atajó Silvia–. Quizá no haya nada más que una *groupie* que se ligó al cantante después de haber tenido algo más placentero que trabajo con los otros dos.

Personalmente, lo que me parece más curioso es que Jesús Castro y Elena Barrantes no estuvieran presentes en el último concierto de la gira de Bella & Lugosi, precisamente aquí, en Castellón, el lugar de donde era Joan Boira; imagino que a él le habría hecho ilusión que su novia y su jefe hubieran estado allí para reconfortarlo o simplemente darle la enhorabuena por el éxito de un concierto que tenía todas las entradas vendidas desde hacía mucho tiempo, ¿no os parece?

Monfort asintió con la cabeza y memorizó las palabras de Silvia. Luego añadió otra cuestión que los demás no conocían aún:

–Hay algo en el análisis forense de Joan Boira. –Terreros y García dejaron de trastear en la pizarra y Silvia y Robert prestaron atención–. Por lo que nos han asegurado en su entorno, Joan Boira no se había drogado nunca. Sin embargo, uno de sus órganos, concretamente el bazo, presenta síntomas que indican que en el pasado el cantante podía haber sido adicto. La heroína no siempre deja huella, pero parece que en el caso de Boira sí lo ha hecho. En todo caso, el patólogo ha enviado nuevas muestras para analizar. Piensa que cabe la posibilidad de que el cantante coqueteara peligrosamente con el caballo en algún momento de su vida.

Se hizo el silencio mientras asimilaban las palabras de Monfort. Aquella afirmación cambiaba bastante el punto de mira.

–Y ahora, agente Robert Calleja de Sanlúcar de Barrameda, cuéntanos lo que piensas de las flores marchitas que descubrimos en la funda de la guitarra de Joan Boira. Antes te has quedado a medias y eso no está bien.

1988

Los sábados por la mañana, el tío Andrés solía llevarme a su trabajo.

Nunca supe dónde iba la tía Mercedes y por qué se marchaba tan pronto; tampoco me lo dijeron ni yo pregunté.

El tío Andrés me despertaba temprano y para entonces ella ya no estaba en casa. Desayunábamos los dos solos en la cocina, mirándonos a los ojos sin decirnos una sola palabra. Me despreciaba, no hacía falta ser muy listo para darse cuenta.

Llevarme los sábados hasta su oficina le suponía una carga, un fastidio enorme. Deduje que no se atrevían a dejarme a solas en el piso. Alguna vez estuve solo, sin ellos allí, pero apenas fueron unas horas, nunca una mañana o una tarde enteras, y mucho menos una noche.

En el fondo no se fiaban de mí; esa era la razón de que los sábados por la mañana, cuando la tía se marchaba, el tío Andrés me llevara, a regañadientes, hasta el edificio de Correos de la plaza Tetuán.

Los compañeros del tío Andrés apenas me dirigían la palabra, tampoco es que él tuviera mucho roce con ellos, más bien todo lo contrario. Yo los había visto disimular y hacer como que estaban muy ocupados cuando el tío pasaba por delante de sus mesas. Agachaban la cabeza contra sus máquinas de escribir y tecleaban cualquier cosa sin parar.

El tío Andrés ocupaba un gran despacho en la última planta del antiguo edificio. Tenía una secretaria que se sentaba a una mesa en el pasillo, junto a la puerta de su oficina. Allí me quedaba yo, cerca de su secretaria, no dentro de la estancia donde mi tío trabajaba.

La secretaria era una mujer de edad imprecisa que me observaba por el rabillo del ojo cuando creía que estaba despistado. Me miraba y pensaba. Con toda seguridad le habrían contado mi desgracia personal. A veces la sorprendía escrutándome con cara de lástima. Seguro que debía pensar: «Pobrecito pueblerino, que ha perdido a sus padres. Es huerfanito y además no está bien de la cabeza». Porque eso era al final lo que pensaban todos, que no estaba bien de la cabeza.

El tío Andrés gritaba órdenes, teléfono en mano, a unos y a otros. A veces, algunos de los empleados subían las escaleras a toda prisa; antes de entrar se arreglaban el nudo de la corbata y, tras mirar con el rostro circunspecto a la secretaria en busca de unas migajas de complicidad, golpeaban tímidamente la puerta con los nudillos para pedir permiso y poder entrar. Luego, normalmente, solo se oían los gritos del tío Andrés, hasta que los amonestados salían de allí como si les hubieran apretado los testículos con unas tenazas. De camino a la escalera que los conducía de nuevo a su puesto de trabajo, yo les oía maldecir a los muertos del tío Andrés; no era de extrañar, yo habría hecho lo mismo.

Permanecía toda la mañana en el pasillo, sentado en una silla, junto a la puerta de su despacho, como si la secretaria y yo flanqueáramos la puerta de la oficina de mi tío. Procuraba llevar siempre conmigo algún libro y entre bronca y bronca del jefe a sus empleados, me recreaba leyendo textos que para otros hubieran sido imposibles de leer. En esos días le tocó el turno a Guerra y paz, de Tolstói.

Aquel sábado, el tío Andrés tuvo que ausentarse del edificio de Correos a toda prisa, no sin antes darle algunas instrucciones a su secretaria. Me dijo que me quedara allí quieto y que no molestara a nadie. Me levantó el dedo para advertirme, y las tripas se *me retorcieron al recordar con rabia cuando él salía de casa y dejaba a mamá atada a la pared de la cocina, con la argolla al tobillo, cuando me levantaba el dedo y me dejaba claro lo que haría conmigo si me movía de allí o si decía algo.*

Mi tío era igual de cerdo.

Pero de la misma forma que le llegó a él, pensé que a cada cerdo le llega su San Martín, al menos eso era lo que decían mamá y las otras mujeres del pueblo, mientras él consintió que se relacionara con ellas.

A los diez minutos de su ausencia, la secretaria carraspeó varias veces. No le ocurría nada, yo ya lo sabía. Quería hablarme y no sabía cómo hacerlo. En aquellos sábados que había acudido allí con mi tío, no me había hablado más que lo justo, «buenos días, hace frío, hace calor...» y poca cosa más. Así que lo hice yo para que no le supusiera mayor problema. Le pregunté cómo se llamaba. Me dijo que su nombre era Remedios. Llevaba trabajando en Correos desde que era una jovencita. Se ruborizó levemente al pronunciar la palabra «jovencita»; evidentemente, poco quedaba de ello. Me confesó que estaba soltera, que vivía cerca de allí, al final de la avenida Rey don Jaime. La curiosidad le hacía bullir la sangre. Me preguntó con mucho tacto y delicadeza por mi desgraciado pasado. Le conté que vivir ahora con la tía Mercedes había sido una suerte para mí; lo otro, lo que había pasado en el pueblo, era mejor olvidarlo, le dije. Sonrió, como si con aquella respuesta se hubiera quedado satisfecha, como si hubiera expiado su pecado de curiosidad insana por el pobre huerfanito. Yo le pregunté qué tal la trataba mi tío en el trabajo. Hizo un mohín. No es mal jefe, me dijo, pero intuí que tampoco era una maravilla; no había más que ver lo tiesa que se ponía cuando él la llamaba o el rictus de temor que se le dibujaba en el rostro cuando lo oía gritar.

Me confió algo del tío Andrés que yo no sabía: dijo, casi en un susurro, como si estuviera haciéndome una confesión, que bajo aquella fachada de hombre severo y recto, completamente involucrado en su trabajo, se escondía también un hombre muy despistado, capaz de olvidar hasta el sombrero a la hora de regresar a casa en los fríos días del invierno.

Remedios recordó entonces que debía devolverle a mi tío una pequeña llave que él mismo había extraviado entre sus papeles, y, como era tan despistado, todavía seguía allí sin que se acordara de recogerla.

Yo se la daré, le dije a Remedios con la mejor de mis sonrisas. Me puse en pie, caminé despacio hasta su mesa y abrí la palma de la mano para que depositara en ella la llavecita.

Remedios reparó en aquel momento, como si en todos aquellos sábados ni siquiera me hubiera visto, en que mi altura y mi complexión ya no eran los de un niño.

Con la llave en la mano, tuve una premonición acerca de qué era lo que abría, aunque habría de pasar un largo año antes de que pudiera descubrirlo.

Martes, 6 de mayo de 2008

En el restaurante

ALLÍ SERVÍAN LA caldereta de bogavante como a él le gustaba. En primer lugar, el arroz meloso, dispuesto en un plato hondo, como una sopa espesa; a continuación, en una bandeja, los trozos del bogavante y unas pinzas al lado para trocear el suculento crustáceo. Era cuestión de ponerse los dedos perdidos de la rica salsa y chuparlos después sin tapujo alguno.

El restaurante Arropes se encontraba en la calle Benárabe, a un corto paseo de las calles más comerciales de la ciudad. Buena vajilla, excelente cubertería, un servicio esmerado y profesional, además de una carta de vinos a la altura de sus propuestas culinarias. Monfort eligió un vino reserva de Muga. Él era de la opinión de que el excelente tinto de La Rioja maridaba a la perfección con el arroz y el bogavante; otros opinarían que mejor un blanco frío, pero allá los gustos de cada cual. A él le fascinaban los aromas de aquel vino elaborado en las bodegas del barrio de la estación de la ciudad riojana de Haro.

–No había ni una sola huella en las flores que encontramos en la funda de la guitarra; ni una fibra, ningún tejido, nada. –Silvia hablaba mientras trataba de eliminar de los dedos el olor a la salsa del bogavante con una toallita de aroma de limón–. Quizá haya sido una tontería fijarse en ese ramito. Por momentos me he aferrado a ello como si fuera la única pista a seguir, como si fuera la firma del asesino. Romerales diría que a lo mejor he visto demasiadas películas.

–No te tortures –le dijo y dobló la servilleta profusamente manchada–. ¿Te apetece algún postre?

–No, gracias; he aprendido a evitar los postres y pasar directamente al café. Los michelines lo agradecen. –Se dio una palmadita en una barriga de la que no tenía por qué preocuparse en absoluto.

–El ramo estaba allí –volvió Monfort al tema mientras intentaba llamar la atención del camarero–. Si hubieran sido flores frescas, en un ramo, no nos habríamos fijado tanto, pero están marchitas, unidas en un pequeño ramo y dentro de la funda de la guitarra. Es normal que reparáramos en ello. Yo no las descartaría de manera definitiva; están ahí, son una prueba más. No le des más vueltas, pero tampoco las olvides, por si acaso.

–Quizá me precipité al llevármelas sin avisar a los compañeros.

Monfort se encogió de hombros. Un camarero se acercó a la mesa y comenzó a retirar los platos.

–¿Les apetece alguna cosa de postre? –preguntó.

–No, gracias –contestó Monfort–. Un café solo para mí. Y para la señorita...

–También, café solo, gracias –dijo Silvia al camarero.

–¿Mi café podría estar acompañado por dos dedos de whisky de malta sin hielo? –preguntó Monfort.

–Por supuesto –asintió el camarero–. ¿Glenfiddich? ¿Dalmore doce años? –El camarero dirigió la mirada hacia la estantería de los licores, pese a que estaba a una buena distancia–. También puedo ofrecerle Lagavulin de dieciséis años, una joya –añadió.

–Haber empezado por ahí –se alegró Monfort–. No se hable más. Lagavulin.

El camarero se retiró satisfecho de haber acertado en la propuesta.

–Sí, creo que te precipitaste al cogerlas. ¿Es eso lo que querías oír? –dijo Monfort.

–Gracias por la sinceridad, jefe. Ahora no sé si sentirme mejor o muchísimo peor.

–Piensas demasiado. Deja esas cosas para los viejos. Actuar rápido es una virtud; a veces puede ser para bien y otras no tanto, pero hay que actuar. Eso es lo que realmente cuenta, créeme.

El camarero depositó en la mesa los dos cafés y un vaso de los llamados tulipán, que por su forma característica parecida a este tipo de flor permitía la concentración de aromas para una mejor cata y degustación. Desenroscó el tapón de la botella del preciado espirituoso escocés y vertió en el vaso hasta que Monfort le hizo una señal con la mano de que era suficiente. A continuación, se retiró por donde había venido.

Monfort se llevó el vaso hasta la nariz y durante unos segundos aspiró los aromas a turba. A continuación, bebió un sorbo; apenas llegó a mojarse los labios, un pequeño trago. Luego, para sorpresa de Silvia, dijo:

–¿Sabías que el actor Johnny Depp ha reconocido que en ocasiones pide una copa de Lagavulin y, como es abstemio, solamente huele el licor?

Ella sonrió y negó con la cabeza. Por supuesto que no tenía la menor idea de lo que acababa de decir, pero estuvo a punto de pedirle que le dejara aspirar los aromas de aquel whisky. Sin embargo, fue Monfort quien continuó hablando, como si pudiera alternar pensamientos de licores de sobremesa con víctimas mortales.

–Las dos líneas de investigación que debemos seguir para intentar establecer algún tipo de conexión son, por un lado, saber quién pudo suministrar a Joan Boira la heroína que consumió y que le provocó una muerte espantosa, y, por otra parte, descubrir la verdadera relación de Elena Barrantes con Lucas Socolovich y Jesús Castro antes de conocer a Boira.

Silvia afirmó con la cabeza. Tenía toda la razón. Era cuestión de ordenar las ideas y atajar los caminos para no andarse por las ramas, simplificar y centrarse en lo que realmente podía llevarlos a encontrar las pistas certeras que ayudaran a resolver el caso cuanto antes.

Monfort apuró el whisky añejo y guardaron silencio durante algunos minutos. Después, Silvia rompió el paréntesis.

–Jefe...

–Dime.

Le señaló el vaso con forma de flor de tulipán que ya estaba vacío.

–Me gustaría oír eso que los entendidos llaman una nota de cata.

Monfort frunció los labios. Recorrió mentalmente las papilas gustativas y movió la nuez de la garganta arriba y abajo antes de pronunciarse.

–En fin... porque eres tú. Vamos allá.

Posee un característico y brillante color ámbar. Al olerlo se reconocen aromas a brisa marina, a turba ahumada, a brea, a especias y también un ligero matiz de algas. Tiene un sabor extremadamente seco que recuerda un poco al té verde. En el paladar es untuoso, aceitoso, ligeramente ahumado, cálido. Y con un larguísimo posgusto que se prolonga más allá de lo imaginable.

–¿Más allá de lo imaginable? –preguntó Silvia con los ojos abiertos de par en par.

–Sí, así es. Más allá de lo imaginable... –Monfort se interrumpió de forma brusca al notar una presión en la espalda, como si le apretaran con un dedo a la altura del omóplato izquierdo. Pasó enseguida. Luego miró a Silvia y pensó cómo habría terminado la frase de no haber sentido aquel dolor momentáneo: «... como las mariposas que te revolotean en el estómago cuando ves al tal Robert Calleja».

La palabra *occiso* seguía en el mismo lugar de la página en blanco, sola; el cursor parpadeando.

Se sentó en el suelo, apoyó la espalda contra la pared y se rodeó las rodillas con los brazos. Se notó las lágrimas descender por las mejillas de forma incontrolada. Le quemaba la garganta, sentía la lengua inflamada, las encías hinchadas.

Sabía que llegado hasta aquel punto debería tragarse su orgullo y llamar al doctor Regajo. Hacía mucho tiempo que había dejado de acudir a su consulta. El médico no creyó conveniente que se interrumpieran las visitas cuando él insistió en que se había recuperado; a regañadientes le dio el alta y sus palabras fueron: «En cuanto notes que haces cualquier cosa que normalmente no harías bajo ninguna circunstancia, llámame. No podemos permitir que vuelvas a sufrir episodios graves de desdoblamiento de la personalidad».

–¿Doctor Regajo?

–Sí, dígame.

–Soy Gustavo Seguí. ¿Me recuerda?

–Por supuesto. ¿Qué tal estás?

–Creo que ha vuelto a suceder.

Los periódicos se hacían eco de la terrible noticia de la muerte de Joan Boira.

Al salir del restaurante Arropes, Monfort le había pedido a Silvia que comprara la prensa del día en un quiosco cercano. Ella se hizo con los tres periódicos más representativos de la provincia. Ponía prácticamente lo mismo en todos, como si lo hubiera escrito la misma persona para los tres periódicos. Quedaba claro que una misma agencia de prensa les había suministrado la noticia, pero ella pensó que los redactores podrían haberse esmerado un poco más en indagar sobre el suceso, recabando nuevas informaciones al respecto. Simplemente se habían dedicado a transcribir lo que les habían proporcionado, y en algunos casos con graves errores de interpretación. Cuánto daño se podía hacer a la familia de una víctima con una noticia mal redactada.

Sin que la Policía hubiera aportado aquel dato, la prensa local informaba de que Joan Boira había muerto de una sobredosis de heroína; el resto eran detalles superfluos, cotilleos sobre un grupo que se había puesto de moda y cuyo cantante descendía de la castellonense población de Borriol, lo cual añadía un morbo extra a la noticia.

Monfort se estiró en el asiento del coche para buscar confort. El dolor de la espalda había desparecido, pero se sentía extrañamente cansado. Ambos permanecían en el interior del vehículo, detenido ahora junto a la acera, con los periódicos en la mano.

–Basura –dijo Monfort y lanzó uno de aquellos ejemplares al asiento trasero.

–A veces, no sé qué les haría. ¡Qué poca vergüenza! ¿Te imaginas a los padres de Joan Boira con esto entre las manos?

Monfort puso el motor en marcha.

–Ya lo deben de haber leído –dijo–. Antes que nosotros, seguramente.

–Parece que lo mejor para todos es cerrar el caso con un yonqui más que engrosa las listas de cadáveres.

–Eso parece que es lo que quiere creer el juez –apostilló Monfort.

–Pues venga –exclamó Silvia–. Todos a sus casas, el muerto al hoyo y sanseacabó.

Monfort se pasó la mano por la cara; se sentía cansado, le hormigueaban las manos.

–Estamos atascados –dijo, pese a que no era su forma de reaccionar ante un caso. La subinspectora lo miró de soslayo.

–No vamos a bajar los brazos antes de hora.

–Silvia, estamos atascados –repitió–. Pero tienes razón, debemos ponernos en marcha hacia algún lugar concreto, mirar debajo de las alfombras, detrás de los armarios. –Tampoco él solía hablar con metáforas, y Silvia volvió a mirarlo.

–Terreros y García han montado un dispositivo junto al personal de estupefacientes para la búsqueda de ese hipotético camello que va por ahí repartiendo veneno.

–Sí, pero creo que por ahí no adelantaremos mucho –dijo el inspector y se encogió de hombros. Puso el intermitente y se incorporó al escaso tráfico de aquella parte de la ciudad.

–Recapitulemos –empezó Silvia–. Tras un concierto, Joan Boira muere de una sobredosis. Todos los que lo rodean aseguran que no se droga, pero el forense descubre disfunciones en uno de sus órganos, que pueden estar provocadas por un consumo en el pasado. Y un detalle importantísimo: la droga inyectada era veneno mortal.

–Bien. Sigue. –Monfort la animó a continuar con su exposición, la enésima que habían hecho sobre el caso, pero valía la pena escucharla una vez más. Conducía lentamente por el centro de la ciudad y se detuvo en un semáforo cuando cambiaba de ámbar a rojo. No tenía ninguna prisa, tampoco sabía a qué lugar se dirigía. Circulaba por no quedarse parado, como en tantas ocasiones.

–Joan Boira tenía una novia a la que conoció en Madrid cuando se instaló allí para integrarse al grupo. Elena Barrantes trabaja en la agencia de contratación del grupo, que además es la compañía discográfica, que dirige Jesús Castro, y para más coincidencias, es también amiga, desde hace mucho tiempo, del batería, Lucas Socolovich.

–Esos tres van a llevarnos de cabeza –dijo Monfort mientras se incorporaba ahora a la avenida Valencia.

–Luego están el *road manager* y los otros dos componentes del grupo. Terreros y García descartan a los músicos de cualquier posible vinculación.

–Sí, creo que tienen razón. Y el *road manager* tampoco creo que sea destacable en ningún sentido; tiene otras lacras, pero poco tienen que ver con el caso.

–Los que más me preocupan son la novia y los otros dos.

–Sí, pero ya sabes qué piensa el juez.

–Que se vayan a casita y listos –concluyó Silvia.

Al llegar al final de la avenida Valencia, tomó la ronda de circunvalación, plagada de rotondas. La ciudad de Castellón estaba llena de glorietas, para bien y para mal.

–No sé cómo nos las vamos a apañar para estar al corriente de lo que a partir de mañana hagan la novia y los otros dos –dijo el inspector.

–Ahí es donde van a ubicar la nueva comisaría –indicó Silvia, que señaló un descampado en obras a la izquierda del lugar por el que pasaban en aquel momento–. Romerales está alicaído, cree que todo se hará más grande y...

–Lo que teme Romerales es que se haga grande para un comisario chapado a la antigua como él.

–¿Qué investigamos? ¿En qué nos centramos? ¿A quién perseguimos? –Silvia volvió al asunto y lanzó las tres preguntas, pero Monfort no contestó; su cabeza daba vueltas y más vueltas, como los automóviles por las rotondas de la ciudad.

Cambió de sentido en una de las salidas de la ronda de circunvalación, a la altura del Auditorio y Palacio de Congresos de Castellón. Se equivocó varias veces de calle hasta que al final consiguió llegar hasta las inmediaciones del auditorio, en cuya explanada, junto a la entrada del moderno edificio, se concentraba un gran número de personas que habían creado un improvisado altar con velas y flores en memoria del cantante de Bella & Lugosi. Aparcó en un espacio libre y ambos salieron del coche.

Los agentes Terreros y García tenían sobre la mesa de su despacho los informes con las declaraciones tomadas a Jesús Castro, Lucas Socolovich y Esteban Huete. Esperaban que Silvia les entregara el suyo sobre Elena Barrantes y que revisara los otros tres para darles el visto bueno, y que se los dieran a Romerales para que, a su vez, se los hiciera llegar al juez. Terreros sabía que la subinspectora no había hecho un nuevo informe sobre Elena Barrantes, que se habría limitado a escribir sobre sus dos encuentros anteriores con la novia de Boira. Terreros llamó al móvil de la subinspectora. Silvia le dijo que estaba en el auditorio, con Monfort. Cuando regresara a la comisaría les haría entrega del informe sobre Elena Barrantes. Aprovechó para preguntarles acerca del tema de los traficantes de heroína. El agente la informó de que dos agentes de estupefacientes estaban interrogando a lo mejorcito de la ciudad en cuanto al tráfico de heroína, pero los resultados podían demorarse más de lo esperado.

El agente le dijo que Castellón no era una ciudad en la que el tráfico de estupefacientes fuera especialmente problemático, pero descubrir si alguno de aquellos camellos estaba traficando con material adulterado podía volverse eterno, a no ser que apareciera un nuevo cadáver víctima de la misma sustancia.

Las palabras de Terreros solo le causaron más preocupación de la que ya tenía.

Silvia y Monfort observaban desde cierta distancia a los seguidores de Joan Boira. Velas encendidas, carteles con frases cariñosas escritas con rotuladores de colores, ramos de flores.

–Me recuerda a cuando murió lady Di y la gente llevaba flores a las puertas de su residencia, en el palacio de Kensington. –Monfort no estaba seguro de que el comentario fuera acertado, pero salió de su boca sin que se diera cuenta.

–Quizá se puso de moda entonces –intervino Silvia, y él creyó que tampoco había sido tan disparatada la comparación.

–¿Hablabas con Terreros? –le preguntó.

–Sí. Ya tiene los informes de Socolovich, Castro y Huete.

–¿Y?

–No me ha dicho nada sobre eso.

–Tampoco le has preguntado.

–Así que estabas escuchando.

–Sí, es lo que suelo hacer cuando alguien habla por teléfono a mi lado. No puedo remediarlo.

–Yo tampoco –Silvia sonrió–. De todas formas, tengo claro que no hay nada que tenga que decirme al respecto.

–Mujer segura.

–¿Qué van a contar en sus declaraciones?

–Nada que los comprometa.

–Pues eso.

–¿Y el informe de Elena Barrantes?

–No se te escapa una –bromeó ella. Monfort se encogió de hombros–. Lo tengo aquí. –Señaló su bolso–. Es lo mismo que ya te conté. La novia de Boira no va a decir nada que no haya dicho ya. Ahora solo piensa en regresar a Madrid. Ya veremos cómo van las cosas a partir de este momento. Quizá tengamos que ir a la capital para hacerle una visita en su territorio.

–Quizá –concluyó Monfort sin convicción.

Un corrillo de cuatro o cinco jóvenes cantaba una canción en inglés. Se cogían de las manos y hacían un corro. La puerta principal del auditorio estaba atestada de presentes que los fans habían llevado hasta allí. Se acercaron despacio hasta la puerta y Silvia leyó algunos de los mensajes escritos por los seguidores. Olía a la cera de las velas. Monfort encendió un cigarrillo y observó a los presentes. Un hombre, sentado en el suelo, tocaba la guitarra y tenía algunos espectadores a su alrededor. Cantaba de manera afectada. El inspector recordó los vídeos de los conciertos de Bella & Lugosi, en los que la voz y la postura en el escenario de Joan Boira le parecieron afectadas y un tanto exageradas también; por lo visto, aquello era lo que gustaba entre los fans del grupo. Tras leer algunos mensajes, Silvia se incorporó y se situó de nuevo a su lado. Alguien a quien no habían visto llegar se puso detrás de ellos.

–Es espectacular tanta devoción. –Los policías se volvieron a la vez. Era el director del auditorio, que se había acercado sin que se dieran cuenta. Iba vestido como si llegara en aquel momento. Les tendió la mano para saludarlos a ambos.

–Todo esto nos lo podíamos haber ahorrado de haber tenido una seguridad más acorde con lo que este edificio debe representar para la ciudad –dijo el inspector. Estaba enojado por el desafortunado asunto de las cámaras de grabación del interior del recinto.

–¿Quién iba a imaginar que esto podría ocurrir aquí? –Tomás Bustos enarcó las cejas y se encogió de hombros–. ¿Les apetece que entremos y charlemos?

–Precisamente habíamos venido a eso –dijo Monfort. Silvia lo miró. A ella no le había contado sus intenciones.

Los tres pasaron por delante de las personas que se agolpaban frente a la puerta principal. El director los llevó por una de las puertas laterales, que abrió con una llave. Dentro había un guardia de seguridad; era de una empresa distinta a la contratada el día del concierto.

–¿Alguna novedad? –preguntó Bustos.

–Nada, señor, todo en orden –contestó el uniformado.

–¿Han causado algún problema? –El director señaló con el dedo hacia el exterior, donde estaban los fans de Boira.

–No. Se portan bien. Esta mañana se ha desmayado una chica que parecía que estaba poseída por el demonio, pero se han ocupado de ella sus amigos. Cuando hemos ido a auxiliarla ya se habían marchado.

El despacho de Tomás Bustos olía a una fragancia difícil de explicar; parecía coco, pero también tabaco, incluso recordaba a algún olor de comida exótica. Monfort lo dejó estar, no tenía sentido descifrar olores de despachos cerrados.

–Veo que han cambiado de empresa de seguridad –observó nada más sentarse a la mesa del despacho. Silvia se sentó a su lado y el director enfrente, en una cómoda y sofisticada silla con ruedas.

–Los jefes –señaló al techo– no pierden el tiempo, inspector; pero bueno, de todas formas comprendo su malestar por el tema de las cámaras en el interior de los camerinos.

Silvia contestó irguiéndose en la silla.

–Yo que usted pediría que solventaran ese problema cuanto antes. El auditorio es muy moderno y parece bien equipado en cuanto a la acústica de las salas, insonorización y demás, pero una buena seguridad es primordial, créame.

–Pero es que aquí no ha pasado nunca nada relevante –se excusó el director.

–Pero ahora sí –afirmó Silvia de forma tajante–, y ya es tarde. Las cámaras de los pasillos no estaban bien programadas y que no se pueda registrar lo que sucede en los camerinos es de juzgado de guardia.

–Ya te dije que es para que nadie pueda ver cómo se meten las rayas de cocaína –intervino su jefe como si tal cosa.

–Algunos artistas son muy celosos con su intimidad –volvió a excusarse Bustos.

–No me refería solo a los artistas –indicó Monfort mientras miraba de reojo las esquinas del techo del despacho en busca de una cámara.

–Me gustaría ser de ayuda –propuso el director–. Todo esto no va a reportarnos muy buena publicidad que digamos.

–¿Quiere decir que después de lo que ha pasado los artistas de renombre se lo pensarán antes de venir? –preguntó Silvia.

El director hizo un gesto afirmativo con la cabeza.

–Es posible que pasen de largo la ciudad –dijo con verdadero pesar–. Castellón es de por sí una plaza difícil para que alguna compañía importante quiera hacer un concierto.

–¿Qué quiere decir? –se interesó Silvia.

–Los conciertos se pueden organizar de varias maneras. Se puede pagar el caché que pide el artista según contrato, cosa que para nosotros es casi siempre inviable, dado nuestro escaso presupuesto, u otra opción, y esta sí que nos conviene más, es que la empresa del artista nos alquile la sala. En ese caso, el importe de la venta de entradas es para ellos. Nosotros cobramos el precio pactado, que es casi simbólico, y nos encargamos de la infraestructura del evento.

–¿Cuál fue la opción que eligió Bella & Lugosi? –preguntó la subinspectora.

–Obviamente, la segunda –respondió Bustos.

–¿Y qué tal fueron los resultados?

–Fue un éxito rotundo.

–No para todos –dijo Monfort refiriéndose a la suerte final del cantante.

–Evidentemente –corroboró el director–. No para todos, para nosotros tampoco.

–Así que quien realmente ha salido bien parado de todo esto ha sido la empresa que representa a Bella & Lugosi.

–Por supuesto –afirmó Bustos–. Safety Records, la firma de Jesús Castro, se ha llevado un buen pico del concierto. Las entradas se vendieron *on-line* hace meses, se agotaron a los pocos días de ponerse a la venta.

–¿De cuánto dinero estamos hablando? –preguntó Silvia.

El director sopesó si debía responder a la pregunta, pero se cruzó con la mirada del inspector y recordó lo de las cámaras del camerino.

–Entre una cosa y otra, más de cincuenta mil euros.

Los policías intercambiaron una mirada elocuente. La idea de que habría que seguir de cerca a Castro cobró más fuerza, pero el juez había desbaratado la posibilidad de tenerlo cerca. Luego se levantaron de sus sillas.

Monfort le indicó que si alguien relacionado con el grupo se ponía en contacto con él los avisara, por insignificante que le pareciera el motivo de la conversación.

–Estoy para ayudarlos –dijo Tomás Bustos.

Silvia observó que el director estaba realmente preocupado por lo que había sucedido.

–Una cosa más –pronunció Monfort antes de abandonar el despacho–. ¿Esto podría costarle el puesto?

–¿A mí? Sin duda –dijo y agachó la cabeza. Luego volvió a levantarla para decir–: Me da la impresión de que ya tengo un pie puesto en la cola del paro. Hace relativamente poco tiempo que ocupo este cargo. Estaba fuera del país, me enteré de las oposiciones que salieron para optar al puesto, me presenté y las gané. Regresé con toda la ilusión, y ahora... ¿Quién va a querer actuar en un auditorio en el que un cantante de moda ha muerto en su camerino? Puede que con el tiempo se olvide, pero estoy convencido de que durante un largo periodo se interrumpirá la actividad como recinto para conciertos de grupos modernos y cuando se restablezca, no creo que yo esté aquí para verlo.

Aquel hombre tenía un problema, pensó Silvia. Un serio problema.

–¿Los acompaño? –se ofreció tras exhalar un suspiro y ponerse en pie apoyando las palmas de las manos en la mesa, como si le costara trabajo hacerlo.

–No gracias, conocemos la salida –dijo Monfort.

Los fans, apostados a la entrada del auditorio, habían menguado considerablemente. Al día siguiente acudirían menos personas, y en cuestión de días Joan Boira sería solo un recuerdo, un cantante que estuvo de moda y que había formado parte de uno de los grupos del momento. Sus canciones grabadas vivirían para siempre; ese era el mejor consuelo para sus seguidores.

–¿En qué piensas? –preguntó Silvia cuando ya estaban en el coche.

–En el juez, en Castro, en Socolovich y en Elena Barrantes. Pienso en ellos constantemente –respondió Monfort con la vista puesta más allá de la luna delantera.

–Ya –dijo Silvia con resignación–. ¿Me llevas a la comisaría?

–Claro. –Monfort se sentía realmente cansado. No se veía capaz de soportar una nueva regañina de Romerales, fruto de la ofuscación general y de la falta de ideas perspicaces para seguir con aquello.

Se había hecho tarde cuando Monfort dejó a Silvia en la puerta de la comisaría; le dijo que iba a aparcar y que se reunirían dentro más tarde. Silvia sabía que no iba a aparcar el coche ni a entrar en la comisaría. El inspector estaba confuso y preocupado, distinto a otras ocasiones. No es que fuera un jefe que compartiera las pesquisas con los demás, pero ella estaba acostumbrada a verlo actuar de otra forma, no sabía cómo decirlo, más elocuente, más perspicaz, mucho más expeditivo y resolutivo con los sospechosos y con todos aquellos que rodeaban la vida de una posible víctima de asesinato. Ahora parecía que estaba en las nubes. Silvia achacó su actitud a la reciente pérdida de su madre. Recordaba perfectamente cuando su padre y su hermano murieron en acto de servicio. Estuvo fuera de combate mucho tiempo, como si le hubieran propinado un martillazo en la cabeza y el cerebro se hubiera desbaratado por completo en miles de piezas imposibles de recomponer. Monfort arrastraba siempre la cruel muerte de su esposa; ahora era a su madre a quien había despedido para siempre. Su padre estaba delicado de salud debido a la demencia senil que avanzaba deprisa. Tal vez por todo ello, Silvia lo notaba raro, distinto, triste, aunque a ella no le parecía del todo normal.

Se dirigió a su nuevo despacho, llevaba en el bolso el informe que había redactado sobre Elena Barrantes. Desde el pasillo percibió que había luz en el interior de su oficina. Abrió la puerta de forma decidida, con la intención de increpar a quien hubiera entrado allí sin su permiso. Tenía la mesa atestada de papeles de forma aparentemente desordenada, pero ella controlaba perfectamente su propio caos.

Robert Calleja estaba sentado en la silla de las visitas, al otro lado de su asiento, ojeando unos papeles. Ella intuyó de qué se trataba. Por un momento creyó que se había puesto roja de ira y estuvo a punto de gritar, pero Robert habló primero.

–Buenas tardes, subinspectora. Te estaba esperando por si te apetece que trabajemos juntos. Estoy leyendo los informes –blandió en la mano el fajo de folios–. Los han traído Terreros y García. Les he dicho que te los entregaría personalmente; por cierto, me parece muy acogedor tu despacho, tienes muy buen gusto.

Silvia se quedó de pie, junto a la puerta. Ni siquiera había abierto la boca. El informe de Elena Barrantes hecho un rulo en su mano. Sintió las mejillas arrebolarse. ¿Sería por el acento? ¿Sería por aquellos ojos azules? Tomó asiento. ¿Se estaría volviendo loca? Pensó también que Monfort no acudiría a rescatarla esta vez.

El doctor Regajo lo atendió en su consulta particular de la calle Mayor, por teléfono le había dejado claro que lo recibiría como un favor personal. Había decidido que fuera a última hora, cuando no quedaran ya pacientes a los que visitar.

Gustavo Seguí estaba tumbado en un diván de piel de color verde botella. Lo recordaba perfectamente de cuando iba allí periódicamente. Seguí pensaba que era un diván como los que aparecían en las películas en las que los locos les contaban a sus médicos todas las patrañas que se les ocurrían. Contaban mentiras, ¿qué otra cosa iban a explicarles? El doctor Regajo se sentaba en una silla junto al diván; como siempre, tomaba notas en su cuaderno negro con cierre de gomita. El médico se situaba a la altura de su cabeza y en aquella posición no podía verlo, solo oírlo.

Ahora oía la voz del médico sin escuchar lo que decía, aquella voz que en otros tiempos atenazaba sus nervios y le provocaba ira y desesperación. Comprobó que volvía a ser lo mismo; era como un mantra cansino, un bucle sin fin. El doctor Regajo repetía una y otra vez la misma frase: «Te dije que si no seguías la indicaciones podría pasar esto».

Transmitía un discurso de paternalismo y condescendencia que no podía soportar. Le aconsejó que ingresara en una clínica especializada; según sus propias palabras, corría el riesgo de cometer algún disparate. ¡Qué sabía él de disparates!

Se había encontrado perfectamente hasta que lo vio en la Feria del Libro, entre un público que esperaba para que le firmara su novela. Allí estaba él, para hacer añicos la felicidad de una mañana soleada, con su sonrisa amarga y aquellos ojos vengativos. Lo había visto y ahora estaba seguro de que había regresado para cobrarse lo que le pertenecía.

La única forma de evadirse del miedo la hallaba en las drogas y en los fármacos; al final no le quedaba más remedio que acudir a lo sórdido, al inframundo, a arrastrarse en busca de más, en busca de lo que lo mataba y a la vez lo elevaba hasta el cielo.

El doctor Regajo seguía hablando sin detenerse ni un solo momento, con su voz monocorde y lastimosa, un tono de voz que no soportaba. Bastante tuvo ya en sus años de paciente.

Finalmente, sin poder resistir ni por un segundo más la presión de aquella voz incrustada en su cerebro, Gustavo Seguí le rogó que le recetara los fármacos para sobrellevar la miseria en la que se había convertido su vida. Pero cuando se volvió y lo vio negar con la cabeza, cuando de nuevo le imploró la receta y no obtuvo ninguna respuesta, lo habría agarrado por el cuello hasta dejarlo sin aire que respirar. Quizá era lo que debía hacer; así se libraría del mantra repugnante que retumbaba en su cerebro una y otra vez.

«Te dije que si no seguías las indicaciones podría pasar esto.»

MONFORT TENÍA CLARO que Silvia sabía que no iba a buscar aparcamiento, y mucho menos a entrar en la comisaría. En aquel momento lo que menos le apetecía del mundo era enfrentarse a unas pruebas inertes que no llevaban a ninguna parte. Los dos únicos veredictos a la vista eran completamente crueles: o Joan Boira se había matado con heroína o las personas que rodeaban al grupo se lo habían cargado en busca de algún beneficio. Pero ¿qué beneficio? ¿Dónde estaba la razón por la que valdría la pena matar al cantante? ¿Se mata así como así a la gallina de los huevos de oro? ¿En realidad había un motivo suficiente como para cometer tal atrocidad? Sin cantante no había grupo y, por mucha publicidad que la muerte de un componente diera a la banda, el cantante era difícil de sustituir. Sin él no se podían hacer conciertos ni grabar nuevos discos; sin él no quedaba nada. A no ser que ya tuvieran en mente a alguien que pudiera sustituir a Joan Boira.

Llegó enseguida al hotel que estaba frente a la estación de trenes, pero aparcar resultó una tarea complicada. Cuando por fin accedió a la recepción, la chica que estaba detrás del mostrador le ofreció estacionar el vehículo en el aparcamiento privado del hotel, pero Monfort ya había caminado un buen trecho desde el único hueco libre que encontró por casualidad a una distancia considerable.

–Lo tendré en cuenta para la próxima vez, gracias. –Lo dijo con toda la amabilidad de la que fue capaz–. Busco a Jesús Castro, se aloja aquí.

La joven consultó la pantalla del ordenador.

–El señor Castro se encuentra en su habitación –lo informó la joven–. Si lo desea, puedo llamarlo.

–Sí, por favor. Necesito hablar con él.

–¿De parte de quién?

–Soy el inspector Monfort, del Cuerpo Nacional de Policía de Castellón –dijo y le mostró su credencial.

La recepcionista se puso nerviosa. Azorada, descolgó el auricular y marcó tres números.

–¿Señor Castro? El inspector Monfort está aquí, en recepción, quiere hablar con usted. Ya, pero... Comprendo, pero... Sí, sí, me hago cargo...

–Dígale que baje ahora mismo –la interrumpió–. Y cuelgue –añadió inclinado sobre la barra de recepción de tal manera que el mismo Castro pudiera escuchar su voz.

Jesús Castro le dijo algo a la recepcionista.

–Dice que baja enseguida –aclaró la joven–. Puede esperar en el bar, si lo desea. –Señaló una zona con cómodos sofás para disfrute de los huéspedes.

–Gracias –dijo Monfort y se dirigió a la barra del bar. Pidió un Martini a un camarero estiloso que empezó a prepararlo en un vaso acorde con el lugar. Introdujo dos grandes cubitos de hielo y una aceituna ensartada en un palillo de diseño. Desenroscó la botella y vertió hasta que el líquido sobrepasó la línea de flotación de los cubos de hielo.

–¿Se lo llevo a una mesa? –preguntó solícito el que parecía un experimentado barman.

–No, gracias, lo llevaré yo mismo.

El sofá era demasiado blando para su gusto. Una vez que se sentó, se retrepó hacia uno de los extremos para que los cojines se hundieran menos bajo su peso. Dio un trago al Martini y se zampó la aceituna rellena de anchoa que irremediablemente había aceitado la bebida. Gran error, pensó; nunca hay que poner aceituna rellena en el Martini. Si se lo decía al camarero le arruinaría el servicio y él no había ido hasta allí para eso.

Castro apareció en recepción cuando apenas quedaba licor en el vaso y los cubitos estaban aún prácticamente sólidos. Al verlo se dirigió deprisa hasta el sofá. Vestía traje azul marino, camisa blanca y corbata a juego con el traje. Parecía un *dandy*. Le tendió la mano.

–¿Qué bebe? –preguntó Castro.

–Martini –contestó Monfort y levantó el vaso a modo de saludo.

El camarero se acercó al sofá.

–¿Qué desean tomar los señores? –preguntó.

–Para mí lo mismo que está tomando él –dijo Castro–. Y al inspector no le importará que se lo rellene de nuevo.

Monfort pensó que Castro estaba suelto, a su aire, satisfecho. La orden del juez lo habría llenado de júbilo.

–El mío sin aceituna, por favor –indicó Monfort.

El camarero hizo un gesto afirmativo y regresó a la barra para preparar las bebidas.

–¿A qué se debe la visita? –preguntó Castro mientras se dejaba engullir por los cojines del sofá.

–Lo noto contento –apuntó el inspector–. Ha muerto el cantante del único grupo al que representa su empresa, pero veo que se encuentra bien. Lo celebro. –Castro mutó su sonrisa por una mueca extraña–. En cambio –continuó–, los padres de Joan Boira, que por cierto viven a escasos diez minutos de aquí, deben de estar pasando por el momento más trágico de sus vidas. No creo que les haga mucha gracia saber que la persona que se encargaba de todo lo relacionado con la actividad musical de su hijo esté... ¿cómo decirlo? ¿Tan campante? Sinceramente, no creo que pudieran comprenderlo, ¿no le parece?

–¿Qué coño quiere? –Había cambiado todo en Castro, la cara y también su voz, inicialmente amable.

Llegó el camarero con una bandeja plateada en la que reposaban dos vasos anchos. Uno llevaba aceituna; el otro, no. Dejó los vasos sobre la mesa, encima de sus respectivos posavasos con publicidad del hotel, junto a un platillo con cacahuetes fritos. Monfort no pudo evitar mirar el vaso de Castro.

–Aceite –dijo señalando el vaso.

–¿Qué dice? –Castro estaba irritado.

–La aceituna –señaló–, está rellena de anchoa. –Negó con la cabeza y frunció el entrecejo–. No se pone aceituna rellena de anchoa en un Martini. Aceita el licor y aparecen esos medallones en la parte superior del vaso. Todo sabe a anchoa y se da al traste con una buena bebida. Es un fastidio, créame.

Castro, atónito por el comentario, dio un trago largo a su bebida, quizá demasiado largo. Consumió la mitad de lo que le habían servido.

–¿Qué coño quiere? –repitió.

–Que me lo cuente todo otra vez, desde el principio, y que no se olvide de ningún detalle, como por ejemplo que

Elena Barrantes trabaja para usted, que ya la conocía antes de que tuviera relación con Joan Boira, que es amiga de Lucas Socolovich y que en cuanto Joan llegó a Madrid se fue a vivir con él.

Castro dio otro trago. El tintineo de los cubos de hielo dejó al descubierto que apenas quedaba nada en el vaso. La aceituna permanecía intacta, aún ensartada en el palillo.

–Todo esto me parece muy extraño –continuó el inspector–, demasiadas coincidencias.

–El juez... –empezó a decir Castro, pero Monfort lo interrumpió acercándose tanto al empresario que pudo oler su aliento.

–En estos momentos me importa poco lo que haya dicho el juez.

El sonido de una llamada entrante en el teléfono móvil de Castro lo salvó de la afrenta.

–Cójalo –le indicó Monfort. Castro titubeó–. ¡Cójalo he dicho!

–Sí, hola... Ahora no puedo hablar... Perdona. Sí, nos vamos por la mañana, ¿te paso a buscar? OK. Allí estaré... No, no está aquí, se ha ido por ahí con los otros... No lo sé, no me lo ha dicho... No puedo hablar, discúlpame. Luego te llamo.

Castro cortó la llamada y guardó sin prisa el teléfono en su bolsillo, como si hiciera tiempo para pensar qué iba a decir. Monfort habló antes que él.

–Ahora no puedo hablar... Nos vamos por la mañana... Te paso a buscar... Se debe creer que soy imbécil.

Castro se revolvía en el sofá, no encontraba la posición. Estaba consternado.

–Yo no he dicho tal cosa –aclaró.

–El juez los deja marchar porque no encuentra pruebas suficientes para retenerlos aquí –continuó, dejó el vaso encima de la mesa y le dio vueltas con las yemas de los dedos, observando el contenido–. No queda otro remedio que acatar lo que diga. Pero tampoco lo subestime, ni a él ni a la Policía. ¿Sabe una cosa? No me gusta nada la forma en la que lo he visto desenvolverse con lo que ha pasado. Joan Boira está muerto, su cuerpo permanece en el interior de una nevera en un laboratorio forense, su familia ni siquiera puede enterrarlo. ¿Se da cuenta de lo que debe de representar para ellos? –Castro dejó de mirarlo a los ojos y agachó la cabeza–. Da la impresión de que a alguien le va de perlas que su muerte se certifique como sobredosis de heroína. Un yonqui, un músico arrastrado por el vicio hasta la muerte; otro más que cae víctima de las drogas. Pero usted y yo sabemos que es posible que solo se trate de una fachada, un muro tapiado que no deja ver lo que hay al otro lado. –Monfort bebió un trago para hacer una pausa de efecto antes de continuar–. Hasta que demos con la grieta en la que poder clavar el pico y empezar a golpear para derribar la pared y ver qué es lo que hay detrás. ¿Me sigue o le aburro?

Jesús Castro carraspeó. Le habría gustado pedir otro trago. Llevaba el pelo tan engominado y brillante como la primera vez que lo vio llegar al auditorio donde Boira había muerto. Se desabrochó el botón de la camisa que le apretaba el cuello y aflojó el nudo de la corbata.

–No voy a decir ni una sola palabra más –arguyó Castro con voz casi inaudible y sin mirarlo a los ojos en ningún momento–. Ya he dicho todo lo que tenía que decir. Si alberga la menor duda sobre si puedo largarme de aquí o no, se lo consulta primero al juez; no hace falta que venga al hotel a intimidarme, no va a conseguirlo.

Monfort se puso en pie. Le habría gustado darle una patada en la entrepierna y echarle por encima los restos de su Martini sin aceituna rellena de anchoa, pero no lo hizo.

Le había costado años de trabajo aprender a contenerse las ganas de propinarle un puñetazo a un imbécil.

–Me voy –dijo–. Pero tenga por seguro que ni en Madrid ni en Pernambuco va a librarse de mí si tiene algo que esconder.

Castro balbuceó unas palabras que el inspector no llegó a entender.

–¿Cómo dice? –El duro trabajo de contención del que tan orgulloso se sentía estaba a punto de venirse abajo.

–He dicho que no tiene nada que hacer. Yo no tengo nada que ver con la muerte de Joan Boira. Nada. Nada en absoluto.

Monfort dio el primer paso para marcharse. Saludó con la mano al camarero, que, sin perderlos de vista, se afanaba en secar vasos con un paño blanco. Antes de irse, se dirigió a Jesús Castro.

–A menos que el cantante de Bella & Lugosi tuviera un seguro profesional y usted pudiera beneficiarse de él en caso de muerte. Habrá que investigar eso, ¿no cree?

La tarde avanzaba a toda prisa en busca de la oscuridad que otorgaba la noche. Otra más. El crepúsculo rojizo refulgía en espectaculares tonos anaranjados si se dirigía la vista hacia el sur.

Todavía en la puerta del hotel, encendió un cigarrillo. Tuvo una idea tras recordar la conversación telefónica que Jesús Castro acababa de mantener, con toda seguridad, con Elena Barrantes. «No, no está aquí, se ha ido por ahí con los otros... No lo sé, no me lo ha dicho...»

Sacó el teléfono móvil del bolsillo y marcó un número que había guardado recientemente. Al descolgar, percibió ruido, música y voces de fondo.

–¿Quién es? –dijo la voz, casi gritando, al contestar la llamada.

–Soy el inspector Monfort. ¿Estás en un concierto?

El batería Lucas Socolovich tardó varios segundos en contestar.

–No –dijo por fin con tono escéptico.

–¿Dónde estás? Me gustaría hablar contigo.

–¿Y si no quiero? –Había hostilidad en su voz.

–Pues peor para ti. No me dejarás otra alternativa que buscarte por todos los bares de Castellón y arrastrarte luego hasta la comisaría. No me hace mucha ilusión, la verdad.

–El juez...

–Otro con el cuento chino del juez –lo interrumpió Monfort, hablando más para sí mismo que para su interlocutor.

–¿Cómo dice?

La música se colaba a través del auricular del teléfono y apenas se podía mantener una conversación.

–Que sí, que ya sé que mañana os vais, que voláis y que, nunca mejor dicho, nos dejáis aquí con el muerto.

–Eso no ha tenido la menor gracia –lo increpó Socolovich.

–O voy a donde estás o vienes donde yo te diga. Elige.

–Estoy en un bar, en el puerto de Castellón, el Grao se llama el barrio, ¿no?

–Dime en qué bar.

Monfort memorizó el nombre que le había dicho.

–Voy para allá, no te muevas.

Pulsó el botón rojo para finalizar la llamada y levantó el brazo al ver un taxi libre que partía de la estación de trenes. El Volvo podía esperar en el lugar en el que lo había aparcado.

El cansancio acusado durante la tarde había desaparecido como por arte de magia; quizá fuera un poco de acción lo que necesitaba, quizá el Martini hubiera hecho el resto.

1989

ERA MI CUMPLEAÑOS.

La tía Mercedes seguía tratándome como a un niño, y yo me dejaba querer de forma infantil. Era lo que más me convenía, sin lugar a dudas.

Era domingo y cuando me desperté fue la primera persona en felicitarme. Me regaló un tocadiscos. Ella sabía que me gustaba mucho la música, me había oído cantar con la radio de fondo y seguramente había leído los textos pensados para canciones que escribía y guardaba en los cajones de la mesita de noche. La abracé para agradecerle el detalle. La abracé mucho tiempo y el calor de nuestros cuerpos propició que se separara de mí visiblemente azorada.

Le pregunté si podía tener el tocadiscos en mi habitación. Me dijo que sí, que aquello era para mí, por los buenos resultados obtenidos en los estudios. Ella nunca me negaba nada; tampoco pienso que me creyera del todo capaz de superar los exámenes finales.

Mandó al tío Andrés para que me lo instalara en el cuarto y él lo hizo de muy mala gana. Yo me reía por dentro viendo lo disgustado que estaba al pasar los cables por debajo del armario y conectar los altavoces. Estaba un poco celoso, era evidente. En el fondo era un tontorrón, pero se lo había mandado la tía y eso era sagrado. El típico calzonazos, pensé.

Cuando acabó de instalarlo me reí en su cara, salió y dio un portazo. Luego puse a todo volumen el disco de los Rolling Stones que venía de obsequio con el tocadiscos.

La tía Mercedes quiso que por la tarde invitara a algunos compañeros de clase. Yo apenas tenía amigos, mi cabeza funcionaba de forma distinta que las de los demás. Ni yo los entendía a ellos ni ellos a mí. No obstante, hice lo que mi tía me dijo para que no pareciera más bicho raro de lo que ya era, y vinieron cuatro o cinco de aquellos bobalicones llenos de granos con los que pasaba los días en el instituto y la mayoría de las tardes en los billares.

Mi tía preparó bocadillos de sobrasada y sándwiches calientes de jamón y queso, Coca-Cola y patatas fritas. Habríamos preferido cervezas y porros, pero yo debía seguir aparentando aquella fachada infantil y un poco retrasada que tan bien había edificado.

Tras la merienda nos encerramos en la habitación y pusimos una y otra vez el disco de los Rolling, un disco y un grupo de los que yo había oído hablar, por supuesto, pero que apenas conocía y que representó una gran revelación para mí.

Con la ventana abierta de par en par, dimos buena cuenta de la piedra de hachís que trajo uno de los chicos. Y entonces, cuando la cosa hizo su efecto, demostré a aquella pandilla de mentecatos lo que era cantar bien, como me había enseñado mamá.

Luego, tumbado en la cama, con los invitados al cumpleaños alrededor, evidentemente colocados, pensé en que había superado todos los cursos, uno a uno, hasta llegar a las temidas pruebas de selectividad que se celebrarían en poco tiempo.

Los profesores me analizaban con lupa. Tenían instrucciones de estudiar mi evolución de manera especial. Yo era un chico con problemas de concentración, al menos eso era lo que pensaban ellos. Los informes médicos que mi tía aportaba cada principio de curso al jefe de estudios que correspondía eran un cúmulo de disculpas y advertencias en cuanto a que podía plantear problemas psicológicos por lo que me había ocurrido en un pasado no muy lejano.

Fuera como fuese, pasé todos los cursos sin esforzarme demasiado; tampoco era idiota y supe aprovecharme de aquellas ventajas.

Esa tarde de mi cumpleaños, cuando mis compañeros se marcharon, decidí que descubriría qué abría la llave que el tío Andrés había olvidado entre sus papeles de la oficina y que tan amablemente me había entregado su propia secretaria.

Martes, 6 de mayo de 2008

Por la noche

El taxista conocía el lugar.

Con solo pronunciar el nombre del bar puso en marcha el taxímetro y en apenas quince minutos llegaron a una avenida del Grao, el barrio marítimo de Castellón.

El taxista se detuvo frente a la fachada pintada de rojo. Era como si todos los motoristas de la provincia hubieran decidido pasar a tomarse unas cervezas en un lugar de reunión preestablecido.

El bar se llamaba La Pacheca y la música salía a borbotones por las puertas abiertas de par en par. Había una larga fila de motos aparcadas junto a la puerta. Harley Davidson era la marca que más predominaba. Divisó también algunas de las míticas motocicletas inglesas de la marca Triumph. Un grupo de hombres y mujeres ataviados con ropas de cuero fumaban y charlaban de forma alegre y distendida a la puerta del local. Monfort se miró los pantalones, los zapatos y las mangas de la americana. Pensó que solo le faltaba llevar un cartel colgado del cuello en el que pusiera que era policía. Los de la puerta lo miraron de arriba abajo, pero no dijeron nada.

El bar estaba repleto de hombres que lucían barba o perilla y vestían chalecos de cuero con insignias bordadas y camisetas de grupos de rock and roll o de marcas de motos;

aunque menos numerosas, también había mujeres ataviadas como auténticas motoristas, con faldas o pantalones de cuero, labios pintados de rojo, largas melenas y tatuajes.

Sobre la barra y en las manos de los clientes lo que más abundaba eran la cerveza y el whisky. Tuvo la certeza de que todos se habían vuelto a mirarlo cuando entró en el bar.

Reconoció lo que sonaba a gran volumen y con una calidad de sonido excelente: era una canción del grupo Aerosmith, concretamente la que llevaba por título, «Walk on Down». Se aflojó el nudo de la corbata. Los presentes dejaron un espacio para que se apoyara en la barra, ya fuera por cortesía o por temor a que resultara ser lo que en realidad era. Desde el interior del mostrador, una joven se acercó cabeceando al ritmo de los de Boston y le hizo una señal con la barbilla para que dijera qué quería tomar sin pronunciar palabra alguna. Hablar habría sido tarea complicada con semejante volumen. Pidió una cerveza; la chica parecía saber leer los labios, porque Monfort apenas levantó la voz. Le sirvió una jarra de medio litro. El ambiente que reinaba allí adentro le recordaba a Los Ángeles, a algún local de moteros infernales. Los presentes cabeceaban a merced del *riff* de guitarra. Cuando la canción hubo terminado y antes de que diera paso a la siguiente, el silencio resultante fue como un gran vacío que quedó ligeramente amortiguado por las voces y risas de los clientes de La Pacheca. Alguien le puso entonces la mano en el hombro.

–Hola –dijo Lucas Socolovich mostrándole su jarra de cerveza. El inspector pensó que no sería la primera, a juzgar por el tono rojizo en sus ojos.

Empezaron a sonar los acordes de «Shut Up and Dance», con el inconfundible silbido arbitral con el que comenzaba el tema.

–¿Los conoce? –gritó el batería, que señaló hacia el techo, como si Aerosmith estuviera actuando en el piso superior.

–Claro –repuso Monfort–. La americana y la corbata no son de mucha ayuda, lo sé. –Señaló la camiseta de Socolovich, en la que se podía leer la frase «Elvis is Dead», en referencia a la canción de un grupo llamado Living Colour. Sí, él también los conocía.

–¿Qué quiere? –le preguntó Socolovich antes de dar un trago largo a su bebida.

–Hablar.

–¿Hablar? ¿Aquí? –su interlocutor lo miró con escepticismo.

Una joven que lucía una melena rubia que le llegaba por la mitad de la espalda pasó por delante de ellos y rozó con su cuerpo a Lucas Socolovich de forma intencionada. Sus ojos proyectaban mucho más que una simple mirada. A Monfort no se le había olvidado que era uno de los miembros de una banda conocida, y aquella joven, sin duda, sabía de quién se trataba. El batería la siguió con la mirada, y cuando la joven estuvo a varios metros se volvió convencida de que los ojos del batería estarían clavados allí donde su espalda perdía su casto nombre.

–Vamos fuera –propuso–. ¿Quiere otra? –Señaló su propia cerveza.

–No, gracias, está llena; quizá más tarde –puntualizó.

Se abrieron camino entre los clientes que se agolpaban en la barra. Un hombre que mediría lo mismo de ancho que de alto entrechocó su jarra con la de Socolovich.

Ya en la puerta de La Pacheca, el inspector encendió un cigarrillo y apoyó su cerveza en una de las mesas de la terraza.

–¿Dónde están los demás? –preguntó.

–¿Alfonso y Pedro?

–Sí.

–Ligando. –Socolovich esbozó una sonrisa que hasta el momento no había lucido en su plenitud.

–¿Se liga siendo de un grupo como Bella & Lugosi?

–No sé cuál es la verdadera razón de su pregunta, no creo que sea usted tan ingenuo. No le veo cara de haberse caído de un nido.

Monfort se encogió de hombros y Socolovich aprovechó para terminar su cerveza de un trago sin dejar de mirarlo.

–¿Le importa si...?

–Adelante –convino Monfort.

El batería madrileño se acercó a la puerta del bar, donde la misma camarera que había servido al inspector intercambió la jarra vacía que él le tendía por otra llena. Volvió tras sus pasos junto a Monfort.

–No dé más rodeos, inspector, pregunte lo que tenga que preguntar y acabemos con lo que ha venido a buscar con tanta urgencia. Esta noche pienso beber hasta que alguien me meta dentro de un taxi y le dé al conductor la dirección del hotel.

–Háblame de Elena Barrantes.

Socolovich bebió; sus ojos se velaron con una sombra de incertidumbre. Apretó la mandíbula antes de hablar.

–Lo único que quiere saber es si Elena y yo estuvimos enrollados en el pasado. ¿Me equivoco?

Monfort arqueó las cejas.

–No, no es lo único –dijo–, pero no está mal para empezar.

–¿La ha visto? –preguntó el batería. Él afirmó con la cabeza.

Lucas Socolovich se quedó pensativo, miró el suelo y con el pie arrastró de aquí para allá una colilla aplastada. Al final, levantó la barbilla y empezó a hablar como si lo hiciera para el público, aunque en este caso su audiencia se reducía a Monfort, que trató de escucharlo con atención.

–Junto a la vieja nave del paseo de Extremadura, en Madrid, donde estaban los locales de ensayo, había un bar. Íbamos allí antes y después de las maratonianas sesiones de ensayos. Siempre había chicas. Era habitual que se dejaran caer por allí músicos famosos, y ellas venían para ver si podían hablar con ellos, conseguir un autógrafo o quizá algo más. En los locales de alquiler había grupos de todos los estilos. Algunos eran poco conocidos, pero también ensayaban allí grupos de renombre a los que sus fans seguían a todas partes; al final todos nos beneficiábamos de ello.

Monfort trataba de concentrase en el discurso de Lucas Socolovich. Cuando sonaba música que le gustaba, se le hacía complicado prestar atención a las palabras de su interlocutor, fuera quien fuese. Sonaba ahora una de las canciones más populares de Aerosmith, «Crazy», y cuando Steven Tyler, el icónico cantante del grupo estadounidense, recitó casi sin respirar la larga introducción, Monfort se evadió de las palabras de Socolovich; fueron apenas unos segundos, pero perdió el hilo de lo que estaba diciendo. Después consiguió separarse de la melodía y escuchó su relato.

–No era la chica más exuberante de las que iban por allí, vestidas de forma provocativa para causar impacto entre los músicos, pero Elena era realmente fantástica. Tenía algo que la hacía diferente a las demás; era elegante y exquisita, y por eso destacaba entre las otras. Poseía ese tipo de sexualidad que vuelve locos a los hombres, alteraba a todo el que se cruzara en su camino. Movía las caderas al caminar y se enorgullecía de atrapar con aquel movimiento las miradas de todos los que poblábamos el bar. Sus pechos eran perfectos, sugerentes; se convertían en la diana de los ojos de los músicos cargados de testosterona. Sabía cómo ofrecer pistas de su tesoro vistiendo sujetadores de encaje que dejaba entrever a través de blusas claras. En aquel tiempo llevaba el pelo muy largo, negro y brillante. Pero, sin duda, fueron sus ojos, negros y profundos, los que hicieron que me enamorara irremediablemente de ella. Bueno, yo y todos los demás.

Monfort sonrió, no pudo evitarlo. Después de haber descrito las caderas y los pechos de Elena Barrantes como un verdadero objeto de deseo, Socolovich se había puesto tierno con los ojos de la joven.

–¿De qué se ríe?

–De nada, discúlpame –dijo–. Hilaba tu conversación con algo personal –mintió–. ¿Ya habías formado Bella & Lugosi en aquella época? –preguntó por salir del atolladero en el que se había metido.

–No, todavía no había dado forma a Bella & Lugosi, eso llegaría después. Yo tocaba en otro grupo con el que no pasamos de hacer conciertos en garitos cutres del circuito de salas madrileñas. –Parecía hipnotizado con su propio relato. El inspector observó su jarra de cerveza casi vacía; el alcohol estaba haciendo su efecto. Era cuestión de aguantar un poco más de prensa rosa y luego entraría en materia.

Pasé con ella los mejores días de mi juventud. –A Monfort le pareció que se ruborizaba–. Era un volcán en erupción, la mujer más apasionada que jamás he conocido. Lo nuestro era diferente de lo que veíamos en las demás parejas. Nos escapábamos a un pueblo de la sierra de Madrid donde los padres de Elena tenían una casa a la que no iban nunca y allí pasábamos los fines de semana que yo no tenía conciertos. –Llegado a aquel punto, Socolovich se quedó callado. Apuró la cerveza que le quedaba, miró la de Monfort y le hizo un gesto con la barbilla. Monfort bebió para no hacerle un feo. Un empleado del bar recogía los vasos y las jarras que los moteros dejaban en la acera, junto a la puerta. Socolovich recabó su atención con un movimiento de cabeza, señaló los vasos y levantó dos dedos en V para pedir sendas cervezas. Siguió hablando–: Luego me inventé Bella & Lugosi, recluté a los músicos que necesitaba y muy pronto llegaron los conciertos. Pero no todo fue tan deprisa; el primer disco tardó en hacerse realidad. Aún hoy me cuesta creer que lo hayamos conseguido.

Llegó una chica morena embutida en unos pantalones que perfilaban su silueta como si llevara un guante de seda. Les dio las cervezas y les dedicó una caída de pestañas más ensayada que las canciones del grupo del batería que tenía delante.

–¿Cuál es el papel de Jesús Castro en los inicios del grupo?

Socolovich bebió un trago antes de contestar a la pregunta. Monfort aprovechó para encender otro cigarrillo.

–Jesús Castro era un tipo importante en el panorama musical español. Fue director artístico de CBS en los tiempos en los que ataban los perros con longanizas, los mismos tiempos en que la multinacional ocupaba varias plantas de uno de los más exclusivos edificios del paseo de la Castellana. Pero, precisamente, como había tanta pasta por el medio, tanto dinero ganado con gente como los que salían de programas como *Operación Triunfo*, las trifulcas entre las compañías grandes eran habituales. Luego aparecieron el fantasma de las descargas fraudulentas por internet, los CD piratas y una crisis que amenazaba con cargárselo todo en poco tiempo. Las compañías multinacionales empezaron a despedir trabajadores en España, a reducir sus imperios a lo más mínimo. En los países de origen de las grandes multinacionales, la crisis golpeó con fuerza la industria musical, y España no era más que una sucursal para ellos, así que cuando realmente llegó la crisis fue como un manotazo despiadado. Nosotros no encajábamos en aquel panorama de grupos que fichaban por las grandes compañías, nuestras canciones no interesaban a las radios comerciales, tampoco a los nuevos directores artísticos, productores y cazatalentos en busca de la canción del verano o de un *single* comercial que aupara al grupo a los primeros puestos de las listas de los más vendidos. Me paseé con las primeras grabaciones del grupo por las principales compañías discográficas. En sus lujosos despachos ponían el CD que habíamos grabado en condiciones casi domésticas y luego, simplemente, decían que no encajaba en su línea artística. ¡Qué coño de línea artística! –exclamó Socolovich–. No tenían ni puta idea, todo eran cancioncillas de mierda para generar fenómenos de fans, nada más. Aparte de los grupos consagrados, los demás, por buenos que fueran, se morían de asco. Gente como Antonio Vega, por ejemplo, fue ninguneada por una industria musical que apuesta más por lo ñoño y vulgar que por la música hecha con calidad.

Monfort permanecía atento. Lucas Socolovich había pateado las miserias de las negativas musicales. Recordó que cuando habló con él por primera vez le dijo que no era lo mismo llegar hasta donde habían llegado con veinte años que con la edad que tenían ahora, que por fin se habían convertido en un grupo respetado. Socolovich continuó.

–En el transcurso de una entrevista para un programa de Radio 3, que empeñaba su tiempo recomendando grupos que no sonaban en Los Cuarenta Principales, me informaron de que habían destituido de su cargo a un director artístico llamado Jesús Castro por tener desavenencias con una cantante de moda cuyo rasgo principal pasaba por la forma en la que vestía cuando aparecía en los programas de televisión de María Teresa Campos o José Luis Moreno. La audiencia de los programas y la fama de la cantante subían según menguaba la minifalda de la discutida vocalista.

Así que me puse en contacto con el tal Castro pese a que no las tenía todas conmigo. Jesús había creado su propia empresa, un negocio musical en el que pretendía aglutinar todo lo que estaba relacionado con lo que necesitábamos. Escuchó las grabaciones y vino a vernos a algunos conciertos que ofrecíamos en pequeñas salas de Madrid. Le convencí o se convenció él mismo. Se entusiasmó con nuestra música y se convirtió en uno más del grupo. Para él fuimos como el arma con la que iba a vengarse de todos los que lo habían repudiado en las grandes compañías por sus ideas en cuanto a la forma de afrontar un negocio musical que iba de cabeza al infierno de la crisis. Grabamos nuestro primer CD en uno de los mejores estudios de Madrid. Jesús invirtió todo su dinero. Su dedicación a Bella & Lugosi fue tan exclusiva que se negó a representar a ningún otro grupo. Estaba convencido de que íbamos a triunfar. Safety Records, su empresa, lo era todo para el grupo; no solo era la compañía discográfica, sino también la oficina de *management* y de contratación de los conciertos, una oficina ocupada únicamente por aquel sueño mío de juntar a la Bella y a Drácula y convertir al grupo en uno de los mejores de este puto país.

Acabó la frase y apretó los dientes, conteniéndose de lanzar una serie de exabruptos por la boca, maldecir a la industria, lapidar a los que se empeñaban en que grupos mediocres ocuparan posiciones privilegiadas de ventas y popularidad.

–Y salió bien –apuntó Monfort con la jarra en la mano y su contenido casi vacío.

–Nos convertimos en una máquina de hacer dinero; no es muy modesto hablar así, lo sé, pero es cierto. Fue una bomba, una bomba que circulaba fuera de los circuitos habituales, fuera de los programas de radiofórmula, fuera de los programas cutres de televisión donde los *playbacks* ridiculizaban a los artistas más que promocionarlos. No necesitábamos toda aquella mierda. Y por eso salió bien.

–Y luego el cantante se largó.

–Sí, tremendo hijo de puta–exclamó Socolovich. El alcohol hacía su trabajo en el organismo del batería.

–Me dijiste que no le guardabas rencor –le recordó.

–Javier Artà escogió su camino. Yo lo fiché para que cantara en el grupo; en el fondo no me pareció tan extraño que cuando se vio famoso y con dinero en el bolsillo quisiera jugar a su juego, pero eso no lo exime de ser un verdadero hijo de puta.

–Perdona que te plantee esto –dijo Monfort para cambiar de tema–. También me dijiste que las canciones las firmabais todos los componentes del grupo, pero me da la impresión de que Bella & Lugosi es tuyo y solo tuyo, y, como mucho, un pedacito es de Jesús Castro.

Socolovich pensó la respuesta.

–La única forma de que unos músicos a los que crees del todo competentes se queden en un grupo y no sucumban a las tentaciones cuando todo va bien es involucrarlos en todo lo referente al dinero. Las canciones son básicamente mías, compuestas en mi casa, con una guitarra y mi voz, como si estuviera en misa cantando canciones al Santísimo. –Lo dijo con retintín–. Luego las llevo al local y allí las desarrollamos entre todos. Si yo me embolsara el montante de los derechos de la Sociedad General de Autores y los otros no cobraran nada, se largarían, no le quepa la menor duda. En cambio, si nos repartimos los beneficios de las canciones, el grupo se une, se amalgama, se convierte en una máquina destructora. Todos a partes iguales y así no hay discusiones ni tentaciones de dejar la banda.

–Pero las ideas son tuyas –terció Monfort–. Quizá sería también apropiado que tu porcentaje fuese mayor.

–Quizá –dijo Socolovich–, pero en cuanto se generan ingresos importantes, si unos cobran más que otros, el grupo se va a la mierda.

–¿Y Castro gana lo mismo que los componentes?

–Jesús gana dinero con la venta de los CD y su porcentaje de beneficios en los conciertos. Si es mucho o poco es su problema. A mí, aunque le cueste creerlo, me trae sin cuidado; solo pido que haga su trabajo correctamente. El día en que se pase de listo se quedará con las cuatro paredes de su oficina y los pósteres que tiene colgados en ella.

Monfort notó que era el momento de hacerle las preguntas que tenía reservadas. Era evidente que la relación entre Castro y Socolovich había pasado por mejores momentos.

–¿Y ahora quién reemplazará a Joan Boira? Me cuesta creer que este sea el final de Bella & Lugosi. No le conviene a nadie que así sea. ¿O es que ya tienes pensado un sustituto?

–No me gusta ese tono –inquirió el batería con hostilidad–. Le pido un poco de respeto por Joan.

–Podría haber formulado la pregunta de otra manera, pero... –miró la jarra de cerveza–. A estas horas me vuelvo bastante vulgar.

Socolovich clavó los ojos en los del inspector.

–No tengo ni la más remota idea de qué va a pasar ahora. Los otros dos –dijo, y señaló hacia el interior del bar con el dedo pulgar por encima de su hombro–, harán lo que haga falta, pero si tardamos mucho en dar con la solución a la continuidad del grupo se largarán por donde vinieron. Son unos músicos excelentes, no les faltarán oportunidades.

Monfort lanzó la segunda pregunta.

–Aunque te lo hemos preguntado cien veces, ¿qué crees que pudo sucederle a Joan Boira?

Socolovich se puso tenso.

–No sé lo que sucedió. Me está martilleando aquí. –Se dio unos golpes con la mano en la sien–. No me deja descansar. Él no se drogaba, nos dijo que le daba mal rollo el tema de las drogas, que no soportaba a los colgados que iban por ahí mendigando una raya de coca. Cuando se acercaba alguien a los camerinos y nos ofrecía un *tiro*, los enviaba a cagar de buenas a primeras, no se cortaba ni un pelo, era tajante en eso.

–Precisamente esa es la actitud de algunas personas que tras meterse de todo lo han dejado para siempre.

–Mire. –Se apoyó en la pared del bar con la jarra de nuevo vacía en la mano–. Joan no se drogó mientras estuvo en el grupo, no lo vimos nunca pasado de vueltas, nunca llegó tarde, nunca nos hizo un desplante; trabajó como el primero para estar a la altura de nuestro anterior cantante, no discutió jamás ni un solo euro de lo que cobraba, llegaba el primero a los ensayos y se iba el último, no paraba de ensayar hasta que su voz estaba a punto de reventar de tanto cantar. Era un *crack*, un tipo cojonudo en el escenario. Tenía un magnetismo especial, un poder de atracción impresionante. Podría haberse llevado a todas las tías que hubiera querido...

Monfort carraspeó para interrumpirlo. Era el momento de echar por la borda la conversación, de acabar de una vez de parlotear con aquel engreído.

–Pero se quedó con tu novia –sentenció.

Lucas Socolovich estrelló la jarra vacía contra la acera. Miles de pedacitos de cristal se esparcieron por el suelo como una lluvia de estrellas sobre una sábana negra. La camarera que le había echado el ojo se interesó por su estado y le acarició el pelo. Él la apartó de un manotazo, sin contemplaciones. Pedro Paraíso y Alfonso Roca, que salían en ese momento del bar, miraron a Monfort con gesto hostil. Hablaron algo con el batería y a continuación se lo llevaron de vuelta al interior del local.

El inspector se ajustó el nudo de la corbata y le hizo una señal al de la barra para pagar lo que había bebido, pero el hombre negó con la cabeza. Lo que quería era que se largara de allí cuanto antes. Los tres componentes que quedaban vivos de Bella & Lugosi brindaron con chupitos que se llevaron al coleto y cuyo contenido desapareció al instante.

Era un buen bar, buena cerveza y excelente música. Quizá volviera en otra ocasión, vestido de otra forma, aunque él no pasaría inadvertido ni siquiera con otra vestimenta. Era su marca, la identidad que se había ganado en aquellos años de codearse con lo mejorcito de cada casa.

Empezó a caminar en busca de un taxi que lo devolviera al Castellón burgués, al centro de aquella ciudad acomodada en la que, pese a lo que muchos querían pensar, sí ocurrían cosas, algunas bastante complejas.

Silvia había rechazado las proposiciones de Robert Calleja para tomar una copa, cenar, dar un paseo o simplemente charlar un rato. ¿Qué se habrá creído?, pensó.

Apenas había cenado más que una rebanada de pan con queso y una manzana que no consiguió terminar y que languidecía ahora en un plato sobre la encimera de la pequeña cocina.

Sentada en el sofá, leía un libro, pero no era capaz de concentrarse y tenía que leer dos veces la misma página para quedarse con algo de lo que estaba escrito.

Todavía había cajas por desembalar repartidas por las pocas estancias del piso, cargadas con sus pertenencias, que por otra parte cada vez eran menos. Las mudanzas se cobraban víctimas por el camino, objetos que tiraba para no tener que cargar con ellos una y otra vez; recuerdos, lastres al fin y al cabo. Se había deshecho de muchas cosas desde la última mudanza de casa de Jaume Ribes. A veces creía que se había dejado media vida en aquellos objetos materiales, pero el peso de la conciencia ahora era menor y se sentía mucho más tranquila y relajada en cuanto a relaciones se refería.

Jaume Ribes no la había llamado ni una sola vez desde aquella tarde en la que lo llamó, a él antes que a nadie, para darle la noticia de que la habían ascendido a subinspectora. Ella esperaba que él formulara la pregunta sobre dónde iba a vivir, pero no lo hizo. No lo culpaba; con total seguridad se había cansado de que Silvia jugara con su corazón y con sus sentimientos, pero cuando supo la noticia no pensó en nadie más y lo llamó a él. Quizá podía haberse mordido la lengua, pero ella era así e iba a costar mucho trabajo cambiarla. Ahora, Jaume ni siquiera sabía en qué lugar de la ciudad se había instalado; quizá tampoco le importara demasiado.

Volvió atrás dos páginas para volver a leer lo que había leído mientras pensaba en todo aquello. Las repasó y siguió sin saber de qué iba el capítulo de la novela. Enfadada, la lanzó al otro extremo del sofá y se puso en pie casi de un salto.

Se preparó un *gin-tonic* sin esmerarse en absoluto en la elaboración. Un vaso cualquiera, sin hielo, sin limón; un chorro de ginebra y otro de tónica. Volvió a sentarse, estaba aturdida, enojada consigo misma. Pensar en Jaume Ribes, ahora que lo había dejado plantado en dos ocasiones, era la cosa más rocambolesca que podía plantearse.

Poco a poco fue relajándose. Se asomó al pequeño balcón y se mantuvo por un indeterminado espacio de tiempo apoyada con las dos manos en la barandilla de hierro. Enfrente, el majestuoso edificio de Correos, apenas iluminado, la reconfortó de todas aquellas tonterías que le pasaban por la cabeza cada vez que se quedaba sola. Volvió al sofá y pensó en el caso.

Elena Barrantes no había sido del todo sincera con ella, de eso no le cabía la menor duda. Escondía algo. Quizá no fuera relevante para el caso, pero ocultaba algo que a Silvia le gustaría conocer. ¿Tendría una relación con su jefe? ¿Sería capaz de engañar a su novio con Jesús Castro? En todo caso, ahora, el cantante de Bella & Lugosi estaba dentro de un cajón frigorífico en el Instituto de Medicina Legal. El juez quería dar carpetazo al asunto y dictaminar la muerte por sobredosis de heroína, una heroína, a todas luces, adulterada. Porque aquella era otra de las cuestiones que tenían que salir a flote de una vez. Era tan importante saber qué se había inyectado como quién diantres se lo había suministrado, y allí era donde no dejaban de dar vueltas al asunto una y otra vez, como un perro que persigue su propio rabo.

Se incorporó del sofá y, con los tres dedos de tónica que quedaban en la botella y un chorrito más de ginebra, se preparó un trago más.

Volvió a su asiento e ideó una teoría, censurable, sí, pero una teoría al fin y al cabo. Llevaba horas pensado en ello, pero todavía no había ordenado sus ideas, ni siquiera mentalmente, para luego poder escribirlas en un informe que sus compañeros pudieran leer y analizar. Había bastante jaleo en las terrazas de la plaza, junto a Correos. Se acordó de Monfort cuando le preguntó si sabía a qué hora cerraban los bares de la plaza. Tan solo era martes por la tarde, a medida que fuera avanzando la semana el ruido iría en aumento de forma progresiva, no tenía dudas, pero el piso le encantaba y eso era lo más importante. En todo caso, siempre podía arreglarse y bajar a relacionarse con el vecindario. Desechó la idea; la ginebra empezaba a funcionar. Ordenó su teoría mentalmente antes de que fuera demasiado tarde y la llamada de una nueva copa borrara su subconsciente. ¡Ni que fuera Monfort!, pensó horrorizada. Se tumbó en el sofá y miró el techo para pensar con determinación.

Creer que Jesús Castro o Lucas Socolovich podrían estar involucrados en la muerte de Joan Boira era un tanto arriesgado y comprometido, y, sobre todo, una idea completamente personal. Pero la relación entre Elena Barrantes y los dos hombres no había quedado clara del todo. Elena conocía a Jesús Castro y a Lucas Socolovich mucho antes de conocer a Joan Boira, del que, según sus propias palabras, se enamoró hasta el punto de que se fueron a vivir juntos enseguida. No sabemos qué relación mantenían o escondían los cuatro hasta la noche del concierto. Pero Elena Barrantes era amiga de Castro y Socolovich, y en cuanto vio a Joan Boira se fue con él. Aquello la hacía pensar de nuevo. Lo que habría que aclarar de una vez para siempre era qué grado de amistad unía en el presente, o unió en el pasado, a Elena con Castro y Socolovich.

Terreros y García seguían ocupados con el asunto de los traficantes, pequeños y medianos camellos que pululaban a sus anchas por la provincia de Castellón. Tratar de encontrar a alguien concreto que traficara con heroína adulterada era como buscar una aguja en un pajar. Todos los traficantes adulteraban la droga, pero el forense había insistido fehacientemente en que no estaba simplemente modificada para engordar la mercancía y con ello obtener mayor beneficio, sino que era veneno puro y duro, material para matar sin contemplaciones. «Eutanasia», lo llamó Monfort, así que se temía que el despliegue que Terreros y García habían montado para atrapar al traficante de heroína adulterada no iba a llevarlos a buen puerto.

Por otro lado, Robert Calleja seguía erre que erre con el tema de las huellas dactilares, haciendo trabajar horas extras a los compañeros de la Científica, pero no había otras huellas con las que cotejarlas y entonces no había nada que hacer. Por allí también iba a ser complicado dar con algo que los llevara a una pista fiable.

Por todas esas razones quería centrarse en la posibilidad de que Castro o Socolovich estuvieran involucrados de alguna forma en la muerte de Boira. Ellos e incluso Elena Barrantes, a la que no podía descartar del todo en ningún momento. El problema era que al día siguiente se largarían con viento fresco de allí y entonces sería más difícil localizarlos.

Por esa razón se incorporó y puso en marcha su ordenador portátil. Conservaba la dirección de correo electrónico del juez que instruía el caso, a quien el comisario Romerales había pedido que enviara los informes. Escribió, sin dejar de teclear ni un solo momento, un texto quizá demasiado largo para ser un mensaje de correo electrónico, pero podría tratarse de una última oportunidad, en el caso de que el juez leyera su mensaje a tiempo.

Sonó el interfono del piso en el mismo momento en que pulsaba la tecla *enter* que le enviaba el mensaje al juez, dos zumbidos desagradables mezclados con la algarabía de los clientes que poblaban los bares de la plaza. En vez de contestar al telefonillo se asomó al pequeño balcón. Miró hacia abajo, a la acera.

–¡*Quilla*! ¡Si no puedes con el enemigo únete a él! –gritó Robert Calleja desde la calle, mientras señalaba las terrazas repletas de gente.

Caminaba por una calle estrecha, desesperado, como un alma en pena. Daba bandazos de una pared a otra. Había excrementos de perros y bolsas de basura a las puertas de las depauperadas viviendas. La iluminación era tan pobre que apenas veía dónde pisaba.

El dueño del bar en el que estuvo bebiendo hasta que se le empezó a trabar la lengua le había dicho que en el número dieciséis de cierta calle, una gitana, vieja y gorda, le proporcionaría lo que andaba buscando.

El doctor Regajo no le había recetado lo que necesitaba. La segunda vez que se negó a redactar la receta, Gustavo Seguí se incorporó del diván y salió por la puerta sin despedirse. Le habría arrancado los ojos, le habría pisoteado el hígado si hubiera tenido el coraje y el valor necesarios, pero no los tenía y por eso se emborrachó en el bar y luego caminó deprisa hasta la calle del barrio de las afueras de la ciudad que el camarero le había indicado.

La gitana no mostró escepticismo alguno al verlo; estaba acostumbrada a ver personajes de toda índole. Le suministró lo que quería y le propuso que lo probara allí mismo. No fue necesario que terminara la frase. Seguí lo probó. La gitana se reía; sabía que volvería a por más cuando aquello que ahora se metía en el cuerpo se acabara. La gitana hablaba y hablaba, y él no entendía nada de lo que decía. Esperó unos efectos que llegaron a toda prisa. Su cuerpo se inundó del veneno y un sopor agradable se adueñó de su cuerpo. La gitana tenía una televisión cara de pantalla plana con los colores quizá demasiado subidos y el brillo exagerado. Tenía puesto un programa nocturno de cotilleo. El presentador discutía con una invitada. El volumen estaba muy alto, pero Seguí no entendía nada de lo que hablaban. Oía las voces con eco, como en la distancia, como si estuvieran muy lejos de allí. La gitana se reía a carcajadas y lo animaba a que se metiera más; pretendía que se terminara allí mismo lo que acababa de venderle, para que comprara más. Ese era el negocio.

La invitada del programa de televisión se puso en pie, llevaba una falda que lejos de favorecerla la hacía vulgar. El público aplaudía. Eran Belén Esteban y Jorge Javier Vázquez, en uno de esos programas que los teleadictos eligen para volverse completamente lelos.

Era una casita baja de una sola planta, desconchada por dentro y por fuera. La calle al completo era una sucesión de casas idénticas, hogares humildes construidos en la época de Franco, viviendas de protección oficial para gente con pocos recursos. La gitana, sin embargo, debía de estar forrada gracias a su siniestro negocio. Seguí no podía moverse, estaba sentado en un sofá anticuado, con los brazos a ambos lados del cuerpo, la espalda apoyada en el respaldo y la cabeza ligeramente echada hacia atrás. Le corrían hormigas imaginarias por los dedos. Tenía las pupilas contraídas y no podía apartar la vista de la pantalla. Era como un conejo hipnotizado por los faros de un vehículo en mitad de la carretera.

Paradójicamente se sentía bien en aquel lugar, se sentía seguro. Allí, él no iría nunca a buscarlo. Sin embargo, fuera, en la calle, en su casa o firmando ejemplares de su novela no estaba seguro. Nunca más estaría a salvo.

Su novela. Aquello que lo había llevado en volandas hacia el éxito, el triunfo que tanto había ansiado y que tan poco merecía.

La piel del lobo. Un libro que Seguí había escrito, sí, pero que no le pertenecía, porque la idea no era suya, era toda de él. De él y de nadie más.

Y ahora lo buscaba para que rindiera cuentas.

Para que saldara su deuda.

Le pidió más a la gitana.

Miércoles, 7 de mayo de 2008

El descubrimiento del cadáver de Joan Boira ocupaba un lugar preferente en los informativos nacionales y acaparaba las portadas de los periódicos locales. Las imágenes de archivo del grupo aparecían en televisión de manera notoria. Conciertos, entrevistas, fotografías, cualquier cosa para saciar el apetito de un público ávido de noticias funestas acerca de personajes conocidos. La muerte vende, y si viene acompañada de cierto halo de misterio, la audiencia está garantizada. Los medios lo sabían y no escatimaban en promulgarlo. Todo aquello llevaba a que las ventas de los CD de Bella & Lugosi empezaran a dispararse, y algunos personajes cercanos a la víctima iban a beneficiarse de ello.

Recostado en la cama de la habitación del hotel, con la almohada apoyada contra el cabecero, Monfort veía las noticias en un canal de televisión.

Todavía no había amanecido, pero él ya estaba vestido y listo para ponerse en marcha. Sentía un ligero dolor en el costado, a la altura de las costillas; lo achacó a las pocas horas de sueño y a una mala postura. Alargó la mano hasta la mesita de noche donde tenía el teléfono móvil que había desconectado con la intención de que nadie lo molestara. Lo puso en marcha, pero no introdujo el PIN.

La noche había empezado de forma trepidante con la entrevista a Jesús Castro en su hotel frente a la estación. Recordó los martinis y las posteriores jarras de cerveza de

La Pacheca, en el Grao, donde había hablado largo y tendido con Lucas Socolovich.

No eran trigo limpio, ninguno de los dos; quizá tampoco lo fuera Joan Boira, pero Jesús Castro era menos listo que Lucas Socolovich, de eso también estaba seguro. Los tres bailaban, y nunca mejor dicho, al son de una música que interpretaba Elena Barrantes. Ella era el centro absoluto de todo lo que envolvía el pasado y el presente de los tres hombres. Lo fue en su día con Socolovich, más tarde con Castro y con Joan Boira hasta su muerte.

Y por eso estaba vestido antes de que el sol hiciera acto de presencia en una ciudad sacudida por los acontecimientos. Tenía que ver a Elena Barrantes antes de que regresara a Madrid, debía hacerle algunas preguntas, dejarla hablar, escucharla, que se expresara libremente; cualquier cosa para que pudiera hacerse una idea aproximada de cómo era realmente. Tenía la terrible sospecha de que ella pudiera esconder el hilo del que poder empezar a tirar hasta dar con el ovillo escondido.

Lucas Socolovich se había enamorado perdidamente de Elena Barrantes antes de formar Bella & Lugosi. Ella estuvo a su lado en los inicios del grupo. Quizá fuera una idea suya, la cabeza pensante de un proyecto que se había convertido en un negocio rentable.

Lucas Socolovich podía ser muchas cosas, pero Monfort tenía claro que por encima de todo estaba la música. Durante la conversación en La Pacheca, habló sin cortapisas de su grupo, de Castro y del negocio que había creado alrededor de Bella & Lugosi; también de Joan Boira. Confesó lo que había sentido por Elena Barrantes cuando ella lo atrapó en su tela de araña sensual. Socolovich habló sin ambages; la cerveza le desató la lengua, sí, pero el batería era todo pasión. Llegó a ponerse sentimental cuando hablaba de su exnovia, luego se enojó notablemente cuando Monfort le recordó que Boira le había birlado a la chica. Una cosa tenía clara: para Lucas Socolovich lo único importante en la vida y a quien no fallaría nunca era a su música. Lo demás, podía ir y venir, como Elena Barrantes, como el primer cantante del grupo, e incluso como el segundo, que ahora había aparecido muerto.

Socolovich era fiel a su única y verdadera amante: la música.

El asunto era que cuando el batería formó el grupo, Elena Barrantes era su novia. La pregunta que no le había formulado era si en aquel tiempo Elena ya conocía a Jesús Castro. Cabía la posibilidad de que fuera ella quien le recomendara a Socolovich que el mejor lugar para Bella & Lugosi sería la nueva compañía discográfica. Socolovich había dicho que le hablaron de Castro en el transcurso de una entrevista en Radio 3, Monfort lo recordaba perfectamente, pero a veces el amor crea lagunas insondables.

Se sentó en el borde de la cama con los pies en el suelo. Su idea era ir hasta Borriol antes de que Elena Barrantes se marchara por su cuenta o Jesús Castro pasara a recogerla, tal y como había intuido en la breve conversación telefónica que ambos mantuvieron cuando Monfort y él se vieron en el bar del hotel.

Todavía sostenía el teléfono en la mano y la pantalla iluminada esperaba a que pulsara los cuatro dígitos del PIN. Lo hizo.

Tenía cinco llamadas perdidas del comisario Romerales. Pensó en la inevitable rueda de prensa que llevaban eludiendo más tiempo de lo normal. Había otras tres llamadas, eran de Silvia.

Y un mensaje, también de ella. Lo leyó.

«¡¡¡Se quedan!!! Los tres. Esta mañana, el juez ha ordenado que se queden.»

Monfort apretó el puño de la mano derecha y dio un codazo al aire.

–¡Cojonudo! –exclamó ya en pie.

Se imaginó al juez al leer los informes finales escritos por Silvia frente a una taza de café con leche y un cruasán. Ella había hecho lo imposible para intentar que el juez demorara la partida de los tres.

Tampoco tenía ninguna duda de que por los tres se refería a Elena Barrantes, Lucas Socolovich y Jesús Castro, un trío que antes de la muerte del cantante había sido un cuarteto.

1989

ME DESOLLÉ LOS nudillos de la mano derecha por los puñetazos que di contra la pared de la ventana. Sangraba. La rabia era tan grande que apenas sentía el dolor. Lo que en realidad deseaba era pegarles a ellos, hacerles pasar por lo que yo había pasado. Ellos no vieron cómo él ataba a mamá, no oyeron cómo me amenazaba y me llamaba maricón porque me gustaba cantar, porque me gustaba leer. Miré mi mano, se había hinchado y continuaba sangrando, la piel levantada, se podía ver la carne viva.

Les habría hecho lo mismo a ellos por ocultarme la carta, les habría arrancado la piel a tiras, los habría torturado. Sentía deseos de matarlos. No podía creer que mi tía me hubiera engañado de aquella forma. Se desmoronó en un segundo todo el afecto que sentía por ella.

Me envolví la mano con una toalla; sentía fuertes punzadas en los dedos, pero pronto pasaría. La traición y el dolor de mi corazón anulaban lo demás. La rabia me comía por dentro y apenas me dejaba respirar. Volví a leer la carta. Una vez más. Otra vez más.

Real Escuela de Artes de Zaragoza
Calle Ponciano Ponzano, n.º 13
Zaragoza (España)

10 de diciembre de 1985

Estimada señora Reguart:

Tras recibir su carta en la que amablemente solicita la admisión de su hijo en la Real Escuela de Artes de Zaragoza, y entendiendo, según sus propias palabras, que su hijo posee un don innato desde su más temprana infancia para las artes, concretamente en su caso para la música y la escritura, hemos estudiado su perfil con especial atención.

Las palabras que nos hizo llegar, en las que expresaba detalladamente las cualidades de su hijo, calaron de forma notoria en el claustro de profesores y en el equipo de dirección.

A pesar de que las plazas en el centro son muy limitadas, por el hecho de tratarse de un internado y de trabajar con los alumnos de forma casi personalizada por nuestro personal docente, el consejo escolar, el claustro de profesores y un servidor de usted, como máximo responsable del equipo de dirección de este prestigioso centro privado, hemos decidido admitir su solicitud y que su hijo pase a formar parte del alumnado.

Así pues, reciban nuestra mayor y más sincera enhorabuena. Los emplazamos para que nos hagan llegar, en la mayor brevedad posible a vuelta de correo, el documento adjunto debidamente cumplimentado y firmado por, al menos, uno de los progenitores del futuro alumno.

Suyo atentamente.

Nicolás Purroy
Director general de la Real Escuela de Artes de Zaragoza

¡Y eso era lo que contenía el puto sobre de color marrón! El sobre que el cartero dejó en el buzón aquel frío día de diciembre, en el que descubrió el brazo colgado entre las morcillas y los chorizos.

Mis tíos lo habían tenido allí, en su casa, guardado bajo llave, desde el día en que me sacaron del pueblo para acogerme en su familia como al miserable huerfanito en el que me había convertido.

Mi vida sepultada entre otros papeles. Los anhelos e ilusiones de mamá olvidados en un cajón, aniquilados de por vida.

Él creía que yo era maricón, un desviado, un problema, según sus propias palabras, pero mis tíos debían de pensar que era tonto perdido, nada más; un anormal que jamás superaría la muerte de sus padres. Si ellos supieran...

¡Cómo podían haberme ocultado la noticia de la admisión en aquella escuela de la que yo no sabía absolutamente nada! ¡Cómo habían podido despreciar lo que mamá había conseguido para mí con todos sus esfuerzos y esperanzas!

Ingresar en aquella escuela suponía mi libertad y mamá lo sabía. Significaba dejar el pueblo de una vez para siempre, olvidarme del barro, del olor a cerdo, conocer otra vida mejor, soltar el yugo con el que él nos ahogaba día a día, vivir un futuro lleno de esperanza, la única vía de escape antes de que él nos matara a los dos de miedo y de asco.

Comprobé que mis tíos estaban dormidos. Me lavé las heridas de los nudillos, las desinfecté con alcohol y las cubrí con gasas. Mordí una toalla para no gritar. Luego, en absoluto silencio para que no se despertaran, volví a cerrar el cajón. Me guardé de nuevo la llave en un bolsillo, no pensaba devolverla. Introduje la carta en el sobre marrón y lo doblé en cuatro partes. A partir de ahora lo llevaría siempre conmigo, como un recordatorio de por vida. Mamá lo había conseguido, había encontrado la manera de liberarme del sufrimiento de un ser que no nos quiso jamás. A ella no le importaba su futuro, solo le importaba mi vida, y al final, la pobre lo había conseguido. Mi alma vagaría en pena para siempre por ponerle las flores muertas en sus brazos sin saber lo que al final había hecho por mí.

Odié a mis tíos con todas mis fuerzas por haberle fallado a mamá, por haberme engañado, por entrometerse en nuestras ilusiones, por impedirme ser feliz.

Por todo ello les deseé el peor de los males.

Ya solo tenía dos opciones.

O mataba a mis tíos para hacerles pagar el dolor que habían provocado ocultando la carta o me largaba de allí para no tener que hacerlo.

Era obvio que merecían la primera, independientemente de lo que yo hiciera después.

Miércoles, 7 de mayo de 2008

En casa de los padres de Joan Boira

El enfado de Elena Barrantes era monumental. Con el teléfono móvil pegado a la oreja daba patadas a todo lo que encontraba en la habitación que había sido de Joan Boira.

La llamada era del agente Terreros. La informaba de que el juez que instruía el caso había decidido que debía permanecer en Castellón hasta nuevo aviso. El agente le comunicó también que recibiría un mensaje por SMS con la notificación oficial por parte de los juzgados de Castellón.

Nada más colgar revisó los mensajes y, en efecto, acababa de recibir uno en el que, de forma tan oficial que hasta era difícil de interpretar, se le comunicaba lo que el policía le había dicho por teléfono con otras palabras.

Elena Barrantes, de muy mal humor, marcó un número memorizado en su agenda de contactos.

–Hola –dijo Jesús Castro al ponerse al aparato.

–¡Vaya mierda! –masculló Elena.

–A mí también me han llamado. Menuda forma de empezar la mañana, estaba a punto de ir a buscarte.

–Yo no puedo quedarme aquí –dijo Elena–. No los soporto más.

–¿A quiénes? –preguntó Castro.

–¡Joder! ¡A quiénes va a ser! A los padres de Joan. Esto es una pesadilla. Si no me voy de aquí ahora mismo voy a caer en una depresión.

–¿Y qué quieres que haga?

–Ven a buscarme.

–No podemos irnos, nos detendrían.

–¡Mierda! Lo sé. Pero no puedo quedarme aquí, te lo juro; si no vienes a buscarme, no sé qué voy a hacer.

–Está bien, iré. Pero nos quedaremos en Castellón, no hay más remedio. Si te vas de la casa de los padres de Joan será mejor que te hospedes en otro hotel distinto a este en el que estamos nosotros y que informes a la Policía.

–¿Dónde está Lucas?

–Durmiendo la mona, creo. Ayer salió y se pilló una *castaña* de aquí te espero.

–Ya –dijo Elena apesadumbrada–. La borrachera llorona. ¿Y los otros?

–¿Quiénes? ¿Pedro, Alberto y Esteban?

–Sí, claro. Estás un poco espeso.

–Cargando sus cosas en la furgoneta del grupo. Se van a Madrid. El juez deja que se vayan. Tienen que estar localizables, pero los deja marchar.

–Así que quedamos nosotros tres. Los tres sospechosos.

–Yo no soy sospechoso de nada –dijo Castro molesto.

–¿Seguro? –cuestionó Elena con malicia.

–Déjame en paz. Nosotros no hemos hecho nada malo, bien que lo sabes. Joan se metió un pico chungo. No tengo ni puta idea de cómo cojones llegó eso hasta el camerino. Yo estaba convencido de que nunca se había metido nada.

–Y yo. Al menos es lo que me había dicho siempre. Se me hace tan extraño que me hubiera engañado en eso. ¿Y Lucas?

–Y Lucas, ¿qué?

–Que si crees que sabía algo de Joan que no conocíamos.

–Tú estás loca.

–No siempre opinas igual. A veces te parezco mejor, ¿no?

Jesús Castro soltó un bufido a través del teléfono.

–La poli se cree que tenemos algo.

–Y... ¿tenemos algo? ¿Se le puede llamar a esto tener algo?

–Si descubren que estábamos juntos en Madrid mientras ellos estaban aquí actuando, se nos va a caer el pelo aunque no tengamos nada que ver con la muerte de Joan.

–Te recuerdo que fuiste tú el que mintió a la poli con todo aquello de que viniste a buscarme cuando te enteraste de lo que había pasado.

–¿Y qué querías que hiciera, decirles que mientras estaban de bolo la novia del cantante y yo nos enrollábamos?

Elena guardó silencio varios segundos, un silencio incómodo y eterno.

–Joan era un buen tío.

–Sí, ahora hazte la viudita desconsolada.

–Jesús, no me fastidies, que me pido un taxi directo a la comisaria y empiezo a largar.

–Solo te complicarías la vida. Lo que hiciéramos nosotros mientras ellos daban el concierto no tiene nada que ver con lo sucedido. Se metió un pico de heroína adulterada y punto. Nada más. Todo esto es un horror, una pesadilla, pero nosotros no tenemos la culpa. No sé qué leches ha pasado ahora, el juez estaba convencido de que no valía la pena darle más vueltas. Y ahora...

–Fue anoche –lo interrumpió Elena–, cuando Lucas salió por ahí de fiesta. Ya sabes que la cerveza y las mujeres le ablandan el cerebro. ¿Sabes si estuvo con alguien?

Castro recordó la imagen de Monfort en la puerta del hotel, con el brazo levantado para llamar la atención de un taxi libre. También recordó la llamada que le hizo Elena en mitad de la conversación con el inspector, en la que quedó claro que Socolovich se encontraba en algún bar de la ciudad. Castro supo entonces que Lucas había hablado con alguien por la noche, pero no con una mujer, como sospechaba Elena; sin embargo, no dijo nada al respecto.

–Voy a buscarte –le dijo–. Te reservaré una habitación en un hotel.

Alguien llamó con unos golpecitos en la puerta de la habitación en la que se encontraba Elena.

–Espera –le dijo a Castro–, me llaman.

Sin cortar la comunicación, abrió la puerta y se encontró frente a frente con el padre de Joan. Tenía los ojos acuosos y unas grandes y oscurecidas ojeras fruto del poco descanso y la desesperación.

–Hay una persona que quiere verte –dijo y la miró como si no la conociera de nada.

–¿Una persona?

–Sí. Me ha dicho su nombre, pero ya no me acuerdo –dijo con pesar, y se dio la vuelta para marcharse arrastrando los pies. Ya de espaldas a ella añadió–: Es policía.

Silvia estaba satisfecha. El correo electrónico dirigido al juez había surtido el efecto que pretendía.

Le había enviado un mensaje a Monfort que seguramente ya había leído.

El juez había comprendido que el triángulo formado por la novia de la víctima y los otros dos hombres era algo que había que tener en cuenta e investigar de forma más exhaustiva que como se había hecho hasta el momento.

Silvia era consciente de que se había excedido en los detalles acerca de sus vidas más o menos en común y pese a que temió que su mensaje pareciera disperso y un tanto incongruente, el juez había tomado buena nota y había ordenado, muy temprano, que los tres implicados permanecieran en Castellón hasta nuevo aviso.

Daba vueltas por el piso como una fiera enjaulada, esperaba una contestación de Monfort a su mensaje. Preparó café y lo acompañó con dos galletas integrales.

Cuando sonó el aviso de la entrada de un mensaje se abalanzó hacia el lugar en el que había dejado el teléfono. Esperaba una respuesta de Monfort, una aprobación, en realidad; una felicitación.

El mensaje era de Robert Calleja. Le daba los buenos días y le agradecía la compañía. Así de simple.

A decir verdad, había pasado un buen rato con Robert en una de las terrazas situadas frente al piso. El bar se llamaba Como Antes. Tenían un gran surtido de tapas y la cerveza era buena y estaba bien servida en copas elegantes por camareros eficientes.

Robert estuvo muy agradable y evitó hablar de trabajo. Le contó anécdotas graciosas de su tierra, de Sanlúcar de Barrameda, y de cómo se metían con él en la academia por su acento cerrado difícil de entender para algunas personas. Luego le preguntó por su vida, pero sin excesiva curiosidad. Ella le habló de su familia, de Massalfassar, de la pérdida de su padre y su hermano. Robert cambió de tema para que la velada tomara otro rumbo menos doloroso. Le confesó que se sentía un poco aturdido por el cambio de ciudad , pero que esperaba acoplarse bien a su nuevo destino.

La noche era agradable y la temperatura acompañaba entre cerveza y tapa. «Si no puedes con tu enemigo únete a él», le había dicho desde la acera. Y eso hicieron, estuvieron allí sentados, charlando de forma distendida, hasta que se dieron cuenta de que se habían quedado solos en la terraza del bar de la plaza.

Sujetándola con dos dedos, introdujo media galleta en el café con leche durante tanto tiempo que al llevársela a la boca se deshizo y cayó de nuevo dentro de la taza. Se salpicó de café la camisa blanca que acababa de ponerse. La miró, vio las manchas y maldijo algo entre dientes.

Sonó de nuevo el aviso de un mensaje de entrada. Sería Robert de nuevo, pensó con algo de fastidio. Cogió el teléfono y accedió al mensaje. Era largo, era de alguien que no sabía escribir mensajes cortos y concisos. Era de Monfort.

«Voy a Borriol. Quiero hablar con Elena Barrantes. Enhorabuena y gracias por convencer al juez. Espero que no hayas tenido que sobornarlo, no es legal.»

Volvía a ser el de siempre, y ella se alegraba de ello.

Elena Barrantes apareció en el salón de la casa de los padres de Joan Boira. Vestía de forma elegante y se había maquillado sutilmente; de su hombro colgaba algo parecido a una bolsa de viaje. Monfort la esperaba sentado en un sillón. Se puso en pie al verla y le tendió la mano para saludarla. Le pareció menuda y delicada, y por un segundo se sintió gigantón y algo torpe.

El piso olía a cerrado, pero no le pidió al padre de Joan que abriera ninguna ventana. Estuvo sentado frente a él, en otro de los sillones, mientras esperaban a Elena. Cabizbajo y con el rostro hundido por el dolor, apenas había cruzado unas palabras de cortesía con el inspector.

–Lo siento –le dijo Monfort a Elena Barrantes mientras sostenía su mano, pequeña y huesuda. Tenía unos dedos estilizados y unas uñas perfectas, pintadas con alguna técnica de nombre complicado.

–Gracias –dijo ella, y Monfort se fijó en sus facciones. Era atractiva, quizá no de una belleza exultante, pero sí atractiva y sensual–. No me hago a la idea de que Joan ya no esté.

El inspector abrió los ojos, quizá demasiado.

–¿Qué le ocurre? –preguntó Elena con gesto de disgusto.

–En realidad me refería a que siento que no pueda regresar a su casa, que sin duda es lo que le gustaría hacer –dijo Monfort, y señaló la bolsa que aún colgaba de su hombro–. Veo que tiene intención de marcharse; supongo que le han notificado que el juez ha decidido que no abandone la ciudad, por si la necesitamos.

–Sí, he recibido un mensaje.

–¿Y entonces?

–No puedo permanecer en esta casa ni un solo momento más. –Bajó la voz para que el padre de Joan no pudiera escucharla, pero la mente del hombre estaba mucho más allá del cercano lugar en el que hablaban.

–¿No la han tratado bien? –le preguntó.

–No, no es eso.

–¿Le trae demasiados recuerdos estar aquí?

–Ajá –contestó Elena sin mirar directamente a los ojos del hombre.

–¿Adónde piensa ir?

–A un hotel.

–Sabrá que es necesario que nos informe de su lugar de residencia mientras permanezca en la ciudad.

–Sí, ya me lo han dicho, gracias.

–Pues dígamelo ya y así nos ahorramos una llamada de teléfono.

–Ahora no recuerdo el nombre.

–¿No?

–No.

–¿Y qué dirección pensaba darle al taxista que venga a recogerla? Recuerdo que no llegó a Castellón en su propio vehículo.

–No voy a ir en taxi, van a venir a buscarme.

–¿Va a venir alguien a buscarla aquí?

–Ajá –repitió ella una vez más. A Monfort no le hacía la menor gracia el vocablo *ajá*.

–¿Se puede saber quién?

–Jesús Castro.

Monfort estuvo a punto de contestar *ajá*, como un acto reflejo, pero se contuvo y finalmente no lo soltó. Sin embargo, se despachó a gusto con sus propias palabras, las que él sabía decir.

–Antes de que Jesús Castro se presente como un caballero a rescatarla del dolor y del ambiente opresivo del hogar de los padres de Joan Boira, que no era otro que su novio fallecido en extrañas circunstancias todavía por esclarecer, me gustaría aclarar una cuestión.

Elena Barrantes levantó la barbilla para mirar al inspector casi desafiante.

–Ya hablé con una subinspectora. Contesté a todas sus preguntas, una por una. No era el mejor momento para hablar, créame, pero lo hice. Pregúntele a ella si quiere.

El teléfono móvil de Elena sonó dentro de su bolsillo. Lo sacó y miró la pantalla encendida con el nombre de Jesús Castro escrito en ella.

–Cuelgue o dígale que vuelva a Castellón –dijo Monfort, y su mirada no permitía otras opciones que no fueran las que le indicaba.

Elena sostuvo el teléfono en la mano, pero miraba al inspector. Finalmente, pulsó la tecla verde y se llevó el aparato a la oreja. Dejó que hablara él primero. Luego lo hizo ella.

–Vuelve a Castellón. Ha venido un policía, el inspector. Luego te llamo, ya veré lo que hago. –Interrumpió la llamada sin que el interlocutor llegara a decir una sola palabra más. Elena era una mujer con determinación, de eso no había duda.

–Hablemos, si quiere –le dijo una vez que el teléfono regresó a su bolsillo–, pero fuera de aquí.

Monfort sintió desprecio por ella. El padre de Joan Boira permanecía en la misma posición, sentado en el sillón, con la mirada ausente, fija en un lugar indeterminado del triste salón.

Como si Elena Barrantes hubiera leído sus sentimientos hacia ella, le pidió que aguardara un momento mientras se despedía de los padres del que había sido su novio.

–Está bien –dijo el inspector–. La espero abajo. No se ensañe con ellos, sea prudente con sus palabras. Han perdido un hijo y eso debe de ser lo peor que le puede pasar a un ser humano, estoy convencido.

Monfort salió del piso de los padres de Joan Boira y bajó despacio las escaleras fijándose en las puertas de los vecinos, por si veía a alguien y podía sonsacarles alguna cosa, pero no vio a nadie y al llegar al portal extrajo un paquete de cigarrillos del bolsillo. Ya en la acera, encendió un pitillo y dejó escapar despacio el humo de la primera calada. Un coche igual al que llevaba Jesús Castro cuando llegó al auditorio daba la vuelta en mitad de la calle y aceleraba deprisa hacia la salida de Borriol. Monfort supo que se trataba del mismo Castro. Tuvo la certeza también de que aquellos dos tenían algo en común que seguramente no fuera del todo lícito. Tampoco había que ser muy listo para barruntar semejante hipótesis.

El cielo no albergaba nube alguna; era inmensamente luminoso, como si un niño lo hubiese pintado con rotulador azul celeste.
El piso de los padres de Joan Boira estaba cerca de una gasolinera, y en ella había un bar.

Olía a cordero a la brasa y a otros aromas difíciles de catalogar. Monfort pidió un café solo; Elena Barrantes, un té verde. El camarero tuvo que rebuscar en un cajón de debajo de la cafetera hasta que dio con el sobrecito de té verde. Seguramente estaban poco acostumbrados a semejantes refinamientos en forma de infusión.

Elena Barrantes fue el centro de las miradas de los clientes que ocupaban varias mesas y daban cuenta de suculentos almuerzos elaborados a base de carnes hechas en la brasa: costillas de cordero, longanizas, morcillas y tocino. A Monfort se le hizo la boca agua. Trató de disimular, pero luego descubrió uno de aquellos olores que no había reconocido con anterioridad, alioli, y le costó Dios y ayuda reprimirse de almorzar como los demás parroquianos.

–¿Sigue sin saber dónde va a alojarse? –le preguntó Monfort, que desvió sus pensamientos culinarios.

–En el hotel Jaime I, en la ronda Mijares –contestó.

–Excelente elección –afirmó–. Conozco al director, un gran tipo. Si necesita alguna cosa, dígale que va de mi parte.

–Gracias, lo tendré en cuenta –dijo Elena sin prestarle atención, mientras estrujaba la bolsita de té verde con la cucharilla con un gesto refinado. Sus dedos y las cuidadas uñas eran el blanco de las miradas de dos obreros que, enfundados en sus monos de trabajo, daban buena cuenta de un bocadillo de blanco y negro, el nombre que se le otorga a un trozo de pan abierto longitudinalmente y untado con alioli, en el que se introducen salchichas y morcillas a partes iguales.

Monfort tuvo que volver a abstraerse del aroma hipnótico. Bebió el café de un trago; estaba fuerte, amargo. Estaba bueno.

–Hay cosas que no acabo de comprender.

Elena levantó la vista de la taza. Sus ojos. Por un momento recordó las palabras de Lucas Socolovich sobre los ojos de Elena. El batería había sucumbido a su mirada sensual y se había enamorado de ella perdidamente.

–Usted dirá.

–Los padres de Joan Boira están destrozados. ¿Por qué se marcha de su casa cuando la han acogido como si fuera una hija? ¿Qué les ha dicho?

–Les he contado algo que no es del todo verdad.

–Les ha mentido.

–Dígalo como prefiera. Les he dicho que tengo que marcharme porque ustedes quieren que esté en Castellón para echar una mano en caso necesario.

–La culpa es siempre de la poli.

Elena descubrió una sonrisa de dentadura simétrica, limpia y blanca, con los dientes ordenados a la perfección. Dos hoyitos, que le daban un aspecto desenfadado y juvenil, se formaron en sus mejillas.

–Les he dicho que los acompañaré en el entierro.

–¿Y cumplirá su palabra?

Elena bebió un sorbo de la taza. Luego la dejó despacio en el platillo y se limpió los labios con una servilleta de papel. La pausa que logró con ello fue totalmente intencionada. Monfort había visto otras situaciones como aquella, quizá en demasiadas ocasiones; sabe más el diablo por viejo que por diablo, pensó, y se dio cuenta de que se le había contagiado la forma de hablar de Romerales.

–Sí, lo haré –dijo finalmente Elena–. Estaré con ellos en el entierro. ¿Satisfecho?

–«No consigo satisfacción a pesar de que lo intento...» –recitó Monfort como si hablara consigo mismo. Elena lo miró con desdén, porque no entendía sus palabras, pero él se las aclaró–: Es lo que dice la letra de una de las canciones más conocidas de los Rolling Stones. Según tengo entendido, era el grupo preferido de Joan. Me dijo la subinspectora Redó que tenía la pared de su habitación forrada de pósteres del grupo.

–No soporto esta situación –lo increpó Elena e hizo el gesto de ponerse en pie para alejarse de la mesa, pero Monfort la agarró del brazo y con un movimiento rápido hizo que se sentara de nuevo en la silla.

El local quedó sumido en el silencio, los clientes contuvieron la respiración, los aromas seguían flotando en el bar, pero las voces se acallaron totalmente. Fueron apenas unos segundos, pero en esos instantes el ambiente podía haberse cortado con un cuchillo.

–Mire –dijo Monfort en voz baja cuando los presentes volvieron a hincar el diente a sus suculentos condumios–, le diré algo: estoy hasta las narices de que todos mientan, usted y también sus amiguitos del grupo, así que le haré una sola pregunta, una sola, y me dirá la verdad, o en vez de pasar las noches en el confortable hotel de la ronda Mijares las pasará en un horrible calabozo de una comisaría tan vieja que están a punto de derribar sus paredes porque es la vergüenza del Cuerpo.

Elena Barrantes desplomó los hombros y agachó la cabeza.

–¿Qué quiere saber?

–¿Por qué razón no estaba en el concierto de Castellón acompañando a su novio, si sabía lo mucho que representaba para él actuar en su ciudad en el último concierto de la gira?

SILVIA ESTABA EXULTANTE cuando entró en la comisaría. El correo electrónico enviado al juez había conseguido el efecto deseado y su jefe, tal como ella esperaba, se había desplazado enseguida hasta Borriol para hablar con Elena Barrantes sobre las dudas que albergaban sobre ella. Le habría gustado ver la cara de sorpresa de Jesús Castro y Lucas Socolovich al conocer la noticia de que debían permanecer en Castellón hasta nueva orden.

Por el pasillo se encontró con el comisario Romerales, quien, informado de la noticia, la felicitó con un apretón de manos y una amplia sonrisa, que, viniendo de él, era un gran cumplido. No obstante, le hizo saber lo que había decidido hacer aquella misma mañana.

–He convocado una rueda de prensa a las doce y media. Os quiero a todos aquí. Ya se lo he comunicado a Terreros y García, y le he enviado un mensaje a Monfort, pero como no creo que lo lea se lo dices si hablas con él.

–Lo haré, jefe –dijo Silvia.

–Ah, y avisa a Robert Calleja de que también esté presente, no me he acordado de decírselo. Será su primera toma de contacto con la prensa local.

–No sé si lo veré esta mañana –terció ella.

–Sí, sí lo verás; de hecho, está esperándote en tu despacho. Ha preguntado por ti. Vete con ojo –dijo Romerales con otra sonrisa distinta a la anterior–, parece que ese quiere quedarse con tu mesa. Nunca te fíes de los nuevos.

Caminó hacia su despacho con las palabras de Romerales todavía latentes. Robert Calleja era un tipo singular. Habían pasado una buena velada en la plaza frente a su nuevo piso. No habían hablado de trabajo y aquello había sido un gran detalle por su parte. Se detuvo un momento antes de llegar a la puerta. Apenas sabía cuatro cosas de él; sin embargo, ella le había dado toda serie de detalles sobre su vida y las calamidades que esta le había regalado a lo largo de todos aquellos años.

Entró en el despacho decidida a cantarle las cuarenta por apropiarse de su espacio sin permiso; era la segunda vez que lo hacía, y si no ponía remedio se convertiría en una costumbre que ella pensaba erradicar lo más rápido posible.

Robert estaba sentado en la silla de las visitas. Se puso en pie en cuanto ella entró.

–¡Felicidades! –exclamó y su acento sonó realmente gracioso al comerse la ese final–. Estoy deseando leer lo que le has mandado al juez. Esos tres –dijo refiriéndose a Socolovich, Castro y Elena Barrantes– deben de haberse quedado *acarajotaos*.

–¿Qué haces aquí, Robert?

–*Ná,* he venido a verte, mujer.

–¿No tienes trabajo que hacer? –Silvia quería mostrarse disgustada por que él estuviera en su despacho sin su permiso, pero la alegría de Robert Calleja y la satisfacción por haber conseguido cambiar el pensamiento del juez podían con todo lo demás.

–Quiero pedirte un favor –dijo él.

Silvia se temió algo que fuera comprometido.

–Tú dirás –dijo de forma distraída e hizo ver que buscaba algo en uno de los cajones de su mesa.

–Me gustaría volver al camerino del auditorio.

–Ya estuvimos allí y lo revisamos de forma concienzuda, no creo que quede nada por ver o por hacer.

–Sí, ya sé que estuvisteis allí –dijo Robert con un movimiento de cabeza que quería decir algo más que una simple afirmación–, pero yo ni siquiera lo he visto. Me gustaría ir contigo y darte un par de opiniones que tengo.

–¿Sí?

Robert Calleja proyectó la mirada de sus ojos azules directamente a los de Silvia, que por fin cerró el cajón y se estuvo quieta.

–Una de las cosas que aprendí en la academia es que siempre queda algo por ver en la escena de un crimen. Siempre, por extraño que pueda parecer. A veces, algunas personas ven cosas que a otras se les han pasado por alto, no por dejadez ni por despiste, sino porque cada uno mira las cosas desde su punto de vista.

–Todo eso ya lo sé –dijo Silvia y notó que no había utilizado el tono más amable–. Y, ¿cuál es la otra opinión que tienes?

–Que hoy estás una *jartá* de guapa –concluyó Robert, convencido de que ella lo acompañaría al auditorio.

A LA GITANA no le importaba lo más mínimo que él estuviera en su casa. Cada media hora, a lo sumo, él pedía más y ella se lo suministraba. Abría la palma de la mano para que depositara el dinero y tras darle lo que quería seguía a lo suyo. Entraba y salía de la pequeña salita, y Gustavo Seguí continuaba en el viejo sofá, hipnotizado por los chillones colores de la gran pantalla de televisión que tenía delante.

La droga era buena, según su parecer, y lo relajaba por completo durante un buen espacio de tiempo en el que no pensaba en nada más que en flotar por encima de un mar de nubes imaginario.

Todo aquello lo disipaba de lo que realmente lo reconcomía: su novela. El libro que lo había encumbrado a un éxito irreal, porque sabía que no lo merecía.

La piel del lobo contaba la triste historia de un hombre al que la vida le había dado la espalda, un hombre que cambió su piel humana por otra más dura con la que poder protegerse de todos los avatares que el destino le había deparado, un hombre que finalmente había decidido acabar con la vida de aquellos que creía que le habían fallado.

Él se lo había contado todo en aquellas largas tardes de invierno, bajo el calor de las drogas, en el viejo piso sin ascensor. Le dijo que quizá algún día escribiría sobre aquello, pero antes de hacerlo se lo contó todo, desde el principio hasta el final. La novela estaba en su cabeza, y disfrutaba relatándole cada capítulo, cada párrafo, cada línea, cada palabra. La tenía memorizada por completo, pero por alguna razón no era capaz de escribirla.

Gustavo Seguí decidió que le usurparía la idea, que la materializaría en una novela que convertiría en suya y que tendría éxito. El temor radicaba en que lo descubriera algún día, pero él desapareció un tiempo después y, tras múltiples intentos por localizarlo, llegó a la conclusión de que o bien estaba muerto o había desparecido de la faz de la tierra. Pero se había equivocado. Ahora que la novela había ganado un premio y lo había convertido en el escritor que siempre quiso ser, había vuelto de nuevo y no se lo iba a perdonar, de eso no le cabía la menor duda.

A medida que los efectos de la droga desaparecían, los pensamientos afloraban de nuevo a su mente y se hacían más vívidos que nunca. El terror se apoderó de nuevo de su cuerpo. El miedo a ser descubierto, el miedo a sentir en sus propias carnes todos los anhelos de venganza que aparecían en la novela.

Cuando los temblores se hicieron evidentes y se disponía a pedirle una nueva dosis a la gitana para paliar sus efectos, apareció un hombre en la estancia que lo miró de arriba abajo con gesto de desprecio. Gustavo Seguí se retorció en el sofá, presa del pánico al ver al hombre moreno de ojos grandes y extremadamente delgado. Su mirada era profunda y desconfiada.

El hombre intercambió primero unas palabras en voz baja con la gitana; luego, la increpó y elevó el tono de voz, pero la gitana hizo grandes aspavientos con las manos y pronunció unas palabras que Seguí no consiguió comprender del todo.

Solamente entendió que el hombre que había hecho acto de presencia se llamaba Sebas; al menos, así lo llamó la gitana.

Elena Barrantes parecía meditar la respuesta. Guardó silencio mientras retorcía los dedos, entrelazados, por debajo de la mesa.

Monfort pensaba en cuántas mentiras había oído hasta el momento y en la nueva que iba a escuchar ahora.

Algunos de los presentes pasaron por delante de ellos de camino a la barra en la que un camarero cobraba según lo que los propios clientes decían que habían consumido. Eran asiduos, trabajadores que todas las mañanas acudían al mismo lugar para coger fuerzas y seguir trabajando. Monfort creyó que quizá habría sido mejor tener una de aquellas vidas anónimas, levantarse temprano, trabajar, comer y volver a trabajar, y luego llegar a casa, jugar con los hijos, ayudarlos en las tareas escolares, cenar con una esposa y hablar de lo ocurrido durante el día, y después acostarse también temprano. Sí, quizá habría sido una vida mejor, pero dudaba que hubiera sido capaz de hacerlo sin provocar una hecatombe a su alrededor.

–Habíamos discutido –dijo Elena por fin, y las ensoñaciones de Monfort se esfumaron.

Él no dijo nada, guardó silencio; era lo mejor para que ella continuara hablando.

–Le habría gustado que estuviera allí esa noche. Representaba mucho para él actuar en Castellón. Joan se encargó personalmente de que Jesús Castro montara un concierto aquí y que fuera el último de la gira, pero discutimos dos o tres días antes del concierto en el auditorio.

–¿Qué pasó? –preguntó con la voz más amable que supo interpretar.

–Ellos actuaban en Barcelona, en la sala Luz de Gas. Estaban en las pruebas de sonido, por la tarde. Antes de ir al hotel para descansar hasta la hora del concierto, me llamó varias veces y no me localizó; no sé, tendría el móvil apagado o yo que sé, el caso es que no me encontró. Cuando me di cuenta de que me había llamado era casi la hora de la actuación, pero lo llamé igual. Se encontraba ya en el camerino, concentrado, esperando salir al escenario. Se puso al teléfono, estaba irritado, enfadado conmigo. No me gustó la forma en la que me habló. Él no era celoso, al menos no me lo había demostrado hasta ese día. Me preguntó de malos modos dónde me había metido, qué había hecho y por qué no contestaba a sus llamadas. No supe qué decirle. Tampoco era necesario que controlara cada segundo de mi vida. Dónde estaba o dejaba de estar era cosa mía. A buenas conmigo, todo lo que haga falta, pero a malas... a malas me vuelvo un poco borde, lo reconozco. –Guardó silencio y volvió a retorcerse los dedos, pero esta vez por encima de la mesa–. Dijo que había comprado unos billetes de avión para irnos a Menorca después del concierto de Castellón. Me encanta la isla, sus calas desiertas y la tranquilidad que allí se respira. Me alegré, quise quitarle hierro a la discusión, le di las gracias, le dije que iría a Castellón para estar con él en el último concierto de la gira, pero entonces me dijo que si no le decía dónde había estado toda la tarde, rompería los billetes de avión y adiós Menorca. Le dije cosas que debía haberme callado, pude morderme la lengua y todo habría ido mejor, pero yo soy así, no lo puedo remediar; no soporto que ningún hombre se haga el machito conmigo y controle mi vida de forma exclusiva.

–¿Y? –Monfort tampoco entendía mucho de formalidades a la hora de escuchar. Elena volvió a guardar un silencio que quedó adornado con los sonidos que provenían de la barra en la que el camarero preparaba cafés en una cafetera italiana.

–Y entonces me preguntó si había pasado la tarde con Jesús Castro.

–¿Y la había pasado con él?

–¿Y eso a quién le importa?

–Desde luego, parece que le importaba a Joan, y mucho.

–Ya le he dicho: no soporto que me traten como a un objeto, que controlen mi vida, que me aten a la pata de la cama. Lo siento, lo siento... –Se cubrió la cara con una de las manos y empezó a sollozar. Monfort no supo a ciencia cierta si era de verdad o eran lágrimas de cocodrilo–. No le dije dónde había estado.

–¿Y qué hizo Joan?

Tardó un poco en recuperarse, buscó un pañuelo en su bolso y se sonó la nariz con delicadeza antes de hablar.

–Se puso como un energúmeno. Empezó a gritar. Faltaban pocos minutos para el concierto; imagínese, un concierto en Barcelona, en esa mítica sala de la ciudad, con todo el aforo vendido desde hacía semanas, con la ilusión que al grupo le hacía actuar en Barcelona. Los periódicos habían hablado de ellos, hicieron entrevistas en las radios, aparecieron en las noticias de TV3 del mediodía.

–Y allí estaba el cantante, justo antes de actuar, con un ataque de celos de un par de narices.

–No se lo tome a cachondeo –dijo Elena, y Monfort no supo si estaba frivolizando o no.

–No me lo tomo de ninguna manera –dijo él–, solo intento ponerme en su lugar.

–¿En el lugar de quién?

–De él, de Joan; en el lugar de alguien que espera que su novia, a seiscientos kilómetros de distancia, se ponga al teléfono después de haberla llamado en repetidas ocasiones.

–¡Ya le he dicho que lo siento! –Elena subió el tono de voz, visiblemente irritada.

–El caso es que el enfado continuó y usted no apareció en el concierto de Castellón.

–No, no fui.

–¿Volvieron a hablar entre los conciertos de Barcelona y el de Castellón?

–No.

–¿Lo llamó para intentar apaciguar las cosas?

–No, no lo hice. Yo también estaba enfadada con él. Tengo dignidad, ¿sabe?

–¿No tenía intención de arreglar las cosas con él?

–¡Claro que sí! –Volvió a levantar el tono y la barbilla, todo a la vez–. Pero debía darse cuenta de que conmigo no podía ir de esas maneras. Ahora lo siento tanto.

Monfort no se dejó influenciar por aquel carrusel de emociones.

–Jesús Castro tampoco acudió al concierto de Castellón. ¿Sabe por qué?

–Eso tiene que preguntárselo a él. Yo no lo sé.

–No se preocupe, puede que a estas horas ya sepamos la verdadera razón de que alguien tan importante para Joan Boira como para Bella & Lugosi no estuviera presente en el concierto de final de gira. No me negará que es de lo más curioso que ni usted ni Castro estuvieran allí esa noche y que, además, aparecieran los dos juntos tras los fatídicos hechos.

Elena Barrantes se encogió de hombros. Parecía cansada; sin embargo, no había perdido ni un ápice de su belleza natural. Monfort preguntó algo más.

–¿Sabía si Joan había tonteado con las drogas anteriormente?

–Ya contesté también a eso en su momento. Odiaba todo lo relacionado con las drogas –respondió de forma tajante.

–Entonces... ¿Cree que no cabe la más mínima posibilidad que se inyectara una dosis de heroína, aunque fuera por despecho por lo que les había pasado?

El bar estaba sumido ahora en un silencio reconfortante. Fuera lucía el sol de la mañana. A través de las ventanas se colaba una luz inconfundible, la luz del Mediterráneo, como no hay otra igual, limpia, clara y contundente. Sonaba a escaso volumen una música que provenía de un aparato de radio al que le faltaban graves y le sobraban agudos. Aun así, la voz impregnaba el local con una melodía sugerente. La canción era un hermoso y melancólico *soul*. Monfort la conocía. Se titulaba «The Dark End of the Street», la letra iba de dos personas que, de forma metafórica, escondían sus errores en la oscuridad de un callejón. Era James Carr quien cantaba, con aquella voz peculiar que habría atravesado los más duros corazones, un cantante cuya carrera se vio marcada por una enfermedad mental, por lo que no consiguió llegar a cotas de gran popularidad entre otros artistas contemporáneos, pero su voz seguía siendo única en su género. Imposible de superar.

–De ser así, debería sentirme culpable de su muerte, ¿no? –dijo Elena Barrantes cuando James Carr juntaba los labios para llegar al final de la canción.

> En el extremo oscuro de la calle,
> ahí es donde siempre nos encontramos,
> escondidos entre las sombras,

donde no pertenecemos
y vive la oscuridad.
Para ocultar nuestra equivocación.
Tú y yo, en el extremo oscuro de la calle.

MONFORT ENTRÓ EN la comisaría en el momento en que Romerales comenzaba la rueda de prensa con los prolegómenos de presentación. Silvia Redó le señaló con la mirada la silla vacía entre el comisario y ella. Monfort se abrió camino entre los periodistas que se agolpaban en la sala. Felicitó a la subinspectora en voz baja por su trabajo; ella asintió complacida.

–¿Has hablado con Elena Barrantes? –preguntó y ocultó su boca con una mano para que los presentes no pudieran leerle los labios.

–Sí –contestó él. Hablarían de ella más tarde.

En la mesa, además de Romerales y Silvia, estaban también los agentes Terreros y García. Sentado, en la primera fila, se encontraba el agente Robert Calleja, atento a las palabras del comisario.

Había más personal de prensa de lo que estaban acostumbrados a ver. A los habituales de los periódicos y radios locales se sumaban, en esta ocasión, periodistas venidos de otras partes del país. Una cámara de TVE filmaba la comparecencia del jefe de la Policía de Castellón. La inesperada muerte de Joan Boira, el cantante del grupo Bella & Lugosi, despertaba expectación.

El comisario Romerales hizo una magnífica exposición de los hechos acaecidos la noche del domingo 4 de mayo. Los periodistas estaban atentos; algunos tomaban notas en libretas, otros grababan la conversación o escribían a gran velocidad en sus pequeños ordenadores portátiles. Monfort pensaba en la destreza de aquellos dedos que volaban sobre las teclas. Debería aprender a escribir de aquella manera, así no tendría que descifrar su mala letra garabateada en blocs que luego ni siquiera era capaz de entender.

Romerales fue comedido y cauteloso en sus comentarios, obvió declarar lo que ellos pensaban del caso. Toda su exposición fue un toma y daca sobre si la muerte de Joan Boira la había producido la droga adulterada o algo más que por el momento desconocían. Era complicado; por una parte, no quería tildar a la víctima de drogadicto y por otra, tampoco podía caer en el error de que notaran que ellos pensaban que podría tratarse de un asesinato. De todas formas, los medios de comunicación y la opinión pública ya habían tomado partido en el asunto. Lo más lógico para todos era creer que Joan Boira se había inyectado una dosis letal de heroína, previsiblemente adulterada, que le produjo la muerte de forma casi instantánea. Ellos, los policías, sabían que aquella era la forma más rápida y vendible de anunciar la muerte de un cantante de éxito. Sexo, drogas y rock and roll, la Santísima Trinidad y el San Benito de los que acariciaban las mieles del éxito con muy escasa fuerza de voluntad para querer permanecer con los pies en el suelo.

Romerales rogó a los periodistas que con sus noticias no alarmaran a la sociedad con la posibilidad de que alguien estuviera distribuyendo droga adulterada, ya que tampoco tenían pruebas de ello, y pidió por favor que tuvieran clemencia con unos padres destrozados que no podían recibir mayor castigo del que suponía la pérdida irreparable de un hijo.

Llegó el turno de las preguntas y los periodistas no se hicieron de rogar.

La mayoría de las intervenciones de los periodistas iban encaminadas a si la Policía pensaba que se trataba de un asesinato o no. Algunos se manifestaron reacios a creer que, en el caso de que la muerte del cantante se tratara de sobredosis, la Policía estuviera trabajando de la manera en que parecía estar haciéndolo. Otros pidieron la comparecencia del médico forense que había practicado la autopsia de la víctima y apuntaron que su no asistencia se debía a que alguna cuestión que de momento se estaba ocultando preocupaba a las fuerzas de seguridad. Un periodista apuntó en voz alta, desde el final de sala, que no era normal tener a una víctima de sobredosis tantos días en observación forense sin darle sepultura. Dijo también que a los padres deberían darles alguna explicación sobre ello, y acabó su exposición diciendo que en estos momentos lo que más haría descansar a los padres sería que los dejaran enterrar a su hijo como buenamente dispusieran.

Hicieron preguntas acerca de lo que había pasado con el resto de los componentes del grupo madrileño. Romerales contestaba de forma airosa a todas las preguntas sin ni siquiera mirar a sus compañeros de mesa para que le prestaran ayuda en aquel trance. Monfort pensaba que el comisario estaba en su salsa. Saldría en la televisión, aquella era una de las cosas que lo motivaban; que lo viera su esposa en la pequeña pantalla, hecho un jefazo, como a él le gustaba aparecer.

Cuando ya parecía que la rueda de prensa tocaba a su fin, un periodista de Castellón, de sobra conocido por el comisario, levantó la mano y esperó su turno de pregunta hasta que Romerales lo señaló con el dedo para que hablara.

Carraspeó antes de hablar. No mediría más de metro sesenta y su cara estaba perfilada por una barba que le daba aspecto de personaje del cuento de Aladino.

–Y entonces, digo yo... Si la muerte se produjo por sobredosis, ¿a qué viene que el juez haya decidido que tres de las personas cercanas a la víctima tengan que permanecer en Castellón hasta nuevo aviso y el resto hayan podido regresar a Madrid?

–No hay ningún comunicado sobre eso por parte del juzgado, no es una información oficial –respondió Romerales sin convicción, para intentar salir del paso.

–¿Ah, no? –dijo el periodista mientras se acariciaba la perilla con una mano y escondía una sonrisa pícara–. Yo creo que sí es oficial. Bueno, en todo caso, no deja de ser curioso, por no decir extrañísimo, ¿no cree?

Monfort se retrepó en la silla y se pellizcó el puente de la nariz; Romerales se temió lo peor; Silvia agachó la cabeza; los agentes Terreros y García se miraron con un gesto elocuente; Robert Calleja sonrió desde su asiento privilegiado de la primera fila. Solo le faltaban las palomitas y se habría sentido como en el cine.

Monfort contestó al periodista.

–Haya sido por sobredosis o no, si el juez ha decidido que tres personas no deben abandonar la ciudad, quizá sea porque cabe la posibilidad de que alguno de ellos esté relacionado con la muerte de Joan Boira. O a lo peor cree que lo están los tres.

1989

Algo en mi interior decía que debía acabar con ellos, terminar con sus vidas, lapidar sus ilusiones igual que habían hecho con las mías y con las de mamá.

La carta permanecía a todas horas en mi bolsillo, como un recordatorio del mal que habían causado.

Tenía que tramar un plan perfecto. Yo ya no era un niño ni estaba solo y aislado en una vieja casona en mitad de la montaña. Debía actuar con cuidado, pensar bien lo que iba a hacer, tener paciencia y ejecutar el plan en el momento preciso.

Salí de casa temprano, con la mano escondida, para que la tía Mercedes no viera las magulladuras que me había infligido por la noche, tras descubrir la carta. Le dije que tenía mucha prisa, que había quedado con un compañero.

Ella corrió tras de mí por el pasillo con una manzana en la mano para que comiera algo antes de marcharme, pero cerré la puerta antes de que pudiera darme alcance.

La tía Mercedes... ¿Cómo podía haberme hecho aquello, cómo había sido capaz de ocultarme lo que habría supuesto cumplir mis sueños? Recordé entonces la cara de disgusto del tío Andrés cuando llegaron a la casa del pueblo. Si hubiera sido por él, jamás me habrían acogido en su casa y nunca habría sido como el hijo que la tía Mercedes no pudo tener y que tanto ansiaba.

Un pensamiento cruzó mi mente: quizá había sido el tío Andrés el que había ocultado la carta. A lo mejor mi tía no conocía su existencia, todo aquel tiempo, allí, en el cajón. Deseché la idea enseguida; demasiado bonita, excesivamente romántica para ser verdadera. Ella también habría visto el sobre en alguna ocasión, iba dirigido a su hermana, tuvo que verlo en el pueblo, cuando la Guardia Civil les entregó mis pocas pertenencias. No entendía cómo podía haberme hecho aquello. Intentaba aferrarme a alguna excusa para tratar de disculparla, pero siempre volvía a cernirse sobre mi cabeza el nubarrón negro de maldad del que no se libraban ni él ni ella.

Caminaba por el centro de la ciudad sin rumbo fijo. Me destapé la mano que llevaba envuelta con una venda; estaba mejor, ya no sangraba, aunque las heridas seguían abiertas y de un rojo vivo escandaloso. Les diría que me había caído o que me había peleado con un mangante que quería robarme; les contaría cualquier cosa, ya se me ocurriría algo. Se me daba bien mentir, no había duda.

Sin quererlo, llegué hasta las inmediaciones del edificio de Correos. Me detuve a una distancia prudencial. El tío Andrés estaría allí, en su despacho, gritando a sus empleados, dando órdenes, que era lo que más le gustaba. Maldito desgraciado.

No se me borraba de la mente su mirada despectiva, su arrogancia y condescendencia cada vez que se hablaba de mí.

Él nunca creyó que tras lo sucedido en el pueblo pudiera convertirme en un chaval normal y corriente, como los demás, y que terminara mis estudios para poder ingresar algún día en una universidad.

El tío Andrés no habría apostado ni un duro por mí, y de no ser porque respetaba a rajatabla todo lo que la tía decía, me habría abandonado como a un perro en mitad de una carretera solitaria.

Pero al final me habían fallado los dos.

Me subían arcadas solo de pensarlo.

Eran unos cerdos, y por eso les llegaría su día de San Martín.

Con las manos hundidas en los bolsillos y el corazón desbocado por la ira, me dispuse a irme de allí, pero antes eché un último vistazo a la entrada del edificio de Correos.

Y entonces la vi.

Era Remedios, la secretaria de mi tío, que salía por la puerta. Vestía de negro, falda ajustada, chaqueta corta y zapatos de tacón. Antes de bajar los cuatro escalones de la entrada, miró a ambos lados de la calle y se encaminó hacia donde me encontraba. Sin llegar a advertir mi presencia, dobló hacia la avenida Rey don Jaime, por donde me había dicho que se encontraba su casa.

La seguí.

Miércoles, 7 de mayo de 2008

En la comisaría

–¡¿O A LO peor cree que lo están los tres?! –Romerales se había puesto hecho una fiera. Monfort estaba con él en el despacho.

Cuando el comisario se puso en pie para dar por terminada la rueda de prensa, tras el poco afortunado comentario de Monfort, le indicó que lo acompañara a su despacho. Dio un grito para decir que quería que fuera él solo. Silvia, Terreros y García se quedaron con la boca abierta y las palabras colgando sin llegar a pronunciarse. Robert Calleja se retorcía de risa en su asiento. Los periodistas se agolparon frente a la mesa, pero no consiguieron una sola palabra más; ya tenían suficiente con la bomba que acababa de lanzar Monfort.

–¡¿Pero qué coño te has creído?! –exclamó Romerales a la vez que daba un golpe con el puño encima de la mesa.

–No grites –dijo el inspector tranquilo, pero su tono de aparente calma conseguía el efecto contrario en el comisario.

–¿Por qué has dicho eso? –preguntó ahora sin levantar el tono de voz.

–No lo sé. –Se encogió de hombros–. Me ha salido así, es lo que pienso. ¿No lo crees tú también?

–Son solo indicios –intentó aclarar Romerales, que le daba la espalda a Monfort mientras vertía agua de una jarra en un vaso de plástico–. No tenemos pruebas de nada, no podemos afirmar nada, supongo que eso sí que lo tienes claro. Por cierto, me ha dicho Silvia que has ido a Borriol para hablar con la novia de Joan Boira.

–Sí –le contestó.

–¿Y? Cuéntame.

–Para empezar –dijo arrebatando el vaso de agua que Romerales había llenado y del que todavía no había bebido–, creo que debemos felicitarnos porque Silvia haya conseguido que el juez cambie de opinión y estos tres se queden en Castellón. Esconden algo, no te quepa la menor duda.

–Ya. –Romerales llenó otro vaso para él y se lo llevó enseguida a los labios, por si acaso–. La cuestión es si lo que esconden tiene que ver directamente con la muerte de Joan Boira. Y en cuanto a lo de agradecerle a Silvia lo que ha hecho, no te preocupes, yo suelo ser amable con el personal que trabaja bien y se lo merece.

–Yo también –dijo Monfort.

Romerales estuvo a punto de echarse a reír, pero se contuvo.

–La has cagado –dijo el comisario–. La prensa va a volverse loca con eso que has dicho, van a empezar a soltar mierda acerca de esos tres. Les van a llover porrazos desde todos los sitios.

–Quizá así exploten y hablen de una vez –terció.

–Yo creo que lo único que esconden es un rollo sexual de los otros dos con la novia del muerto –apuntó Romerales.

Monfort retuvo las palabras del comisario. Estaba en lo cierto.

–No dejo de darle vueltas al mismo tema. Elena Barrantes y sus tres conquistas, el batería, el cantante y el jefe.

–Valdría como título para una canción –dijo Romerales, que ya se había calmado por completo. En el fondo entendía que a Monfort le gustaba jugar fuerte, apostar por el camino más difícil. Era una bomba informativa lo que había soltado a la prensa y reportaría consecuencias, evidentemente, pero eso era precisamente lo que quizá necesitaban: consecuencias.

–Valdría –afirmó Monfort y le tendió la mano a Romerales para hacer las paces.

–Los tres te sacan de quicio, ¿verdad?

–El domingo por la noche se les murió un amigo, un novio, un compañero.

–Y a veces parece que les da igual. –Romerales terminó la frase por él.

–Si me necesitas, estaré en el hotel –dijo Monfort antes de salir del despacho. Apretó los labios y contuvo la respiración. Volvió a sentir una ligera punzada a la altura del omóplato izquierdo.

Silvia y Robert llegaron al auditorio sobre las cinco de la tarde. Poco quedaba de la gran concentración de seguidores del grupo de los días anteriores. Permanecían allí los ramos de flores y las velas, pero apenas quedaba una docena de personas que más que otra cosa parecían curiosos que se habían acercado hasta allí para comprobar lo que los medios decían sobre los fans de Bella & Lugosi. Dos chicas, sentadas en un bordillo, cantaban una canción del último disco del grupo, la misma que daba título al álbum: *Drácula*. El estribillo era pegadizo y las jóvenes imprimían emoción a la letra. Sin embargo, no tenían público. Los seguidores del grupo habían decidido volver a sus casas. Habría otros discos, y también otros cantantes. Apenas habían transcurrido tres días desde la muerte de Joan Boira, pero los admiradores del cantante no podían pasarse la vida esperando a la puerta del auditorio, como si el vocalista del grupo fuera a aparecer como por obra de un milagro.

A Robert Calleja el edificio del Auditorio y Palacio de Congresos de Castellón le pareció imponente. Le dijo a Silvia que era como una enorme caja blanca en mitad del campo.

Pese a estar a escasos metros de la ronda de circunvalación, el auditorio se encontraba en una zona verde en la que se habían plantado decenas de arbolillos que con el paso del tiempo le darían al edificio una impronta de naturaleza viva.

Silvia le mostró su acreditación al agente de seguridad que custodiaba la puerta de entrada. El hombre les dijo que esperaran un momento y comunicó a través de su radio la llegada de los dos policías.

Un hombre menudo, que caminaba deprisa por el pulido suelo del imponente vestíbulo del auditorio, llegó hasta ellos y les comunicó que el director no se encontraba en el edificio, pero que él estaba a su entera disposición.

Tenía la cara redonda y poco pelo en la frente. La montura de sus gafas era de poca ayuda para paliar la redondez de su rostro. Se presentó como Arcadio Boix.

–Necesitamos ver de nuevo el camerino –solicitó la subinspectora.

–Sigue precintado –dijo el hombre.

Robert dejó escapar una sonrisilla y también su acento al hablar.

–Ya, lo hemos precintado nosotros, la Policía –dijo y miró a Silvia.

El hombre se subió las gafas en el puente de la nariz como en un acto reflejo y dejó escapar un leve suspiro.

–Acompáñenme.

Los dos caminaron detrás del hombre hasta que al llegar a la puerta del camerino donde se había producido la muerte de Joan Boira se hizo a un lado. Robert retiró con cuidado la cinta policial que impedía la entrada al camerino. El hombre introdujo una llave que extrajo de su pantalón y abrió la puerta. Entró él primero y pulsó varios interruptores hasta que el espacio quedó completamente iluminado. Los dos policías accedieron al interior. Arcadio Boix se quedó junto a la puerta y se cruzó de brazos para dar a entender que iba a quedarse allí mientras ellos permanecieran en el interior. Silvia se quedó a su lado; conocía bien el espacio, no lo había olvidado ni por un solo segundo. Lo recordaba tal y como lo había analizado junto a sus compañeros.

Robert Calleja se paseó despacio por el camerino, parecía que oliera, como un sabueso.

–Huele a comida –dijo Robert sin dejar de olisquear por todas partes.

–Sí –contestó Silvia–. Había comida. Fruta y bocadillos, pero se llevaron las bandejas al Instituto de Medicina Legal. El forense quería analizar que no hubiera nada extraño.

–¿Veneno? –preguntó Robert.

–Quizá, pero no había nada. Lo dicho, solo fruta y bocadillos.

Arcadio Boix cambió el peso de un pie a otro y carraspeó ligeramente.

–¿Le ocurre algo? –le preguntó Robert desde lejos, y su compañera se percató de que su voz sonaba a poli malo.

–No, nada, disculpe –dijo el hombre un tanto turbado.

–¿Está usted disgustado? No será porque estamos aquí, ¿verdad?

–No, no es por eso.

Robert se acercó un poco más a donde estaba.

–Esto es un marrón enorme –observó el hombre.

–Más lo es para la familia de la víctima, créame.

–Disculpe, no me malinterprete. Me refiero a que se nos va a caer el pelo.

–Usted no estaba aquí el domingo –observó ahora Silvia.

–No, no estaba en el concierto. Estoy durante el día.

–¿A qué se dedica? –preguntó Robert.

–Junto a varios compañeros del equipo, me encargo de supervisar la contratación y la programación de los eventos que tienen lugar en el auditorio.

–Interesante –dijo Robert pensativo y añadió–: ¿Y no viene a ver todos los conciertos que programan? Los tiene gratis, yo que usted no me perdería ni uno.

Boix sonrió.

–Es cierto, los tengo gratis. Pero no, bromas aparte, no vengo a ver todo lo que programamos. No soy especialmente amante de la música que interpreta Bella & Lugosi; personalmente prefiero el *jazz* y la música clásica.

Robert lanzó un suspiro y Silvia le lanzó una mirada de reproche.

Guardaron silencio durante varios minutos. Boix seguía en la misma posición, junto a la puerta, mientras que Silvia y Robert, que se habían enfundado las manos con guantes de látex, deambulaban despacio por el camerino, observándolo todo, buscando pequeños detalles que pudieran haber pasado por alto.

–¿Lleva mucho tiempo con la programación de los artistas que actúan en el auditorio? –le preguntó la subinspectora, que pilló a Boix desprevenido.

–Esto... sí, desde su inauguración en el año 2004.

–Habrá visto pasar por el escenario a infinidad de artistas conocidos –terció Robert, que se había detenido a observar con detalle si quedaba algo en los cajones.

–Muchos, sí. El auditorio es, hoy por hoy, el más importante escenario de la ciudad para conciertos de calidad.

La acústica de las salas y la infraestructura que proporcionamos a los artistas son de lo más innovador. Los que vienen a actuar quedan completamente satisfechos.

–Creo que tiene otros espacios para espectáculos más reducidos, ¿verdad? –preguntó Silvia.

–Por supuesto. –Arcadio Boix estaba orgulloso de su trabajo–. Disponemos de diferentes espacios en los que se programan gran cantidad de eventos culturales y musicales, desde conciertos de música clásica hasta actuaciones de rock, jazz, pop, etc. Cualquier estilo es siempre bienvenido. Aquí han actuado grandes figuras tanto a nivel nacional como internacional. También organizamos congresos, exposiciones, ferias... Pero es el apartado musical el que más nos apasiona a los que confeccionamos la programación anual. Gracias a un intenso trabajo, el auditorio se ha convertido en todo un referente musical y ya forma parte del circuito de auditorios y espacios de conciertos de toda Europa.

–¡Qué bien! –exclamó Robert, y a Silvia le sonó a que ahora venía un comentario menos bonito–. Sin embargo –continuó–, según hemos podido comprobar, el sistema de cámaras no funcionó bien la noche del domingo y nos perdimos así la posibilidad de ver si alguien entró en el camerino de Joan Boira instantes antes de que falleciera.

–De esos temas se encarga la empresa de seguridad, yo trabajo en contratación y programación, como bien les he dicho –quiso aclarar Arcadio Boix, pero Robert no le prestó atención y continuó a lo suyo.

–Por no hablar de que alguien –Robert dibujó en el aire el símbolo de las comillas– mandó que quitaran las cámaras que había en los camerinos.

Boix se puso colorado y lanzó un par de bufidos. Silvia y Robert dieron por finalizada la visita al auditorio. Salieron del camerino y tiraron los guantes de látex a una papelera. Boix los acompañó hasta la puerta. Las dos jóvenes seguían en la acera, cantando canciones de Bella & Lugosi.

Tras despedirse de Arcadio Boix, quien suspiró aliviado cuando los vio marchar, Silvia y Robert volvieron al coche.

–¿Qué te ha parecido? ¿Has percibido algo que nosotros no hubiéramos visto la otra noche? –La pregunta de Silvia albergaba cierta sorna.

–Se les va a caer el pelo por esto –dijo Robert cuando llegaron al coche, que había aparcado a la sombra de los árboles que flanqueaban la avenida que llevaba hasta la Basílica de Lledó–. Una cosa sí que te digo: después de esto les va a costar Dios y ayuda que los contraten en algún garito de Benidorm para programar conciertos de Georgie Dann.

MONFORT SE SENTÍA un poco abatido. Pasos en falso, discusiones y equivocaciones. En definitiva, dolor de cabeza, como siempre que se quedaban atascados en mitad de un caso. La punzada en la espalda había desaparecido de la misma forma que había llegado; quizá era que el dolor de cabeza suplantaba al de la espalda. Abrió la botella de agua del minibar y llenó un vaso, buscó una caja de paracetamol que guardaba en un cajón y se tomó un comprimido con el primer trago. Se quitó los zapatos y la americana. Marcó el número de teléfono de la casa de sus padres, en Barcelona. De mis padres, pensó con cierta amargura. Su madre ya no se pondría al teléfono nunca más cuando él la llamara. Nunca más.

La asistenta de la familia contestó enseguida. Monfort se alegró de oírla; era lo más cercano a su madre que tenía en aquellos momentos. Quizá nadie la conoció como ella en los últimos años.

Intentó hablar con su padre. La asistenta le pasó el teléfono a don Ignacio Monfort, que, como todas las tardes, estaba sentado en su sillón, solo que ahora ya no ojeaba *La Vanguardia*. Ya no preguntaba ni por su esposa; simplemente esperaba sentado a que le llegara la hora de encontrarse con Yolanda Tena, su único y verdadero amor.

–No es que esté peor –dijo la mujer–, es solo como si no estuviera durante gran parte del día. Pero se porta bien, ahora no discute, hace todo lo que le digo. Es como un niño obediente.

–Porque me lo dices tú; si no, no me lo creería –bromeó Monfort antes de despedirse.

Entonces se acordó de otra persona y marcó su número de teléfono.

–¿Diga?

–Hola, Irene, soy Bartolomé. ¿Sopla fuerte el viento en esa playa paradisíaca de Peñíscola?

Aunque Monfort no podía verla, notó como la abuela Irene esbozaba una sonrisa que acentuaría aún más las pronunciadas arrugas que surcaban su rostro.

–Sí –contestó ella–. ¿Quieres que abra las ventanas para que puedas oírlo?

–En algunos países, el fuerte viento se puede considerar un atenuante a la hora de juzgar un delito. Dicen que puede alterar el estado mental de algunas personas.

–Desde luego –corroboró la abuela Irene–. El viento puede provocar trastornos mentales en las personas; solo tienes que verme a mí.

–Espero que estés bien –le dijo.

–Estoy bien, hijo, no te preocupes. Tengo tu número, te prometí que te llamaría si necesito algo. ¿Estáis avanzando con el caso del cantante?

–¿Cómo sabes lo del cantante?

–Vivo en una playa desierta, pero está en Peñíscola, no en mitad del Pacífico, y tengo televisor, radio, internet y teléfono móvil. No soy Robinson Crusoe.

No era difícil que la abuela Irene conociera el caso de Joan Boira, los medios de comunicación habían dado buena cuenta de ello. La muerte de un artista es mucho más ruidosa que la de cualquier otra persona con un trabajo menos popular. Y ahora, para lo bueno y para lo malo, después de sus declaraciones en la rueda de prensa, el ruido sería todavía mayor.

–Estamos atascados, Irene; mejor dicho, estoy atascado. Soy el responsable de que no avancemos y, además, creo que he metido un poco la pata últimamente.

La abuela Irene se quedó pensativa un instante. A Monfort no le importaba lo más mínimo aquel silencio; al contrario, lo reconfortaba. Podía verla delante de él, con sus ojos, que irradiaban sabiduría.

–Cuando de niña perdía algo, mi madre siempre me preguntaba: «¿Has mirado en su sitio?». Y eso hacía yo, volvía al principio, al lugar en el que debía estar aquello que creía haber extraviado y, ¿sabes una cosa? Casi siempre estaba allí, era solo cuestión de mirar bien, de no tener prisa y de no dudar de uno mismo pensando en lo peor.

Continuaron hablando durante un largo espacio de tiempo, hasta que las luces anaranjadas se adueñaron del azul del cielo de Castellón. Y entonces se despidieron. Hablar con la abuela Irene era como regresar al hogar, como taparse con una manta en el sofá en las tardes de invierno, como una bebida caliente entre las manos, como hablar con una madre.

Puso en marcha su pequeño ordenador y abrió los archivos en los que tenía una buena colección de música almacenada. Buscó algo que lo animara un poco. Se decidió por The

Travelling Wilburys, aquel supergrupo integrado por algunos de los más grandes mitos de la música como Bob Dylan, George Harrison, Jeff Lynne, Roy Orbison y Tom Petty.

Empezó a sonar «Handle With Care». Se tumbó en la cama. A la segunda canción, cambió el agua por una cerveza de la pequeña nevera. Pronto oscurecería y el cielo azul impoluto de aquella provincia daría paso al crepúsculo.

Otro día más, otra noche más, un nuevo dolor de cabeza. El mismo caso sin resolver.

Escuchó con detalle la letra de la canción.

Así se sentía él, como si necesitara que lo trataran con cuidado.

Pensó en lo que había dicho la abuela Irene. «¿Has mirado en su sitio?»

Jueves, 8 de mayo de 2008

El jueves, la ciudad de Castellón amaneció cubierta de nubes. Monfort se despertó a las siete de la mañana, hipnotizado por el olor a café recién hecho que se colaba por los recovecos del hotel.

Con la nariz pegada al cristal de la ventana, sonrió. Le gustaban las nubes, la ausencia de sol, la lluvia, el mal tiempo. Sonrió también porque se imaginó a la abuela Irene en la misma postura que él, con la cara muy cerca del cristal. Ella tendría en aquel momento todo el Mediterráneo para ella, pero él no se quejaba de sus vistas. La fachada posterior del Teatro Principal de Castellón era todo cuanto veía, pero era suficiente. El tono rojizo de sus paredes lo reconfortaba de una forma extraña pero verdadera. Miró al cielo, las nubes no amenazaban con llover, solo con tapar la luz del sol y regalarle a la ciudad tonos grises. Tampoco estaba tan mal.

Se dio una larga ducha y se afeitó despacio. El servicio de lavandería del hotel le había dejado encima de una silla un traje que había mandado a limpiar, su traje verde oscuro. Le gustaba mucho, creía que le sentaba bien. Buscó una camisa blanca y una corbata que le fuera bien. Se vistió frente al espejo y bajó por las escaleras en busca de un buen desayuno. La cafetería estaba desierta, quizá era demasiado pronto para los turistas y gente de negocios que solían poblar el hotel, pero para él era una hora magnífica. Huevos revueltos y beicon, zumo de naranja y un café. No hizo caso del periódico que le tendió la camarera mientras desayunaba. Se lo agradeció, pero lo dejó en el otro lado de la mesa.

Una vez terminado el desayuno, regresó a la habitación, se lavó los dientes y recogió el teléfono móvil. Lo puso en marcha, abrió la ventana de la habitación y encendió un cigarrillo. No tenía mensajes ni llamadas perdidas; aquello ya significaba un alivio para él. Vivían encadenados a los dispositivos electrónicos, y él estaba un poco desfasado, nunca quiso apuntarse al carro de las nuevas tecnologías; pensaba que era cosa de los que consideraba más jóvenes, como Silvia Redó o Robert Calleja, incluso para Terreros y García, pero a Romerales y a él todo aquello los había cogido con el pie cambiado. Los jóvenes policías eran capaces de controlar gran parte de su trabajo con aquellos aparatos. Monfort pensaba que era la prueba irrefutable de que pertenecían a generaciones completamente distintas y que algo tan simple como aquello diferenciaba notoriamente su forma de resolver los casos.

«¿Has mirado en su sitio?», recordó las palabras de la abuela Irene. Una verdad tan grande como sencilla y, por lo tanto, olvidada en tantas ocasiones.

Llamó a Silvia sin detenerse a pensar si eran horas o no.

–¿Jefe?

–No estarás durmiendo.

–En ese caso no habría contestado al teléfono.

Tenía razón, como casi siempre.

–Bueno, disculpa...

–Yo habría empezado por un buenos días, quizá sería lo más lógico.

Monfort movió la cabeza y ahogó un nuevo suspiro para no repetirse y que ella se diera cuenta.

–Está bien. Buenos días.

–¿Y disculpas?

–Y disculpa.

–Pues gracias, y buenos días para ti también. ¿Qué ocurre?

–¿Fuisteis al auditorio Robert y tú?

–¿Cómo sabes que fuimos al auditorio?

–Tengo espías en la comisaría. Es cuestión de saber sobornarlos para que hablen.

–Veo que estás alegre esta mañana; en fin, me da igual cómo te hayas enterado. Sí, Robert quería ver el camerino.

–¿Y?

–Nada, todo igual que lo vimos nosotros. ¿A qué viene esto?

–Hablé ayer con una persona, me preguntó si habíamos mirado en su sitio.

–¿Perdona?

–Esto... Quiero decir que me recomendó que volviéramos a empezar otra vez desde el principio.

–¿Cómo desde el principio?

–Como cuando perdemos algo en casa y lo revolvemos todo y seguimos sin encontrarlo, y al final estaba en el mismo lugar donde había estado siempre.

–Necesito un café.

Monfort sonrió. Quizá él también lo necesitaba.

–Yo te invito.

–¡Qué galante!

–Pero tiene que ser donde yo te diga.

–Ya me parecía a mí. ¿En el hotel Palace?

–No, en el Instituto de Medicina Legal, con el forense, en media hora.

–¡Guau, qué proposición más irresistible!

Monfort pulsó el botón rojo para finalizar la llamada. Se miró en el espejo y se ajustó el nudo de la corbata. Estaba bien aquel traje verde oscuro, quizá debería ponérselo en más ocasiones.

AQUEL AL QUE la gitana llamaba Sebas lo echó a patadas de la casa.

Gustavo Seguí trató de adquirir algo más antes de irse, pero el hombre delgado de ojos negros no se lo permitió. Estaba demasiado colocado para caminar de madrugada por las oscuras y tortuosas calles de aquel barrio. Tropezaba con todo y creía ver fantasmas cada vez que doblaba una esquina. Buscó en su bolsillo y encontró un billete arrugado de diez euros. Caminó tambaleándose por las callejuelas de un barrio que le habría helado la sangre a cualquiera, pero a él le daba igual, su miedo era otro, muy distinto al que podía encontrar en cualquier portal de las depauperadas y tristes callejas de un lugar como aquel.

Su miedo tenía nombre y apellido, y había venido a por él. Trataba de afrontarlo con drogas y alcohol, pero tenía la certeza de que solo era cuestión de tiempo.

Llegó hasta una avenida iluminada con altas farolas que proyectaban una luz de color ámbar. Los vehículos pasaban a gran velocidad. Una prostituta se le acercó, tenía los ojos hundidos en sus cuencas, la mirada extraviada. Era víctima de la heroína. No iba a encontrar clientes con aquel aspecto, y su dependencia era tan grande que vendería su alma por una dosis. Conocía aquel estado pese a que no quería reconocerlo. Creía que lo suyo era un mono refinado, pero cuando estaba sobrio sabía que si él no lo encontraba antes, acabaría como la mujer que tenía enfrente.

Apretó el paso cuando ella lo llamó con los brazos extendidos, como si fuera un zombi. Seguí no volvió la cabeza, caminó trastabillando hasta alejarse de aquella mujer, que no era otra cosa que el reflejo en lo que estaba convirtiéndose él mismo.

Vio un coche acercarse con una luz verde en el techo. Echó mano del billete arrugado y levantó el brazo. El taxi se detuvo. El conductor bajó la ventanilla del copiloto para comprobar en qué estado se encontraba aquel posible cliente. Seguí le mostró el billete de diez euros. El taxista desbloqueó el seguro de la puerta para que pudiera entrar. Con la lengua trabada, le dio la dirección de su piso, y el coche avanzó por la avenida cuando las luces del cielo se abrían a un nuevo día.

Seguí recostó la cabeza en el asiento del taxi y cerró los ojos. Sintió el odio correr por sus entrañas. Cómo le hubiera gustado poder rebobinar en el tiempo y no haber escuchado la historia que él le contó en aquellas tardes de invierno, en el piso que compartían cuando estudiaban en la universidad.

Cómo podía haber sido tan imbécil de pensar que él no se daría cuenta.

La extraña mezcla de olores que campaba por el laboratorio del forense Pablo Morata disolvió cualquier idea sobre saborear el café que les había servido, por otra parte, aguado y tibio.

–Comprendo que no sea una auténtica *delicatessen* –observó Morata al percatarse del ceño fruncido de Silvia tras probar el café.

–En el infierno deben de servirlos mejores –dijo ella.

–Más calientes, seguro –corroboró el forense.

–¿Cuándo lo vas a «soltar» para que sus padres puedan enterrarlo? –preguntó Monfort, que estaba de espaldas a ellos, junto a la camilla de aluminio que contenía el cuerpo de Joan Boira.

–Tengo que recibir algunos resultados de Madrid sobre lo que hablamos de su posible adicción en el pasado y luego debo hablar con el juez y con el comisario Romerales, pero la decisión no se hará esperar. Quizá mañana o el lunes como muy tarde.

–Los padres respirarán aliviados, por fin –intervino Silvia.

–Sí –dijo el forense–. Parece que cuando se les entierra acaba todo de una vez.

–O empieza –apuntó el inspector–. Porque será entonces cuando tengan que aprender a vivir sin el hijo que una vez tuvieron.

–En fin... –terció el forense–. Con la de bares que hay en Castellón, no me creo que hayáis preferido venir aquí.

–Monfort opina que tenemos que empezar por el principio –dijo su compañera, que arqueó las cejas un tanto incrédula.

Morata hizo el mismo gesto.

–¿Por el principio?

–Sí, por el principio –dijo Monfort y señaló la camilla que contenía el cuerpo de Joan Boira–. Dime, Morata, ¿qué cosas te rondan por la cabeza desde que lo tienes como huésped?

–Muchas, como podrás imaginar; sobre todo he pensado en el tema de la heroína adulterada. Quizá el informe de la autopsia que entregamos en el juzgado hacía demasiado hincapié en el tema de la droga envenenada y, por momentos, temo que solo se hayan centrado en que la víctima adquirió la droga adulterada y que, tras inyectársela, murió.

–Ya sabes que nosotros pensamos que hay algo más. Silvia ha conseguido que el juez retenga a tres personas del entorno de Joan Boira que podrían ser sospechosos de algo y que parecían querer marcharse cuanto antes de Castellón.

–Me alegro de que haya sido así y de que exploréis otras vías. Y que no se obceque nadie, ni la fiscalía ni vosotros, solo con la droga adulterada. Es cierto que lo que se metió era mortal de necesidad y que Joan Boira los había engañado a todos porque, según parece, y en espera de lo que digan los informes de Madrid, había consumido heroína en el pasado.

Morata guardó un silencio que Monfort interrumpió enseguida.

–¿Pero?

–Acercaos –dijo Morata–. Mirad. –Señaló uno de los brazos de la víctima–. Por aquí se inyectó la heroína.

–¡Vaya chapuza! –exclamó Silvia, que observó una herida mal cicatrizada y varios pinchazos alrededor de uno que parecía mayor.

–Sí –apuntó el forense–. Y eso que ahora está limpia. Fijaos bien; hay varias punzadas. La aguja entró y salió en varias ocasiones hasta que por fin encontró la vena.

–¡Qué dolor! –volvió a exclamar Silvia.

–Sí, a eso es a lo que me refiero –dijo Morata, que miró a Monfort, en cuyo rostro se dibujaba una sonrisa de aprobación.

–El doctor Morata quiere decir que Joan Boira sabía perfectamente lo que era una jeringuilla porque se había inyectado en el pasado. Lo que tiene en el brazo es, como tú misma has dicho, una chapuza, el resultado de algo muy distinto a querer drogarse para experimentar placer.

Morata asintió. Silvia arqueó las cejas. Monfort continuó.

–En definitiva, o lo obligaron a pincharse y se lesionó presa del pánico o el asesino lo pinchó de cualquier manera, provocando semejante estropicio.

–Así es –afirmó Morata con cierto pesar–. Por desgracia, he visto demasiados yonquis con los brazos con tantos agujeros como un colador, pero claro, este era diferente. La droga estaba tan adulterada que me cegó por completo. Es una lástima que no me diera cuenta enseguida de ese detalle.

–Tranquilo, doctor –dijo Monfort–. Esto sucedió el domingo por la noche y hoy es jueves. Él ya no va a poder cantar más, pero el que lo hizo se equivocará de compás en cualquier momento y le oiremos desafinar. ¿Verdad, Silvia?

–Verdad, jefe.

1989

*L*A SEGUÍ DE *cerca entre la gente que caminaba por la acera de la avenida Rey don Jaime. Iba deprisa y de vez en cuando volvía la cabeza para mirar hacia atrás. No entendí aquel gesto, ¿por qué se giraba? ¿A quién esperaba ver? ¿Me habría visto? Era del todo imposible, deseché aquella suposición y atribuí aquel gesto a que Remedios era una mujer tímida, algo desconfiada y temerosa de casi todo en la vida. Así la veía yo en lo poco que la conocía de aquellos sábados que el tío Andrés me llevaba al edificio de Correos donde ambos trabajaban, él como un jefazo y ella como una secretaria servicial.*

Se detuvo en un portal que estaba casi al final de la avenida. Abrió su bolso y sacó una llave con la que abrió la puerta. Me di prisa; si entraba y cerraba la puerta, no sabría en qué piso vivía. Debía abordarla con cualquier excusa, ya improvisaría qué decirle. Pero tropecé con un hombre que se cruzó en la acera, y cuando llegué la puerta se había cerrado y Remedios había desparecido escaleras arriba.

Me quedé allí quieto, pasmado; pensé que estaba precipitándome. La rabia que albergaba en mi interior provocaba extrañas reacciones; debía mantener la calma, actuar con inteligencia. Si mis tíos tenían que pagar por lo que me habían escondido tanto tiempo, era cuestión de tener paciencia y tramar un plan que aún no tenía y que ni siquiera me había parado a pensar.

Al ver a Remedios salir del edificio de Correos, me di cuenta de que ella podía ser parte de ese plan que debía idear. Apenas conocía a mi tío. Tampoco es que mi tía me hubiera confiado aspectos de su vida. Estaba claro que ellos dos desconfiaban de mí, algo les bullía en la cabeza sobre mi pasado, quizá por eso nunca me dejaban a solas ni hablaban de aspectos familiares importantes mientras nos sentábamos a la mesa a comer o a cenar. Todo, cuando yo estaba presente, eran simples banalidades. Luego estaba aquello de que mi tía, que ya no trabajaba, desaparecía los sábados por la mañana sin que yo supiera adónde iba. Sí, pensé que Remedios podría ayudarme. En cuanto la vi salir de su trabajo y dirigirse a su casa, creí que ella podría confiarme algunos aspectos de mis tíos que eran desconocidos para mí.

Debía saber más acerca de ellos si quería vengarme por lo que me habían hecho.

Debía conocer algunos aspectos que intentaban ocultarme, detalles que me habrían pasado inadvertidos, sus debilidades o vicios, cualquier cosa a la que pudiera agarrarme para volcar en ellos todo el mal que me habían provocado al negarme el privilegio de ser una persona feliz.

Sí, Remedios me ayudaría, era cuestión de averiguar en qué piso vivía y subir para poder hablar con ella.

Y entonces me volví para preguntar en una cafetería que estaba justo al lado del portal y tropecé de bruces con un hombre.

Era mi tío Andrés.

Su rostro de sorpresa fue indescriptible, por nada del mundo habría esperado verme allí.

Sin poder evitar el tono de profundo disgusto, me preguntó: «¿Qué coño haces aquí?».

Yo pensé lo mismo de él, pero no se lo dije. Le mentí. Le dije que había quedado en aquella cafetería con un amigo que vivía en la calle Alloza, muy cerca de allí. Me dijo que me fuera a casa enseguida, que no quería verme dando bandazos por la calle sin ton ni son. Me preguntó si la tía Mercedes sabía dónde estaba, pero no contesté. Levanté las manos en señal de paz y le hice saber que volvía a casa, que no se enfadara, que tampoco era para tanto. Dijo que ya hablaríamos seriamente, pero por alguna razón supe que no íbamos a hablar de aquel encuentro, y mucho menos delante de la tía Mercedes.

Me dedicó una de sus miradas de desprecio, como siempre, como aquella vez que me vio en la casa del pueblo y supo que no le quedaría otro remedio que acogerme en su familia, porque eso era lo que la tía Mercedes había dispuesto para mí.

Le di la espalda y me escabullí entre la gente que a esa hora abarrotaba la avenida. Cuando hube andado un trecho, me volví y comprobé que seguía allí, y que escudriñaba entre la gente, pero ya me había perdido de vista. Me escondí a la entrada de una tienda y, con cuidado, comprobé que seguía en el mismo lugar y que no había reparado en mi escondite. Entonces se metió la mano en uno de los bolsillos de su americana y extrajo una llave. Luego la introdujo en la cerradura del portal en el que había entrado Remedios. Abrió la puerta y se coló.

Y supe que había llegado mi oportunidad.

Jueves, 8 de mayo de 2008

En la comisaría

Tras la visita al forense, que se prolongó más de lo esperado en un principio, Silvia y Monfort fueron a la comisaría de la ronda de la Magdalena.

Robert Calleja estaba trabajando en un improvisado despacho que él mismo había acondicionado en una de las salas de reuniones que normalmente no se utilizaban. Sobre una mesa había dispuesto un ordenador con dos pantallas y sus dedos volaban por encima del teclado. En uno de los monitores permanecía abierta la página web del grupo Bella & Lugosi; en la otra había tres fotografías, una de Elena Barrantes, otra de Jesús Castro y la tercera de Lucas Socolovich.

Terreros y García se encontraban en su despacho contrastando datos de una lista interminable de camellos sospechosos de despachar sustancias adulteradas.

Romerales iba de un despacho a otro para intercambiar sus impresiones y saber en lo que estaban trabajando los agentes. Suspiró al ver a Silvia y Monfort llegar por el pasillo.

–No es necesario que digáis nada, ya sé de dónde venís –gruñó el comisario cuando estuvieron delante de él–. Solo espero que haya valido la pena pasaros toda la mañana en el mismísimo infierno de las autopsias.

El agente Terreros se levantó de la silla y cerró la puerta del despacho. García sostenía el teléfono pegado a la oreja y esperaba a que alguien contestara al otro lado de la línea telefónica. Ambos eran conscientes de que los encuentros entre Monfort y Romerales podían albergar una buena dosis de gritos, al menos eso era lo que venía siendo habitual últimamente.

Silvia se escabulló del encuentro entre los dos jefes y se acercó al lugar en el que Robert trabajaba.

–Hola, Robert. ¿Qué haces? –le preguntó.

–Busco, busco, busco... pero lo malo es que no sé lo que tengo que buscar. Me he tragado un montón de vídeos y audios del grupo, eso sí.

–¿Y te gusta lo que has encontrado?

–Si te soy sincero, no mucho, la verdad.

–Ya –repuso ella–. ¿Poco flamenquito?

–Poco del *tó*. Demasiado siniestro y oscuro para mi arte gaditano.

–A mí sí me gusta –dijo como para hacerse la interesante–. De hecho, tengo un CD en el coche. –Recordó entonces que se lo había dejado a Monfort y no se lo había devuelto.

–Es que tú eres muy moderna –replicó Robert.

–¿Y esas fotos? –preguntó ella y señaló el otro monitor, para salir cuanto antes del tema sobre los gustos musicales–. ¿De dónde las has sacado? No las había visto.

Robert se acomodó en la silla y le señaló a Silvia una que quedaba libre.

–Las del batería y el tipo de la discográfica las he sacado de internet. Del músico hay muchas, como podrás imaginar, aunque de Castro también hay un buen surtido en la red. Debe de ser un pez gordo en la industria del disco, o al menos un tipo bien conocido.

–Sí –dijo Silvia–. Es perro viejo en ese mundo. Estuvo en una multinacional ocupando un alto cargo directivo, hasta que creyó que ganaría más dinero si se lo montaba por su cuenta. ¿De dónde has sacado la foto de ella?

–De una revista de esas del corazón. Por lo visto, Joan Boira y ella fueron de vacaciones a algún lugar y por casualidad había allí unos fotógrafos de la revista que tomaron algunas fotografías que parecen...

–Que parecen de una modelo –concluyó ella.

–Sí. Descaradamente está posando para el fotógrafo.

–¿Y Boira no aparece?

–Sí, en alguna, pero parece que esté de mala leche. Ella, sin embargo... espera.

Robert minimizó la página que tenía abierta y en su lugar abrió otra en la que se veía la revista en la que aparecía la pareja, aparentemente pillada de improviso. Fue mostrándole a Silvia las fotografías una a una. En el titular del artículo se podía leer: «El cantante del grupo *indie* con más éxito de vacaciones con su novia». Y debajo de cada instantánea se podían leer algunos aspectos banales sobre la pareja.

–¿Tan famoso es este grupo? –preguntó Robert.

–Sí, la verdad es que era bastante conocido.

–Pues yo había oído su nombre alguna vez, pero no tenía ni idea de quiénes eran ni de qué tipo de música hacían.

–Suele pasar –explicó Silvia–. Lo normal es que conozcamos a los artistas que más aparecen en los medios, los que más venden y siempre están en el candelero, pero luego hay otra serie de grupos que también venden bien sus discos y son conocidos, a los que los medios dejan un poco de lado porque creen que no son tan vendibles para el gran público. Aun así, te aseguro que ganan importantes sumas con las ventas de sus trabajos y sobre todo con los conciertos. Este tipo de artistas suelen tener un público fiel que los sigue a todos lados y que compran todo lo que de ellos se comercializa. Aquí los llamamos grupos independientes, porque suelen estar avalados por compañías discográficas pequeñas. En el argot de su mundillo también se los conoce como grupos *indies*.

–¡Por san Lucas Evangelista! ¡Cuánta sabiduría!

–¿Por san Lucas Evangelista?

–¡*Quilla*! El patrón de Sanlúcar de Barrameda, no me digas que no lo habías oído nunca.

Silvia puso los ojos en blanco y negó con la cabeza. A Robert le brillaron los suyos.

–A san Lucas Evangelista lo sacamos en procesión cada 18 de octubre desde la iglesia mayor de Nuestra Señora de la O, para recorrer las calles del Barrio Alto de Sanlúcar.

–«¿Lo sacamos?»

–Sí, eso he dicho, «lo sacamos», nosotros, los de la Asociación El Rincón del Costalero San Lucas. Mira que eres *desaboría*.

No pudo contener la risa y se tapó la boca con la mano.

–Pues mira, eso es exactamente lo que sucede con Bella & Lugosi. Tú no los conoces, pero su público sí. Lo mismo me pasa a mí con san Lucas Evangelista, que no he tenido el gusto.

–Pero a eso le ponemos remedio enseguida –propuso Robert–. ¿Qué haces el próximo 18 de octubre?

Monfort y Romerales no discutieron en esta ocasión. Sin embargo, tuvieron una larga conversación en mitad del pasillo. Ambos estaban preocupados por el cariz que estaba adquiriendo el caso o, mejor dicho, porque el comisario estaba convencido de que no avanzaban ni un solo paso. Luego entraron en el despacho en el que Terreros y García seguían en su ardua labor de descartar o involucrar a traficantes de la provincia que pudieran comerciar con heroína. Estaban en permanente contacto con la unidad de estupefacientes. Juntos, por la tarde, harían algunas visitas pertinentes. Ellos sabían que era muy difícil dar con el tipo de porquería que había acabado con la vida de Joan Boira, pero no se podía descartar nada por el momento. No todos los camellos eran tan listos y, acorralados, podían cometer un fallo que llevara a la Policía a buen puerto. Al menos, esa era la esperanza que tenían.

Silvia y Robert seguían indagando lo que fuera que buscaran en la red sobre Bella & Lugosi y sus componentes. Silvia le daba a Robert una clase magistral en materia musical; Monfort y Romerales prefirieron no incordiarlos.

–¿Qué te parece el nuevo? –preguntó el comisario.

–De Sanlúcar de Barrameda –contestó el inspector.

–¿Y eso es bueno o malo?

–Según se mire.

–Pareces gallego –bromeó Romerales.

–Disculpa –dijo–. En serio, me parece un tipo interesante y muy metódico; creo que puede ser bueno, tiene algo distinto, no sé qué es, pero desde luego a la nueva subinspectora le cae bien.

–Sí, solo hay que verlos –afirmó Romerales–. Pueden formar una buena pareja.

–Solo espero que si la cosa va más allá del emparejamiento profesional no acabe rompiéndole el corazón.

–¿Quién? –preguntó Romerales con tono escéptico.

–Ella a él, por supuesto –sentenció Monfort.

Romerales lanzó un suspiro; a veces le costaba discernir la intención que el inspector les imprimía a sus palabras.

–¿Dónde comes? –le preguntó.

–Si ninguno de estos –dijo y señaló a los despachos– tiene hambre, comeré algo por aquí, en el caso de que encuentre un lugar decente para hacerlo.

Romerales sopesó una idea.

–Ha llamado mi mujer. Ha hecho fideos a la cazuela con costilla de cerdo y salchichas.

–Es una receta típica de la cocina catalana –apuntó Monfort–. Mi madre también los hacía.

Hablar de su madre en pasado todavía le costaba trabajo; le sonaba extraño y distante, triste.

–A mí me da igual de donde sea la receta –exclamó Romerales–. A mi mujer le quedan de muerte y nació en Albacete.

Monfort sonrió por la ocurrente salida del comisario. Se le despertaron las papilas gustativas al recordar los fideos a la cazuela que preparaba su madre. Ya no estaba y nunca más cocinaría ni fideos ni ninguna otra cosa, esa era la realidad.

Romerales lo miró y, como si le hubiera leído el pensamiento, le dijo:

–Vamos, ven a casa. Ahora mismo llamo a mi mujer para que ponga un plato más en la mesa; ya sabes aquello de donde comen dos, comen tres.

–Qué pesados estáis todos con las frasecitas.

Monfort sintió algo que le estremecía por dentro, sería el agradecimiento por la invitación. Estaba deseoso de probar los fideos a la cazuela que preparaba la esposa de Romerales. Sería lo más parecido a comer en familia que había hecho en los últimos meses. Aceptó encantado. Romerales se alegró y le dio dos palmadas en la espalda, aunque para hacerlo tuvo que ponerse de puntillas.

Estaba en su casa. Gustavo Seguí se había escondido en su propia casa. Cerró todas las ventanas y bajó las persianas, puso el cerrojo de seguridad en la puerta y solo encendió las luces necesarias para poder ver algo en el interior del piso sin que se viera luz desde fuera. Puso el aire acondicionado para no morir asfixiado. Tenía mucho calor. No le quedaba ningún fármaco que pudiera vencer el temblor de las manos y el dolor de estómago, solo una botella de whisky que había comprado a precio de oro en una gasolinera. Revolvió todos los cajones en busca de alguna pastilla que hubiera olvidado, pero su único consuelo era el alcohol.

Debía atrincherarse, encerrarse y no salir más. Ingenuamente pensó que si dejaba pasar el tiempo allí escondido quizá él se marcharía y se olvidaría. Pero sabía dónde vivía; cayó en ello de nuevo cuando recordó el pequeño ramo de flores muertas que había dejado en la puerta, sobre el felpudo de la entrada, como advertencia de que por fin lo había encontrado.

Seguí conocía el significado de las flores muertas, lo que para él significaban aquellas palabras. Las había adaptado a su forma de vida, a su *modus operandi*.

Eran su firma y también su amuleto.

De forma instintiva buscó un CD. Aquella música que había puesto la banda sonora a juergas y fiestas atestadas de drogas y alcohol, recuerdos de una época pasada que creía que no volvería jamás y que, sin embargo, ahora acechaba a su puerta para vengarse.

Puso en marcha el reproductor e introdujo el CD. Con pulso tembloroso buscó el número de la canción que quería escuchar, pese a que hacerlo lo devolvería a un tiempo que le gustaría no haber vivido.

Se tumbó en el sofá.

La melodía consiguió que pudiera ver su rostro en la penumbra del piso.

Era cuestión de esperar pacientemente a que llegara. No tardaría.

Entonces todo habría terminado.

Viernes, 9 de mayo de 2008

Tiempo atrás, cuando llegó a Castellón de la Plana para trabajar en aquel extraño caso del vagabundo asesinado en un cajero, lo primero que descubrió fue que la plaza de la Independencia y la plaza de la Farola eran, en realidad, el mismo lugar.

Así que aquel viernes, al llegar a Teruel, le había sorprendido saber que la popular plaza del Torico se llamaba, de forma oficial, plaza Carlos Castel.

Monfort había llegado a Teruel dos horas antes de la convenida. A las seis y media de la tarde el cielo todavía centelleaba de un azul intenso. La ciudad, a pie de calle, se le antojó como un colosal museo de arte mudéjar al aire libre.

Aparcó en el subterráneo de la ronda de Ambeles. Andando se introdujo en el laberinto de callejas por la calle Abadía y continuó hasta cruzar la plaza Bretón, luego siguió por Comandante Fortea hasta llegar a la calle Ramón y Cajal, con sus bares y terrazas ocupados por parroquianos y turistas bajo los pórticos que llegaban hasta allí desde la cercana plaza del Torico. Dobló a la derecha.

Sonrió al ver la algarabía reinante. «Teruel existe», recordó parafraseando aquel lema que hizo popular un grupo de ciudadanos al crear un movimiento social, a finales de los años noventa, con el que trató se de reivindicar un trato justo e igualitario para la provincia de Teruel, en la que las inversiones en infraestructuras parecían pasar de largo, provocando con ello la despoblación y el empobrecimiento de la provincia.

En apenas cuatro pasos llegó a la plaza con los dos nombres, como aquella de Castellón.

El monumento al Torico era una pieza de bronce de apenas dos palmos cuadrados que descansaba en la parte superior de una columna de piedra labrada. En la base de dicha columna había una fuente circular de la que emanaban chorros de agua fresca de cuatro cabezas de toro. El Torico era tan pequeño que Monfort comprendió perfectamente el cariño que sus habitantes proferían a aquel símbolo inequívoco de todos los turolenses.

Tomó asiento en una terraza y pidió una copa de vino. Contempló el devenir de los viandantes que transitaban por la plaza. Tenía forma triangular y se estrechaba por uno de sus extremos, desembocando en una calle repleta de comercios. La plaza, porticada casi en la totalidad de su perímetro, servía de cobijo a los transeúntes en los rigurosos meses en los que el frío y la lluvia eran protagonistas en la ciudad.

Teruel estaba viva, con comercios emblemáticos como una tienda de textiles, varias veces centenaria a juzgar por su aspecto exterior, instalada en el otro extremo de la plaza. En el antiguo cartel del establecimiento se podía leer: «Almacenes de Tejidos Ferrán S. A.», y con ello certificaba su pasado glorioso como el lugar donde se vestían los habitantes de aquella ciudad que, por lo que intuyó enseguida, tenían buen gusto a la hora de elegir su indumentaria.

Le sirvieron un vino tinto del Campo de Borja en una copa delicada y, para acompañar la bebida, un platillo con aceitunas negras de la comarca del Bajo Aragón.

Al otro lado de la plaza se alzaba el vistoso edificio de Caja Rural de Teruel, un magnífico ejemplo de arquitectura modernista que, con el atrevido color azul de la fachada, destacaba por encima del resto de los edificios, no por ello menos bellos.

Cayó en la cuenta de que se había sentado en la terraza de otro establecimiento emblemático, la Pastelería Muñoz, cuyo escaparate exhibía con orgullo toda suerte de chocolates artesanos junto a un gran surtido de exquisiteces gastronómicas regionales y una importante selección de vinos y espirituosos. Decidió que compraría bombones para llevárselos a su cita en Teruel.

Recordó qué hacía allí y cómo finalmente había decidido hacer el corto viaje de una hora y media que separaba las ciudades de Castellón y Teruel.

Bebió un trago de vino y degustó un par de aceitunas.

Estaba en la habitación del hotel Mindoro, sentado en la butaca, frente al ventanal, jugueteando con la agenda de contactos de su teléfono móvil hasta que, al llegar a la letra E, quizá la que buscaba desde un principio, halló el nombre de Elvira Figueroa, la jueza a la que tuvo el placer de conocer en el anterior caso que lo llevó a Castellón.

Elvira era una mujer de armas tomar. En ocasiones le daba la impresión de que eran muy parecidos, pero quizá solo se lo pareciera o quisiera él que así fuera. De cualquier manera, Elvira Figueroa le había gustado, y mucho. Le había caído bien desde el primer día en que profesionalmente estrechó su mano. Habían congeniado.

De carácter enérgico, resolutiva en su trabajo, con comentarios divertidos en ocasiones y en otras también lapidarios, ácida en sus disputas y con un gusto exquisito para la música y las bebidas fuertes, Elvira Figueroa le había dejado una profunda huella. No la había olvidado en todo el tiempo que había pasado sin tener noticias de su paradero.

Tenía el pelo tan negro que a veces recordaba haber visto destellos azulados, y una sonrisa encantadora que le otorgaba a su rostro pequeñas arrugas que le concedían un encanto añadido. Alta, de curvas generosas, sensual, alegre y envidiablemente culta, así era ella, y por todo ello pulsó el botón verde de llamada.

Elvira Figueroa se había trasladado al Juzgado de Primera Instancia de Teruel. Monfort esperaba que estuviera en Castellón, pero ella restó importancia a la distancia y argumentó con gracia que en el tiempo en el que se ponía a enfriar una botella de cava se llegaba desde una ciudad a la otra. Y no iba falta de razón. Ella se alegró de que él la llamara y se lo dijo abiertamente, sin el menor tapujo. Monfort estuvo torpe y algo parco en palabras, indeciso, como si se avergonzara de haberla llamado. Ella bromeó; sabía cómo era él, nada se le escapaba a aquella mujer bregada en todo tipo de situaciones propiciadas por su profesión. Le preguntó por su madre, enferma ya cuando se conocieron, y él le contó que sus cenizas descansaban ya en el Mediterráneo.

Recordó lo mucho que le habían cautivado sus ojos negros y la sincera mirada que proyectaba con ellos.

Pagó la segunda copa de vino que había pedido y compró una cajita de bombones rellenos de whisky de malta. La dependienta le dio uno a probar. Monfort lo paladeó y sintió el sabor de la turba mezclada con el cacao. A ella le gustarían.

Pensó en comprar flores de camino al lugar en el que había quedado con Elvira, pero tropezó con una librería en una de las calles adyacentes a la plaza del Torico. Se llamaba Librería Escolar y se encontraba en el número 3 de la calle

Mariano Muñoz Nogués. Junto al nombre se podía leer que había sido fundada en 1939. Decidió que podía sustituir las flores por un libro y buscó algo que pudiera gustarle. Pero ¿qué le gustaba leer a Elvira? No conocía sus gustos literarios, tampoco tanto del resto de sus aficiones. A él le gustaba ella, eso estaba claro, pero ¿qué le gustaba a Elvira? Se sintió nervioso y un poco ridículo. El hombre que atendía el mostrador era muy amable. Quiso recomendarle algunas obras, pero al ver que Monfort estaba un tanto azorado lo dejó tranquilo para que eligiera a su antojo entre las recargadas estanterías. Se lo agradeció. Miró los libros expuestos, los acarició, aspiró el aroma inconfundible del papel impreso. Finalmente, eligió una edición especial de *El extraño caso del doctor Jekyll y el señor Hyde*, de Robert Louis Stevenson. Ella lo habría leído, era muy probable, pero cabía la posibilidad de que lo hubiera hecho mucho tiempo atrás, y releer un clásico era siempre una buena forma de mitigar una noche de insomnio. Estuvo a punto de volver a dejarlo de nuevo en la estantería cuando pensó que era en su gusto personal y no en el de la obsequiada en el que estaba pensando, pero al final se dijo que si a él le habría encantado que se lo regalaran, por qué no iba a gustarle a ella. Suspiró, parecía un adolescente. Llevó el libro hasta el mostrador. Cuando el dependiente le dijo si lo quería envuelto para regalar, creyó sentir el rubor en sus mejillas. Pensó que ya estaba bien de tonterías.

–Sí, es para regalar, gracias –dijo para terminar con aquello.

Pagó y salió de la librería con los bombones de malta y el libro de Stevenson rumbo a la cercana plaza de la Catedral, donde había quedado con Elvira Figueroa.

–Cualquiera diría que parezco una novia esperando a la puerta de la iglesia –dijo Elvira cuando Monfort se acercó a ella con las manos ocupadas por los obsequios.

Monfort agradeció la broma que sin duda hacía pedazos el siempre embarazoso momento inicial del reencuentro.

–Pocos invitados han venido, según veo –repuso él.

Tras un abrazo sincero, ella le dio dos sonoros besos que le reconfortaron el cuerpo y la mente.

–¿Eso son regalos? –preguntó Elvira señalando las dos bolsas.

Él se las dio.

–Sí, soy como Papá Noel en el mes de mayo.

–Si vienes en invierno a Teruel, quizá puedas hacerlo en trineo –bromeó ella.

Allí mismo, junto a la imponente reja de la puerta de la Catedral de Santa María de Mediavilla, una de las más importantes obras del arte mudéjar en España, Elvira Figueroa desenvolvió los regalos que Monfort le había comprado. Celebró ambas cosas con más besos y abrazos. Confesó que los bombones de whisky de malta de la Pastelería Muñoz eran su debilidad y que, por supuesto, había leído la obra de Stevenson, pero hacía ya mucho tiempo y estaría encantada de volver a leerla una vez más.

–Sé algunos párrafos de memoria –dijo ella–. Si quieres te puedo recitar alguno.

Asintió complacido. Elvira introdujo de nuevo los regalos en las bolsas y se agarró del brazo de su acompañante. Empezaron a caminar.

–¿Has visto alguna vez la puesta de sol desde el paseo del Óvalo? –preguntó Elvira acercando los labios hasta rozar el oído de Monfort.

–No he tenido el placer –contestó él con una sonrisa dibujada en el rostro.

–Tranquilo. Hoy tampoco la vas a ver –finalizó ella, y tiró de su brazo para acelerar el paso.

Al cruzar de nuevo la concurrida plaza del Torico, o de Carlos Castel, Elvira pronunció de memoria un fragmento del célebre libro.

> No critico la herejía de Caín. Yo siempre dejo que el prójimo se destruya del modo que mejor le parezca.

1989

El tío Andrés se acostaba con Remedios, su secretaria. Yo lo había descubierto. Entrar con su propia llave en el portal donde vivía, instantes después de que lo hiciera ella, no dejaba ningún lugar a dudas.

Lejos de enojarme, me alegré de ello; me habían allanado el camino para la venganza.

En los días siguientes me devané los sesos en busca de un buen plan. Traté de hacerme con la confianza de mis tíos para que no sospecharan nada, y ayudé en la casa para que estuvieran contentos conmigo.

Seguía encerrándome en mi habitación para leer y escuchar música, sobre todo aquel primer disco que no dejaba de poner una y otra vez hasta que me aprendí de memoria sus canciones. Eran, para mí, mucho más que letras insulsas. Se convirtieron en himnos que me acompañaban a través de mi rocambolesca existencia, la banda sonora de mi vida.

Aprobé los exámenes de selectividad y decidí que estudiaría una carrera que tuviera relación con la literatura. Quería escribir, estaba decidido. Ellos habían cercenado la ilusión de mamá para que fuera al internado de Zaragoza, pero ahora iba a conseguirlo.

Había dejado de lado mis pensamientos sobre cantar o dedicarme a la música. Aquel era el sueño de mamá, no el mío. Confieso que los libros que la tía Mercedes puso a mi disposición tuvieron mucho que ver en mí última decisión.

Cuando en el transcurso de una comida les comuniqué que había aprobado los exámenes de selectividad, la tía Mercedes se puso muy contenta; sin embargo, volví a ver el rastro del odio en la mirada del tío Andrés. Tampoco esperaba su beneplácito.

Mi tía quiso saber qué me gustaría estudiar y a qué universidad querría ir. Fui sincero con ella. Le dije que me gustaría ser escritor. Se lo dije con cierta vergüenza, no supe por qué. Me sentí extraño, triste y defraudado. Solo.

Contarle a la tía Mercedes mis sueños después de que ella y el tío los hubieran castrado era algo anormal, pero en el fondo sentía cariño por aquella mujer que tanto me recordaba a mamá. Qué lástima que se hubieran portado tan mal conmigo. Ahora no había vuelta atrás. Tenían que pagar lo que me habían hecho.

Me dijo que recabaría toda la información necesaria para que pudiera ir a la Universidad de Valencia, que haría todo lo que estuviera en su mano. Por un momento me sentí reconfortado, mientras manifestaba su alegría por mis logros. Parecía que mis sueños de estudiar Filología Hispánica no la habían decepcionado; en realidad ella amaba las letras, y por eso tenía tantos libros en su casa. El tío Andrés no dijo una sola palabra. Se limitó a asentir con gesto bobalicón cada vez que ella volvía la cabeza para mirarlo en busca de su aprobación. Qué otra cosa podía hacer, si al fin y al cabo no era más que un calzonazos. Un calzonazos que le ponía los cuernos con su propia secretaría.

Si la tía Mercedes se enteraba de su relación con Remedios no habría lugar en el mundo en el que pudiera esconderse, y eso es lo que yo iba a hacer. Destaparlo todo.

Y mucho más.

Domingo, 11 de mayo de 2008

MONFORT PARTIÓ DE Teruel reconfortado por las primeras luces de la mañana.

La niebla, ligera como la espuma, limitaba en parte la visión del horizonte; sin embargo, embriagaba el ambiente de dulce nostalgia, la que ya sentía nada más dejar atrás la ciudad y el aroma fascinante de Elvira Figueroa.

La Autovía Mudéjar presentaba muy poco tráfico. Sintonizó la emisora de música clásica de Radio Nacional de España. Reconoció la pieza que sonaba en aquel preciso momento. Se trataba de una obra de Pietro Mascagni: *Cavalleria Rusticana. Intermezzo*. Subió el volumen. Era una melodía ideal para surcar las prolongadas rectas de los páramos turolenses. Se reacomodó en el asiento del coche. Pronto leyó un cartel que anunciaba la llegada a la población de Sarrión. Decidió abandonar la autovía en aquel punto. Tras cruzar los paisajes marcados por la dura orografía de aquellas tierras del Maestrazgo llegaría, dando un considerable rodeo, hasta la provincia de Castellón, y con ello pasaría por Vilafranca del Cid; seguramente era ese el principal motivo del desvío.

Se adentró en las misteriosas tierras plagadas de leyendas; nada le apetecía más en ese momento que conducir en soledad por aquellas carreteras, embriagado aún por las sensaciones vividas en las últimas horas.

Se reencontró con lugares infinitos, olvidados y a la vez tan cercanos en el tiempo. Aquello, más que una comarca, era un mundo sin fin, y a él le apasionaba porque lo dejaba en paz consigo mismo.

Pese a sentirse empequeñecido por tanta curva, matorral y chicharra, condujo sin detenerse hasta llegar al paraje conocido como La Pobla del Bellestar, por donde discurría la rambla de las truchas, el pedregoso y zigzagueante cauce del río que marcaba la hipotética frontera entre las provincias de Teruel y Castellón, con el puente de Sant Miquel de la Pobla, monumental, pero humilde y sencillo también.

El sol proyectaba sus rayos e iluminaba generosamente el idílico lugar, una maravilla en medio del secarral por el que había conducido sin tregua. Se apeó del coche. Olía a tomillo, un olor profundo que le embriagaba los sentidos. Lástima que él aniquilara el aroma de la planta al encender un cigarrillo. El paisaje estaba dominado por un endemoniado jardín inerte de piedras que formaban todo tipo de elementos que el hombre, tras años de adaptación a aquel hostil terreno, había transformado en algo vivo, especial y mágico, un tanto espectral también.

Conocía el lugar. La Pobla del Bellestar era una pedanía de Vilafranca del Cid y él había estado allí cuando era un niño. El caserío estaba prácticamente abandonado a las inclemencias meteorológicas. Allí reinaba el silencio tantas veces añorado, la ausencia de sonidos, un bien tan preciado como olvidado, incómodo en ocasiones.

La rambla de las truchas permanecía seca gran parte del año, aunque en la época de fuertes lluvias podía crecer de forma inesperada y convertir el lugar en un auténtico vergel. Sin duda se encontraba en uno de los lugares más bellos del Maestrazgo.

A un centenar de metros del puente vio a un hombre junto a un muro de piedra a medio construir o a medio derruir. Monfort se acercó despacio hasta donde se encontraba. A sus pies tenía varios montones de piedras, separadas por tamaños y formas. El hombre trabajaba en aquella construcción de piedra en seco tan típica de la zona.

–Hola –saludó–. Debe de ser complicado conseguir que se mantenga en pie. –Señaló el muro, que parecía interminable.

–No crea –contestó el hombre–. Es cuestión de mucha paciencia. Y tiempo. Y yo tengo de las dos cosas.

Tendría alrededor de setenta años, vestía un pantalón de pana gruesa, botas recias y una camisa de franela con las mangas remangadas por encima de los codos. En aquel momento hacía calor, pero a primera hora de la mañana la temperatura habría sido bien distinta.

El hombre cogió una piedra con la mano derecha y pareció estudiarla atentamente. La acarició con la otra mano y suavemente le quitó la tierra que tenía adherida. La colocó en un hueco abierto en el muro, la movió una vez, otra más, incluso en una tercera ocasión. Finalmente la desechó, no encajaba. Repitió de nuevo la operación con otra piedra de distinto montón. Encajó perfectamente en el hueco. Se sacudió las manos e incorporó la espalda. Parecía satisfecho.

–¿No utiliza guantes? –preguntó Monfort.

–Tengo unos ahí –indicó tras coger una nueva piedra–, pero si me los pongo no tengo sensibilidad en los dedos y entonces no distingo bien qué piedra se acopla mejor.

La piedra que sujetaba tenía tonos ambarinos, un color adquirido gracias a luz del sol. A última hora de la tarde, cuando llegara el ocaso, tendría otro tono, y aún otro distinto de madrugada o al despuntar el alba.

–¿Se dedica a reparar los muros?

El hombre le dedicó una ligera sonrisa. Desechó la piedra que sostenía y eligió otra, que colocó con sumo cuidado en uno de los huecos abiertos. El agujero quedó completamente cerrado, como si se tratara de un puzle.

–Me entretengo haciéndolo. –Se encogió de hombros–. Estoy jubilado. Paso las mañanas aquí, cuando el tiempo lo permite. –Señaló el sol que calentaba el terreno y favorecía el canto de los grillos. Hablaba con tono sosegado, quizá la única forma de hacerlo en aquel entorno.

No tenía acento aragonés, tampoco valenciano, pero Monfort no le preguntó por su procedencia. Estaba embelesado viendo cómo trabajaba en la pared derruida por las asperezas del olvido.

Como si le hubiera leído el pensamiento, el hombre dijo:

–¿Le interesan las piedras?

–Me parece fascinante –le contestó–. Lo veo como una forma de arquitectura casi irreal.

–La necesidad de suelo en el que poder cultivar –empezó a contar el hombre, que ya sostenía una nueva piedra en la mano– hizo que los habitantes de este lugar extrajeran las piedras que cubrían la tierra. Las dejaban en las proximidades del terreno transformado para el cultivo y luego, simplemente, les buscaron alguna utilidad.

Las piedras sirvieron para que los pastores pudieran ordenar los caminos para el ganado. Con ellas construyeron corrales, vallas y refugios. Con las manos y el ingenio se levantaron kilómetros de paredes como esta, y así se transformó el paisaje, convirtiendo esta zona en un maravilloso museo al aire libre. Pero ellos no sabían nada de todo eso entonces. –Se incorporó para dirigir la vista al horizonte–. Y ahora ya ve... La piedra lo ocupa todo.

–Como una segunda piel –se atrevió a decir Monfort.

–Así es. –Volvió de nuevo la vista a los montones de piedras–. Un paisaje de arquitectura popular sin arquitectos, donde lo que manda realmente es la adaptación al duro medio en el que se encuentra.

Monfort sacó del bolsillo el paquete de cigarrillos y le ofreció uno. El hombre aceptó y lo encendió con su propio mechero. Le temblaban un poco las manos. Le pareció curioso que le temblaran al encender el cigarrillo y sin embargo mantuviera el pulso firme al sostener y colocar las piedras en el muro.

–Nací en un pueblo de Ciudad Real –pronunció tras dar la primera calada–. Vine a trabajar a Vilafranca del Cid hace muchos años. Me casé aquí y aquí me quedé. Ahora vivo cerca, en La Iglesuela del Cid. –Señaló hacia el lugar en el que se hallaba el primer pueblo de la provincia de Teruel–. ¿Conoce usted La Iglesuela del Cid?

–Sí. Estuve algunas veces, hace muchos años. Tengo buenos recuerdos.

–¿Recuerdos gastronómicos? –preguntó con algo parecido a una sonrisa.

–También –convino.

–Las patatas rellenas y el ternasco de Casa Amada, sin duda alguna –afirmó el hombre.

Monfort recordaba la antigua fonda, en mitad de la calle que también era la carretera que cruzaba el pueblo. Un hostal con restaurante en el que había comido en distintas ocasiones cuando sus padres viajaban hasta Vilafranca del Cid.

–Y ahora, la piedra es su pasión.

–Se podría decir que sí. –Se encogió de hombros una vez más–. Cuando uno llega a viejo debe buscarse algo que no le haga pensar demasiado. Ocupar el tiempo. Apartar fantasmas.

Monfort le tendió la mano. El hombre se la estrechó. Pese a que hubiera conjeturado que serían unas manos callosas y castigadas por el roce de las piedras, las tenía suaves y cálidas.

–Ha sido un placer charlar con usted.

–Lo mismo le digo.

–Con todos esos conocimientos del paisaje y del territorio, cualquiera diría que vino usted aquí a trabajar como maestro en la escuela –dijo Monfort cuando ya se marchaba.

El hombre se secó algunas gotas del sudor de la frente con el nudo que proporcionaba la manga de la camisa doblada a la altura del codo.

–Fui cartero. –Estaba en cuclillas, con el cigarrillo atrapado entre los labios, en busca de la piedra adecuada para cubrir un nuevo hueco en el muro–. Una buena forma de conocer el paisaje y, sobre todo, al paisanaje que lo habita.

Lunes, 12 de mayo de 2008

La iglesia de Santa María, en la cercana población de Borriol, tenía un aspecto tan moderno que provocó gran sorpresa a los asistentes que no la habían visto con anterioridad. Construida con hormigón, de planta circular y cúpula semiesférica, se asemejaba más a un platillo volante que a cualquier otra cosa relacionada con el culto religioso. Si no hubiera sido por una cruz situada en el exterior, cualquiera habría dicho que se trataba de un edificio construido con algún fin científico. Según se mirara, también podía parecerse a un iglú aplastado por la parte superior.

Fuera como fuese, el templo estaba completamente abarrotado, tanto en el interior como en el exterior. El párroco que iba a oficiar el funeral de Joan Boira pensaría, sin temor a equivocarse, que ni en los mejores tiempos de su existencia aquella iglesia había recibido a tantos feligreses.

Pero la despedida de un joven hijo de la población, que además era un conocido cantante, había atraído a gran parte de los habitantes de Borriol, así como a un numerosísimo grupo de seguidores del grupo del que Boira era la cara más visible.

El funeral por la muerte de una celebridad era un acto que nadie quería perderse, y por eso los medios de comunicación habían acudido en masa. Los *flashes* de las cámaras no dejaban de centellear y el sonido que producían helaba la sangre de los presentes, que guardaban absoluto silencio en el interior de la iglesia. Fuera, en las inmediaciones de la edificación, las cámaras digitales aguardaban la salida de la comitiva para captar los rostros de dolor de los familiares y amigos que acompañarían al ataúd hasta el cementerio de la localidad.

«La muerte vende. La música, no tanto», escribió un conocido autor norteamericano. Aquel sería el espectáculo más retransmitido en la carrera musical de Joan Boira. Sería su último concierto, su bis final.

Lástima que él no pudiera saborear su propio éxito.

Monfort había acudido acompañado por Silvia, y ambos permanecían de pie en un lateral de la iglesia, justo a la altura de los bancos centrales. También estaban los agentes Terreros, García y Calleja, que, mezclados entre los presentes, tenían orden de no perder de vista ningún movimiento de algunos de los presentes.

Los primeros bancos estaban ocupados por los padres y el resto de los familiares de Joan Boira. Junto al padre, encorvado y envejecido, estaba Elena Barrantes, con el rostro deshecho por el dolor. Le temblaban los hombros y miraba hacia el suelo en todo momento. La madre, que no podía estar de pie, aguardaba sentada a que el párroco iniciara el oficio, escondiendo la cara tras un pañuelo. Una mujer, que tendría más o menos su misma edad, le acariciaba la espalda en un intento de dar consuelo, aun sabiendo que era una tarea imposible.

Por detrás de los familiares y de las personas más allegadas a ellos ocupaban parte de un banco Lucas Socolovich, Jesús Castro y también Pedro Paraíso, Alberto Roca y Esteban Huete, que habían llegado desde Madrid esa misma tarde para dar el último adiós al que fuera su compañero.

Componentes de otros grupos venidos desde distintas ciudades españolas, representantes de compañías discográficas, de la Sociedad General de Autores y de otras entidades relacionadas con el mundo de la música, así como una buena representación de políticos locales y provinciales también estaban presentes en el oficio.

Nadie quería perderse el circo que se había montado alrededor del sepelio.

Otras personas habrían preferido hacerlo en la más estricta intimidad, pero los padres de Joan Boira vivían en un pueblo pequeño y la muerte de su hijo los había destrozado por completo, anulando cualquier voluntad. A buen seguro se habrían dejado aconsejar por sus propios familiares, por la iglesia o incluso por la empresa funeraria. En cualquier caso, si aquel espectáculo podía reconfortarlos de alguna forma al pensar en la cantidad de gente que quería a su hijo, era suficiente, aunque en realidad no fuera cierto del todo.

A mitad del oficio, el párroco hizo una señal y Lucas Socolovich se acercó al altar. Se situó en un lateral en el que había un micrófono. Silvia y Monfort intercambiaron una mirada. Socolovich estaba acostumbrado a tener numeroso público frente a él. No titubeó lo más mínimo al desdoblar una hoja de papel que extrajo de un bolsillo de su chaqueta de cuero.

Leyó un texto que seguramente habría escrito él mismo; era digno de una de aquellas canciones de Bella & Lugosi, un tanto oscuro y pretencioso. Socolovich también iba a tener su momento de gloria, incluso en el entierro de su compañero. Finalizó su parlamento y dobló la hoja despacio, con gesto ceremonioso. Luego miró al techo de la iglesia y dijo:

–Querido Joan. Allí donde vayas sonará siempre tu voz, y la amistad que un día nos regalaste permanecerá para siempre en nuestros corazones.

Las palabras de Lucas Socolovich inundaron la iglesia. Las puertas permanecían abiertas para que los que no habían podido entrar no se perdieran detalle. Al final, todo quedó en silencio, dentro y fuera; un silencio doloroso.

Y la tarde quedó triste, igual que había empezado la mañana.

Mientras Lucas Socolovich volvía al banco, junto a sus compañeros, Monfort dirigió la vista a la primera fila y percibió el gesto de rabia en el rostro de Elena Barrantes.

El comisario Romerales recibió una llamada del juez que instruía el caso. Le hizo preguntas para las que no tenía respuestas. No podía ofrecerle nada más que él no supiera ya. El caso estaba estancado, al menos ese era su veredicto por el momento, pese a que sus hombres trabajaban con ahínco en busca de indicios que pudieran convertirse en pruebas inculpatorias.

El juez, que seguía al teléfono y hablaba sin parar, estaba de muy mal humor. Decía que estaban quedando mal con todo el mundo. Repetía una y otra vez que la muerte de Joan Boira había sido causada por una sobredosis y que no tenía ningún sentido seguir erre que erre con la investigación. Aconsejó al comisario que se centrara en la búsqueda de quien traficaba con aquella heroína adulterada, según decía el informe de la autopsia. Le daba igual si la víctima había consumido en el pasado o no, le daba igual la extraña relación con algunos de sus compañeros y con su novia. Le daba igual todo. Lo único que quería era pasar página a aquel asunto y cerrarlo de una vez para siempre.

Romerales aguantó estoicamente la regañina del magistrado y por un instante se evadió de la llamada y pensó en la comida con Monfort en su casa, en la que se mostró más alicaído de lo que era habitual en él.

De camino a su casa, el inspector insistió en comprar una botella de vino y flores para su esposa. No sirvió de nada repetirle que no era necesario, Monfort es un caballero de los pies a la cabeza. Está claro que no se lo iba a decir, pero así era. La mujer de Romerales se puso muy contenta al verlo y le estampó dos besos en las mejillas. Le dijo que en casa se hablaba mucho de él, pero Romerales se interpuso en la conversación para que no creyera que su nombre estaba siempre en boca de aquella familia. La esposa del comisario agradeció las flores y las dispuso enseguida en un jarrón con agua que acabó presidiendo la mesa. Los comensales festejaron con gran entusiasmo los fideos con costilla de cerdo y salchichas.

Romerales reparó en que su amigo había envejecido en poco tiempo; tenía algo en la cara, quizá unas arrugas de más, quizá un leve velo en la mirada, una mueca distinta en los labios. Monfort había perdido a su madre tras una larga y complicada enfermedad, su padre estaba más lejos que cerca del mundo de los vivos; sin embargo, Romerales tenía claro que el problema era la soledad. Vivía en una habitación de hotel, tenía un padre con el que no podía mantener una conversación sin que su mente se dispersara en un mundo cósmico e irreal propiciado por la demencia senil. Romerales miró a su esposa, que no dejaba de hablar con el invitado. Ambos hacían buenas migas, ella era una mujer excepcional. A ver cómo, si no, iba a aguantar a un viejo policía como él, pensó. Sí, era la soledad, se dijo, no había duda de ello. Romerales llevaba casado con su esposa lo que a él le parecía toda una vida. Era su amiga, su confidente, su amante, su todo. Monfort perdió ese puntal cuando apenas habían empezado a caminar juntos. La fatalidad no le permitió ser el padre de los hijos que le habría gustado tener con su esposa y, en contra de la naturaleza y de lo que habría sido normal, decidió que con su muerte comenzaba otra muerte distinta, la suya, una condena a vivir muerto en vida. Así veía él a Monfort. Tragó saliva, miró a su esposa y pensó en cuánto la quería.

–¿Está ahí, comisario? –espetó el juez con manifiesta hostilidad.

–Sí, claro, dígame –contestó turbado Romerales.

–La subinspectora Redó me convenció en un principio con su mensaje de correo electrónico, pero ahora me doy cuenta de que las razones que esgrimía podían ser válidas para una serie de televisión o para una novela policíaca, pero no para un caso real. Comisario, le pido que deje marchar a esas tres personas que están retenidas. No puedo engañarme a mí mismo. Esos tres... –hizo una pausa, como si leyera en algún sitio los nombres que quería decir– Jesús Castro, Lucas Socolovich y Elena Barrantes es mejor para todos que se marchen si es que quieren hacerlo. Y, por favor, comisario, céntrese en perseguir a los que trafican con esa porquería, porque ellos son los únicos asesinos reales en esta historia.

El Sebas recogió lo que había ido a buscar. Para la gitana él era casi de la familia. A veces, cuando iba por el barrio, provocaba alguna disputa porque algunos gitanos le reprochaban que su padre se hubiera casado con una paya, pero a él le daba igual. Eso era precisamente lo que lo hacía diferente a todos ellos, y su puesto de trabajo en la empresa de seguridad lo proveía de un uniforme y un arma con la que se sentía seguro y poderoso. Si tienen huevos, que vengan a por mí, solía decirse a sí mismo para infundirse valor.

La gitana vendía materia de muy buena calidad, por eso acudía siempre a ella. Luego era cuestión de cortarla para llegar a triplicar el producto y ganarse una buena suma vendiéndola en dosis de uno o dos gramos. Su puesto de trabajo le venía como anillo al dedo para pasar inadvertido y acceder a lugares y personas que de otra forma no habría podido alcanzar. El consumo se estaba propagando cada vez más entre personas de buena posición y la imagen del yonqui tirado por el suelo había quedado un tanto denostada. Ahora eran ejecutivos y personajes con alto nivel adquisitivo los que experimentaban con el caballo, prueba de ello era aquel hombre que el Sebas había echado a empujones, un tipo con pinta de señoritingo trajeado que creyó que la casita baja del barrio era un garito en el que podía comprar y consumir.

Contestó al mensaje que le había entrado en el teléfono móvil con un simple: «OK 15 min».

Eso era lo que tardaría en llegar hasta la dirección que le habían escrito. No recordaba quién era, pero la referencia era de fiar.

Distribuyó las papelinas en distintos bolsillos y salió a la calle.

Silvia, Monfort, Terreros, García y Calleja aguardaron en la puerta de la iglesia de Borriol a que los operarios de la funeraria sacaran el féretro del templo, escoltado en todo momento por los familiares de Joan Boira.

El silencio era exasperante, doloroso, erizaba la piel de los presentes. Semblantes compungidos por el dolor, rostros abatidos. Los padres estaban destrozados. Caminaban encorvados, ayudándose de los familiares. El ataúd fue introducido en un coche y, despacio, abandonaron el lugar. Los familiares, vestidos de luto, caminaban cabizbajos detrás del automóvil de la funeraria. Y entonces la gente que había permanecido en la puerta de la iglesia empezó a murmurar, primero en voz baja y a medida que la comitiva iba alejándose de camino al cementerio, las voces empezaron a oírse con mayor claridad. Algunas personas encendieron cigarrillos y dejaron escapar pequeñas volutas de humo hacia el cielo, ese cielo donde los padres de Joan creían que iría su único y malogrado hijo.

Elena Barrantes acompañó al séquito al camposanto de Borriol. Lucas Socolovich y los demás integrantes del grupo, incluido Jesús Castro, permanecieron junto a la iglesia sin saber qué decir ni hacia dónde mirar.

Monfort se acercó al lugar en el que permanecían Socolovich y Castro e intercambió con ellos unas palabras de cortesía. No era momento para formular preguntas, quizá estaba todo dicho.

Silvia y Robert Calleja se situaron al final del grupo de personas que se dirigía al cementerio. Su intención era observar a Elena Barrantes en todo momento, cualquier detalle podía ser importante.

Los agentes Terreros y García hablaban con los otros dos músicos del grupo y con el *road manager*. Todos miraban al suelo, consternados por la muerte de su compañero.

La muerte parecía cierta cuando la víctima reposaba en una caja de madera y los que se acercaban para dar el último adiós comprobaban por sí mismos que aquel al que poco tiempo atrás tuvieron al lado estaba muerto y descansaba por fin.

–Mañana ya no estaréis aquí –les dijo Monfort a Lucas Socolovich y Jesús Castro. Su voz sonó grave y ceremoniosa, esa era realmente su intención–. El cantante descansará en un nicho cerrado con una pesada piedra de mármol. Seguiréis vuestro camino y vuestra carrera musical. Los únicos que visitarán la tumba a partir de mañana serán sus padres, condenados a vivir por él. Ahora ya es inevitable.

Los dos hombres tragaron saliva; no tenían palabras para contestar a Monfort. Quizá solo se lo pareció, pero creyó ver un velo de tristeza en los ojos de los que habían sido sus compañeros.

–Solo espero que no hayáis ocultado nada que debiéramos saber, algo que pudiera ayudar a que esos padres no crean que su hijo había llegado a la droga por culpa de la música.

Lo dijo porque recordaba las palabras que según el taxista había dicho la madre de Joan cuando los llevó hasta el auditorio la fatídica noche: que sabía que su hijo acabaría así.

Monfort esperaba que el famoso cliché de drogas y rock and roll no fuera siempre del todo cierto; al menos, no aquella vez.

Lucas Socolovich dio un paso adelante y le tendió la mano.

–Le diré a mi padre que usted sabía que Diego Armando Maradona nació en Lanús y no en la ciudad de Buenos Aires, como cree la mayoría. Se alegrará.

Monfort estrechó su mano y se encogió de hombros.

–Yo, la verdad, siempre fui más de Cruyff.

1989

FALTABAN MUY POCOS días para que comenzara el curso en la Universidad de Valencia.

Al parecer, la tía Mercedes había movido los mismos hilos persuasivos que utilizó para que me acogieran en aquel selecto instituto y que el director tuviera consideración por mi terrible pasado, haciendo la vista gorda en más de una ocasión.

Nunca supe a ciencia cierta qué había hecho ni qué había dicho para conseguir tales privilegios; la verdad era que albergaba un halo de misterio que yo no acababa de descubrir.

Fuera como fuese, la tía Mercedes me procuró una matrícula en la Universidad de Valencia para que estudiara Filología Hispánica.

Confieso que en el transcurso de un viaje que hicimos hasta Valencia, para conocer de primera mano la facultad en la que iba a estudiar y el piso que iba a compartir con dos compañeros, estuve a punto de venirme abajo y echar por tierra mis planes de venganza. Fuimos solos, ella y yo; el tío Andrés argumentó que tenía cosas que hacer y que no nos podía acompañar.

Ella se sentó frente a mí en el vagón. El traqueteo del tren hizo que a los pocos minutos de partir de la estación de Castellón la tía Mercedes cerrara los ojos y se dejara vencer por el sueño.

Era tan bella, se parecía tanto a mamá... Eran como dos gotas de agua. Recordé el día en el que me rescató de la miseria y del olor a cerdo del pueblo. ¿Qué futuro habría tenido allí si ella no hubiera aparecido? Se hizo cargo de mí como si fuera su único hijo. Me dio su cariño, un lugar donde comer y dormir, y a la vista estaba que pretendía darme un buen futuro. Cuando estuve a punto de rendirme y de caer en sus brazos, sacudí la cabeza para quitarme de encima aquellos pensamientos. Eché mano al bolsillo para tocar la carta con la punta de los dedos y con ello regresar al pensamiento inicial de lo que nos habían hecho a mamá y a mí. Ellos, mis tíos; mi tía, que ahora dormía plácidamente en el asiento del tren, habían dado al traste con nuestros sueños. No se lo perdonaba. No podía hacerlo. Por mamá. Apreté la mandíbula y me tragué los buenos pensamientos; no los merecían.

De regreso a Castellón pensé que no era suficiente con dar por cierto que el tío Andrés y su secretaria mantenían una relación. Debía comprobarlo, cerciorarme de que era verdad lo que había visto, asegurarme de que mi tío tenía una llave del piso de Remedios y de que se metía en su cama y fornicaban a escondidas de la tía Mercedes.

Así que regresé al lugar.

Los domingos por la tarde el tío Andrés se sentaba en su sillón para escuchar en la radio las retransmisiones deportivas de la jornada. La tía Mercedes permanecía a su lado y leía un libro. Yo solía encerrarme en mi habitación a leer o a escuchar música en el tocadiscos, pero aquella tarde quise comprobar que lo que había presenciado era cierto.

Les dije a mis tíos que había quedado con unos amigos para jugar al billar en un conocido salón del centro de la ciudad. Como no solía salir los domingos por la tarde, les extrañó mi decisión. Mi tía me preguntó que desde cuándo jugaba al billar. Tuve suerte, pues el tío Andrés bromeó sobre que a mi edad era todo un campeón del billar a tres bandas.

Así que me marché. Caminé deprisa hasta llegar a la avenida Rey don Jaime. La cafetería que estaba junto al portal permanecía abierta. Un camarero despachaba grandes vasos de horchata a los clientes que ocupaban las mesas de la terraza.

Aguardé paciente hasta que una anciana salió por la puerta del bloque y aproveché para colarme dentro. Miré los buzones. Remedios vivía en el tercero izquierda.

Subí por la escalera mientras recordaba lo que había tramado.

Al llegar al tercer piso, me puse unos guantes que llevaba en el bolsillo y llamé al timbre de la puerta de la izquierda.

Abrió la puerta. Se quedó paralizada por la sorpresa. Le sonreí.

Ella intentó cerrarla de un empujón, pero puse el pie entre la puerta y el marco para que no pudiera hacerlo.

La agarré del pelo, cerré después de entrar y la conduje hasta lo que parecía el salón. Le dije que se sentara en un sillón. La amenacé para que no gritara. Tenía el rostro desfigurado por el miedo. Entre sollozos me preguntó qué quería; ella ya lo sabía, lo supo nada más abrir la puerta. Le pregunté si conocía a la tía Mercedes. Me dijo que sí, que incluso habían sido amigas. Le di un bofetón. ¡Cómo podía insultar a mi tía de aquella forma! Le pregunté qué había visto en mi tío. Temblaba y su voz hipada hacía que no pudiera comprender lo que decía. Yo me preguntaba qué habían visto aquellas mujeres en el cerdo del tío Andrés; mi tía era una mujer muy bella y Remedios no se quedaba atrás. Podía haber encontrado un hombre que la hubiera amado como se merecía, un hombre con el que casarse y formar una familia, pero no, Remedios había preferido tener una relación con un hombre casado, con un cerdo, con mi tío. Lo iban a pagar.

No dejaba de temblar y le castañeaban los dientes; estaba aterrada. Le anudé las muñecas con una bolsa de plástico y le dije que no se moviera de allí, que se estuviera quietecita. Lloraba de forma desconsolada y en su intento de decir algo se atragantaba como una imbécil. Desde luego, no se podía decir que fuera muy lista; tener una aventura con su jefe así lo demostraba.

El salón estaba decorado de forma austera. Un mueble albergaba una vajilla que seguramente no se usaba y algunos libros que parecían estar allí como mera decoración, una colección de clásicos encuadernados en piel, Herman Melville, Alejandro Dumas, Victor Hugo, autores que posiblemente no había leído ni leería jamás. Una mesa de comedor con cuatro sillas, un pequeño televisor, un sofá de tres plazas y dos sillones completaba el mobiliario de la estancia. Le dije que era mucho asiento para una solterona, y las lágrimas se intensificaron. Le costaba respirar. El pánico le impedía hablar.

El piso solo tenía dos habitaciones. En la primera en la que entré había una cama sencilla, estrecha, cubierta con montones de ropa por planchar. Junto a la cama había una máquina de coser Singer, antigua, como casi todo allí. Otra puerta daba a un baño alicatado con pésimo gusto. Dentro había lo justo: un váter, un bidé y una bañera, también un espejo mal iluminado. La tercera puerta daba a la habitación principal. La abrí de par en par y desde allí le grité: «¿Es aquí donde te lo follas?». Ella no contestó, solo lanzó un gemido, como un animal herido, como una bestia que barrunta su mala suerte.

La cama era vieja. Quizá Remedios había heredado aquellas reliquias de su madre o incluso de su abuela. Seguramente el piso había pasado de madre a hija.

Abrí el armario. En la parte inferior había cajones en los que guardaba su ropa interior: bragas y sujetadores poco excitantes, lencería triste y desangelada que no pondría cachondo a nadie. Pensé en la panza del tío Andrés; tampoco es que aquello fuera muy provocativo ni proclive a la lujuria. Removí las perchas y busqué en el interior de los cajones.

Hasta que encontré lo que buscaba, la prueba que necesitaba. En el primer cajón de una de las mesitas de noche había algunos calzoncillos. También una caja de preservativos. En el segundo cajón hallé un frasco de colonia de la marca que usaba el tío Andrés, una corbata que le había visto en algunas ocasiones y un encendedor de oro con un texto grabado. Leí en voz alta lo que ponía: «Para Andrés, mi amor».

Era un encendedor que le había regalado la tía Mercedes, un pesado y carísimo encendedor de oro macizo que mi tío me mostró en una ocasión para burlarse de mí. Me dijo que lo mirara bien, porque yo nunca podría tener uno como aquel.

La rabia me inundó. Mi mente regresó al pueblo, cuando él ataba a mamá con la cadena para que no pudiera escapar, cuando decía que lo que me gustaba hacer era cosa de mujeres, cuando me amenazaba con cortarme un brazo y colgarlo en el balcón para que se secara junto a la carne de la matanza del cerdo.

Volví al salón hecho una furia. Remedios no estaba en el sillón. La sangre me hervía. No podía haber ido muy lejos, el piso era minúsculo. Entré en la cocina; estaba allí, muerta de miedo, intentando marcar un número en el teléfono que había en la pared. Todavía tenía las muñecas atadas con la bolsa de plástico. Le quité el auricular de las manos y colgué. Me miró como si hubiera visto al mismo diablo. Sus ojos eran pozos oscuros, insondables.

Le propiné dos bofetones que le sacudieron la mandíbula como si se tratara de un monigote. La arrastré hasta el cuarto de baño y la senté en el suelo. Puse el tapón de la bañera y abrí el grifo. Le solté las manos y le ordené que se desnudara; lo hizo, no opuso resistencia alguna. Estaba vencida. De su boca no salía ya ningún lamento. Una vez que se hubo despojado de la ropa intentó cubrirse los pechos y la vagina con las manos, pero no lo conseguía, estaba tan aterrorizada que no sabía lo que hacía, temblaba de forma convulsa.

Cuando el agua sobrepasó la mitad de la bañera, le dije que se metiera en ella. Lo hizo. Sus pechos flotaban en el agua y los pezones oscuros quedaban al descubierto.

Era una mujer hermosa. Sentí la tentación acecharme la entrepierna, pero no era a eso a lo que había ido hasta allí. Reprimí la inminente erección desviando los pensamientos.

No sé qué le veían al tío Andrés, no sé qué poder de atracción ejercía en ellas. A Remedios no le habría costado encontrar un hombre que la hubiese amado como merecía, pensé una vez más.

La tía Mercedes también lo había elegido pese a que era un cerdo asqueroso que le ponía los cuernos con su secretaria.

Remedios me miró fijamente. Y yo a ella. En el fondo era una buena mujer, una solterona que se había rendido a las proposiciones deshonestas de su superior.

Su jefe, su amante, purgaría también por lo que nos había hecho.

Remedios pagaría las consecuencias en primer lugar.

Empujé su cabeza al fondo de la bañera.

No trató de defenderse.

Era una buena chica. Obediente y sumisa.

Al día siguiente me marché a Valencia.

Lunes, 12 de mayo de 2008

En el cementerio de Borriol

ROBERT CALLEJA ESTABA más nervioso de lo que era habitual en él, que pocas veces perdía la compostura, pero aquella situación lo ponía enfermo. Habría abandonado el cementerio nada más llegar a las puertas, pero la subinspectora convino que lo acompañaría para observar las reacciones de los familiares y, sobre todo, de la que fuera la novia de Joan Boira. Por suerte, el cementerio de Borriol no quedaba lejos de la iglesia de Santa María. En aproximadamente diez minutos llegaron hasta allí.

Había mucha gente, todos estaban visiblemente afectados por el dolor de ver marchar a un ser querido.

La gravilla de las calles del cementerio crujía bajo las suelas de los zapatos de los asistentes. El cura dijo unas palabras, pocas, directas y concisas; quizá no le hacía especial ilusión dar cristiana sepultura a una posible víctima de la droga.

La subinspectora y él daban el cante con sus vestimentas de calle, pero todavía habría sido peor intentar camuflarse vistiendo como los familiares, que no habían tenido más remedio que desempolvar del armario los trajes oscuros utilizados para actos como el que ahora estaban presenciando.

Lo peor fue el silencio impresionante que se hizo en el momento en el que los operarios de la funeraria subieron el ataúd hasta el nicho que le correspondía a Joan Boira. Solo se oían los sollozos y ruegos de una madre rota por el dolor; el padre también lloraba desconsolado, pero lo hacía en silencio. Dos trabajadores del cementerio municipal se afanaron en tapar con ladrillos y cemento el nicho destinado al hijo de los Boira, y en cuestión de minutos dejó de verse el color caoba de la madera de la caja que albergaba su cuerpo. Una vez terminada de cerrar la pequeña pared de ladrillo, los mismos operarios colocaron una losa de mármol de color negro que brillaba a un sol que ya declinaba hacia el ocaso.

Mientras Monfort se despedía de Lucas Socolovich y en su fuero interno deseaba que fuera para siempre, pues ello significaría que no estaba involucrado en la muerte de su compañero, observó que Jesús Castro les había dado la espalda y caminaba hacia el cementerio. No tenía la menor duda de que iba en busca de Elena Barrantes.

Silvia vio a Castro cuando llegó al lugar donde estaba Elena Barrantes. En silencio, ella y Robert se situaron a escasos metros. Elena hablaba con los padres de Joan Boira; en realidad solo hablaba ella, pues los padres estaban tan abatidos que difícilmente estarían enterándose de lo que les decía. Se despidió brevemente de ellos y los besó con pocas ganas. La madre no dejaba de llorar y el padre no levantaba la vista del suelo. Elena se dio la vuelta, intercambió unas palabras con Jesús Castro y empezaron a caminar de vuelta al pueblo. Pasaron por delante de donde estaban la subinspectora Redó y Robert; Castro hizo una leve inclinación de cabeza, pero cuando Elena Barrantes cruzó la mirada con Silvia y, en voz baja, la llamó sinvergüenza, la subinspectora se acercó a ella y ambas mujeres se enzarzaron en una discusión sin poder evitar que todos los presentes se percataran de ello. Robert y Castro intentaron mediar en el asunto, pero Silvia los apartó con el brazo. En ese momento llegó Monfort, que había seguido los pasos de Castro. Se puso a su lado, lo tomó del brazo y se lo llevó aparte.

–¿Qué quieren? ¿Usted no es el jefe? ¡Dígale a su subordinada que deje de acosar a Elena! –Jesús Castro estaba muy nervioso. Mientras, los familiares y amigos abandonaban el cementerio, cabizbajos, reparando en el altercado entre la mujer policía y la que había sido la novia del que acababan de enterrar.

–Dejen de hacer el ridículo –propuso el inspector sin levantar la voz–. ¿No le parece que esta familia ya ha sufrido bastante? ¡Menudo espectáculo! Más que una novia afligida parece la viuda negra.

–¡No le consiento...! –rugió Castro.

–Usted no tiene que consentir nada. Váyanse de aquí cuanto antes –terminó Monfort.

En ese momento, Elena Barrantes, que se había zafado del ataque verbal de Silvia, agarró del brazo a Castro y los dos se fueron de allí con paso rápido.

Monfort vio a Silvia discutir con Robert. Este la reprendía por su actitud; ella era la subinspectora, un agente no podía discutir su acción, pero él seguía moviendo las manos con gestos elocuentes de que no estaba bien lo que había hecho. Monfort negó con la cabeza. No tenía ganas de meterse en sus cosas. La subinspectora era a veces demasiado impulsiva, pero él no era nadie para decirle qué tenía que hacer. Robert Calleja tampoco; sin embargo, cuando Monfort les hizo un gesto de que ya era suficiente, escuchó que el gaditano se separaba de ella enojado y le decía:

–¡Eres más negativa que el culo de una pila!

Monfort sonrió sin ganas. Silvia estaba que echaba chispas.

Realmente estaban en un punto muerto de la investigación, y la tensión se palpaba en el ambiente.

Pero él no iba a tirar la toalla tan pronto.

1989

Odié a mis compañeros desde el mismo momento en que me instalé en la habitación oscura que habían dejado para mí, en aquel piso destartalado de la estrecha calle de Peris Mencheta, en el barrio de Benimaclet, a escasos diez minutos a pie de la avenida Blasco Ibáñez, donde se encontraba la Facultad de Filología.

Una vez más, la tía Mercedes lo había arreglado todo, desde la matrícula en la universidad hasta aquella habitación compartida con dos chicos que también eran de Castellón y que, según me indicó, provenían de buenas familias.

Olía a moho y las paredes estaban pintadas de un horrible color verde que no conseguía disimular las manchas de humedad. Había una cama estrecha y un armario en el que apenas cabía la mitad de la ropa que llevaba. La habitación solo tenía un pequeño ventanuco, de no más de dos palmos, que daba a un patio interior desde el que no se veía otra cosa que la cercana y descascarillada pared de enfrente. En cambio, por el pequeño agujero en forma de ventana, llegaban todos los olores y sonidos de los vecinos de la finca, octogenarios medio desahuciados que se quejaban constantemente de sus males, que no eran otros que la soledad y el abandono.

Mi equipaje consistía en dos maletas con ropa, una caja con libros y el tocadiscos que la tía me regaló por mi cumpleaños. Fue lo primero que instalé. Enseguida hice sonar el mismo disco que ponía siempre, aquel que venía incluido en el regalo de mi tía y que siempre me acompañaba en los muchos momentos que pasaba encerrado en la habitación que tanto iba a añorar a partir de ese momento.

El resto del piso no era ninguna maravilla. Consistía en un largo pasillo de baldosas que se movían, un cuarto de baño sucio, una cocina más sucia aún, las dos habitaciones de mis compañeros, que tardaría en ver, y un salón con un viejo sofá, una mesa de comedor, un mueble y una televisión completamente pasada de moda.

Mis compañeros estudiaban Bellas Artes uno y Filología el otro. Llevaban allí un año. Era su segundo curso de carrera. Me indicaron enseguida cuáles eran las normas del piso y el rincón de la nevera que me correspondía. Nevera, por otra parte, en la que apenas había comida y sí muchas latas de cerveza.

Me dejaron claro desde el primer momento que yo les importaba una mierda. Ellos hacían su vida, que consistía en apañárselas lo mejor que podían para no acudir a las clases y que no les faltaran cervezas en la nevera, ni tabaco y hachís en la petaca de cuero que había sobre la mesilla frente al televisor. Lo demás era todo secundario, muy secundario.

Uno de ellos, el que estudiaba Filología, escribía a todas horas y soñaba con convertirse en un gran escritor; el otro quería ser músico, tocaba la guitarra. Lo hacía bastante mal, pero cuando cantaba apuntaba maneras. El que escribía parecía venir de familia acomodada, por su manera de hacer y porque al parecer nadie le ponía el menor impedimento para hacer lo que le diera la gana. Era engreído y estaba completamente pagado de sí mismo.

El que estudiaba Bellas Artes lo hacía porque su familia no le permitía saltarse la universidad y matricularse en alguna escuela de música. Había elegido Bellas Artes para marcharse de Castellón y porque creía que aquella carrera le permitiría estudiar música en Valencia sin que sus padres lo supieran. Era un tipo más sencillo, más normal, menos vanidoso. Sin embargo, los dos me trataban como si fuera invisible, como si solo estuviera allí para aportar la parte que había que pagar del alquiler del piso, aunque pronto me los gané de la mejor manera que sabía hacer.

Al que le gustaba escribir le hablé de mi pasión por las letras, mi devoción por las obras clásicas, mi facilidad para crear historias y llevarlas al papel.

Al que quería ser músico le mostré algunas de las letras para canciones que había escrito, la facilidad para la entonación y mi pasión por todo lo relacionado con la música. Le conté que de niño mamá y yo soñábamos con que fuera cantante.

Uno era engreído y altanero, pero escuchaba atentamente mis consejos sobre lo que los grandes autores habían plasmado en sus obras; el otro se mostraba siempre más modesto, pero pronto supe que era porque conmigo había encontrado lo más parecido a un profesor de música que podía permitirse.

No tardaron en cambiar su actitud. Uno escuchaba con atención las historias ficticias que le contaba, mezcladas con otras que eran la más dura realidad de mi vida; el otro ponía música a las letras de las canciones que yo había escrito y que generosamente le prestaba.

No llevaba ni una semana viviendo allí y ya me había hecho un lugar en el viejo piso del portal que olía a meados de gato.

Nada de todo aquello podía asustarme; yo había vivido una infancia terrible en el pueblo. Maltratado, humillado, deshonrado. Soporté ver cómo él encadenaba a mamá a la pared de la cocina, cómo se burlaba y me amenazaba día y noche. La suciedad, el barro del camino, el olor a cerdo, la matanza en el día de San Martín, la sangre. Nada de lo que había en aquel piso podía amilanarme lo más mínimo. Nada.

Al séptimo día llamó la tía Mercedes. Estaba muy alterada. Dijo que había pasado algo terrible. Me pidió que cogiera un tren y regresara enseguida, que me necesitaba en casa.

Les dije a mis compañeros que debía ir a Castellón por un asunto familiar, pero que regresaría pronto.

Mis compañeros de piso se llamaban Gustavo Seguí y Joan Boira.

Martes, 13 de mayo de 2008

Monfort no era supersticioso, pero reparó en que el reloj digital de la habitación del hotel Mindoro indicaba que el nuevo día era martes trece.

Estaba oscuro, eran las siete menos cuarto de la mañana y no había amanecido. Aguzó el oído y percibió un repiqueteo en las ventanas. Salió de la cama y abrió la gruesa cortina; llovía con ganas. Los rayos del sol no conseguirían atravesar los densos nubarrones negros que cubrían la ciudad, al menos en las próximas horas. Aunque había vuelto a vaciar las botellitas de licor del minibar, no le dolía la cabeza ni se sentía mal. Se había devanado los sesos durante gran parte de la noche; la frustración evidente de sus compañeros, al no ser capaces de dar un paso adelante en la investigación, lo había llevado a retirarse pronto y a dar rienda suelta a sus solitarias sospechas acerca de quién o quiénes podrían estar involucrados en la muerte de Joan Boira.

Había demasiadas casualidades pululando alrededor de la víctima.

Desde el cuarto de baño oyó el sonido de llamada de su teléfono móvil. Pensó que quien fuera que llamara tendría que esperar, primero debía volver a la vida, aunque por el momento esta fuera en forma de ducha caliente.

Silvia tomaba café en su piso. Permanecía de pie mientras contemplaba el edificio de Correos a través de los cristales y se aferraba con ambas manos a la taza.

Cada vez llovía con más intensidad. En el pequeño balcón, dos macetas con geranios que ella no había plantado recibían el agua que generosamente caía del cielo.

Se sentía avergonzada. La había cagado. No dejaba de darle vueltas a lo mismo una y otra vez, como un bucle sin fin. Se había dejado llevar por la ira cuando discutió con Elena Barrantes a la salida del cementerio. La había llamado sinvergüenza. Ella sí que tenía la cara dura de estar allí mientras el otro estaba esperándola. Ella se habría largado de todas formas, no era necesario montar un numerito como aquel delante de los familiares de la víctima. Para colmo, había discutido después con Robert; él no tenía la culpa de sus frustraciones como subinspectora, pero no dejaba de sonar un martilleo en su cerebro que le recordaba que en su primer caso tras el ascenso estaba hundiéndose en la miseria.

Estaba harta, harta de todo y de todos. Harta. Se llevó la taza a los labios. El café se había enfriado, como todo.

Antes de salir del piso, de camino a la comisaría, sonó su teléfono móvil. Era el comisario Romerales.

–He llamado a Monfort, pero no me lo coge, para variar.

–Buenos días –replicó Silvia con tono abúlico.

–Cuando escuches lo que voy a decirte se habrán acabado para ti también los buenos días –replicó Romerales.

Cuando Monfort llegó a la dirección que su compañera le había dado por teléfono, ellos ya estaban allí. No había tardado casi nada, veinte minutos a lo sumo, el tiempo justo de vestirse y tomar un taxi en la puerta del hotel; habría perdido más tiempo sacando el coche del garaje e intentando aparcar después. Además, llovía a mares y el tráfico se había convertido en una pequeña hecatombe.

El bloque de pisos estaba en la calle Villafamés, frente a El Corte Inglés, en lo que antes había sido una zona poco agraciada, pero que con la apertura del centro se había revalorizado notoriamente. La calle era estrecha y estaba acordonada. El inmueble daba a la plaza donde se habían ubicado los famosos grandes almacenes. Había poca expectación gracias a la lluvia que arreciaba sin tregua. Pese a ello, algunos vecinos y curiosos se arremolinaban junto al portal. Monfort se abrió camino y subió al piso por las escaleras.

Silvia y Robert vestían buzos blancos, mascarillas y guantes de látex. Ella saludó al inspector con un gesto. El piso olía fatal y estaba lleno de trastos, sobre todo libros apilados por todas partes. Las persianas permanecían bajadas y los de la Científica no habían encendido las luces en un afán de toquetear lo menos posible; sin embargo, un gran foco iluminaba generosamente el cuerpo de un hombre que parecería dormir recostado en un sillón de no haber sido por la jeringuilla que todavía llevaba clavada en el brazo.

Junto al cadáver estaba la figura inconfundible del forense Pablo Morata. Monfort se preguntaba cómo hacía el doctor para llegar antes que nadie a los lugares donde habían ocurrido tragedias como aquella.

El comisario Romerales le dio una palmada en la espalda y el inspector no pudo reprimir un respingo.

–Otro –dijo el comisario con pesar.

Monfort le devolvió la palmada.

–¿Quién es? –preguntó.

–Gustavo Seguí, un escritor bastante popular, por lo visto. Parece que vivía solo, no hay rastros de vida familiar en el piso. Nada apunta a que compartiera su vida con nadie más, al menos aquí.

–¿Un escritor conocido? ¿Por eso has dicho «otro»?

–Veo que estás despierto. Sí, otro famoso muerto por la heroína. Ahora veremos qué se metió. Solo faltaría que...

–No llames al mal tiempo –dijo Monfort, pero se dio cuenta de que con la que estaba cayendo fuera no era un comentario muy acertado.

–¿Tiene familia?

–Lo estamos averiguando, pero parece que no. Dice el vecino que nos llamó que sus padres murieron hace años y que no tiene constancia de que tuviera hermanos.

–¿Os llamó un vecino?

–Sí. Ha dicho que la puerta del piso no estaba cerrada del todo. Se dio cuenta anoche. Dice que no le dio importancia, que creyó que la habría dejado entornada por algo, pero que esta mañana se ha dado cuenta de que todavía estaba abierta. Ha llamado varias veces y como no contestaba ha entrado.

–Y se lo ha encontrado ahí.

–Así es. –Romerales se encogió de hombros.

–Pues se habrá llevado el susto de su vida.

–Sí. Ahora está en su domicilio, cagadito de miedo. Lo hemos interrogado a fondo, pero volveremos a hacerlo cuando se le pase un poco el susto, por si le viene algo nuevo a la cabeza. Varios agentes están entrevistando al resto de los vecinos.

–¿Qué más habéis averiguado de él?

–Terreros y García están recopilando información a toda prisa. En todo caso, sabemos que era profesor en la universidad, pero actualmente no trabajaba porque había solicitado un permiso de excedencia. Hemos sabido que había ganado un premio con su reciente novela; todo un éxito, según dicen.

–Sí, ya veo el éxito –murmuró Monfort.

El forense se acercó a ellos.

–No era una broma lo de que siempre nos vemos en las mismas fiestas –dijo con su tono irónico habitual, dirigiéndose a Monfort.

–Lo malo es que no me gusta la música que ponen –repuso este.

–Dímelo a mí, que siempre me toca bailar con la más fea. –La última frase siempre era del doctor Morata.

–¿Alguna conclusión? –preguntó el inspector.

Pablo Morata se quitó un guante de látex y le tendió la mano.

–De entrada, que este hombre era un guarro. ¿Has visto cómo está el piso?

–No es que huela a rosas.

–Vamos a llevarnos lo antes posible el cadáver al laboratorio. Hay que analizar enseguida lo que se metió. Romerales teme que sea lo mismo que mató al cantante.

–Lo del camello asesino nos tiene atrapados, ¿eh?

–De momento ambos coinciden en algo: eran famosos, un cantante y un escritor.

–Veo que ya tenéis vuestro propio veredicto. –Monfort miró primero a Romerales y luego a Morata.

–Ojalá nos equivoquemos –intervino Romerales–, pero no me gusta nada esto. En Castellón hay pocos casos de muerte por sobredosis, y encima los dos eran conocidos.

–Veamos el lado positivo –sugirió Monfort–: quizá esto nos dé motivos para encontrar algún hilo del que tirar; siempre que estemos hablando de lo mismo, claro.

–Eso lo sabremos en cuanto analicemos lo que contenía la jeringuilla –terció Morata–. Los que tienen trabajo ahora para encontrar algún indicio son sus compañeros de la Científica –señaló hacia donde estaban Silvia y Robert con otros dos compañeros más–. En la cocina hay mierda para parar un tren. El que está en el sillón no sacaba la basura desde Dios sabe cuándo.

–¡Monfort! –gritó Silvia desde la cocina.

El Sebas estaba alertado de que la Policía rastreaba la ciudad en busca de un camello que traficaba con droga adulterada. Se comentaba también que el cantante que murió en el auditorio podía haberse chutado aquello que buscaban. ¡También era casualidad que él estuviera allí de servicio aquella noche! Sí, claro que había pasado una buena cantidad de papelinas en aquellos días, pero la heroína con la que él trapicheaba estaba cortada con productos inofensivos. O al menos eso creía. El caso era que tenía que estar alerta y no dar ningún paso en falso o se buscaría muchos problemas.

Pero ahora, de vuelta al barrio, estaba preocupado porque ya sabía dónde había visto antes a aquella persona con la que había quedado para pasarle una importante cantidad. El problema era que esa persona también lo había reconocido a él.

Monfort estaba en la cocina de la víctima, junto a Silvia y a Robert, vestidos con sus buzos blancos. Ella le tendió unos guantes de látex. El doctor Morata y el comisario Romerales también asomaron la cabeza por la puerta. Olía a mil demonios. El equipo de la Científica había esparcido la basura sobre un plástico blanco que ocupaba casi todo el suelo de la cocina.

Silvia le enseñó a Monfort un objeto, era un pequeño ramo de rosas marchitas. Un ramo de flores muertas.

–¿Y DICEN QUE la víctima del auditorio tenía un ramo igual que este en el camerino?

El juez se había desplazado hasta la comisaría de la ronda de la Magdalena; se notaba que estaba de muy mal humor. A juzgar por su rostro ceniciento, parecía no haber dormido.

–Sí. Estaba dentro de la funda de su guitarra –aclaró el inspector–. Silvia, por favor, muéstrale al juez el otro ramo –le indicó a la subinspectora, que extrajo de una bolsa un ramo igual que el que estaba encima de la mesa.

Romerales se pasó una mano por el poco pelo que le quedaba en la cabeza, y en silencio aguardaba lo peor.

–¿Y lo dicen ahora? –preguntó el juez con las venas del cuello visiblemente marcadas.

–No lo creímos importante –trató de excusarse Monfort–. Lo descartamos para la investigación; pensamos que era un amuleto del cantante o el regalo de alguna seguidora.

–¡Ja! –soltó el juez–. ¡No se lo cree ni usted! No me venga con cuentos, inspector. Ocultaron el maldito ramo para abrir su propia línea de investigación al margen de sus compañeros. Lo ocultaron para que nadie más lo viera y que así, ustedes dos, solitos –los señaló a los dos–, pudieran iniciar un camino distinto al de los demás. Querían jugar con cierta ventaja respecto al resto de los efectivos que trabajan en el caso. A los tipos como usted los calo deprisa; me conozco el paño, créame.

El juez ni siquiera había respirado en toda su alocución.

–No solo lo sabíamos nosotros –intervino Silvia.

–¿Ah, no? ¡Dígame entonces quién más lo sabía!

El juez miró a Romerales, que quería que se lo tragara la tierra en el caso de que aquello hubiera sido posible.

–El agente Robert Calleja, de la Policía Científica; él también lo sabía.

–¿Y por qué ese tal...? ¿Robert, ha dicho? –Silvia movió la cabeza afirmativamente–. ¿Por qué lo sabía él también?

–Porque él y yo analizamos el primer ramo de forma concienzuda –continuó Silvia–. Buscamos huellas o cualquier otro indicio que pudiera ser de ayuda, pero no había nada y por eso lo descartamos de la investigación, porque no tenía sentido.

–¡Y dale, otra vez! –exclamó el juez y dio un manotazo en la mesa–. ¡Pero se lo callaron y no dijeron nada! ¡No me informaron de esto! –El juez exhaló con fuerza, de manera que las aletas de la nariz se le abrieron de forma exagerada–. Podrían acusarlos de ocultación de pruebas. ¿Se dan cuenta?

Monfort dejó escapar un suspiro, quizá demasiado elocuente. Romerales enrojeció y Silvia se mordió el labio inferior. Los cuatro, en el despacho del comisario, parecían fieras enjauladas.

Se hizo un silencio tenso que nadie se atrevía a romper. Se oían las gotas de lluvia golpear con fuerza contra los cristales de las ventanas. Seguía lloviendo intensamente. El cielo era una sábana del color del plomo que cubría la ciudad de angustia y mala leche.

Silvia, que se había puesto unos guantes de látex para manipular la prueba sin contaminarla, colocó un ramito al lado del otro con sumo cuidado, de manera que se podía ver con claridad que eran casi idénticos, comprados en el mismo lugar o elaborados de manera casera por la misma persona.

–Una cosa está clara –dijo Silvia, y la vuelta del sonido fue como si hubiera explotado un globo dentro del despacho–. Ahora tenemos un vínculo que une las dos muertes.

–Más de uno –añadió Monfort casi de forma distraída, lo que provocó un acceso de tos en el comisario. El juez no dejaba de negar con la cabeza.

Silvia afirmó y tomó la palabra.

–Eran personas conocidas por el público, un cantante y un escritor. Ambos tenían un pequeño ramo de flores marchitas cerca del lugar donde murieron y los dos han muerto de la misma forma.

–Ahora solo queda saber si los mató la misma sustancia –añadió el juez, vencido ya por los acontecimientos–. Esperemos que el forense no se demore en facilitar los resultados definitivos.

Monfort notó que el teléfono móvil le vibraba en el bolsillo y lo extrajo.

–Creo que ya podemos escuchar al destripa cadáveres –dijo y les mostró a los demás la pantalla iluminada en la que se podía leer: «P. Morata».

Monfort accionó el altavoz del teléfono móvil y lo dejó sobre la mesa.

–Doctor Morata, bienvenido –dijo Monfort en voz alta.

–Ni que estuviera en la radio para dar una entrevista –espetó el forense con su tono habitual.

–Aunque contengamos la respiración en espera del milagro, te escuchamos atentos desde la comisaría. Su señoría, el juez, está con nosotros, pero no sé si es creyente.

El magistrado se llevó el dedo índice a la sien y empezó a moverlo en círculos.

La voz del forense no se hizo esperar.

–Si tuviera la capacidad de multiplicar los panes y los peces, haría tiempo que estaría tumbado a la bartola en algún lugar paradisíaco en vez de estar encerrado en este sótano rodeado de fiambres.

–Yo, si pudiera elegir qué milagro poder hacer, optaría más por el de convertir el agua en vino –dijo Monfort.

–¡Quieren dejar de decir tonterías de una vez y que el doctor diga lo que tenga que decir! –rugió el juez, a punto de perder la compostura.

–Está bien, le pido disculpas a su señoría por la parte que me toca –dijo Morata. Su voz sonaba metálica a través del altavoz del teléfono–. Seré breve.

Monfort dejó escapar una risita, Silvia se llevó la mano a la boca para que no se le escapara nada más que eso. Romerales estaba ahora pálido como el papel y el juez se retorcía los dedos entrelazados por encima de la mesa.

–No es definitivo todavía, comprendan que es muy reciente, pero en un primer análisis me atrevo a decir que se trata de la misma sustancia que mató a Joan Boira.

Tras las palabras aclaradoras del forense, se hizo el silencio en el despacho. Un silencio denso, preñado de mal humor, que enseguida se hizo añicos con la advertencia del magistrado.

–Encuentren al responsable. Deténganlo y acaben con esto de una vez o habrá consecuencias negativas para todos. Luego no digan que no les he advertido.

1989

HALLARON EL CUERPO de Remedios en su piso, muerta, ahogada en la bañera.

Detuvieron e interrogaron a mi tío porque en el piso encontraron objetos personales que, sin lugar a dudas, eran suyos, y porque algunos vecinos lo veían entrar y salir desde hacía tiempo. Mi tío era un hombre conocido en aquel barrio, ya que tenía un importante cargo en el cercano edificio de Correos.

Pese a las sospechas iniciales se descartó que se tratara de una muerte violenta.

Basándose en el informe de la autopsia, la policía anunció que la muerte se produjo como consecuencia de un ahogamiento en la bañera, tras una pérdida de conciencia atribuida a una posible crisis cardiaca, un accidente que, por desgracia, ocurría con bastante asiduidad y que en algunas ocasiones también se podía asociar al suicidio. Pero las investigaciones no arrojaron nada más al respecto.

En contra de lo que yo habría deseado, la tía Mercedes argumentó como coartada que el día en que, según los resultados forenses, Remedios había muerto, su marido se encontraba en casa y que no había salido en toda la jornada. El portero de la finca también dio fe de ello.

No obstante, quedó claro que el tío Andrés tenía una relación con su secretaria; él no lo ocultó cuando fue interrogado, las pruebas eran demasiado evidentes como para negarlo.

Pese a las importantes dudas que albergaba la Policía sobre la posible implicación de mi tío en la muerte de Remedios, lo dejaron en libertad por falta de pruebas; sin embargo, supuso el final de la vida en común del matrimonio y también el final de la vida física de mi tía, a juzgar por su aspecto.

La tía Mercedes lo puso de patitas en la calle. Llenó un par de maletas con su ropa y las dejó en la portería. Mandó cambiar la cerradura y se vistió de luto, porque para ella su marido había muerto.

La muerte de Remedios quedó oficialmente resuelta como un accidente, pero la tía Mercedes alimentó en su interior la semilla de la incertidumbre sobre si su marido había tenido algo que ver o incluso si podía haberla matado él mismo.

Consolé a mi tía los pocos días que permanecí junto a ella en Castellón; intenté ayudarla, pero su vida, en el fondo, siempre había sido un enigma para mí.

La oía llorar por las noches en su habitación, pero al día siguiente se levantaba erguida y orgullosa, como siempre había sido. Hacía una llamada de teléfono, se maquillaba y salía sin decirme dónde iba ni cuándo volvería.

Se sentía una mujer viuda, pero ella también estaba muerta por dentro.

Habría preferido que el tío Andrés fuera acusado de la muerte de Remedios y que sus huesos se pudrieran en la cárcel, pero al fin y al cabo me había vengado de ellos, sí, y no me había salido tan mal. Por fin se había equilibrado la balanza. No era exactamente placer lo que sentía por lo que había hecho; más bien se trataba de recobrar la sensación de estar en paz conmigo, de estar en paz con mamá.

Los dos iban a pagar su error, muertos en vida.

Todos los días leía la carta que mis tíos me ocultaron, la carta con la que traicionaron los deseos de mamá, y me alegré de sus desgracias.

¡Que se jodan!, pensé.

Regresé a Valencia.

Miércoles, 14 de mayo de 2008

A las doce del mediodía, sentado en la terraza del jardín del Casino Antiguo de Castellón, le pareció que el tiempo se había detenido, o al menos que iba mucho más despacio de lo que lo hacía al otro lado de sus muros pintados de amarillo, donde el tráfico era constante y los viandantes recorrían las arterias comerciales de la ciudad.

La intensa lluvia caída el día anterior había barrido la polución, pero el cielo lucía poco y el azul que proyectaba ofrecía un color ceniciento.

Los periódicos anunciaban con tintes dramáticos la muerte de un escritor de Castellón que se había consolidado con su reciente obra premiada, *La piel del lobo*. Monfort no pudo evitar pensar en todo aquello sobre lo que había hablado con Silvia acerca de que quizá ahora se haría más famoso de lo que había sido en vida. Como Joan Boira y Bella & Lugosi.

Una vez más, la guadaña mortal de la heroína sobrecogía a la provincia. Dos veces con pocos días de diferencia, la misma droga, dos personajes mediáticos. La gente no era tonta, ataría cabos más rápido de lo esperado y cabía la posibilidad de que se desatara el pánico. En todo caso, era lo más normal a tenor de la información ofrecida por los periódicos de la provincia.

Bebía Campari con un suspiro de soda. El sonido de los cubos de hielo repiqueteando en el vaso era algo que siempre le había gustado. Estaba a gusto y relajado sentado a una mesa, en un rincón del jardín, en pleno centro de la ciudad; podría trasladar su lugar de trabajo hasta allí. Quizá diera mejores resultados que en despachos improvisados en la vieja comisaría de la ronda de la Magdalena.

Hizo tres llamadas que no podía demorar por más tiempo.

La primera fue para Jesús Castro. Le informó de que no tenía mucho tiempo, ya que esperaba una llamada de Miami de un artista muy conocido, según él, pero que a Monfort no le sonaba de nada. Le dijo que llevaba mucho tiempo detrás de él para conseguir que su nuevo disco se publicara en Safety Records y que ello dependía en gran parte de aquella comunicación telefónica.

El inspector le preguntó lo que quería saber, pero Jesús Castro no había oído hablar nunca de un tal Gustavo Seguí. Le preguntó si se dedicaba a la música, a lo que Monfort respondió que hasta lo poco que conocía de él no tenía noticias de ello. Era escritor, le dijo. Y Castro comprendió por el verbo en pasado que ya no estaba vivo. No, Jesús Castro no sabía quién era Gustavo Seguí.

La segunda llamada fue para Lucas Socolovich. Estaba en su casa. Parecía adormilado, tardó una eternidad en ponerse al teléfono. Sonaba agotado. Monfort se lo imaginó acostándose a las tantas quizá acompañado por alguna de aquellas fans que lo seguían a todas partes. Fue directo al asunto, pero Lucas tampoco había oído hablar nunca de Gustavo Seguí. ¿Escritor? Preguntó Socolovich como si fuera casi imposible que músicos y escritores tuvieran algo que ver. Los mundos paralelos de la farándula parecían no admitir mezclas de distintas artes culturales.

Monfort estaba a punto de despedirse de él, pero antes se interesó por el futuro de Bella & Lugosi.

–Pero si no le gusta nada lo que hacemos, ¿para qué me pregunta?

–No sé, la verdad es que a partir de ahora me interesará siempre vuestro grupo, no creo que sea posible olvidarlo.

–Ya –dijo Socolovich sin disimular su tono escéptico. Monfort lo oyó beber algo antes de continuar la conversación–. La próxima semana daremos una rueda de prensa. Anunciaremos la disolución del grupo. Sin Joan ya no tiene sentido. No me veo con fuerzas de buscar a nadie más, ya lo hicimos una vez. Por otra parte, la música es para gente más joven, más ambiciosa, con menos escrúpulos y muchas menos manías de las que hemos ido adquiriendo con el tiempo. La piratería nos sangra día a día, se copian ilegalmente muchísimos más discos de los que venderíamos jamás. Internet es una plaga, todo está ahí, ya no se venden discos como antes. Nosotros, los grupos llamados de culto, que en realidad no somos otra cosa que los grupos que no están en los número uno de ventas, vivimos de los conciertos, nos pasamos la vida en la carretera tocando donde nos llaman. En España cada vez quedan menos salas de conciertos especializados, nadie arriesga su dinero para que vayas a actuar. Nada tiene mucho sentido, la verdad. Parezco quemado, lo sé, pero ha muerto el cantante del grupo en el que volqué toda mi energía. Quizá cuando se me pase todo lo que llevo dentro haga otra cosa, otro grupo, otro tipo de música, no sé; de momento, lo tengo decidido, anunciaremos el final de Bella & Lugosi. Y tal como usted insinuó, quizá entonces vendamos más discos. Ojalá. Ya se lo contaré si coincidimos alguna vez por ahí.

–¿Y qué piensa Jesús Castro de esto? –preguntó Monfort provocando la ira de Socolovich.

–¡Que se joda Jesús! Quizá si hubiera estado en el concierto no habría pasado nada.

–Veo que habéis tenido vuestras diferencias.

–Sí, irreconciliables por mi parte.

Ambos se quedaron en silencio y la línea telefónica les regaló algunos extraños sonidos.

–Yo no creo en el destino –añadió Socolovich–, pero el jueguecito que Elena se llevaba con los dos no creo que beneficiara mucho a Joan. De todas formas, usted está convencido de que hay algo más detrás de la muerte de Joan que poco tiene que ver con el pico, ¿verdad?

Monfort se las apañó para despedirse del batería de Bella & Lugosi, un tipo que parecía harto de todo aquello que le daba la vida pocos días atrás.

Elena Barrantes contestó a la llamada del inspector al segundo tono de llamada. Por la forma en la que lo hizo, tenía memorizado el número con su nombre.

–¿Y ahora qué pasa?

Como ella contestó de aquella forma abrupta, Monfort tampoco se quedó a la zaga.

–Pasa que ha muerto otra persona y posiblemente por la misma droga que acabó con la vida de Joan Boira.

–Disculpe, pero estaba...

–Me da igual donde estuviera y no es necesario que se disculpe. Podemos llamarla por teléfono siempre que lo creamos necesario, no creo que deba recordarle que todavía está bajo investigación policial.

–¿Qué quiere?

–¿Conoce a alguien que se llame Gustavo Seguí? ¿Le habló Joan alguna vez de él?

–No tengo ni idea.

–¿Seguro?

–Ya se lo he dicho, ni idea.

Monfort habría estrellado el teléfono contra la mesa, pero habría volcado el Campari cuyos cubitos de hielo estaban derritiéndose amenazando con arruinar la deliciosa bebida.

–Está bien, no la molesto más. Si por casualidad recuerda ese nombre, no deje de llamarme, ya he visto que conserva mi número.

Elena Barrantes se quedó mirando el móvil como si pudiera ver la cara del inspector reflejada en la pantalla. Se dejó caer en el sofá y se cubrió la cara con uno de los cojines.

–Gustavo Seguí... Gustavo Seguí... –susurró–. ¿Dónde había oído antes aquel nombre?

Silvia y Robert tenían la mesa de la sala de reuniones atestada de enseres personales de Gustavo Seguí, entre ellos varios ejemplares del libro que recientemente había sido premiado. En el piso todavía quedaba mucho material para analizar.

–Es su primera novela –dijo Robert con uno de aquellos libros en la mano.

–Y la última –mascculló Silvia.

–¿Has leído la sinopsis?

–Si no te callas un momento no conseguiré hacerlo –respondió molesta.

–Es una historia truculenta –añadió Robert.

–Las que le gustan al público. Este tipo de novelas está en auge.

–Bueno, lo que está en auge es un resurgimiento de aquellos sucesos que aparecían en publicaciones como *El Caso* en los años...

–Robert, por favor, intento leer la sinopsis y la biografía, pero si me hablas constantemente es imposible.

–Y eso que eres una mujer.

–¿Qué?

–Que sois las únicas que podéis hacer dos cosas a la vez. Por ejemplo yo, *perla mía*, mientras te hablo no puedo hacer nada más. Bueno, sí, mirarte.

Silvia no estaba segura si la guasa gaditana y el acento de su colega comportaban aquellos comentarios o, simplemente, Robert Calleja le tiraba los trastos siempre que tenía oportunidad. Casi se ruborizó al pensar que cada vez se encontraba mejor en su compañía.

En el piso de Gustavo Seguí encontraron cajas vacías de pastillas, tranquilizantes... Botellas también vacías, de whisky, de ginebra, de vodka. Cientos de páginas impresas, escritas con ordenador, que contenían reflexiones confusas y difíciles de descifrar sobre la vida o la muerte y el porqué de la existencia humana; citas de grandes escritores, pensamientos propios que luego había tachado con bolígrafo en párrafos enteros.

Entre todos aquellos papeles que ahora, tras una primera selección, tenían esparcidos sobre la mesa en la comisaría, Robert encontró algo.

–Mira esto, es la dirección y el número de teléfono de un psiquiatra de Castellón. ¿Lo llamo?

–¡Claro! Ahora mismo –exclamó Silvia y dejó el libro de Seguí a un lado.

El doctor Regajo fue frío y distante, desconfiado. Se amparó en todo momento en su derecho a no desvelar nada acerca de sus pacientes. Guardó silencio cuando Robert le dijo que cabía la posibilidad de que Gustavo Seguí hubiera sido asesinado. El psiquiatra suspiró y volvió a encerrarse en el caparazón de mutismo que le otorgaba el código ético de su profesión. Al final, después de una batería de ruegos por parte del gaditano, el doctor dijo con la voz tan baja que casi se perdía a través de la línea telefónica:

–No tenía familia, estaba solo y sentía pánico por casi todo. Eran secuelas de una infancia compleja que nunca llegué a descubrir porque él no quiso que lo conociera, y que se agravó sobremanera por una juventud acompañada por todo tipo de drogas. ¿Han leído su novela? –preguntó.

Robert estaba al teléfono. Frente a él, Silvia mantenía otro auricular pegado a la oreja.

–No –contestó Robert–. Todavía no.

–Puede que escribiera sobre él mismo –terminó el doctor Regajo.

Terreros y García recibieron la llamada de un compañero de estupefacientes, un testigo afirmaba haber visto al escritor que aparecía en la foto del periódico saliendo de una casa en un barrio de las afueras de la ciudad. Una patrulla partió inmediatamente hacia allí. El compañero les proporcionó la dirección y Terreros y García salieron a toda prisa.

Según el testigo, en aquella casa vivía una mujer de etnia gitana que traficaba con drogas. El hombre, que pidió permanecer en el anonimato en todo momento por temor a posibles represalias, dijo también que la poca gente de bien que quedaba en el barrio estaba harta de soportar aquel ir y venir de drogadictos a todas horas del día y de la noche.

1991

La tía Mercedes arrastró su dolor como un alma en pena, en el más absoluto silencio.

Habían pasado dos años desde que encontraran a Remedios muerta en la bañera. Quedó como un accidente doméstico, pero el tío Andrés y la tía Mercedes pagarían por ello mientras permanecieran con vida, como si hubieran sido ellos mismos los que hubieran acabado con la vida de la pobre Remedios.

Nunca más supe del tío Andrés. Desconozco si logró sobreponerse a lo que había pasado. Cuando le preguntaba a la tía, enmudecía y negaba con la cabeza. «Para mí está muerto. Ni lo nombres», decía, y yo agachaba la cabeza y sentía el cosquilleo del triunfo en mi interior. Ella, mi tía, tenía el corazón helado, como un pájaro atrapado en la escarcha.

Cada vez iba menos a Castellón a visitar a mi tía; ella tampoco venía a Valencia. Mejor, allí no había nada que a ella le agradara ver ni conocer. Al principio, nuestras conversaciones se limitaban a una simple llamada semanal. Luego fueron espaciándose hasta que se me olvidaba cuánto tiempo hacía que no había hablado con ella.

A mí lo único que me importaba era que pagara puntualmente los gastos del piso y de la universidad. Ingresaba todos los meses en una cuenta a mi nombre una cantidad con la que yo me defendía de la vida como gato panza arriba. Imaginé que para la tía Mercedes el dinero había dejado de tener ningún valor, por eso, cuando le pedía más, callaba, otorgaba y lo añadía a la cantidad asignada. No había más comentarios. Al fin y al cabo, aquel día en el que me rescató del olor a cerdo del pueblo me convirtió en el hijo que nunca había podido tener, con todas las consecuencias. Qué lástima que me hubiera engañado como lo hizo.

Me adapté perfectamente a los estudios universitarios y al enorme cambio que supuso vivir en una gran ciudad como Valencia. Aprobaba las asignaturas y poco a poco fui ganándome la confianza de los profesores, que vieron en mí a un alumno casi ejemplar, no por las notas brillantes, sino por la voluntad y el empeño que ponía en los estudios.

En el piso que compartía con Gustavo Seguí y Joan Boira las cosas habían empezado a complicarse. Yo seguía ayudándolos en sus aficiones; a Gustavo con su empeño en escribir una novela de corte trágico, algo que pudiera haber sucedido en realidad, una mezcla entre la novela negra y un caso real. Yo lo ayudaba en todo lo necesario cuando se quedaba en blanco sin saber qué escribir. Leíamos juntos, escribíamos, corregíamos. Estaba encantado conmigo.

Joan había progresado de forma notable en sus estudios de música. Tocaba bien la guitarra, pero se había centrado más en cantar que en dominar el instrumento. Aquel disco de los Rolling Stones que mi tía me regaló con el tocadiscos fue el puntal de su aprendizaje como cantante de rock and roll. Sobre todo había una canción, titulada «Dead Flowers», que yo ponía una y otra vez a todo volumen, una canción con la que ensayábamos distintas voces y melodías y que nos servía como estandarte, casi como un himno. Fue nuestra canción en aquellos días.

Pero surgieron tres problemas en aquel piso compartido del barrio de Benimaclet de Valencia.

El primer problema fue que Joan tenía predilección por una droga a la que yo le tenía mucho respeto y que no pensaba ni probar. Se había juntado con algunos personajes de dudosa fama en un local de ensayo en el mismo barrio en el que vivíamos y pronto cayó rendido a los pies de la heroína. Él decía que controlaba lo que se metía, que no era como un yonqui cutre que acababa tirado por el suelo; aseguraba que el caballo lo ayudaba a concentrarse en la música, a crear mejores canciones, a evadirse de un mundo externo que lo asqueaba y transportarse directamente a los años dorados de la música. Todo eso decía, y con ello trajo el vicio al piso.

El segundo fue tan sencillo y triste como que Gustavo se convirtió en un ser inestable y vulnerable, e irremediablemente cayó en el pozo de la misma droga que, si bien Joan parecía poder controlar por el momento, no así Gustavo, que se enganchó sin remedio y apenas podía pasar un día sin tener que inyectarse. Joan se aprovechaba de Gustavo, que era quien normalmente pagaba las dosis de ambos.

Y el tercer problema fue la insoportable envidia que empecé a sentir por ellos.

Pese a las drogas, a las faltas de asistencia en la universidad y a las notas que empezaban a caer en picado, Gustavo Seguí y Joan Boira conseguían su propósito de convertirse, respectivamente, en escritor y cantante, y noté que nacía en mi interior la semilla de la envidia. Ellos estaban convirtiéndose en todo lo que yo había soñado ser. Escritor, cantante... Todo lo que quería mamá para mí, todo lo que ella había soñado que yo sería se lo había enseñado a mis compañeros de piso, y ellos absorbían a la perfección lo que yo era incapaz de hacer por mí mismo. Sabía hacerlo, lo conocía, pero no podía poner en práctica las cosas que predicaba, las enseñanzas que de forma desprendida les regalé a ellos dos. Quizá lo hice porque eran las únicas personas en el mundo que me habían escuchado desde que murió mamá, quizá por eso les brindé todo aquello que yo conocía sobre las artes que ellos ansiaban descubrir.

La envidia hibernaba en mi interior, hasta que despertó y se adueñó de todo lo que me rodeaba, convirtiéndose en la raíz de todos los males. Creció de forma inesperada un odio profundo hacia mis compañeros, un odio que me recordó todo lo que ya había hecho con anterioridad y la razón por la que estaba allí.

Decidí que debía marcharme, huir una vez más de mi propio destino. La envidia se convirtió en el mayor de mis vicios, un vicio que no me trajo nada más que odio y rencor.

Miércoles, 14 de mayo de 2008

Por la noche

Monfort no necesitaba grandes excusas para zafarse de la persecución a la que lo estaba sometiendo el comisario Romerales, llamadas, mensajes y más llamadas que él no pensaba contestar por el momento. Había llegado la hora de ponerse en marcha, de solucionar aquel entuerto antes de que la lista de cadáveres siguiera aumentando. Por el momento eran dos, pero el número podía crecer en cuestión de horas. Seguramente solo era cuestión de tiempo, tiempo para matar, tiempo para descubrir. Y en eso estaría metido de lleno si no hubiera sido por aquel dolor que sentía en el omóplato, una especie de punción que iba y venía, pero que cuando venía lo dejaba sin resuello durante algunos segundos interminables.

Consultó su reloj de pulsera. Las nueve de la noche, en punto. Había quedado con Silvia en el restaurante Vieja Roma a las ocho y media. A él le gustaba cenar pronto. En otro tiempo había servido de pretexto para tener más tiempo de beber sin que lo echaran de los restaurantes, pero ahora se había convertido en una costumbre que cada vez lo satisfacía más. Quizá solo fueran cosas de la edad.

El dueño del local se acercó hasta la mesa para saludarlo tras elaborar de forma magistral dos *pizzas* que acababa de introducir en el horno. Su marcado acento italiano estaba tan arraigado como su propio ADN. No lo había perdido por muchos años que llevara en Castellón. La cerveza estaba buena. Terminó con el paquetito de palitos de pan que había sobre la mesa, crujientes y salados, ideales para la cerveza y la espera. Llegaron varios clientes al restaurante, que una camarera acomodó en las mesas vestidas con manteles de cuadros azules y blancos. Tras una pareja que entró comiéndose a besos llegó Silvia, con el rostro azorado por el que se sabe impuntual.

Pizza de salami y rúcula para él, ensalada Coriolano para compartir. Ella pidió lasaña y, de postre, el tiramisú que el propietario le propuso. Monfort obvió el postre y se ventiló dos chupitos de *limoncello* casero.

–Romerales está que arde –dijo Silvia, que gozaba de cada cucharada del sabroso postre italiano.

–Es normal –repuso él y se encogió de hombros–. El juez debe de amenazarlo cada diez minutos.

–Las flores... –susurró.

–Las malditas flores –masculló Monfort, que negaba con la mano el ofrecimiento de la camarera a un tercer trago del helado licor italiano–. Esto está bueno, pero es capaz de tumbar a un elefante.

Silvia le relató los resultados del trabajo de identificación de los efectos personales de Gustavo Seguí. A continuación, le habló de la conversación que Robert mantuvo por teléfono con el psiquiatra que había tratado al escritor.

–Habrá que leer el libro enseguida, no deja de ser importante que el psiquiatra diga que podría ser autobiográfico. Quizá ahí esté todo escrito. El cómo y el porqué de todo.

–No te crees nada, ¿verdad? –repuso ella.

–Es que parece todo imposible, un sinfín de disparates, una montaña de indicios que no sirven para nada. Lo que me da vueltas en la cabeza es el pensamiento aquel que ya tuvimos cuando pasó lo del cantante.

–¿Qué pensamiento?

–El de que ahora que Gustavo Seguí ha muerto, sus libros se venderán hasta en la luna. Como con los discos de Bella & Lugosi tras la muerte de Joan Boira.

A Silvia le había quedado un pequeño rastro del cacao del tiramisú en el labio superior. Él no se lo dijo, estaba bien así.

–A mí me trastorna el rollo de las flores. Flores marchitas, heroína adulterada, escritores, cantantes... Me estoy volviendo loca.

–¿Qué piensa de eso Robert, tu colega?

–¿De qué? –Se dio cuenta enseguida de que la pregunta había sonado un tanto a la defensiva.

–Nada, déjalo. –El inspector hizo un gesto con la mano para restarle importancia a lo que había dicho, pero era evidente que la pregunta había hecho que ella se sonrojara.

Flores marchitas, heroína adulterada, escritores, cantantes... Monfort pensaba en las palabras de Silvia. Quizá iba bien encaminada, quizá quedaba un rastro de esperanza para un viejo poli. Sintió de nuevo el mismo dolor, pero no se quejó. Pidió la cuenta. La cena estaba deliciosa. Se lo hizo saber al propietario.

Ya en la calle encendió un cigarrillo mientras esperaba a que Silvia regresara del cuarto de baño. Cuando salió hablaba por teléfono. Por el gesto y el tono que imprimía a su voz hablaba de trabajo, aunque ellos siempre estaban hablando de trabajo, de qué si no.

–Era Terreros –dijo cuando pulsó el botón rojo para finalizar la llamada.

–¿Qué pasa?

–Recibieron una llamada de estupefacientes, un vecino de un barrio conflictivo de las afueras de la ciudad reconoció la cara de Gustavo Seguí en el periódico. Dijo que lo había visto entrar en una casa en la que se trafica con droga. Han detenido a la gitana que regenta el *negocio*. En la comisaría ha delatado a sus clientes importantes, los que luego revenden la droga a los consumidores de la calle.

–¿Te he dicho alguna vez que eres un encanto?

–No, pero más vale tarde que nunca.

–Y dale con los dichos populares.

–Hay algo más.

Monfort aplastó la colilla con la suela del zapato y expulsó hacia un lado el humo de la última calada antes de que Silvia hablara.

–Terreros y García han hecho algunas visitas. Dice Terreros que a uno de esos *clientes importantes* lo conoces bien.

En la comisaria, la gitana no tardó en *cantar* cuando los agentes Terreros y García le mostraron una fotografía de Gustavo Seguí. Dijo que aquel hombre había estado en su casa.

Los policías le propusieron que si confesaba a qué camellos vendía la droga le serviría como atenuante en su defensa. Entre otros traficantes de poca monta, no tardó en aparecer un nombre, el de un hombre al que Monfort conocía de su visita a la empresa responsable de la seguridad del concierto de Bella & Lugosi: el Sebas.

Sebastián Jiménez, más conocido como el Sebas, fue detenido en su domicilio. Los agentes de la unidad de estupefacientes que procedieron al arresto registraron el piso de arriba abajo. Al Sebas le confiscaron una importante cantidad de heroína lista para su distribución, así como dos básculas de precisión y material para *engordar* la droga. Según las propias palabras de los agentes cuando llegaron a la comisaría, nada fuera de lo normal, nada de veneno. Sòlo lo habitual para multiplicar el peso de la droga.

Eran más de las once de la noche cuando Silvia y Monfort llegaron a la comisaría. Terreros y García habían iniciado una primera ronda de preguntas al Sebas. En el cuarto de al lado estaba la gitana, con otros dos agentes, pero ahora la mujer se negaba a hablar, decía que ya les había contado lo que querían saber.

Romerales, a través del espejo de una sola dirección, prestaba atención a lo que Terreros y García le preguntaban al detenido. Saludó a Silvia y a Monfort con la mano y a continuación se puso el dedo índice en los labios para que guardaran silencio.

–Se te va a caer el pelo. Supongo que lo sabes, ¿verdad? –Era el agente García el que hablaba. Estaba de pie, daba vueltas alrededor del Sebas, que permanecía quieto en una silla. El agente Terreros, que estaba sentado junto a la puerta, por detrás del interrogado, dejaba que su compañero hiciera las preguntas.

–Lo de casa era para consumo propio, no pueden hacerme mucho por eso –dijo el Sebas envalentonado.

García sonrió y se encogió de hombros.

–Vale, lo que tú quieras, pero será complicado que un juez se crea que fueras a meterte todo eso en los próximos días. Y dime, ¿también ibas a meterte por la *vena* las dos básculas digitales y toda la mierda esa con la que doblas el peso del polvo?

–No pienso decir nada más hasta que venga un abogado.

–¡Olé! –exclamó el agente–. Cómo me impresiona que hables como un *narco* profesional. Un abogado, un abogado... –repitió García con sorna–. Eres patético.

Los agentes eran conscientes de que sin la presencia de un abogado, las respuestas del Sebas eran poco más que un cambio de impresiones sin validez legal, pero dudaban que él supiera todo eso.

–¡Es para consumo personal! ¡Y punto! –bramó.

El agente Terreros se puso en pie despacio, como si le costara erguir la espalda. Se estiró un poco cuando consiguió recuperar del todo la posición vertical. Intercambió su lugar con el agente García, que ahora tomaba asiento. Terreros se situó detrás del Sebas, de manera que si este quería verlo lo obligaba a girar el cuello.

–¿Y punto...? No, amigo, no. Te equivocas; nada de puntos ni de comas. Has metido la pata hasta el fondo y puedes buscarte un abogado o una novia si quieres, pero eso no va a librarte de nada. Lo mejor es que empieces a soltar por esa boquita. Te lo pondré fácil, empezaré yo: eres agente de seguridad. Eras, porque te echarán a la calle inmediatamente pase lo que pase aquí. Trabajaste de encargado del equipo de seguridad del auditorio la noche del concierto de Bella & Lugosi, la misma noche en que murió su cantante. ¿Y sabes de qué murió? Sí, sí que lo sabes. Murió de un chute de caballo adulterado. ¿Tú crees en las casualidades? Nosotros no.

Al otro lado del espejo seguían atentos el interrogatorio, y pese a que Monfort tampoco creía en las casualidades, tuvo el presagio de que podrían pasarse allí toda la noche sin llegar a sacarle nada al Sebas.

1994

Quise creer que era el destino el que me jugaba malas pasadas y me devolvía siempre lo que había sembrado, lo que volvía una y otra vez a situarme en el camino que creía haber olvidado, pero que seguía estando allí como algo intangible que merece todo el respeto y no puede ser alterado o dañado.

A duras penas conseguí terminar la carrera; tardé más que los demás compañeros de la facultad, pero lo hice. Para entonces Gustavo y Joan ya se habían marchado del piso y suponía que también de Valencia. Supe, por amigos suyos, que Gustavo arrastraba problemas de salud, acuciados con total seguridad por el consumo abusivo de la heroína y el alcohol. No llegué a saber si progresó en sus deseos de convertirse en escritor; desde luego, yo le había proporcionado material suficiente como para escribir una historia de tintes más que trágicos.

Sí tuve conocimiento de que Joan había iniciado su propia carrera como cantante, que actuaba en pequeños locales de distintas ciudades interpretando sus canciones favoritas, aquellas que yo le había enseñado y que tantas horas pasamos ensayando en el piso hasta que se le metían en aquella dura mollera ablandada por el caballo.

Si se lo propusieran de verdad, los dos podrían convertirse en todo aquello que soñaban ser; solo era cuestión de trabajar duro y creer en lo que hacían. Yo los había puesto en el camino y ahora la envidia me comía por dentro como un parásito destruye el estómago de un cerdo enfermo.

Pensar en sus triunfos me removía las entrañas. Los habría estrangulado con mis propias manos.

En vez de alegrarme por sus logros, de los que me consideraba parte importante, los odiaba profundamente, sentía una envidia tan grande hacia lo que podían ser que no conciliaba el sueño.

Por esa razón, y con la esperanza puesta en no tener que verlos nunca más, arranqué una hoja que vi en el tablón de anuncios de la universidad.

Se trataba de una plaza que ofrecía un museo de Londres para un estudiante de Filología Hispánica, un trabajo, apenas remunerado, a cambio de comida y cama, destinado a alguien que amara las letras.

Aquel podía ser mi destino, la única solución que podía librarme de cometer una nueva atrocidad.

Me puse en contacto con ellos y acepté todas las condiciones sin reparar en detalles. No dudé en poner dos mil kilómetros de distancia entre mis compañeros y yo.

Entre la tía Mercedes y yo.

Entre la tumba de mamá y yo.

Miércoles, 14 de mayo de 2008

Por la noche

TRAS MANTENER UNA corta reunión con el comisario Romerales, Monfort dijo que se marchaba a descansar al hotel. Al salir vio a Robert Calleja en un despacho, sentado, con las piernas encima de la mesa. Leía el libro de Gustavo Seguí y este le tapaba el rostro. No le dijo nada, él tampoco se percató de su presencia en la puerta abierta al pasillo. Monfort salió a la calle en busca de su coche. Silvia se quedó tras el espejo que daba a la sala de interrogatorios, donde Terreros y García seguían con el Sebas y su empecinamiento en que la droga incautada era para consumo propio.

La noche había vaciado la ciudad de transeúntes y vehículos, la primavera se comportaba de forma caprichosa y la temperatura había descendido de forma considerable. Las nubes volvían a cubrir un cielo huérfano de estrellas.

Algunas horas después, daba vueltas a un montón de asuntos pendientes en aquel caso que ahora ya se había cobrado dos víctimas. La pregunta revoloteaba constantemente en sus pensamientos: ¿Cuánto tardaría en aparecer una tercera víctima? Abrió y cerró varias veces el minibar hasta que a la cuarta dio cuenta de una de las botellitas de licor. Puso en marcha el ordenador. Volvió a curiosear una vez más en la página web de Bella & Lugosi, echó un vistazo a la galería de imágenes, vio una nueva parte de un concierto en Madrid. Ya lo había hecho con anterioridad y, al igual que ahora, no consiguió llegar hasta el final de la actuación; no acababa de gustarle la música que interpretaban. Buscó por internet algo más de su gusto. La segunda botellita mitigó en parte el dolor en la espalda, que aparecía y desparecía sin previo aviso. Pensó que quizá había llegado la hora de consultar con un médico. El tercer trago lo disuadió de hacerlo.

En el ordenador sonaba «Brown Sugar», una canción de The Rolling Stones, cuya letra denunciaba el abuso de algunos terratenientes hacia sus esclavas de raza negra. Luego sonaron otras canciones del grupo. Tuvo que contenerse para no subir el volumen.

SILVIA LEÍA *La piel del lobo* sentada en la cama, con la espalda apoyada en el cabecero. Desde la calle se oía a un grupo de jóvenes que hablaba como si fueran sordos, a grito pelado.

El libro de Seguí enganchaba desde las primeras páginas. Un suceso truculento, ambientado en una zona rural cuyo verdadero enclave no se nombraba en el libro. Muerte, pobreza, desolación... Y unos personajes casi siempre repugnantes que rezumaban inquina y venganza por todos los poros.

Dejó caer el libro en sus piernas y fijó la mirada en una de las esquinas de la pared de la habitación, allí donde quedaba un resto de telaraña.

Los ojos azules de Robert, su empatía y amabilidad, el afán por restar importancia a los problemas, su buen humor. No se podía decir que fuera un hombre guapo en el sentido más estricto de la palabra, pero tenía un no sé qué que la desconcertaba. Había llegado casi de repente y con su aura de *buena gente*, tal como solía decir de sí mismo, lo había inundado todo; bueno, todo quizá no, pero sí a ella y a su soledad.

Sintió una punzada de remordimiento. Jaume Ribes, el doctor, su anterior pareja, hacía poco que había salido de su vida, o mejor dicho, lo había sacado ella, y ahora que volvía a estar sola y que quizá debería estar saboreando el placer de sentirse a gusto consigo misma volvía a sentir las mariposas revoloteando en su estómago. Robert... ¿Quién demonios se hace llamar Robert?, pensó con una sonrisa boba instalada en el rostro.

Sonó el teléfono móvil.

Miró el reloj. ¡Dios! ¡Era Robert! Como si le hubieran pitado los oídos. No eran horas para llamadas.

–¿A que adivino lo que estás haciendo? –preguntó con su marcado acento, comiéndose la ese final de *estás* y pronunciando la hache de *haciendo* casi como una jota.

–No tengo el cuerpo para trucos de magia –le advirtió ella.

–Estás leyendo el libro de Seguí –afirmó él como si le importara poco que ella, con aquel comentario, intentara que se diera por aludido–. Yo ya voy por la mitad. Al principio engancha que no veas, pero luego, una vez leídas las cien primeras páginas, empieza a dar rodeos, como si se hubiera quedado en blanco y necesitara llenar páginas a cualquier precio.

–¿Dónde estás, Robert?

–En la comisaría.

–¿Todavía? ¿Has visto la hora que es?

–Pssss. Total, en el piso ese que me han puesto no hay quien pegue ojo.

–¿Hay ruidos?

–No, por eso precisamente, porque no hay ruidos, a mí me gustan los ruidos antes de dormir.

Silvia enrojeció más de lo que hubiera esperado. Menos mal que estaba sola, pensó. Siempre interpretaba los comentarios de Robert en el mismo sentido. Seguramente se equivocaba, o quizá no.

Se pasó una mano por la cara, lanzó un bufido y, para que Robert no continuara por aquel camino, hablaron sobre lo que ambos habían leído de la novela de Gustavo Seguí.

–Hay un detalle –dijo Robert tras una larga disertación de Silvia que casi tuvo que interrumpir él–. Imagino que te habrás dado cuenta.

–¿Qué detalle?

–Eso de que el protagonista le pone a su madre un ramo de flores en los brazos cuando ya está muerta.

Silvia quedó callada, atrapada en el tiempo, pillada en un descuido.

–¿Y? –preguntó por preguntar o por hacer tiempo. En realidad no recordaba si lo había leído o no.

Robert chasqueó la lengua como si reprobara a su compañera por aquel supuesto olvido.

–¡Flores! –exclamó–. ¡Flores junto a un muerto! ¿Lo pillas?

MONFORT NO PODÍA dormir, era del todo imposible con todo lo que le rondaba en la cabeza, y menos aún después de haber escuchado el disco de The Rolling Stones, que invitaba más a salir en la noche a pecho descubierto y abrevar en todos los bares que se encontrara por el camino que a taparse con el cubrecama en una habitación de hotel con las luces en penumbra. El reloj marcaba las cinco menos cuarto de la madrugada, el cenicero estaba atestado de colillas, y el minibar, vacío, y los únicos sonidos del hotel consistían en algunas puertas que se abrían para luego cerrarse deprisa, clientes trasnochadores saciados de tragos en una ciudad aparentemente tranquila.

Podría haberle ahorrado la molestia y el sobresalto, pero no lo hizo. Llamó a Elvira Figueroa.

–¿Estás dormida? –preguntó cuando ella contestó la llamada.

–Si lo he cogido es que ya no lo estoy –contestó la juez con la voz rugosa aunque agradable, pese a lo inoportuno del momento.

–Lo siento.

–No digas mentiras, no lo sientes; si lo sintieras habrías colgado enseguida.

–Habría parecido un pervertido.

–¿Lo eres?

–Puede que me esté volviendo uno, sí.

–¿Qué te ocurre? –preguntó Elvira; su voz sonó como si se incorporara–. Mañana tengo un juicio. Se supone que debo estar despierta para impartir la ley de forma imparcial y no como una noctámbula bebedora.

–Disculpa, no debía haber llamado.

Elvira no disimuló el bostezo.

–No te preocupes, puede que incluso me guste que lo hagas.

El inspector guardó silencio. Elvira lo rompió.

–Sé lo de la otra víctima. ¿Me llamas por eso?

Monfort dudó; quizá ella esperaba que la hubiera llamado por otra cosa y no por trabajo.

–Tranquilo, inspector... –dijo ella como si le hubiera leído el pensamiento–. Lo he visto en la prensa. Por cierto, por casualidad leí hace poco su novela, la del muerto, quiero decir, ese tal Gustavo Seguí; le dieron un premio por ella.

La voz de Elvira lo reconfortaba, era como una buena cena o un buen whisky, o el equivalente a un paseo en familia un domingo por la mañana bajo el sol, para aquellos que tuvieran familia con la que poder pasear, se entiende.

El sonido de una cafetera llegó al oído de Monfort. Creyó sentir el aroma tostado cuando brotaba el café y se mezclaba con el perfume de Elvira, incluso el color del cielo en la madrugada de la ciudad de Teruel le pareció que se colaba a través de la línea telefónica. Ella continuó hablando, no había dejado de hacerlo. Era un placer escuchar su voz.

–De no ser porque el propio autor aclara al final del libro que los hechos que se relatan son de su propia invención, parece inspirado en una historia real. Al principio del libro es todo como muy verídico y engancha al lector, pero pronto empieza a irse por los cerros de Úbeda y se lía en un bucle sin fin, como si estuviera un poco ido de la cabeza.

–Seguramente ese era su estado habitual –terció Monfort–. En su casa se han encontrado botes vacíos de distintos tipos de sedantes; ya sabes, barbitúricos, ansiolíticos, somníferos... Una farmacia a disposición del escritor, por no hablar de las botellas de alcohol vacías y algo que no hemos podido esclarecer aún acerca de ciertas visitas a un psiquiatra que lo trataba y que se niega a contarnos más amparándose en el secreto profesional hacia sus pacientes.

–Articulas bien para la hora que es –observó Elvira, que le dio un sonoro sorbo al café.

Monfort imaginó sus labios en el borde de la taza. Exhaló un suspiro que ella intercambió por una sonrisa que él no pudo ver, pero que quiso imaginar.

–Si no fuera porque le debió de dar muchas vueltas para que no pareciera lo mismo –continuó Elvira, como si recordara algo–, la primera parte de la novela tiene demasiados puntos en común con un caso que leí hace mucho tiempo, un caso sin resolver, como tantos por desgracia, ocurrido hace algo más de veinte años. Fue en 1985, si no me falla la memoria. Lo estudiamos como ejemplo de casos mal resueltos. Me recuerda otro caso, el llamado crimen de Los Galindos, perpetrado en un pueblo de Sevilla donde mataron a cinco personas de forma atroz y misteriosa, y que tras una burda investigación, a la que se sumaron las pésimas diligencias tomadas en los decisivos primeros momentos en el lugar donde se hallaron los cadáveres, acabó convirtiéndose en uno de esos crímenes perfectos. Quedó sin resolver, rodeado de un enorme misterio en el que se barajaron muy distintas hipótesis, desde el tráfico de drogas o el crimen pasional hasta que habían sido asesinados por alguna trama política. ¿Lo recuerdas?

–Mis neuronas no son como las tuyas, las mías hace tiempo que se jubilaron y abandonaron mi cuerpo dejándome solo. Son mucho mayores que las tuyas, dónde va a parar.

Elvira dejó escapar una carcajada que inundó las ondas telefónicas.

–Sigo –dijo ella–. El caso que yo creo que se parece al de la novela, también quedó sin resolver. Otra chapuza. Estuvo envuelto en cierto misterio y muchas preguntas sin responder. Sucedió en una casa de las afueras de un pueblo pequeño, puede que fuera en el Maestrazgo, ahora no recuerdo dónde exactamente. Había un niño. Mataron a sus padres de forma cruel, con ensañamiento. Quedó como que había sido un robo; la verdad, no sé qué pudieron robar, pero eso tampoco llegó a esclarecerse. Al hombre le cortaron un brazo con un cuchillo de cocina y a la madre la intoxicaron con estricnina, un veneno que se utiliza como pesticida para matar pequeños animales.

–Era típico hace años –intervino Monfort–, en el campo, poner estricnina para matar a los zorros que entraban en los corrales para comerse las gallinas.

–Pensaba que solo te movías por las selectas avenidas de las grandes urbes europeas.

Monfort encendió un cigarrillo.

–No sé cómo demonios puedes fumar a estas horas.

Él miró la punta incandescente del cigarrillo. Ella tenía razón, pero no se lo dijo para no cambiar de tema.

–El caso –prosiguió Elvira– es que era muy poco creíble que unos ladrones se tomaran el tiempo y las molestias de cortarle el brazo al hombre y envenenar a la mujer, que, además, se encontró en la cama, como si estuviera dormida. Y, por si fuera poco, la mujer tenía un ramo de flores entre los brazos. Habría bastado con atarlos y punto, no había necesidad de semejante ensañamiento.

–¿Has dicho un ramo de flores? –preguntó Monfort con la frente plagada de cientos de arrugas.

–Así es. Como si fuera una novia.

–¿Y eso aparece en la novela de Gustavo Seguí?

–Contado de otra forma y con distintas palabras, pero sí, lo mismo al fin y al cabo –afirmó Elvira de forma rotunda.

Monfort sintió un fuerte pinchazo, un dolor en el omóplato que casi lo dejó sin respiración. ¿Era por lo que acababa de decir Elvira o estaría realmente enfermo?

–¿Estás ahí? –preguntó Elvira.

–Sí... aquí estoy –le costaba hablar.

–¿Qué te pasa?

–Siento un dolor –se confesó muy a su pesar.

–¿Dónde?

–En la espalda, en el omóplato creo que es.

–Apaga el cigarrillo.

–A sus órdenes.

–Ve al médico. Si te duele, ve a que te echen un vistazo; saldrás de dudas.

–Lo haré. –No le gustaba mentirle, pero lo hizo–. ¿Has dicho que había un niño?

–¿Dónde?

–En la casa, con los muertos, ¿dónde va a ser?

–Sí, un chaval, un adolescente, catorce o quince años, no recuerdo exactamente.

–¿Qué le hicieron?

–Nada. Por suerte se escondió en un armario y los asesinos no dieron con él. Quizá no sabían ni que existía.

–¿Cómo descubrieron lo que había pasado?

–Un hombre alertó a la Guardia Civil. Llegaron allí y... ya sabes, ningún protocolo, ninguna cautela. Ensuciaron con sus pisadas, toquetearon y contaminaron de manera que fue imposible analizar la escena del crimen como Dios manda.

–Supongo que se conservarán los archivos del caso, aunque no se resolviera. –Parecía que el dolor remitía poco a poco.

–Nosotros lo estudiamos como un error que jamás se debería cometer. ¿Por qué lo dices?

–Quizá exista un vínculo, un detalle que... –Se arrepintió enseguida de lo que acababa de decir–. Nada, seguramente no tenga nada que ver.

–¡Dios! Cuánto misterio, y a estas horas.

–¿Quién era el hombre que alertó a la Guardia Civil?

–La verdad es que quizá ni tan siquiera sean ciertas la mitad de las cosas que en su día se contaron, ya te he dicho que es un caso que analizamos como ejemplo de un crimen mal resuelto, material para publicaciones como *El Caso* o *Interviú*. Si no recuerdo mal, el hombre que llamó a la Guardia Civil era un cartero. Si conseguimos saber en qué pueblo ocurrió, quizá podríamos saber algo más. Por cierto, ¿cuál es el vínculo?

«Conseguimos.» «Podríamos.» Monfort pensaba a toda prisa. Lo primero era apartar a Elvira de aquello. No podía participar. Lo segundo era despedirse de ella sin quedar como un tipo desagradable, después de haberla sacado de la cama a aquellas horas de la madrugada. Y lo tercero era marcharse cuanto antes.

2007

El trabajo en Londres y el total desinterés por lo que sucedía en España me fueron de gran ayuda durante aquellos años. Allí nadie conocía mi pasado. Mentí acerca de quién era y lo que había sido.

De la habitación en el sótano del museo en la que dormí los primeros años pasé a vivir en una minúscula buhardilla del barrio de Barnsbury, al norte de la ciudad, cuyo abultado alquiler costeaba la tía Mercedes, que seguía con su magnífica costumbre de ingresar en mi cuenta todo lo que yo solicitaba.

Ella se contentaba con una llamada telefónica cada mucho tiempo, llamadas, por otro lado, faltas de sensibilidad y cariño, llamadas que se resumían en un breve saludo y una rápida despedida. No le preguntaba ya por el paradero del tío Andrés; era suficiente con escuchar su voz carente de emoción para dilucidar que todo seguía igual que cuando me marché de Valencia.

El museo en el que trabajaba estaba dedicado a los antiguos escritores europeos. En la sección de los autores españoles, la figura principal de la exposición era don Miguel de Cervantes, a quien, con excelente criterio, los británicos consideraban la máxima figura de la literatura, cuya obra principal se veneraba en el Reino Unido como la más importante de la literatura universal. Para los ingleses, Cervantes y Shakespeare eran los número uno. No andaban faltos de razón.

Mi trabajo consistía en cuidar de todos aquellos cachivaches que atesoraba el museo alrededor del universo cervantino y mostrárselos a los visitantes.

Mr. Cavendish, el director del museo, era un señor mayor, amante excelso de la literatura con mayúsculas; un soñador que habría encajado mejor en otra época. Vivía por y para la literatura, y aquel museo lo era todo para él. Yo estaba convencido de que el día en que lo sustituyeran, simplemente se dejaría morir en un rincón, abrazado a sus libros. Pronto me gané la confianza y el afecto de Mr. Cavendish y, a cambio, dejaba que trabajara a mi antojo y tomara decisiones sin que normalmente se opusiera. Al principio me suministró una cama en el sótano del museo y un plato de comida en un pub que había dos calles más allá. Pero la cosa cambió cuando decidí que la tía Mercedes podría costearme un lugar mejor donde dormir y un menú más variado que llevarme al estómago; al fin y al cabo, ella siempre estaba dispuesta a hacerse cargo de mis caprichos. Yo estaba convencido de que los remordimientos la roían por dentro como un árbol que se pudre poco a poco atacado por una plaga de gusanos, así que alquilé la buhardilla de Bridgeman Road, en el barrio de Barnsbury, desde la que tenía una privilegiada vista del campanario de la cercana iglesia de St. Andrews y del pequeño parque de Thornhill Square, en el que, cuando el tiempo lo permitía, me sentaba en un banco a leer los libros en inglés que tomaba prestados en la biblioteca que quedaba justo al lado del piso.

El trabajo en el museo era monótono y aburrido. Consistía en abrir a las diez de la mañana, distribuir entre los visitantes los folletos explicativos de lo que allí iban a encontrar y contestar a cuantas preguntas fueran necesarias acerca de lo que allí se exponía. Normalmente los visitantes quedaban encantados y me obsequiaban con buenas propinas. Llegada la hora del cierre, me marchaba tras comprobar que el servicio de limpieza se quedaba para hacer su trabajo. Y eso era todo. ¿El resto? Leer y escribir encerrado en la buhardilla, beber cerveza en un pub cercano e intentar convencer a alguna chica para que subiera conmigo los setenta y siete peldaños que separaban la calle adoquinada de la puerta del piso. Sexo sin compromiso. Quería mantenerme alejado de cualquier atadura, no quería compartir nada con nadie. No podía amar, tampoco quería odiar. Era todo lo que necesitaba. No debía tener ningún vínculo emocional con nadie. Prefería vivir de aquella manera, a dar rienda suelta al odio que dormía en mi interior y al que dedicaba titánicos esfuerzos para que no volviera a despertar.

Hasta que un día Mr. Cavendish, que estaba convencido de que yo vivía amargado tan lejos de mi país, me mostró una carta escrita en castellano en la que se ofrecía, bajo la consecución previa de un concurso, un importante puesto de trabajo en mi ciudad, en Castellón de la Plana.

Y contagiado del entusiasmo de Mr. Cavendish por la esperanza de que consiguiera el puesto y pudiera regresar por fin a mi tierra querida, tal como él decía, le hice caso y rellené la solicitud para presentarme a las oposiciones y así poder optar a la plaza.

Se lo conté a la tía Mercedes en una de las escasas llamadas que manteníamos por aquel entonces. Se lo conté porque tenía la seguridad de que ella movería los hilos necesarios para que la plaza fuera para mí, tal como había hecho con tanto éxito en distintas ocasiones, de aquella forma misteriosa e intrigante que deseaba descubrir de una vez.

Una semana más tarde preparé el equipaje. Dejé la buhardilla de Bridgeman Road, el trabajo en el museo y a un cada vez más anciano Mr. Cavendish. Me dio un fuerte abrazo y sus ojos, tras las gafas, se velaron con un manto acuoso. Aquel viejo inglés no fue un amigo en el sentido estricto de la palabra, pero sí el único al que no le había deseado la muerte.

Volví a Castellón.

Directo hacia todo aquello que odiaba.

Temí que la tía Mercedes pagara las consecuencias, que fuera la siguiente.

Jueves, 15 de mayo de 2008

Se afeitaba cuando sonó el teléfono móvil. Miró el reloj. Las seis de la mañana. Había hablado alrededor de una hora con Elvira Figueroa. La había sacado de la cama, había interrumpido su descanso, pero había valido la pena, al menos para él, pensó egoístamente.

Aquellas cosas que decía Elvira que había escrito Gustavo Seguí en su novela: el ramo de flores en la mujer asesinada, y lo del cartero. Y él, que no se había molestado en empezar a leer el libro de la víctima. Sabía que Silvia y Robert estaban en ello, pero no era excusa.

Con media cara cubierta de espuma de afeitar y la otra ya rasurada, fue en busca del teléfono. Pulsó la tecla verde sin ni siquiera mirar la pantalla. Elvira habría recordado algún detalle o querría insistir en tomar parte de lo que él pensaba investigar aunque no le hubiera dicho a ella de qué se trataba.

–¿Has recordado algo más? –preguntó Monfort.

–¿Perdón? ¿Cómo dice?

No reconoció la voz al principio, pero no se trataba de Elvira Figueroa, eso era evidente.

–¿Inspector Monfort?

–Sí –entonces reconoció la voz de la mujer.

–Soy Elena Barrantes, disculpe si llamo a deshoras, pero creo que le gustará saber algo. No consigo dormir desde que ayer caí por fin.

–La escucho.

–Usted me preguntó si me sonaba de algo el nombre de Gustavo Seguí, si había oído a Joan hablar de esa persona alguna vez.

–Eso le pregunté, sí.

Elena guardó silencio. Monfort oyó el chasquido del encendedor a través de la línea telefónica y a continuación la fuerte calada y cómo expulsaba el humo del cigarrillo antes de hablar.

–Gustavo Seguí y él fueron juntos a la universidad; creo que estudiaron diferentes carreras, pero compartieron piso los años que estuvieron en Valencia. Joan me lo contó hace tiempo, por eso no lo recordaba.

–¿Qué más recuerda? –La cabeza de Monfort iba a mil por hora.

–En realidad me dijo que eran tres. Me explicó que había otra persona viviendo con ellos; un chico que ayudó a Joan con sus estudios musicales, y también al tal Gustavo, que quería ser escritor, pero de ese no recuerdo el nombre, creo que ni siquiera lo dijo. El caso es que eran tres, y uno de ellos se llamaba Gustavo Seguí.

SILVIA PENSABA EN lo que había dicho Robert. Leyó una y otra vez el párrafo del libro que su compañero le había indicado y que ella había pasado por alto. Flores. Sí, aquello era algo más que un vínculo. Flores marchitas en el camerino de Joan Boira, flores marchitas en casa de Gustavo Seguí y, ahora, ambos, leían un libro escrito por el mismo Seguí en el que una de las víctimas yacía en la cama con un ramo de flores en los brazos, flores que sin duda pronto se habrían marchitado también, como los dos pequeños ramos encontrados cerca de las víctimas. Sí, podía ser algo más que un vínculo.

Se le ocurrió una primera hipótesis: Gustavo Seguí había matado a Joan Boira obligándolo a inyectarse la droga adulterada y luego se había suicidado con el mismo método. El caso era saber por qué. En el supuesto de que su hipótesis tuviera algún sentido, claro.

Puso en marcha la cafetera. El reloj marcaba algo más de la seis de la mañana. Apenas había dormido. Pensó en Robert, toda la noche en la comisaría, leyendo el libro de Gustavo Seguí. Prefería estar allí que ir al piso pequeño y desangelado que le había proporcionado el comisario Romerales. ¿Le daba pena? No tenía por qué, pero pensaba en ello y eso ya era por algo. Le gustaba Robert. Lo pensó y lo dijo en voz alta, por primera vez. Aspiró, cerró los ojos y mantuvo el aire retenido en sus pulmones todo el tiempo que pudo. Luego lo dejó ir despacio hasta que se vació por completo. Sí, se sentía mejor. Llenó una taza con café y se llevó la porcelana a los labios. Más tarde, pensó, llamaría a Robert y también a Monfort, les contaría lo que pensaba.

Oyó un sonido que provenía del teléfono móvil, un mensaje. Pensó en Robert y se apresuró a leerlo. Pulsó. Era de Monfort, demasiado largo para un SMS, con todos sus acentos y puntuaciones, escrito por alguien a quien le traen al pairo las nuevas tecnologías:

«Gustavo Seguí y Joan Boira vivieron juntos en Valencia en su época de estudiantes. Había otra persona más. No sé quién es. Quiero que vayas al piso de Seguí y busques algo que pueda llevarnos hasta esa persona. Estaré fuera toda la mañana. Gracias.»

Silvia leyó el mensaje hasta en cuatro ocasiones. Miró el reloj. ¿Adónde iría a aquellas horas? ¿Sabría lo del ramo de flores en el libro de Gustavo Seguí? ¿Quién le había dicho que Seguí y Boira habían vivido juntos? ¿Y lo de la tercera persona que ella debía averiguar?

Demasiadas preguntas. Dejó para otro momento la ducha que pensaba darse y se preparó para salir hacia el piso de Gustavo Seguí. Volvería a remover la basura que había por todas partes en busca de alguna pista que la llevara, primero, hasta Joan Boira, y después hasta aquella tercera persona.

Con el móvil todavía en la mano, tuvo la tentación de llamar a Robert para que la acompañara, pero se lo imaginó descansando por fin. Desistió de molestarlo. Iría sola.

En el garaje del hotel le pareció que el viejo Volvo se alegraba de verlo llegar; en todo caso, era a Monfort a quien le complacía hacerlo.

Abrió la puerta, entró y antes de poner el motor en marcha buscó en la guantera un CD que lo acompañara durante el viaje. Eligió *Full Moon Fever*, el primer disco en solitario de Tom Petty, editado en 1989. Mientras salía del garaje y se incorporaba al casi inexistente tráfico de la ciudad a aquellas horas, sonaba la más conocida pieza del estadounidense: «Free Fallin'». Era ideal para conducir mientras la luz del día se abría camino entre las últimas sombras de la madrugada.

Y eso hizo, conducir.

El cielo estaba nublado y el viento se dejaba sentir de forma moderada. Parapetado entre los edificios se notaba poco, pero sabía que si soplaba en las montañas no lo haría en broma.

Pronto dejó atrás los edificios de la universidad y la gran rotonda del Hospital de la Magdalena. A continuación se incorporó a la autovía y enseguida pudo contemplar la población de Borriol, que quedaba a la izquierda. No pudo menos que pensar en los padres de Joan Boira y lo que se desencadenaría tras descubrir que su hijo había muerto de la misma forma en que ahora lo había hecho su compañero de piso universitario. Además, estaba lo de las flores marchitas, que todavía no sabían qué significaba. Todo iba a complicarse a partir de aquel punto, ojalá que fuera para bien de la investigación, pero los padres de Joan Boira sufrirían las consecuencias de que nuevos asuntos, poco agradables, afloraran a la superficie como la basura llega a la playa en los días de temporal. Claro que siempre habría gaviotas picoteando la inmundicia, aprovechando la coyuntura.

Abandonó la autovía a la altura de La Pobla Tornesa. La población se arracimaba entre montañas que creaban un fértil valle. Tomó el desvío y se dirigió hacia La Vall d'Alba, y de allí hacia las montañas del interior.

Apenas había tráfico. Pocos turismos, menos camiones; la crisis había llegado para quedarse. Las empresas de cerámica, que normalmente provocaban un trasiego constante de camiones, mostraban un descenso considerable de su producción. Pese al empeño de que la crisis no recabaría en la provincia porque era cosa de otros lugares, se evidenciaba ya en las carreteras en forma de escaso tránsito de transportes.

Un rato después, mientras ascendía el puerto de Ares, creyó que la carretera era solo para él. Las canciones de Tom Petty seguían acompañándolo.

En poco más de una hora de trayecto pasó de estar casi al nivel del mar hasta los más de mil cien metros de la cima del puerto. El viento soplaba muy fuerte, tal como habían vaticinado. La temperatura había caído en picado y se agravaba por el viento. No era extraño pasar frío allí en cualquier época del año. Recordaba haberlo pasado realmente mal por no ir abrigado incluso en los meses estivales. La climatología solía ser caprichosa y se pasaba del calor intenso al frío más propio de los rigurosos periodos invernales. Fuera como fuese, supo que pasaría frío y se maldijo por no llevar ropa de abrigo.

Disminuyó la velocidad. Miró a su alrededor cuando dejó el desvío que, tras coronar el puerto, llevaba hasta la ciudad de Morella, que se intuía a lo lejos, en lo que parecía el límite del horizonte. Aquello que veía era la grandiosidad de la provincia de Castellón. Las montañas circundantes, los páramos de distintas tonalidades que iban desde el rudo color marrón de la tierra yerma hasta el verde más intenso y productivo. El viento, seña de identidad y azote de un territorio agreste, la vegetación adaptada al medio, soportando los envites de la meteorología extrema. Era un paisaje inmenso, colosal, fascinante. Un pequeño mundo dentro del mundo, un hábitat poderoso y excepcional. Así lo veía Monfort a través de la luna del vehículo, que surcaba la solitaria carretera que lo llevó en pocos minutos a divisar la plaza de toros de Vilafranca del Cid, a la entrada de la población, que cruzó, por esta vez, sin detenerse.

Cuando llegó a donde quería ir, detuvo el coche en un pequeño claro junto a la estrecha carretera. El puente seguía allí. Llevaba tantos años en el mismo lugar que se había mimetizado perfectamente con el entorno. El puente, el viejo caserío, los muros de piedra, el cauce de un río sin agua surcado ahora por millones de piedras.

Cuatro días antes había estado en el mismo lugar, contemplando lo mismo que ahora veían sus ojos. El viento transformaba el paisaje visual y lo convertía de forma caprichosa en algo distinto; los colores mutaban a cada momento del día, cada hora, cada minuto.

Se encontraba de nuevo en La Pobla del Bellestar, junto al puente de Sant Miquel, por donde cruzan las gentes y el ganado cuando la rambla de las truchas rinde honor a su nombre, en el límite de las provincias de Castellón y de

Teruel. Miles de años de historia. Aquí Aragón, allí la Comunidad Valenciana. Una línea imaginaria que las separaba, nada más, un antojo de gobernantes.

Cuando las aguas bajaran crecidas, no entenderían de límites ni de fronteras. Mojarían todo por igual, saciarían la sed de ambos territorios sin ninguna distinción.

Tuvo que inclinarse hacia delante al caminar porque el viento amenazaba con derribarlo y no tenía nada a lo que agarrarse. La temperatura era muy baja para el mes de mayo. Las nubes cubrían el cielo con una gigantesca boina y los rayos de sol no calentaban la tierra. El viento soplaba del norte y eso significaba frío, un frío intenso que calaba los huesos y para el que era difícil encontrar remedio.

La pared de piedra ofrecía el mismo aspecto, daba la impresión de que la reparación no había progresado lo más mínimo desde el domingo anterior. Quizá sí lo había hecho, pero era tanto el trabajo que quedaba por hacer que no lucía lo hecho hasta el momento. Pensó que entre los intersticios que dejaban las piedras se encontraba la verdadera historia de un pueblo. Olía a tomillo, como la otra vez, como siempre. El olor era tan intenso que costaba desprenderse de él aunque hiciera horas que se hubiera abandonado el lugar. Lo recordaba de cuando era un niño. La ropa seguía oliéndole a tomillo horas después de haber correteado feliz por los campos cercanos, cuando era feliz y los campos eran eso, cercanos.

Estuvo tentado en darse la vuelta y regresar al calor del interior del coche, pero entonces lo vio aparecer por detrás del muro. Cabizbajo y taciturno, portaba en cada una de las manos, desnudas de guantes, una piedra de similar tamaño y aspecto a las que había repartidas por el suelo. Levantó la cabeza cuando vio a Monfort. Vestía una chaqueta gruesa abotonada hasta el cuello, pantalones de pana y rústicas botas de montaña.

–Usted aquí otra vez –dijo el hombre a modo de saludo, sin sorprenderse por su presencia, y las últimas sílabas se las llevó una fuerte ráfaga de viento que sacudió los matorrales. Luego, sin soltar las piedras que llevaba en las manos, lo señaló con la barbilla–. No va muy bien vestido para el día que hace.

Monfort hizo un gesto con la cabeza para darle la razón. Estaba encogido y un nuevo golpe de viento le dio en la espalda y se convirtió en otra de aquellas punzadas agudas y repentinas en la zona del omóplato.

–¿Quiere aprender? –le preguntó el hombre tras soltar las piedras junto al muro. Echó mano del bolsillo y sacó de él un paquete de tabaco que le tendió a Monfort–. El otro día me invitó usted. Tome.

–Gracias –correspondió el inspector, que tomó un cigarrillo y le devolvió la cajetilla–. Lo difícil será encenderlo.

–¡Qué va! –exclamó esgrimiendo en la mano un antiguo mechero de yesca–. Con esto, cuanto más viento hace más se enciende–. Con la palma de la mano abierta, rascó la ruedecita metálica y la yesca anaranjada prendió; pequeñas chispas volaron a su alrededor. Encendió su cigarrillo y, sin que aquel artilugio más propio de otra época se apagara, se lo pasó a Monfort.

–¿Qué busca? –preguntó con el cigarrillo preso entre los labios mientras elegía la piedra más adecuada.

–El domingo, cuando estuve aquí, dijo algo.

–Pues no es que sea yo muy hablador, al menos eso me dicen en el pueblo. Recuerdo que hablamos de las piedras, de los muros, de esta pasión mía que algunos creen absurda pero que a mí me mantiene con vida.

Su rostro reflejaba tristeza, no una tristeza tangible y manifiesta, sino algo profundo y oculto, como un recuerdo amargo. Monfort no lograba ver nada a través de su mirada, solo unos ojos vidriosos y cansados, hastiados por el viento y el frío, pero quizá por algo más.

–Me gustaría saber algo. –El inspector decidió no dar más rodeos.

–¿Y quién lo quiere saber? –formuló la pregunta mientras palpaba algunas piedras.

–Me llamo Bartolomé Monfort, soy inspector de policía.

El hombre, que ya tenía la piedra escogida en una de las manos, se quedó inmóvil, con la espalda doblada, a medio camino entre la tierra y el muro. Monfort vio que sus dedos ejercían presión en la roca que sostenía, como una garra que atrapa a su presa. Temió, por un momento, que pudiera utilizarla contra él como un arma arrojadiza.

–Es porque le conté que fui cartero, ¿verdad? –dijo con un bisbiseo. Luego dejó caer la piedra a sus pies y llevó la espalda a una posición más natural. Apoyó las palmas de las manos en la zona de los riñones y se enderezó.

–Sí –contestó Monfort, que aguantó una nueva punción en el omóplato.

–Después de tantos años... tanto tiempo... No vino nadie a preguntar. Nadie se interesó. –Dio una calada y miró al infinito, un horizonte cubierto de nubes que el viento conducía a su antojo de norte a sur y de este a oeste–. Lo olvidaron. O quisieron olvidarlo. Seguramente pensaron que era lo mejor, y nadie volvió a hablar de lo que pasó. –Frunció el ceño y cientos de pliegues mudaron el aspecto de su frente–. Pero a mí se me quedó aquí. –Se llevó el dedo índice al centro de la frente–. Jamás olvidaré aquello, jamás. Cómo olvidarlo. Cerraron el caso. Y a todos les dio igual.

Monfort se agachó para apagar la colilla del cigarrillo en la tierra. Un sinfín de chispas revolotearon a sus pies, pequeños puntos de luz incandescente que desaparecieron a merced del viento.

–¿Qué pasó? Cuéntemelo, yo lo escucharé.

El hombre recogió un macuto que tenía junto a la pared de piedra y se lo colgó al hombro; parecía haber recobrado la energía que el recuerdo le había sesgado hacía tan solo un momento.

–Venga conmigo, le enseñaré dónde sucedió.

Sin esperar a Monfort, empezó a subir una cuesta con agilidad. No se volvió ni un solo momento para comprobar si lo seguía. No había ninguna senda marcada, ascendían campo a través en dirección a lo que parecía la cumbre de una cima en la que únicamente subsistían los matorrales que soportaban el viento, el calor y el frío de aquel inhóspito paisaje. Para cuando llegaron a lo que parecía la cumbre, el inspector estaba derrotado, el dolor del omóplato se había extendido al hombro. Tenía mucho frío, un frío imposible de paliar sin ropa de abrigo.

–¿Ve aquella casa de allí? –El hombre levantó la voz para hacerse oír a través del viento. Monfort intentó recuperar el resuello y empezó a toser. Le sobrevino una arcada y creyó que vomitaría allí mismo, pero al final consiguió contenerse. El hombre ni se inmutó y continuó con los ojos clavados en la casa, nublados por la evocación.

El lugar debía de estar cerca de Vilafranca del Cid, seguramente pertenecía al pueblo. Era una casa solitaria, aislada del núcleo de la población. Monfort no conocía aquel lugar.

–Fue allí.

El hombre que había sido cartero relató lo que había presenciado el día en que llevó un sobre de color marrón hasta la casa de piedra. Mientras hablaba mantuvo la vista en la casa, que parecía derruida por el paso del tiempo y el abandono.

Le habló del brazo cortado que pendía del balcón, junto a los chorizos y las morcillas de la matanza. Le contó que corrió hasta el pueblo para alertar a la Guardia Civil y que luego los acompañó hasta la casa.

Con un nudo en la garganta, explicó lo que se encontraron cuando accedieron a la cocina. La sangre, el suelo convertido en un enorme charco de sangre espesa, casi solidificada, y el cuerpo del hombre al que le habían amputado un brazo, el que colgaba del balcón.

Se quedó en silencio. Agachó la cabeza y Monfort notó el dolor que le producía rememorar aquello. Luego continuó hablando; los ojos acuosos, la mirada perdida en la ruina de la vivienda.

–Lo peor fue ver a la esposa. Estaba en la cama, vestida. Muerta. Tenía la piel muy blanca, los ojos sin vida, los pómulos hundidos. Había restos de espuma seca en la boca. Y entre los brazos tenía un ramo de flores que ya se habían marchitado, como una novia difunta, como en una película de terror.

Volvió a guardar silencio. Silencio, viento, silencio. No había nada más que escuchar allí cuando los hombres callaban. Monfort habló.

–Había un niño, ¿verdad?

–Sí. Un chaval. –Tardó en contestar y, tras hacerlo, se quedó pensativo. Luego–: Se escondió en un armario y no salió hasta que llegamos. Estaba sano y salvo. Muy asustado, sucio y desastrado, como si hubiera sido abandonado a su suerte, pero vivo al fin y al cabo. Después se lo llevaron.

–¿Quién? ¿Adónde? –preguntó con cierta inquietud.

El hombre se encogió de hombros antes de hablar. Arrastró un pie por el suelo terregoso, que levantó una nubecilla de polvo.

–No sé adónde, supongo que a Castellón. Se fue con unos familiares que vinieron a buscarlo. Un hombre y una mujer. Ella era hermana de la mujer de la casa; lo supe porque cuando dijeron su nombre, recordé que alguna vez les había llevado cartas remitidas por aquella mujer cuyo apellido coincidía con el de la muerta.

–¿Se apellidaban Boira o Seguí?

–¿Boira o Seguí? –repitió el hombre y se volvió a mirar a Monfort con extrañeza–. ¿Qué dice?

2008

Antes de decidir cuál sería el destino final de la tía Mercedes, los maté.

Sin que yo supiera de qué forma lo hacía, la tía Mercedes consiguió que ganara el concurso y el puesto de trabajo fuese para mí. Llegué a fantasear con que Mr. Cavendish, desde Londres, y mi tía, aquí, habían pactado mi regreso a Castellón. El viejo enamorado de los libros y la mujer que conseguía todo lo que se proponía.

Me instalé de nuevo en la habitación del piso de la avenida Capuchinos, como aquel día en el que llegué con la ropa impregnada del olor a cerdo. El hogar de mis tíos, un hogar que sentí roto en cuanto llamé al timbre y la tía Mercedes me abrió la puerta con la mirada velada y los hombros caídos.

Fumaba. Ahora fumaba un cigarrillo tras otro; apenas hacía una pausa entre el que apagaba y el que encendía de forma inmediata. Tenía los dedos índice y anular amarillentos. La casa apestaba a tabaco y los techos del salón estaban ennegrecidos. Su pelo, antes hermoso, estaba ahora cuajado de canas, sucio y mal cuidado. Vestía sin orden ni control, y lo mismo se arreglaba para no salir de casa en todo el día que salía a la calle hecha un desastre.

Había perdido el control de la cordura y no hacía nada para recuperarlo. No la vi derramar una sola lágrima. Oía gemidos y lamentos algunas noches a través de la puerta de su habitación, de madrugada, cuando creía que yo dormía, pero no la vi llorar.

Por las mañanas, antes de irme al trabajo, preparaba el desayuno. Me observaba comer, con la espalda apoyada en la encimera de la cocina, el cigarrillo entre los dedos y media sonrisa asomada a los labios.

Apenas hablábamos. Se limitaba a mirarme de forma condescendiente. A veces, cuando pasaba por detrás de mí, me acariciaba levemente la cabeza y yo percibía su olor, que ya era solo un vago recuerdo de lo que había sido, un olor particular que se mezclaba con el del tabaco y el abandono.

En los primeros días, tras regresar de Londres, se interesó por los muchos años que estuve en la ciudad. Pronto abandonó todo interés. Su cuerpo permanecía allí, pero su alma se encontraba en algún maldito lugar más cercano al infierno que al paraíso.

Pese a que había envejecido notablemente, quedaban rastros de lo hermosa que fue, como lo era mamá. En su rostro se reflejaba el tormento por el que debía de haber pasado desde que descubrieron a Remedios muerta en la bañera y eliminó de su vida al tío Andrés.

Cada mañana, antes de terminar con el desayuno, yo introducía una mano en el bolsillo del pantalón y rozaba con la punta de los dedos la carta que ellos me habían ocultado.

Y entonces mi tía ya no era bella ni se parecía a mamá, y se merecía pasar por todo lo que la tenía muerta en vida.

El nuevo puesto de trabajo me proporcionó una posición que no habría creído ni en los mejores sueños. Yo venía de ser un simple empleado en un museo lúgubre y rancio de una ciudad extranjera. Pensaba que jamás me correspondería algo como aquello, porque estaba convencido de que los designios de la vida no contemplaban la posibilidad de la suerte para las personas como yo.

Sentado en aquel moderno despacho rememoraba la infancia trágica que me tocó vivir por culpa de un padre maltratador. Sentía el barro del camino adherido a la suela de mi ajado calzado; el hedor a estiércol que impregnaba la ropa; sus gritos, sus golpes; los ruegos de mamá para que no me pegara; las palizas que ella acababa recibiendo por mí; la cadena con la que la ataba para que no pudiera escapar; el dedo alzado, acusador; las advertencias; los escupitajos que soltaba al gritar, el rostro enrojecido, los ojos saltones.

El dolor, la miseria y la muerte.

Pero también recordaba cómo olía mamá al jabón de espliego que ella misma elaboraba. La colada tendida, blanca, impoluta, meciéndose al viento de la montaña. El pan con vino y azúcar de la merienda. Sus caricias, sus abrazos. Las canciones que cantábamos al atardecer, en primavera, sentados en la hierba. Cerraba los ojos y sentía el aroma de las hojas de los libros que me leía y que después se afanaba en esconder para que él no los encontrara y acabaran en el fuego.

Él decía que aquello era cosa de mujeres y de maricones, y no estaba dispuesto a que yo fuera ni una cosa ni la otra. Me amenazó con cortarme un brazo y colgarlo del balcón.

De esa forma hizo de mí lo que ahora soy, en lo que de verdad me he convertido.

En un rincón de la cocina de la tía Mercedes había un jarrón con un ramo de flores marchitas, un ramo de flores que, por su aspecto y el color verdoso del agua, indicaba que llevaba allí mucho tiempo. Quizá se trataba del último regalo del tío Andrés. Recordando a mamá, hice dos pequeños ramos de flores muertas, uno para cada uno de ellos. Por alguna extraña razón que entonces no logré comprender, junto al jarrón había una caja con veneno para ratas. No creí que en el piso hubiera ratas, pero el veneno estaba allí y pensé de qué modo podía utilizarlo.

Fue tan sencillo acabar con la vida de Joan Boira...

Conocía su enorme éxito como cantante de aquel famoso grupo madrileño en el que se había enrolado. Matarlo fue coser y cantar. En realidad, fue él quien vino a mí, la casualidad hizo el resto. Jamás habría sospechado que yo estuviera allí, tan cerca, esperándolo. Oí que había logrado desengancharse tiempo atrás y me reí de aquella afirmación. Todo lo que había que hacer era acercarle una jeringuilla con su droga preferida, por mucho tiempo que hiciera que no la probara.

Lo odiaba por todo lo que había conseguido, envidiaba en lo que se había convertido. La rabia me corroía por dentro. No podía soportarlo.

Un tipejo que trabajaba en una empresa de seguridad, uno que era medio gitano, trapicheaba con caballo. Aprovechaba los eventos en los que prestaba sus servicios para pasar la droga sin levantar sospechas. Le compré una buena cantidad y la mezclé con el veneno para ratas que encontré en la cocina. Terminé con Joan en la que él pretendía que fuera su mayor noche de gloria. Estaba escrito que debía ser justo antes de que interpretara la canción que tanto había significado para los dos, una de los Rolling Stones que se titulaba «Dead Flowers», flores muertas, una canción que el cabrón había elegido para finalizar los conciertos, para encumbrarse como una estrella y que el público cayera rendido a sus pies. Un éxito que debía haber compartido conmigo o, al menos, agradecerme la ayuda prestada en sus inicios y del que no conocí más que desprecio. Pero todo acabó para él tras el pico adulterado. Pobre diablo, ni siquiera pestañeó cuando me vio allí, en el camerino, con el chute preparado para que se lo metiera y dejara de cantar de una puta vez.

Dejé el ramito de flores como una firma, como un recuerdo.

Después le llegó el turno a Gustavo Seguí.

El libro de Gustavo cayó en mis manos el mismo día en que las librerías de la ciudad lo exhibieron como el flamante ganador de un significativo premio literario. Lo leí de una sentada. ¿Que qué me pareció? Basura. Un desecho escrito por alguien a quien las drogas le habían convertido el cerebro en pura bazofia.

Gustavo Seguí era un aprovechado, un mentiroso, una serpiente venenosa.

Escuchó la desgraciada historia de mi infancia y tomó nota de ella para, con todos los consejos que le había brindado, convertirla en «su gran obra maestra». ¿Creía que no iba a enterarme? El muy imbécil supuso que porque me había marchado a Londres no iba a regresar nunca más ni a enterarme de nada de lo que pasara aquí.

Lo maldije hasta lo más profundo de mi negro corazón cuando leí, al final del libro, que se trataba de una obra de ficción y que todo lo escrito era fruto de su imaginación.

Una mañana que estaba firmando ejemplares en la Feria del Libro de Castellón, dejé que me viera de lejos. Estaba allí, como si fuera una estrella mediática, regalando autógrafos a sus nuevos fans; pero cuando me vio se quedó petrificado, aterrorizado. Antes le había dejado en la puerta de su casa el otro pequeño ramo de flores marchitas, exactamente igual que el de Joan. Un aviso, una advertencia para que supiera que iría a por él, que tenía las horas contadas.

A partir de entonces Gustavo esperaba encontrarme en cualquier esquina para que acabara con su miserable vida. Dejé que sufriera algunos días más y que se ahogara en el pozo de las drogas, porque vivir sin ellas le era imposible, hasta que decidí que había llegado el momento. Contacté de nuevo con el camello y mezclé la droga; luego fui a su casa y lo obligué a inyectarse el veneno. Sencillamente. Creo que incluso fue un descanso para él.

Habían muerto los dos. Por fin me había vengado de ellos. Esperaba que la envidia que me corroía por dentro me dejara en paz.

Era el momento de ocuparme de la tía Mercedes, pero había algo que no dejaba de darme vueltas en la cabeza, algo que debería haber hecho en casa de Gustavo y no hice. No podía soportar la curiosidad de registrar los manuscritos de la novela que había escrito según mis propios relatos. Quería ver sus anotaciones, sus pensamientos escritos, cómo había interpretado todo lo que le conté para luego plasmarlo en el libro y adueñarse así de mi desgraciada infancia. Sabía que me arriesgaba si volvía a su casa con su muerte tan reciente, pero no podía evitarlo; el deseo de apoderarme de aquellos manuscritos me quemaba por dentro.

Me dirigí una vez más al piso de Gustavo. Le había robado una llave y podía entrar sin que nadie se enterara. Sigilosamente, recogería lo que me pertenecía y me largaría de allí. Tenía otras cosas que hacer, otra persona de la que ocuparme, alguien a quien provocarle el peor de los viajes.

Pero cuando llegué al piso de Gustavo vi que la puerta estaba abierta.

Había alguien allí a quien no esperaba encontrar.

Jueves, 15 de mayo de 2008

En la carretera

–¡Maldita sea! ¿Por qué demonios no contestan?

Conducía a toda velocidad, una velocidad excesiva para las estrechas carreteras del interior de la provincia. Atravesó la población de Vilafranca del Cid y a punto estuvo de llevarse por delante a dos ancianas que cruzaban despacio la calle, entre el bar Moderno y la plaza don Blasco, justo en la curva de noventa grados que había en mitad del pueblo.

No conseguía contactar con Silvia en su teléfono móvil. La locución repetía una y otra vez que el aparato estaba desconectado o fuera de cobertura. Le había pedido que fuera al piso de Gustavo Seguí para buscar algún nombre, algún indicio que les permitiera conocer la identidad de la tercera persona que vivía en el piso de estudiantes de Valencia.

Ahora Monfort ya sabía de quién se trataba y se temía lo peor.

Romerales tampoco contestaba. Daba tono, pero no lo cogía. Llamó a la comisaría y al teclear los números con una mano al volante se salió de la carretera. El agente de recepción le confirmó que el comisario había salido. Le dijo que lo llamara a su teléfono móvil.

–¿Lo tiene? Si quiere se lo puedo facilitar. ¿Tiene dónde apuntar?

Colgó sin contestar siquiera.

No podía hacer maravillas al volante mientras marcaba los números de teléfono. Se detuvo en un pequeño descampado antes de comenzar el descenso del puerto de Ares. Pasó algunos valiosos minutos intentando localizar a Silvia o a Romerales, y finalmente lanzó el móvil al asiento del acompañante, enfadado y mascullando palabrotas.

Bajó el puerto como un loco, a riesgo de despeñarse en alguna de las curvas. Lo importante en aquel momento era acelerar para llegar cuanto antes a Castellón. Se le pasó por la cabeza darle el nombre que había descubierto a algún compañero de la comisaría, Terreros y García, o Robert Calleja, pero quería encontrarse personalmente con aquella persona.

El motor del Volvo rugía al reducir las marchas para ganar potencia a la entrada de una nueva curva. Luego, a la salida de esta, aceleraba a fondo para que el coche retomara la velocidad.

El cielo seguía cubierto, sin lluvia, con viento; un día gris sin tráfico. Mejor, así podía ocupar el centro de la carretera. Recordó la mirada extraviada de aquel hombre que había sido cartero, el hombre que había conocido de cerca el horror, algo terrible que nadie debería presenciar jamás, imágenes que no se le borrarían nunca, por muchas piedras que acariciara, por muchos tramos de muro que reparara. No lo olvidaría el resto de su vida.

Un pinchazo en la espalda. Dolor.

–¡Mierda! Ahora no –dijo en voz alta y con ello pretendía que el dolor cesara de la misma forma en que se desconecta un aparato de la corriente eléctrica.

Una vez que hubo descendido el puerto, y con ello el fin de las infernales curvas, la nube con forma de boina dejó paso a grandes claros por los que asomaban los rayos del sol.

El dolor remitió por el momento.

Aprovechó la larga recta de donde parte el cruce que lleva hasta el pueblo de Benassal para conectar la radio. No podía permitirse el lujo de cambiar el CD y Tom Petty ya lo había acompañado en el viaje de ida. Giró el dial. Iba a más de ciento cuarenta kilómetros por hora. Dejó de buscar en cuanto sonó algo de música.

Sheryl Crow cantaba: «My Favorite Mistake», mi error favorito.

¡Dios! Cómo le recordaba a Silvia, pensó al visualizar mentalmente el aspecto de la cantante de Misuri.

Tenía la gran sospecha de que se encontraba en apuros. Y quizá era él el responsable de ello.

Aceleró. Más.

> Cuando te vas, todo lo que sé es que eres mi error favorito.

–¿Le pasaste la droga al cantante en el auditorio?

–No. Lo juro. No fui yo. Además, esa droga estaba adulterada.

–¿Cómo sabes que estaba adulterada?

–Se comenta por ahí.

–¿Por ahí? ¿Dónde es por ahí?

–No lo sé, déjeme en paz. Yo no le pasé nada al cantante ese.

–¿Quién fue entonces?

–No lo sé. No tengo ni idea.

–Yo creo que sí. Me extraña mucho que hubieras permitido que otro camello rondara por allí. Debes de ser el puto amo, el que mueve el cotarro en los conciertos, con los bolsillos llenos de drogas y la porra colgando del cinto.

¡Menuda seguridad que tenemos! Deberían colgarte de los huevos.

El agente Terreros se había quedado a solas con el Sebas en el cuarto de interrogatorios. Había desconectado la grabadora y girado la pequeña cámara. Le hablaba al oído, de manera intimidatoria, pero sin levantar la voz. El agente García había salido a por café de forma premeditada.

–En el talego te van a meter la porra de *segurata* por el culo. Es lo que les hacen a los que son como tú. Sois muy chulitos en la calle, con la placa y el uniforme; veremos cómo te va dentro. Si es cosa tuya, te van a salir novios a porrillo.

–Yo no le pasé la droga al cantante, yo no he hecho nada de lo que dice. Nada, joder.

El Sebas mostraba signos de ablandarse. Terreros lo sabía. A nadie le gusta imaginar aquello que le había dicho de la porra.

–¿A quién le has pasado droga últimamente que valga la pena que sepamos? Y no me vengas otra vez con el cuento de que era para tu consumo, porque te meteré dos hostias y me quedaré más ancho que largo.

Cuando regresó el agente García lo hizo acompañado de Robert Calleja. No llevaba ningún café en las manos.

El Sebas tenía la frente apoyada en la mesa, el espinazo doblado en un ángulo exagerado, las manos a la espalda. Vencido, derrotado. A punto de hablar.

Terreros sonrió a sus compañeros y les hizo señal para que no abrieran la boca.

Entre los nombres que citó el Sebas había dos que despertaron el interés de los agentes.

Uno era el de Gustavo Seguí.

El otro no era el de Joan Boira.

Ya no había agentes de policía custodiando la puerta del piso, tan solo una cinta de balizamiento que ella misma apartó para entrar. Antes fue a la comisaria para recoger una llave del inmueble. No contestó a las preguntas del agente a quien se la pidió, simplemente le dijo que eran órdenes del inspector Monfort.

Silvia buscaba entre las pertenencias de Gustavo Seguí. Ella seguía dando vueltas a la hipótesis que se le había ocurrido: Seguí había matado a Joan Boira y después se había suicidado con la misma *medicina*. Tal como le había dicho Monfort en el SMS, ambos habían vivido juntos en Valencia en su época de estudiantes. Pero a Monfort le interesaba saber quién era la otra persona que vivía con ellos en Valencia. Esperaba de ella que en el piso de Seguí diera con el nombre de esa tercera persona. Se le ocurrió que podría preguntarles a los padres de Joan Boira, quizá lo supieran o quizá no, pero eso lo haría como último recurso.

El piso todavía estaba revuelto, tal como ellos mismos lo habían dejado. Intentaba no contaminar más de la cuenta pese a que era bastante difícil. Se había puesto unos guantes de látex, pero no había cubierto las suelas de los zapatos y estaba dejando pisadas por el suelo. Esperaba que no fuera importante. Se habían llevado a la comisaría el ordenador de Seguí, el teléfono móvil y una buena pila de carpetas, libros y papeles que en estos momentos estarían siendo examinados por los compañeros.

Era un tipo asqueroso el tal Seguí, lo tenía todo hecho una verdadera porquería. Se sentó en la cama para registrar los cajones de las mesitas de noche. El olor de las sábanas arrugadas evidenció que no se habían lavado en mucho tiempo. La almohada estaba ennegrecida y con manchas de sangre, había calcetines sucios y también calzoncillos que no tocaría ni muerta. Le daba un asco terrible. En los cajones no había nada que no hubieran visto ya. Los extrajo completamente por si había caído algún papel por la parte posterior. Miró por todos lados, leyó justificantes del banco, recibos del teléfono. Guardaba exámenes de sus alumnos. ¡Sus alumnos! No había pensado en ello. Alumnos y compañeros. Quizá no fuera mala idea acercarse hasta la universidad para preguntar por su comportamiento antes de que hubiera pedido la excedencia tras conseguir el premio literario.

Oyó un ruido, algo que provenía de la entrada del piso. Después un sonido que reconoció enseguida. Alguien había desconectado el diferencial y el piso quedó casi a oscuras.

Y entonces recordó que quizá no había cerrado la puerta después de entrar.

Estaba oscuro porque todas las persianas estaban bajadas y apenas entraban resquicios de luz por las rendijas; era lo normal después de que se hubiera efectuado un exhaustivo registro por parte de la Científica, había que preservar la escena el tiempo que fuera necesario. Siempre podía quedar alguna pista.

Desenfundó su arma reglamentaria y caminó sigilosa, sin hacer el menor ruido. Tanteó las paredes para no tropezar. Salió de la habitación de Seguí. Una línea de luz se colaba por la puerta de entrada, al final del largo pasillo. Seguía abierta, pero estaba entornada. Si había entrado alguien tal vez no hubiera cerrado la puerta para no hacer ruido. Echó mano al bolsillo. Primero en uno, luego en el otro, y en otro más, hasta que se dio cuenta de que ya no le quedaba ningún hueco en la ropa donde hubiera podido guardar el teléfono móvil.

–¿Hay alguien ahí? –preguntó imprimiendo carácter a su tono de voz.

No vio venir el golpe. Fue como un mazazo acompañado de un ruido sordo. Llegó a sentir cómo se le doblaban las rodillas y caía de bruces al suelo. La nariz aplastada contra las baldosas, los pómulos fríos.

Luego no hizo falta la luz porque dejó de verlo todo.

Los agentes Terreros y García salieron a toda prisa de la comisaría, por el camino harían las llamadas pertinentes. Ahora no había tiempo que perder.

Robert, que se vio solo junto al cuarto de interrogatorios donde permanecía el Sebas custodiado por un agente, llamó a Silvia, pero no contestaba. Consultó la hora, salió a la calle y caminó hasta llegar al piso de su compañera. Para no molestar, se situó enfrente del inmueble, junto a la entrada de Correos. Más que un edificio público parecía un pequeño castillo en pleno centro de la ciudad. Desde allí pretendía ver si había actividad dentro del piso de Silvia. La vivienda estaba encima de una tienda de salazones antigua, tal y como eran antes los comercios de ultramarinos. En Sanlúcar de Barrameda todavía quedaban tascas de ese estilo en las que servían manzanilla y tortillitas de camarones. La ventana que daba al balcón de Silvia estaba cerrada y el reflejo del sol no dejaba ver nada de lo que podía pasar en su interior. Se acercó al portal y llamó al interfono. Una vez, dos, tres. No contestaba. Salió un hombre de la tienda ataviado con una bata azul.

–¿Le abro?

–Sí, por favor –le agradeció con su acento peculiar.

Subió las escaleras de dos en dos y cuando llegó a la puerta llamó al timbre varias veces y luego aporreó la puerta. Estaba nervioso. Silvia no estaba en casa, no contestaba al teléfono y le parecía que los acontecimientos en torno a las dos muertes empezaban a acelerarse. Respiró hondo, pero así tampoco solucionaba nada. Llamó al número de Silvia otra vez y entonces escuchó el tono de llamada, de su propia llamada, al otro lado de la puerta. Se había ido sin el teléfono móvil, cosa poco probable. O le había pasado algo.

Palpó la cerradura para hacerse una idea de cómo debía forzarla para entrar. Era de las sencillas, tampoco tendría mayor dificultad en hacerlo. El caso era cómo se las iba a apañar después si se había dejado el teléfono a propósito y simplemente había salido a tomar un café.

Dio un respingo cuando oyó que su teléfono sonaba en el bolsillo. Respiró aliviado mientras lo extraía; sería ella que contestaba a sus innumerables llamadas perdidas.

Pero no se trataba de Silvia, era el inspector Monfort. La llamada se entrecortaba y no entendía lo que decía. Un ruido de motor amortiguaba el sonido de su voz.

–¡No le oigo bien, inspector, no sé qué *carajo* me dice!

Cada vez se oía peor, apenas se distinguía la voz de Monfort. Pero algo sí que captó Robert, cuatro o cinco palabras que repetía una y otra vez:

–... a su casa... Silvia... Gustavo Seguí...

Y el nombre de otra persona que no entendió, porque se había cortado la comunicación.

2008

Mercedes Reguart

Recomendé a mi hermana que no se casara con aquel pueblerino, pero ella no me hizo caso; estaba completamente cegada por el amor que aquel bruto le ofreció, hasta que tras la boda se la llevó al pueblo y la convirtió en su esclava.

A mí aquel hombre me daba miedo y asco a partes iguales. Se lo dije a mi hermana y dejó de hablarme.

No la volví a ver más hasta aquel día en el que yacía como una novia muerta en su propia cama, con el ramo de flores marchitas entre los brazos.

Nos escribíamos algunas cartas, pocas, cuatro al año como máximo. Habían tenido un hijo al que yo no conocía personalmente porque me negaba en rotundo a que vinieran a mi casa, y el cerdo de su marido no quería ni verme por allí. Pero ella trató de que conociera a su hijo a través de las cartas. Siempre se le había dado bien escribir. Ambas escribíamos, leíamos, nos gustaba mucho la literatura. Mi hermana cantaba muy bien, tenía un don innato para la música, pero tampoco creo que él la dejara cantar. Si me hubiera hecho caso y no se hubiera casado, su vida no habría terminado de aquella forma trágica.

Yo sabía, por sus cartas, que él los maltrataba. Me pedía encarecidamente que no alertara a nadie de ello, decía que todo se arreglaría, que lo hacía por el niño, para que no sufriera. Tenía un plan, me escribió una vez, pero no me desveló cuál era. Tuve que descubrirlo por mí misma cuando fui a recoger lo que años antes había nacido de su vientre.

Me casé con un alto funcionario de Correos al que trasladaron desde Madrid. Un hombre débil y apocado, un calzonazos que me venía de perlas para poder seguir satisfaciendo mis, digámoslo así, aficiones. Siempre me gustaron los hombres, sí, en plural, los hombres, y sentía debilidad por los que ostentaban algún cargo destacado: políticos, empresarios, catedráticos...

Me casé con Andrés porque en él encontré la forma de vivir tranquila y poder dar rienda suelta a mis escarceos, por cierto, siempre discretos y refinados, nada vulgares ni chabacanos. Lo mío eran relaciones de lujo para señores con posibles.

Andrés ganaba un sueldo generoso en su puesto como funcionario de Correos. Yo creía que él vivía en otro mundo, que estaba siempre en el limbo y que no iba a sospechar jamás lo que yo hacía a sus espaldas.

Mi hermana había dejado de escribirme en los últimos seis meses. No era normal en ella, que solía hacerlo más o menos cada cambio de estación. Pese a su vida entre estiércol y desprecios, era una mujer romántica y culta, y escribirme cada cambio de equinoccio era algo esencial para ella. Llegué a pensar que el bruto de su marido la habría matado, pues tales eran las barbaridades que me contaba que él le hacía. Ahora sé que tendría que haberla traicionado, si se puede llamar así, y avisar a las autoridades de lo que en su casa estaba sucediendo, pero no lo hice.

Un día me llamaron para decirme que había pasado algo terrible y que debía acudir a toda prisa al pueblo, a la casa de mi hermana.

Fui con Andrés, mi marido, y al llegar comprobamos hasta qué punto se habían ensañado con ellos.

Mi hermana yacía en la cama, muerta, vestida, con un ramo de flores entre los brazos. «Envenenada», dijo enseguida un agente de la Guardia Civil que comentó que no necesitaba ni siquiera conocer el parte del médico forense. Dijo que el olor de la baba blanca que colgaba de la comisura de sus labios era señal inequívoca de que había sido envenenada.

A su marido le cortaron un brazo con un cuchillo de cocina y murió desangrado sobre su propio charco de sangre. Quien lo hizo colgó el brazo en el balcón, donde estaban secándose los productos de la matanza del cerdo que se hacía cada año en las casas del pueblo.

Conocí a mi sobrino. Tenía quince años. Estaba muy asustado. Dijo que se había escondido en uno de los armarios bajos de la cocina y que no se había movido de allí hasta que los que entraron en la casa se hubieron marchado. Estaba aterrorizado por los gritos que decía haber escuchado. Los agentes de la Guardia Civil y los servicios médicos cuidaron de él hasta que mi marido y yo llegamos a la casa. Nos preguntaron si íbamos a hacernos cargo del niño. Les dije que sí enseguida, sin esperar la opinión de mi marido, que no me interesaba lo más mínimo. Yo no tenía hijos; Andrés o yo, uno de los dos, no era capaz de dar vida a un ser. Nunca me interesó saber si era cosa suya o mía, simplemente decidí entregarme a mi pasión furtiva y desleal y olvidarme de los hijos. Tampoco parecía que a él le causara mayor problema nuestra incapacidad para la descendencia.

Entre las pocas pertenencias de mi hermana, que solicité llevarme conmigo de vuelta a Castellón, había una carta, una carta dentro de un sobre marrón que el cartero había llevado aquella misma mañana hasta la casa. Fue el cartero quien descubrió el brazo de mi cuñado colgado en el balcón y dio aviso a la Guardia Civil.

Leí la carta, era la admisión para internar al chico en una escuela de artes de Zaragoza, uno de aquellos empeños de mi hermana por salvarle la vida de las garras del animal con el que se había casado. Aquel era su plan, del que me habló una vez en sus cartas, el que seguramente le habría gustado desvelarme, pero por temor a que él se enterara no lo hizo.

Guardé la carta enseguida, ni siquiera se la mostré a mi marido. No debía verla ni saber de ella. No fui capaz de tirarla o *quemarla, que sin lugar a dudas era lo que debía haber hecho; simplemente la oculté para que no la viera nadie.*

En aquel momento, con la carta a buen recaudo y las manos temblorosas, decidí que aquel jovencito sería a partir de entonces mi hijo querido, mi hijo; no nuestro hijo, porque Andrés no iba a quererlo jamás, pero sí el mío, el que él no había sido capaz de engendrar en mi vientre.

Y lo amé por encima de todas las cosas, de la misma forma que supongo que una madre ama a su hijo, como seguramente hizo mi hermana hasta que se la llevó la muerte en la peor de sus versiones.

Mientras lo criaba de la mejor forma posible para que saliera adelante después de lo que le había pasado en el pueblo, empecé a sospechar algunas cosas. A sospechar de mi marido y de su secretaria, Remedios, una mosquita muerta, una solterona que sabría de sexo lo mismo que la puerta de un armario. ¿Qué podía ver en ella? ¿Qué podía ella ofrecerle que no encontrara en mí?

Decidí que los sábados por la mañana, cuando el chico no tenía clases y yo salía a mis asuntos, acompañara a Andrés al trabajo. Remedios era su secretaria personal; si él o ella cometían un desliz, el chico lo vería y confiaba en que me lo contaría.

Había hecho progresos en sus estudios. No me costó convencer a quien tuve que hacerlo para que ingresara en la mejor escuela y tuviera los mejores profesores. Al principio su vida aquí fue un calvario, tuvimos que visitar a muchos médicos porque su comportamiento era completamente anómalo, y todos coincidían en que los sucesos vividos en el pueblo habrían de marcar para siempre el devenir de sus días. ¡Y una porra! Yo sabía que no le pasaba nada. Lo suyo, su problema, si es que era un problema, tenía poco que ver con lo que «otros» les habían hecho en el pueblo.

Tuve la terrible certeza, observándolo día a día, criándolo, cuidándolo, de que el chico había matado a sus padres. Le había sesgado el brazo a un padre maltratador que le pegaba palizas a su madre y acabó con ella porque sentía lástima, porque estaba seguro de que si no la mataba él, lo haría su padre moliéndola a palos.

Tuve la convicción entonces y, sin que nunca hayamos hablado una sola palabra de ello, sigo teniéndola.

Descubrió el asunto de mi marido con Remedios. No me dijo nada, pero lo sabía; lo vi en sus ojos un sábado al mediodía cuando volvieron a casa, él y mi marido, tras una jornada de sábado en el trabajo. Miraba a Andrés con desprecio, con asco, como si hubiera mancillado el buen nombre de la familia.

Algún tiempo después, encontraron a Remedios en la bañera de su casa, ahogada, sin signos aparentes de violencia, según los investigadores, que al principio detuvieron a mi marido porque el piso estaba plagado de cosas suyas. Era su nido de amor, su picadero. Contra todo pronóstico, me puse a su lado y abogué por él, testifiqué que estaba en casa el día en que Remedios murió, porque era verdad, estaba en casa. El portero de nuestra finca avaló la coartada; dijo que no lo había visto salir en todo el día de casa. Ocurrió un domingo, Remedios murió un domingo, y Andrés no se había movido de casa, pero el chico sí, él había ido al piso de Remedios para comprobar que su tío se la estaba tirando y, en un arranque de ira y sobreprotección hacia mí y hacia el recuerdo de su madre maltratada, la mató. Podría jurar que así sucedieron los hechos.

UN DÍA DESCUBRÍ que la carta no estaba en su sitio, allí donde yo la había ocultado todo aquel tiempo. Él la había encontrado y con ello supe que su sed de venganza hacia nosotros no tendría fin.

Se marchó a Valencia porque le arreglé el ingreso en la universidad gracias a un catedrático de Derecho con el que tenía una relación. Cuando dudó en ayudarme, le dije que conocía a su esposa y pensaba hablarle de nuestro «asunto». Me consiguió la matrícula y una habitación en un piso cercano a la facultad para compartir con otros dos muchachos de Castellón, que, según dijo, eran de buena familia.

Sus compañeros eran Joan Boira y Gustavo Seguí. Ellos fueron los que despertaron sus ansias de venganza y de muerte.

Les enseñó todo aquello que él aprendía noche tras noche, sin dormir, encerrado en su habitación. Malgastó su tiempo y su ingenio ayudándolos en sus aspiraciones artísticas: la música y la escritura. Lo hizo porque no tenía a nadie a quien querer, nadie con quien compartir, nadie para reír o llorar. Nadie. Yo también fallé en eso.

Terminó la carrera y se marchó a Londres. Aceptó aquel trabajo para distanciarse de lo que tanto odiaba. Pasó allí muchos años, demasiados, pero finalmente llegó la oportunidad y conseguí que volviera a Castellón. Optó a una importante plaza oficial y yo me encargué del resto. Era un estupendo puesto de trabajo, algo que él no habría imaginado conseguir jamás, y me convertí en cómplice de sus ansias de venganza. Pronto supo de aquellos dos que lo habían traicionado. Leí en su mirada que tramaba un plan para acabar con ellos. Simplemente quise ayudarle, como siempre había hecho. Sus compañeros lo traicionaron y yo hice todo lo que pude para que se vengara de ellos y así poder conseguir algo parecido al perdón que tanto ansiaba de él.

Compré flores, dejé que se marchitaran en el jarrón para que le recordaran a su madre muerta, le facilité el veneno y él hizo todo lo demás.

Esperaba su indulgencia con la ayuda que le había prestado, pero su corazón se había roto tiempo atrás y ahora parecía imposible de recomponer.

Lo mejor sería que lo internaran en alguna institución médica. En la cárcel corre el riesgo de que lo maten o se deje matar.

Hablé con un conocido psiquiatra que me debía algunos favores. Prometió que me ayudaría, pero que para ello era inevitable que primero diera parte a las fuerzas de seguridad. Me dijo que se encargaría personalmente de hablar con el jefe de la policía de Castellón. Según me dijo, tenía que confesarle que el chico era el responsable de todas aquellas muertes.

Y por eso estaba allí, en mi casa, sentado en la butaca del salón, con una taza de café que no había probado.

–¿Y CÓMO HA *dicho que se llama?*

–No se lo he dicho.

–Si quiere que la ayude, necesitaré conocer su identidad.

–Júreme que lo tratarán bien. Como yo, que lo he criado como a un hijo.

–Haré lo que esté en mi mano. Y bien, ¿cuál es su nombre?

Jueves, 15 de mayo de 2008

En casa de Gustavo Seguí

Lo reconoció nada más recobrar el conocimiento, aunque disimuló la sorpresa que le había provocado descubrir su identidad. No iba a darle el gusto de sentirse ganador al no haber caído en que se trataba de él, de haberlo tenido tan cerca desde el principio y que se les hubiera pasado por alto.

Silvia sangraba por la cabeza, pero no sabía en qué lugar exacto le había producido la herida. Le dolía como si se la apretaran con unas tenazas gigantes. Sentía náuseas y era consciente de que en cualquier momento vomitaría. Sin duda, le había provocado una conmoción cerebral que la había dejado sin sentido, no sabía por cuánto tiempo. Estaba tirada en el suelo, con las muñecas atadas y los brazos a la espalda. También le había atado los tobillos. Los pies y las manos le hormigueaban por la presión que ejercían las cuerdas tensadas contra su piel. Debía mantener los ojos abiertos, no perder el control visual, mantenerse lo más tranquila posible; cualquier cosa menos dormirse o perder de nuevo la consciencia.

Se había sentado en una silla tan cerca de ella que le rozaba las piernas con los zapatos. Tenía un fajo de hojas en el regazo. Pese a que había poca luz, estaba leyendo. Necesitaba gafas para ver de cerca. Usaba las mismas que llevaba la primera vez que lo vio, colgadas del cuello con un cordón.

A medida que leía una página la lanzaba al aire con gesto teatral y se reía o maldecía lo que acababa de leer. Tenía una risa repugnante.

Sobre la mesa estaba el arma que le había sustraído tras asestarle el golpe; también una jeringuilla, una cuchara y una bolsita que contenía alguna sustancia. No era complicado saber de qué se trataba y qué tipo de muerte le esperaba.

Silvia se decidió a hablar.

–¿Qué es eso que lee?

–Basura –contestó él sin mirarla–. Basura, patrañas, embustes. ¿Sabe lo que es un plagio?

–Sí.

–Pues esto no lo es, porque en realidad no lo copió de ningún sitio. Se lo conté yo; es, en parte, la desgraciada historia de mi vida, y también la de mi muerte. De la mía y de la de todos ellos.

–¿De quién habla? –se aventuró a preguntar.

–De ellos. Eran unos cerdos. Todos eran unos cerdos. Y por eso les llegó su día de San Martín.

Silvia no sabía con exactitud a qué se refería, aunque empezaba a sospecharlo. Un agrio sabor a bilis le ascendía por el esófago y amenazaba con expulsar en cualquier momento lo poco que tenía en el estómago. Decidió seguir hablando, mejor eso que recordarle que tenía una jeringuilla esperando sobre la mesa y una pistola cargada.

–Cuénteme cómo lo hizo.

–Necesitaré tiempo, y usted no anda sobrada de ello.

–Nadie sabe dónde estoy –mintió–. Si he de morir, me gustaría saber cómo lo hizo y quiénes son sus víctimas.

–No le gustará lo que tengo que decir.

–Aun así, escucharé con atención.

–¿Alguna vez ha sentido envidia?

–No.

–No la creo. Todo el mundo ha sentido envidia en algún momento de su vida.

–Yo no, se lo puedo asegurar.

–No me haga reír. Ya le he dicho que no la creo.

–No pretendo divertirlo. Adelante, atrévase, cuéntemelo.

Se puso de pie y cayeron al suelo las hojas que tenía sobre las piernas. A través de las ventanas cerradas llegaban amortiguados los sonidos de la calle. Tráfico y voces de personas, sonidos cotidianos. Dio algunos pasos alrededor de ella, susurró algunas palabras que no pudo entender; al final, volvió a sentarse, carraspeó y se dispuso a hablar. Despacio, pronunciando correctamente cada palabra, con la voz perfectamente modulada.

–La envidia es un sentimiento colmado de rencores y de malos deseos, corroe el alma y corrompe los sentidos; es el epicentro de todos los males. Yo quise ser alguien y no pude. La sombra que proyectaba el éxito de algunas personas oscureció la luz que necesitaba para seguir adelante y hacerme un lugar en un mundo que siempre me trató mal. La envidia me atrapó desde muy pronto, abrazó mi corazón y lo estrujó hasta convertirlo en un músculo insensible. La envidia dio paso al odio, y el odio transformó mi ser hasta convertirlo en un instrumento destructivo. En una mala persona. En un asesino.

Los agentes Terreros y García llegaron al Auditorio y Palacio de Congresos de Castellón y aparcaron el coche oficial junto a una de las puertas de carga y descarga. Al momento salió un hombre que movía los brazos para dar a entender que no estacionaran en aquel lugar. Terreros le mostró su placa antes de que abriera la boca.

–Queremos ver al director –dijo con la acreditación todavía en la mano.

El hombre dio un paso atrás.

–¿Ocurre algo? –preguntó.

–No lo ha oído –intervino ahora el agente García.

–Esto... creo que no... que no está –contestó el hombre, y echó mano del intercomunicador que llevaba colgado del cinturón.

Desde un piso superior, una cabeza con muy poco pelo y gafas de montura redonda asomó la cabeza por la barandilla forrada de madera. Un cartel situado al pie de ella indicaba que los despachos se encontraban en otra planta.

–¿A qué viene tanto alboroto? –dijo el de la escalera, que bajaba deprisa al encuentro de los policías.

–Preguntamos por el director –anunció García.

–Lo tiene delante –pronunció el de las gafas–. Soy el director. Arcadio Boix. –Les tendió la mano para estrechar las suyas.

Terreros y García intercambiaron una mirada.

–Según tenemos entendido...

–Ya no trabaja aquí –se anticipó Boix interrumpiéndolos–. Lo han despedido, y por lo visto la decisión es irrevocable.

Había satisfacción en su rostro redondo.

DEBERÍA HABER ENTRADO de forma prudente. La puerta estaba entornada. Tendría que haber esperado y oír primero por si había alguien dentro, llamarla por su nombre antes de entrar, cualquier cosa menos lo que hizo Robert Calleja, pero tal era la preocupación por el paradero de Silvia que no reparó en aquellos detalles. Entró como un elefante en una cacharrería. La llamó a voces hasta que llegó al salón y la vio tirada en el suelo, atada de pies y manos, la sangre chorreando por su pelo. El contraste de la mancha roja con el color rubio de su cabello era escandaloso. Gemía y negaba con la cabeza. No había apenas luz porque las persianas estaban bajadas, pero cuando levantó la vista lo vio sentado en la silla, con una mueca que parecía una sonrisa. Robert Calleja no se lo pensó ni por un segundo, sacó su arma, se abalanzó sobre él y gritó con aquel acento suyo tan gaditano:

–¡Hijo de la gran puta!

Pero antes de que pudiera atacarlo, el otro, con un rápido movimiento, se levantó de su asiento y disparó a Robert, que cayó como un fardo en el suelo, muy cerca de donde estaba ella. El estruendo fue descomunal, debió de alertar a todo el inmueble. La bala atravesó el cuerpo de Robert por algún lugar e impactó en una de las paredes del salón. Silvia gritó y él le propinó una patada en el estómago que hizo que se doblara de dolor. Robert no se movía, la penumbra no dejaba ver dónde había impactado la bala. Se formó una mancha de sangre en el suelo en cuestión de segundos.

Silvia contenía las lágrimas. Aunó fuerzas, pero él volvió a darle una nueva patada, esta vez en la espalda, que la dejó casi sin respiración. Desde su posición pudo ver que Robert respiraba de forma convulsa, temió que fueran los últimos estertores.

De forma insospechada, pensó en su nuevo piso del centro de la ciudad, frente al edificio de Correos, una casa que ella pretendía convertir en un hogar. Su casa, su refugio. Robert le gustaba, sí, le gustaba mucho; era un buen hombre y le había demostrado que la apreciaba. Apenas se conocían, pero ella estaba segura de que el sanluqueño, con sus ojos de un azul imposible y su acento zalamero, había llamado a las puertas de su corazón. Ahora veía su torso subir y bajar de forma violenta, en busca del oxígeno vital, los ojos cerrados, las piernas estiradas y los brazos pegados al cuerpo, inmóviles.

El hombre observó la carátula de un CD que había junto al equipo de música. Sonrío de forma amarga. Eligió una canción y subió ligeramente el volumen cuando empezó a sonar. Silvia no la reconoció hasta que llegó al estribillo. A continuación, volvió a sentarse. Hizo una mezcla en la cuchara y calentó el resultado con un mechero. Con una sola mano, tomó la jeringuilla, posó la aguja en la cuchara y tiró del émbolo para cargar la sustancia.

CUANDO TERREROS Y García llegaron al piso de Mercedes Reguart, según la dirección que les había proporcionado Arcadio Boix, el comisario Romerales estaba esperándolos. Los agentes le habían enviado un mensaje nada más salir del auditorio. Él lo había leído mientras la señora Reguart le contaba aquella espiral de muertes de las que tampoco iba a quedar indemne por cómplice y encubridora.

Llamaron al timbre. Romerales se puso en pie, pero ella le hizo un gesto para que no se moviera de donde estaba. Abrió la puerta. Se sorprendió de que otros policías se personaran en su casa. Romerales, que se había situado detrás de ella sin que se diera cuenta, aprovechó para reducirla y colocarle las esposas. A continuación le confirmó por qué estaba detenida.

–Leedle sus derechos –les dijo a los agentes mientras marcaba el número de Monfort.

EL INSPECTOR FUE el primero en llegar al portal del bloque de pisos donde vivía Gustavo Seguí. Dejó el coche en mitad de la estrecha calle, con la puerta del conductor abierta. Algún vecino habría alertado a la policía tras oír el disparo, porque mientras Monfort subía a toda prisa los escalones por no esperar a que el ascensor llegara a la planta baja, un vehículo de la Policía llegó a toda velocidad. Algunos minutos después lo hizo otro del que se apearon los agentes Terreros, García y el comisario Romerales.

–¡Una ambulancia! ¡Llamen a una ambulancia! –Los gritos eran del inspector y provenían del interior del piso.

Cuando los tres policías entraron en la vivienda, empuñando sus armas reglamentarias, se encontraron con la terrible realidad de lo que allí adentro había sucedido.

Monfort estaba de rodillas, junto a Silvia, que apenas podía articular palabra. Tenía una brecha en la cabeza de la que ya apenas brotaba la sangre, pero se quejaba del estómago y de las costillas.

Le cogió ambas manos y se las frotó para que entrara en calor. Temblaba y los dientes le castañeaban pese a que no hacía ningún frío. Monfort no dejaba de mirar a Robert con gran preocupación; parecía haber tenido menos suerte que su compañera. Yacía en el suelo, encima de un charco de sangre. Tenía una herida de bala que parecía haber hecho blanco cerca del hombro, pero era tanta la sangre que sin moverlo no se podía saber. Se apartó un momento de Silvia y comprobó que Robert respiraba, aunque lo hacía de forma débil y descompensada. Comprobó que, en efecto, la herida estaba cerca del hombro, pero también cerca del corazón.

Terreros y García subieron las persianas, conectaron la electricidad y el piso se iluminó. Silvia cerró los ojos, molesta por la repentina luz eléctrica. La sangre fue más roja, más sangre, más preocupante. Monfort había pisoteado el suelo, que quedó llenó de pisadas rojizas.

–¿Tú estás bien? –le preguntó Romerales a Monfort enfundando su arma.

–He tenido mejores momentos.

Se oyó el sonido de una sirena de ambulancia y un tropel de pisadas que subían a toda prisa por las escaleras. Los servicios médicos se adueñaron del salón.

–Qué cerca lo tuvimos, ¿eh, amigo? –observó Monfort.

–Así es. –Romerales frunció el entrecejo–. Desde el principio. He estado con su tía, la mujer que lo adoptó. La hemos detenido. Es cómplice de los asesinatos de Joan Boira y Gustavo Seguí, pero aún hay más.

Romerales no continuó hablando porque los enfermeros les pidieron que se apartaran para poder trabajar en mejores condiciones. Ya habían inmovilizado a Robert y estaban haciendo lo mismo con Silvia; iban a trasladarlos con urgencia.

–¿Cómo están? –preguntó Monfort a una mujer que por su forma de dar órdenes debía de ser la doctora al mando.

–Ella tiene una brecha en la cabeza, nada que no podamos arreglar cosiendo. Hay que ver los golpes que ha recibido en el estómago y en las costillas. Lo más importante es que no haya hemorragia interna.

–¿Y él? –preguntó señalando a Robert cuando ya se lo llevaban.

La doctora torció el gesto.

–La bala ha entrado cerca de la axila, por debajo del hombro. Tiene un orificio de entrada y otro de salida. Ha perdido mucha sangre, no puedo dar una valoración ni siquiera aproximada, entiéndalo. Es crucial llegar cuanto antes al hospital. Discúlpeme ahora.

Romerales y Monfort volvieron a juntarse en el mismo lugar del salón donde estaban antes. Oyeron cómo partía a toda velocidad la ambulancia en la que viajaba Robert Calleja de camino a su salvación o hacia todo lo contrario.

Cuando los enfermeros levantaron la camilla de Silvia, Monfort se acercó a ella. Le deseó suerte, toda la suerte del mundo, pero no se lo dijo; tenía los ojos cerrados.

Los agentes Terreros y García intercambiaron unas palabras con los de la Científica, que acababan de inundar el pasillo con sus bártulos de trabajo: focos, lonas, vestuario, cámaras.

–Míralo –señaló Monfort con despecho–. Recuerdo perfectamente que la noche del concierto se mostró colaborador. Parecía preocupado por si ya ningún grupo quería actuar allí. ¡Cuántos días perdidos!

–No te mortifiques –le aconsejó Romerales–. No vale la pena. A lo hecho, pecho.

Monfort pensó en la costumbre del comisario por recuperar dichos populares. Había sido una constante durante todo el caso y se lo había contagiado a algunos de sus subordinados. Es lo que tenía ser el jefe.

–Por cierto –interrumpió Romerales sus pensamientos–. ¿Y tú dónde estabas?

–En la montaña, con un cartero jubilado que restaura muros de piedra en seco, un cartero que hace más de veinte años descubrió el brazo del dueño de la casa colgado en un balcón, oreándose al fresco, junto a los embutidos de la matanza; el mismo que luego acompañó a la Guardia Civil cuando hallaron a la mujer muerta en la cama, envenenada y con un ramo de flores muertas entre los brazos. La misma persona a la que nadie se ha dignado a preguntar en todos estos años qué podía haber pasado en la vieja casa de piedra a las afueras del pueblo. Parece ser que el hombre maltrataba a su mujer, que era un tirano y un salvaje, y también parece que en el pueblo lo sabían, pero nadie dijo nada. Ya sabes, aquello que dirías tú muy bien: en boca cerrada no entran moscas.

Romerales esbozó una sonrisa cansada. Monfort prosiguió:

–En definitiva, averiguando lo mismo que tú en casa de Mercedes Reguart, pero a cien kilómetros de aquí.

Romerales le dio una palmada en la espalda y le hizo un gesto para que se marcharan de allí.

Antes de salir del salón, Monfort vio la carátula de un CD junto a un equipo de música que todavía estaba en marcha. Extrajo el compacto y se lo guardó en un bolsillo. Total, aquí ya no lo van a escuchar más, dijo para sí.

Por la puerta apareció la figura del forense, Pablo Morata. Portaba un maletín, que dejó en el suelo para saludar a su amigo Romerales. Intercambiaron unas palabras y luego se dirigió a Monfort.

–Mentiría si digo que me alegro de verte.

–Puede que te crezca la nariz si lo haces.

–A mi edad, créeme, ya no crece nada.

Monfort ladeó la cabeza. Morata no había terminado.

–Por cierto, me ha dicho un pajarito que andas llamándome... ¿Cómo era? ¡Ah, sí! Destripa cadáveres.

Monfort miró primero a Romerales y luego le dijo a Morata:

–A palabras necias, oídos sordos.

Los agentes de la Científica conectaron dos focos de luz blanca que iluminaron con total claridad el cuerpo sin vida de Tomás Bustos Reguart, el que fuera director del auditorio, el sobrino de Mercedes Reguart, el hijo del matrimonio de la casa de piedra a las afueras del pueblo.

Permanecía sentado en la misma silla, con el cuerpo ligeramente ladeado y la cabeza inclinada hacia atrás. De la parte interna del codo izquierdo pendía una jeringuilla que aún contenía restos de droga. Un hilo de sangre seca le dibujaba una línea que descendía hasta los dedos de la mano.

Domingo, 18 de mayo de 2008

PASARON DOS DÍAS en los que Monfort apenas salió de su habitación en el hotel Mindoro. Pidió que le subieran comida del cercano restaurante Eleazar, también bebidas y tabaco.

Habló por teléfono en repetidas ocasiones con Romerales para que lo pusiera al corriente. Al parecer, el comisario estaba divirtiéndose, restregándole al juez todo aquello que días antes le había rebatido. Estaría pasándoselo en grande, pensó Monfort.

Leyó *La piel del lobo*, la novela de Gustavo Seguí ganadora del premio literario. Seguí se había puesto en la piel del lobo, en la piel de Tomás Bustos, pero lo único que consiguió fue ponerse en la piel de la presa, una presa demasiado fácil. ¿A quién se le ocurriría escribir las memorias de un viejo amigo y luego asegurar a sus lectores que se trataba de una obra de ficción? ¿Acaso creía que él no se enteraría?

Consiguió ver el final del concierto de Bella & Lugosi que se mostraba en su página web. La canción con la que finalizaba el espectáculo era especialmente reveladora para el asesino de Joan Boira. Había tomado la letra como propia, como algo que debía acompañarlo a la hora de matar. El mismo detalle de las flores se había repetido desde el lejano día en el que hallaron a su madre muerta con un ramo entre los brazos. Joan Boira y Gustavo Seguí también tuvieron flores marchitas.

Tomás Bustos no permitió que en Castellón Joan Boira interpretara la que él consideraba *su* canción, y por esa razón le llevó flores muertas al camerino.

Monfort pensó llamar más adelante a Lucas Socolovich y charlar sobre el desenlace de lo ocurrido, aunque a él lo único que le interesaba en este mundo era la música, su música.

Drácula, el último CD de Bella & Lugosi con Joan Boira como cantante, se había encaramado a los primeros puestos de las listas de ventas. Habría que ver qué decidía ahora Lucas Socolovich con respecto a la continuidad del grupo. A Monfort no le cabía la menor duda de que ya había tomado una decisión.

Los de la Científica encontraron una carta en uno de los bolsillos de Tomás Bustos, una carta ajada, doblada y desdoblada tantas veces que se rompía al manipularla. Iba dirigida a su madre, estaba fechada en diciembre de 1985 y remitida por la Real Escuela de Artes de Zaragoza. La carta era la respuesta a la petición que la madre de Tomás Bustos había hecho a la dirección del centro. Confirmaba que habían aprobado su ingreso, pero Tomás Bustos no fue nunca a Zaragoza. Presuntamente mató a sus padres antes de que su madre pudiera leer la carta. Y luego su tía, Mercedes Reguart, la ocultó con el fin de que se quedara con ella y se convirtiera en el hijo que no había podido tener. Monfort pensó que la carta debía de ser la misma que el cartero introdujo en el buzón el día que descubrió el brazo colgado en el balcón. Cómo habrían cambiado las cosas si la madre hubiera llegado a leerla.

El forense afirmó que la muerte de Tomás Bustos había sido provocada por la misma sustancia que obligó a inyectarse a Joan Boira primero y a Gustavo Seguí después. Pablo Morata volvió a repetir aquello de «eutanasia en vena».

Silvia, a la que Bustos contó con todo detalle su brutal «hazaña» antes de suicidarse, salió del hospital tras veinticuatro horas de observación y curas. Tuvieron que aplicarle once puntos de sutura para cerrar la herida de la cabeza. Las patadas recibidas no le provocaron lesiones internas, aunque sí agudos dolores en las costillas, que según los facultativos tardarían algunos días en remitir.

Monfort estaba de pie, junto al ventanal que daba a la parte posterior del Teatro Principal de Castellón. Había luz en su interior. Quizá por la noche habría una representación teatral, como aquella vez que se encontró con Elvira Figueroa cuando abandonaba el recinto al finalizar la función.

Sus pensamientos regresaron al caso.

A partir de ahora debían esclarecerse todas las conjeturas. El proceso sería largo y mediático. Saldrían de nuevo a la luz las extrañas y confusas muertes de los padres del presunto asesino, los fallos cometidos por las fuerzas de seguridad en la escena del crimen, la falta de rigor y criterio a la hora de evaluar un caso tan grave, la facilidad para cerrarlo y olvidarlo en el cajón de los casos no resueltos.

Mercedes Reguart afirmaba que su sobrino había matado también a la amante de su marido, una mujer llamada Remedios que además era su secretaria. Tomás Bustos se lo había contado de igual manera a Silvia en el piso de Gustavo Seguí.

El marido de Mercedes Reguart ostentaba un alto cargo en la oficina central de Correos de Castellón. Cuando su secretaria apareció ahogada en su propia bañera, todos los indicios apuntaron a que el hombre podía estar involucrado en la muerte, a tenor de que en el piso se hallaron objetos de su pertenencia. Quedó patente que ambos mantenían una relación, pero, contra todo pronóstico, Mercedes Reguart esgrimió una sólida coartada para el día en que supuestamente murió la secretaria, y finalmente no hubo cargos contra él. No obstante, lo echó de casa y nunca más se supo de él. Ahora habría que buscarlo hasta debajo de las piedras.

Monfort respiró profundamente. Los de la prensa iban a estar entretenidos una buena temporada. La provincia de Castellón aparecería en el mapa de la España negra.

Dejó de mirar a través del ventanal y se volvió con las manos en los bolsillos. Contempló la fila de botellas vacías y la cama deshecha. Pronto sería buena hora para comer y la habitación necesitaba una limpieza.

Cogió el teléfono móvil y llamó a Silvia.

–Sigo viva –contestó ella más pronto que tarde.

–Lo cual es casi un milagro –apuntó Monfort.

–Sí, todavía no me lo creo del todo. Pensaba que la jeringuilla era para mí.

–Tú eres como una de aquellas heroínas de las películas antiguas.

–¿Boba?

–No, inmortal.

–No me hagas reír, que me duelen las costillas. –Silvia emitió un extraño sonido, como una tos contenida. Luego, con tono apesadumbrado, dijo–: Me preocupa mucho el estado de Robert.

–Se pondrá bien, es joven y fuerte –le aseguró.

Ambos guardaron un instante de silencio que finalmente rompió Silvia.

–Entró en el piso a lo bruto. No sabía con quién iba a encontrarse dentro. Entró sin más, estaba como loco. Lo hizo para salvarme.

–Como el caballero a la princesa –susurró.

–¡Mis costillas! –No fue un grito, tampoco una exclamación, más bien una queja.

–Hablando de costillas –intervino Monfort–. ¿Has comido?

Silvia puso los ojos en blanco. Él no podía verlo, pero se lo imaginó.

–No pienso salir con esta facha. Llevo una especie de corsé que no tiene nada que envidiar a las armaduras que se exponen en las tiendas de recuerdos de Toledo, y la cabeza vendada como si llevara un turbante.

–Qué tentador.

–Qué gracioso.

–Podría comprar algo de comer e ir a tu casa. Cuatro cosas, lo que más te apetezca, vino y algo para picar, si quieres. ¿Puedes beber vino? –Ella no contestó–. No es necesario que hablemos si no quieres, podemos comer contemplando el edificio ese de Correos tan imponente que tienes enfrente.

Guardaron silencio. Las últimas palabras de Monfort hicieron que ambos pensaran en el marido de Mercedes Reguart, extrañamente desparecido, y en su secretaria ahogada en la bañera. Eran funcionarios de Correos, habían sido amantes. Ahora ya no eran nada.

–Vale, sí, puedes venir cuando quieras –confirmó Silvia y con ello rompió el silencio y los pensamientos.

TRAS LA COMIDA y el vino, que Silvia no debería haber probado, se les hizo tarde discutiendo sobre lo que podían o no podían haber hecho, sobre todo aquel horror que le contó Tomás Bustos mientras ella creía que iba a morir.

Era domingo y la calle estaba tranquila. Las terrazas de los bares de la plaza apenas tenían clientes. Monfort había salido al pequeño balcón a fumar un cigarrillo. Cuando regresó al interior de la vivienda, Silvia se hizo la valiente y le sugirió ir al hospital para visitar a Robert Calleja. Lo habían trasladado a una habitación y podía recibir visitas siempre que no molestaran al paciente.

La ayudó a entrar en el Volvo. Hizo algunos gestos de dolor, pero finalmente consiguió acomodarse en el asiento. Monfort condujo con cuidado, sin acelerones ni frenazos bruscos; el hospital quedaba cerca. Aparcó en la entrada, en un lugar reservado para vehículos del personal sanitario. Dejó una acreditación oficial en el parabrisas y una tarjeta con el número de teléfono móvil a la vista, por si molestaba.

Caminaron despacio por el largo pasillo. Lo ponía enfermo el olor de los hospitales. Silvia se apoyó en su brazo. Llegaron a las puertas de los ascensores.

–¿Sabes dónde está Robert? –le preguntó.

–Sí, claro.

En ese momento, el teléfono de Monfort empezó a sonar. Miró la pantalla y luego a Silvia. Era Elvira Figueroa.

–¿Te importa?

–En absoluto –respondió Silvia–. Subiré sola. Podré, no te preocupes. Está en la cuarta planta, habitación cuatrocientos doce.

Las puertas del ascensor se abrieron. Silvia entró despacio y a continuación se cerraron con ella dentro. Monfort la vio desaparecer.

Pulsó la tecla verde del teléfono.

Elvira habló primero.

–Si hubiera recompensa deberías compartirla, ¿no te parece?

–Las mentes mal pensantes me acusarían de sobornar a un magistrado.

–También me atrae lo del soborno. En todo caso, debes reconocer que fui yo quien te dijo que había sido un cartero el que se encontró el desaguisado.

–No te quito ningún mérito.

–¿Y pensabas agradecérmelo de alguna manera?

–Haré todo lo que esté en mi mano, faltaría más.

Mientras hablaba con Elvira se dirigió a la cafetería del hospital. No le costó encontrarla, siguió la estela olorosa del café. Había una larga fila de gente que esperaba para pagar las consumiciones. Cuando le llegó el turno, pidió un café solo. Elvira continuaba hablando de forma distendida. Él se alegraba de oír su voz. Pagó el café y lo llevó hacia un extremo de la barra en el que no había clientes. Las mesas estaban ocupadas por familiares de enfermos. Vio caras compungidas por el dolor, otras, por el cansancio. De una de las paredes colgaba una pantalla de televisión. Estaba puesto el canal de 24 h de noticias de Televisión Española. Quizá no era buena idea informar de todos aquellos desastres a las personas que visitaban a sus familiares en el hospital. El total de los militares de Estados Unidos muertos en Irak superaba ya los cuatro mil. ETA había vuelto a asesinar con una furgoneta bomba lanzada contra el cuartel de Leguitiano, en Álava, provocando la muerte de un guardia civil. José Luis Rodríguez Zapatero, que había sido investido presidente el día 11 de abril, seguía sin pronunciar la palabra crisis a unos españoles que veían que se desmoronaba la economía del país. No, definitivamente no era lo más apropiado para la cafetería de un hospital, donde se suponía que los visitantes iban a reponer fuerzas y a despejarse de la cruda realidad que les esperaba en las habitaciones de las plantas superiores.

Se tomó el café. Estaba demasiado fuerte y tibio. Elvira le propuso que se vieran de nuevo. Hizo alguna broma del tipo «¿En mi Teruel o en tu Castellón?». Monfort sonreía. Pensó que Silvia ya estaría con Robert Calleja. Quizá saldría de allí algo más que una amistad fruto del compañerismo. Le deseaba lo mejor. Dirigió de nuevo la vista a las noticias; ahora se veía una playa en la que dos excavadoras derribaban una casa y arrastraban los troncos de unos árboles que previamente habían talado. Las ruedas de las grandes máquinas destrozaban la arena y la porción de costa quedaba reducida a un triste barrizal. El texto que aparecía en la parte inferior de la pantalla informó de la noticia: «Una playa entre Peñíscola y Alcossebre se convertirá en una exclusiva zona residencial». Aguzó la vista. Se acercó a la pantalla. Sí, no había duda, era la pequeña playa donde vivía la abuela Irene, y aquella casa, la casa derruida, no podía ser otra que la suya. Recordó las pesadillas que no la dejaban dormir por las noches. Rememoró sus palabras: «Sueño que llegan hasta aquí las excavadoras y derriban la casa, que la convierten en material de escombro, que arrasan la playa y destrozan las dunas, que cortan los árboles y se llevan los troncos de los pinos».

–Elvira, disculpa –la interrumpió Monfort cuando ella consultaba su agenda para fijar un día–. Tengo que dejarte. Es importante. Luego te llamo.

Salió a la calle con el teléfono todavía en la mano. Buscó el número de la abuela Irene y la llamó. Esperó a que se agotaran los tonos de llamada. Masculló entre dientes. Volvió a marcar. Lo mismo.

Se dirigió al lugar en el que había aparcado el coche.

Silvia se bastaba para visitar a Robert Calleja.

La habitación cuatrocientos doce tenía la puerta cerrada. Silvia llamó levemente con los nudillos para no hacer ruido. Abrió y entró despacio. Estaba nerviosa; no era propio de ella, pero lo estaba. Por encima de todo esperaba que Robert se encontrara bien. Lo primero que haría sería darle las gracias de todo corazón; él estaba allí por intentar salvarla. Se había jugado la vida y no le había importado lo más mínimo, había estado a punto de morir por ello. Fue una gran suerte que el asesino errara el tiro.

La habitación estaba poco iluminada; la persiana, bajada más de la mitad, y tan solo un fluorescente encendido en el cabecero de la cama. Apenas se le reconocía, tenía la cara hinchada. El hombro en el que había recibido el disparo estaba cubierto por un aparatoso vendaje. Lo habían conectado mediante cables a un monitor que informaba de sus constantes vitales. Se oía un pitido regular y algo agobiante. Se respiraba un fuerte olor a medicamentos. La cama estaba inclinada en su mitad superior, y su cuerpo, incorporado, casi como si estuviera sentado. Movió el brazo que tenía intacto. Una señal, un saludo. Silvia sintió un nudo en la garganta y los ojos se le velaron. Todavía estaba junto a la puerta y dio algunos pasos para acercarse.

Ni siquiera había reparado en que no estaba solo, que había otra persona en la habitación, sentada en una silla, junto a la cama. Era un hombre, algún amigo o un familiar. Silvia dedujo que podía tratarse de alguno de aquellos amigos costaleros que sacaban de procesión a san Lucas Evangelista (le había costado aprenderse el nombre), en Sanlúcar de Barrameda. Robert la había llamado «desaboría» porque ella no tenía ni la más remota idea de procesiones ni de Santos. Robert invocaba a san Lucas cuando se enfadaba, cuando estaba contento y cuando algo lo dejaba perplejo. Él se ofreció a llevarla a Sanlúcar de Barrameda para que conociera al santo al que tanto veneraba.

–Buenas tardes –saludó Silvia casi en un susurro, dirigiéndose más a la visita de Robert que a él mismo.

Pese a lo hinchada que tenía la cara, los ojos azules de Robert iluminaban la habitación. No tenía expresión en el rostro, pero los ojos estaban allí, como siempre, y parecían más abiertos que nunca.

–Buenas tardes. –El acento del hombre le dio la razón a Silvia; era gaditano, como él.

Robert emitió algunos sonidos, carraspeó en su afán de poder hablar. Cuando se aclaró la voz dijo:

–Este es Ángel. Tenía que haberte *hablado* antes de él.

El tal Ángel era delgado y muy atractivo. Tenía un rostro amable. Silvia cayó en la cuenta de que el corsé le hacía mantener la espalda en una extraña posición, más erguida de lo habitual, y que el vendaje de la cabeza no le favorecía en absoluto. No sabía quién era Ángel, no le había hablado de él; en el fondo, Robert era un perfecto desconocido. El desconocido perfecto.

Robert estiró el brazo que tenía intacto hacia donde estaba Ángel y este le cogió la mano y entrelazaron los dedos. Ambos, en aquella postura, dirigieron la vista a Silvia.

Y Robert dijo lo que tenía que haber dicho antes.

–Ángel es mi novio, mi pareja.

La abuela Irene seguía sin contestar. Lo había intentado en otras dos ocasiones y al final había desistido. Monfort estaba seguro de que habría una explicación para lo que acababa de ver en las noticias, pero Irene amaba la casa junto al mar. Allí se había retirado cuando murió Violeta, su nieta querida, su nieta del alma. Decidió abandonarlo todo para refugiarse en aquel pedazo de mundo en el que se sentía en paz, el mismo lugar en el que habían esparcido al viento las cenizas de su madre, como ella merecía, dejándola volar libre entre el cielo y el mar.

Solo había pasado un mes desde entonces. Cuando estuvo allí la casa estaba en perfecto estado, cómoda y acogedora, como siempre, delicadamente decorada. Era del todo improbable que en tan poco tiempo hubiera decidido marcharse y que sus peores pesadillas se hubieran hecho realidad.

Habría una justificación, pero de momento ella no contestaba a sus llamadas.

Conducía deprisa por la autopista en dirección a Peñíscola. A la salida del hospital había puesto el CD que cogió «prestado» en el piso de Gustavo Seguí, el disco que Tomás Bustos decidió que fuera la banda sonora de su propia muerte. Se trataba del álbum titulado *Sticky Fingers*, dedos pegajosos, de The Rolling Stones, publicado en 1971, un disco no exento de polémica en España. Andy Warhol fue el autor de la portada original, en la que aparecía la parte superior de un pantalón vaquero que dejaba entrever un abultado miembro masculino. Fue censurada por obscena y sustituida por otra en la que se veían unos dedos cercenados dentro de una lata de melaza, intentando hacer alusión al título del disco. Así funcionaba la retorcida mente de los guardines de la moralidad nacional. Mejor sangre que sexo.

No tardaría en oscurecer. La luz del crepúsculo brindaba tonos intermedios entre el azul y el púrpura. Color «violeta».

No sabía a qué lugar debía dirigirse cuando llegara a Peñíscola. ¿Dónde estaría Irene? Se le ocurrió llamar a la asistenta de sus padres. Tecleó el número con una mano y luego bajó el volumen de la música.

–Hola, soy Bartolomé.

–Me alegro mucho de oírlo. ¿Qué tal se encuentra?

La voz dulce y siempre amable de la asistenta, con su acento característico del otro lado del Atlántico.

–¿Has sabido algo de la abuela Irene en los últimos días?

–No hemos recibido noticias suyas. ¿Ocurre algo?

–No te preocupes, es solo que la he llamado y no contesta.

–¿Puedo hacer algo por usted?

–Gracias. Ya haces mucho, de verdad. ¿Cómo está el viejo gruñón? –preguntó Monfort refiriéndose a su padre.

–Pues cada vez gruñe menos –respondió ella casi en un susurro.

Monfort le dijo que pronto les haría una visita y luego se despidió.

Subió el volumen de la música y sus majestades satánicas lo devolvieron a la realidad del asfalto.

Pronto apareció la salida número 43, la que debía tomar para llegar a Peñíscola. Pagó el importe del trayecto en la cabina de peaje y abandonó la autopista. Cuando faltaba poco para llegar a su destino, avistó en el horizonte las luces del castillo templario de Peñíscola, alzado sobre un promontorio, dominando la pequeña ciudad, como un gran barco de piedra varado en el mar. La inconfundible silueta de la fortaleza, recortada en el cielo, ejercía un magnetismo especial a quien hasta allí llegaba, quizá el lugar más mágico del Mediterráneo.

Fue justo en aquel momento. Sintió una punzada aguda que le recorrió la espalda como una descarga eléctrica, como un latigazo. Empezó en el omóplato, como lo había hecho en otras ocasiones, y se prolongó por el brazo izquierdo, desde el hombro hasta los dedos. Perdió ligeramente el control del vehículo. Disminuyó la velocidad. Respiró hondo. Al hacerlo fue como si miles de agujas se le clavaran en la espalda. Le costaba respirar. Bajó la ventanilla y le hizo bien el aire renovado, pero le sobrevino una nueva punción, mayor que la anterior.

Era imposible seguir conduciendo. Se apartó en el arcén y accionó los intermitentes de advertencia de peligro. La noche había vencido a la luz y el castillo era un faro entre la tierra y el mar, y él no podía dejar de mirarlo.

El dolor le impedía respirar con normalidad y le inmovilizaba los brazos y las piernas. Echó la cabeza hacia atrás y la apoyó en el reposacabezas. Necesitaba una brizna de aire que llevarse a los pulmones. Debía alcanzar el teléfono que estaba en el asiento del acompañante, pero no podía moverse. Tenía que pedir ayuda, alguien que le trajera aire o algo que respirar, pensó.

Cerró los ojos y vio a Violeta, feliz, en casa, sana y salva. Él la abrazaba y aspiraba la fragancia de sus cabellos para no olvidarla jamás. Vio a su madre sonreír en un día de Navidad, orgullosa, con la familia reunida alrededor de la mesa; a su padre reparando el columpio rojo que había colgado del viejo árbol en el pueblo; a la abuela Irene, con los pies descalzos sobre la arena de la pequeña playa, con la casa intacta y las dunas y los pinos tal como él los había visto hacía pocos días; a Silvia, recuperada de sus heridas, con una copa de vino en la mano, brindando a su salud, y también pudo ver a Elvira en un palco del teatro, elegante y bella, como una dama de ensueño.

Sueño, eso era lo que sentía, un sueño profundo interrumpido por las punzadas que arremetían cada vez con mayor ímpetu. Dolor y luego sueño, y vuelta a empezar.

Solo tenía que mantenerse despierto, estirar el brazo derecho y alcanzar el teléfono, hacer una llamada. Era cuestión de una simple llamada.

Él no creía en las casualidades, pero aquella estaba allí y sonaba a través de los altavoces.

La música lo había acompañado a lo largo de su vida, en los días buenos y en los malos ratos.

Llegó a la conclusión de que la música era la sincronización perfecta entre los sonidos y el silencio.

Silencio y sonido.

¿Qué sería de la música sin la magia del silencio?

Sonaba la canción y a pesar del dolor que sentía desgranó cada frase, cada palabra.

Para Tomás Bustos la letra había sido el método, el paradigma vital.

Flores muertas.

> Puedes enviarme flores muertas cada mañana,
> envíame flores muertas por correo,
> envíame flores muertas a mi boda.
> Y yo no olvidaré poner rosas en tu tumba.

Nota del autor y agradecimientos

La música ha sido fundamental en mi vida. Me dediqué a ella en cuerpo y alma, pero incluso cuando decidí bajarme de los escenarios, la música siguió habitando en mí como el primer día en el que escuché aquellas canciones que me marcaron el destino.

La escritura me proporciona ahora una sensación parecida a la de componer una melodía para una canción, a la de pulsar las cuerdas de una guitarra o la de pisar con pie firme las tablas del escenario.

Música y novela es lo que he pretendido mezclar en esta nueva aventura del inspector Monfort, un personaje imposible de entender sin la eterna compañía de sus canciones preferidas. Los libros y la música, compañeros inseparables, elementos imprescindibles para ser mejores personas.

Respecto a *Flores muertas*, quiero puntualizar que todas las inexactitudes, los cambios conscientes de algunos datos concretos y los errores que se puedan encontrar en el texto son de mi total y única responsabilidad. Todo lo que sucede es ficticio y cualquier coincidencia que el lector pueda o quiera encontrar no deja de ser más que eso, una mera coincidencia.

Una vez más, he intentado narrar lo mejor posible los escenarios reales por los que discurre la novela, con la intención de que los lectores puedan visualizarlos e imaginarlos sin moverse de su sillón de lectura, pero con la esperanza de que si viajan para conocerlos los vean como los leyeron en este libro.

Quiero mostrar una gratitud muy especial a los lectores que siguen los casos del inspector Monfort, cuyos libros se han hecho un lugar en sus bibliotecas particulares. Suyo es en realidad el mérito de que esto continúe.

Algunas de las personas que merecen que les dé las gracias de manera personalizada son:

Esther Miralles, por las distintas lecturas del manuscrito original y sus correspondientes correcciones. También por la traducción de algunas canciones y, sobre todo, por la paciencia infinita. Somos un equipo. Te quiero.

Julia Cano Miralles. Eres lo mejor de nuestra vida, la canción más bonita que podíamos componer.

Mathilde Sommeregger, por creer en mí de forma incondicional, por trabajar en los manuscritos con tanto cariño y por ser la mejor editora del mundo.

Maite Cuadros, Eva Cuadros y Francisco Cuadros, por el afecto tan especial que nos dispensáis en todo momento, tanto a mí como a mi familia.

Al magnífico equipo de MAEVA. Sois los mejores. Podéis sentiros orgullosos de ello. Me gustaría escribir vuestros nombres sin dejarme a nadie, pero el temor a que pueda hacerlo es grande, así que daos todos por nombrados aquí. Este libro es vuestro.

Irene Manclús, del Arxiu Històric de la Universitat de València, por la ayuda prestada para que pudiera precisar algunos datos que se citan en la novela.

Susana Fabregat y el Proyecto Solidariza tu Energía por creer que mi trabajo es un ejemplo de pasión por la literatura, y habérmelo reconocido de manera tan especial.

Javier Moliner y Vicente Sales, de la Diputación de Castellón, así como a los representantes del Comité Técnico del Galardón Letras del Mediterráneo, que tuvieron a bien otorgarme dicho privilegio en 2017 con la novela *Ojalá estuvieras aquí*, en la categoría de Novela Negra. Aunar turismo y literatura es una idea genial.

«Monfort partió con las primeras luces de la mañana. La niebla, ligera como la espuma, limitaba la visión del horizonte; sin embargo, embriagaba el ambiente de dulce nostalgia, la que ya sentía nada más dejar atrás la ciudad.»

Gracias, con todo mi corazón.

JULIO CÉSAR CANO

La banda sonora del inspector Monfort

Tal vez fue la nostalgia por los escenarios lo que me llevó a escribir de forma continuada. Quizá fueron las canciones que pretendía escribir las que me llevaron a componer ficciones en las que los personajes sacaran adelante sus particulares vidas.

La música y la literatura, dos conceptos imprescindibles, fuente de inspiración inabarcable, son mi seña de identidad.

Flores muertas es, hasta la fecha, el libro de la serie del inspector Monfort en el que la música cobra mayor relevancia. El título está tomado de la canción *Dead Flowers*, de los Rolling Stones, y su letra es el eje que vertebra la trama de principio a fin.

No recuerdo el instante en el que desgrané cada verso de la canción de «Sus Satánicas Majestades»; tampoco el momento exacto en el que decidí que aquellas flores muertas se convertirían en el pretexto ideal para contar ciertos entresijos del mundo de la música y de las discográficas a través del infortunio de Joan Boira, el cantante del grupo Bella & Lugosi. El caso es que, como en tantas otras ocasiones, las canciones marcaron el camino a seguir.

El inspector Monfort y su particular forma de asociar la música a los casos que investiga es una característica con la que disfruto a la hora de crear cada nuevo texto. Trabajo con empeño para que cada una de mis novelas tenga su propia banda sonora original. Las canciones que aparecen en la serie no están elegidas al azar, tampoco son siempre mis temas preferidos, y ni siquiera coincido exactamente con los gustos musicales de Monfort. Se trata de la pieza adecuada para lo que estoy escribiendo, un extra musical que rima con la ambientación y con lo que sucede en cada momento. Pretendo que el lector acuda a las canciones citadas y que, con ellas sonando de fondo, relea los capítulos para dar con aquello que quiero transmitir.

Como sucede también en mis otras novelas, al final de *Flores muertas* se incluye un listado con las canciones que aparecen en el libro. Me hace especial ilusión que, además del título, los lectores conozcan a cada intérprete, el álbum en el que se encuentra, quién la compuso y la compañía discográfica que editó el disco. Puede que me quede un resto de deformación profesional, o que solo sea un acto de vanidad en lo que a música se refiere, pero me siento orgulloso cuando los lectores me dicen que escuchan la banda sonora de mis novelas en las plataformas donde están disponibles.

Tal vez siga en activo aquel músico insolente que convirtió su pasión en un estilo de vida, y la forma de mostrarlo sea a través de las novelas protagonizadas por alguien que ama la música en todas sus variantes. Un personaje que escucha de madrugada las hipnóticas melodías de Pink Floyd mientras asciende en su viejo Volvo por un puerto de montaña, en cuya cima se detendrá para fumar un cigarrillo y presenciar en la más absoluta soledad la plenitud del espectáculo de un nuevo día.

«Madre, ¿crees que les gustará la canción?»

Bienvenidos al mundo sonoro de la serie del inspector Monfort, donde cada libro cobra una nueva dimensión tan solo con poner en marcha el reproductor.

Muchos lectores me han preguntado por las canciones preferidas del emblemático policía. Sería difícil, y también un tanto injusto, seleccionar unos pocos temas de entre los muchos que podrían clasificarse como sus predilectos; sin embargo, algunas canciones han marcado el devenir de sus días a lo largo de las novelas de la serie, como, por ejemplo, las siguientes:

Tears in heaven, Eric Clapton

Come Together, The Beatles

She, Elvis Costello

Let me go, The Rolling Stones

Waking Up, Elastica

Mother, Pink Floyd

Mrs. Robinson, Simon & Garfunkel

Riders on the Storm, The Doors

Something, The Beatles

Free Falling, Tom Petty

Crazy, Aerosmith

Lou Reed, Vicious

Back on the Chain Gang, The Pretenders

Cavalleria rusticana. Intermezzo, Pietro Mascagni

With a Little Help from My Friends, Joe Cocker

Dead Flowers, The Rolling Stones

Starman, David Bowie

Burning Down the House, Talking Heads

Shine on You Crazy Diamond, Pink Floyd

Precious, The Pretenders

Everywhere, Fleetwood Mac

Start Me Up, The Rolling Stones

Cada una de ellas representa un momento trascendente en la vida del inspector. Las canciones le sirven para aferrarse al presente, pero también para no olvidar el pasado que tanto añora. Podemos imaginarlo sentado en la butaca de su habitación, en el hotel Mindoro de Castellón, contemplando taciturno la fachada rojiza del Teatro Principal de la ciudad, fumando un cigarrillo, con un whisky en la mano, deshojando el futuro incierto que vislumbra entre acordes, ritmos y estribillos.

La música le dio sentido a todo.

Puedes enviarme flores muertas cada mañana.
Y yo no olvidaré poner rosas en tu tumba.

JULIO CÉSAR CANO

Captura este código
para acceder a la playlist
del inspector Monfort

Aquí puedes comenzar a leer

LA SOLEDAD DEL PERRO

el nuevo libro de

JULIO CÉSAR CANO

Las imágenes parecen tan reales que le sorprende que no se materialicen. Las ve pasar ante sus ojos como si se tratara de una película inédita, como algo ajeno, como si él mismo no fuera el maldito protagonista de la historia.

Su padre está borracho. Su madre tira de él, lo arrastra por la acera. Quiere llegar a casa cuanto antes para librarse del bochorno que la acosa. Soporta estoicamente las miradas reprobatorias, la conmiseración de los que se cruzan en el camino y la lástima que sus ojos proyectan. «Pobre mujer», lee en los labios de una anciana que pasea un perrillo tan viejo como ella. Su padre es un hombre alto que pesa lo suyo. Llevarlo a empujones hasta el piso supone un gran esfuerzo. Su madre lo ha hecho en demasiadas ocasiones, a juzgar por la cara de hartazgo y desesperación.

El vecino del entresuelo vive solo, su esposa murió dos años atrás. Recordaba el luto y el trasiego de las vecinas para llevarle alimentos cuando se negó a comer. Sale al descansillo al oír el estrépito. Se apoya en la barandilla y resopla. Es corto de estatura, pero tiene la espalda ancha y sus brazos son fuertes. Se sube las mangas de la camisa por encima de los codos y baja deprisa los cuatro escalones.

Agarra al borracho con decisión y entre los dos lo cargan como un fardo inerte en el ascensor. Suben hasta el tercer piso y repiten la maniobra en sentido inverso. El vecino sabe que el mayor de los problemas no es el alcohol que el hombre ingiere sin medida; aquello es solo una consecuencia más de su verdadero problema. Y, por eso, cuando ayuda a su mujer a llevarlo hasta la habitación de matrimonio y lo dejan caer en la cama, le pregunta:

—¿Por qué juegas? ¿Por qué apuestas el dinero de tu familia?

Con la voz más clara de lo que cabría esperar en su estado de embriaguez, el hombre responde:

—Con apuestas es todo más divertido.

A continuación, cierra los ojos, echa la cabeza hacia un lado y comienza a roncar.

Un niño, que resulta ser él mismo, observa la escena desde el umbral. La penosa imagen de su padre representa todo lo que no debería ser cuando fuera mayor. El problema es que él se siente atraído por aquello. Y su madre teme que se convierta en lo mismo. O quizá en alguien mucho peor.

Cuando el vecino se retira y ella lo acompaña hasta la puerta para darle las gracias, el niño se acerca al lecho en el que su padre duerme la borrachera. Se sienta a un lado de la cama y lo observa con extraña admiración.

—Papá... —le susurra. El padre mueve la cabeza y abre unos ojos hinchados—. Hoy he apostado en el colegio.

El hombre sonríe con la boca torcida y un hilillo de saliva le cae por las comisuras.

—Habrás ganado, ¿no?

—He perdido... —admite cabizbajo.

El borracho se incorpora con dificultad hasta sentarse en la cama.

—Ven —le dice, y el niño se acerca.

Y entonces, sin previo aviso, le propina un bofetón tan violento que consigue tirarlo al suelo. De forma instintiva, el niño se lleva una mano a la oreja.

Un zumbido penetrante le perfora el oído. Un dolor que nace en el tímpano y termina en la parte superior del cerebro. Un pitido largo y agudo, persistente, insoportable.

El padre se desliza hasta quedar de nuevo tumbado y vuelve a cerrar los ojos. Ronca, como antes, pero el hijo ya no lo percibe.

Sin retirar la mano de la oreja golpeada tuerce el cuello por efecto del dolor. Y se da cuenta de que ya no puede oír.

1819

Francisco José de Goya y Lucientes

La Quinta del Sordo

Tenía setenta y tres años, estaba sordo, enfermo y decepcionado con el horizonte político del país cuando adquirió una casa próxima al río Manzanares. Para decorar los muros interiores pintó al óleo paisajes rurales, ambientes campestres que modificó brutalmente un año después hasta convertirlos en imágenes terribles de muerte y desolación. Un panorama tétrico poblado de seres desquiciados, de monstruos psicóticos, de locos grotescos, decrépitos y decadentes. El resultado fueron catorce obras en las que el genio plasmó su dolor y desesperanza. Nacieron así las llamadas *Pinturas negras*. Utilizó recargadas masas de materia para eliminar las amables pinceladas originales hasta convertirlas en el catálogo más sobrecogedor del arte español. La violencia, la soledad, el abandono o la tristeza lo llevaron a crear sombrías visiones de una alta complejidad, enigmas pictóricos jamás resueltos; una serie de pinturas adelantadas a su tiempo en las que el terror juega su baza más destacada. *Saturno, Duelo a garrotazos, El aquelarre, Dos viejos comiendo, Las Parcas…*, hasta completar las catorce obras maestras entre las que destaca, por su aparente simplicidad, la llamada *Perro semihundido*.

En el cuadro se distingue a un can atrapado entre empastes de tonos marrones, del que únicamente vemos la cabeza de perfil y un solo ojo con el que mira aterrorizado algo que quizá se encuentre más allá de los límites del marco. No hay amo del perro en la pintura, tampoco ningún depredador. Sin embargo, el miedo queda patente en su sobrecogedora mirada. ¿Qué teme el perro? ¿Qué fuerza cautiva su atención? ¿Está atrapado o simplemente se oculta de un poder espectral? Tierra, humo, ceniza, barro… ¿Qué asedia al animal? ¿Qué implora? ¿De qué sería capaz para liberarse de semejante trance?

Goya se llevó el enigma a la tumba. Tal vez fuera lo mejor para las nuevas generaciones ávidas de arte; de lo contrario, hubiera quedado resuelta una de las más grandes incógnitas de la pintura española, y los innumerables visitantes del Museo del Prado no podrían apostar qué fenómeno hostiga a ese perro atrapado en un mundo de infinita soledad.

1

Jueves, 20 de noviembre de 2008, Madrid

La persistente cortina de lluvia imprimía una pátina brumosa a la vasta edificación del Museo Nacional del Prado. A las ocho y media de la tarde las salas estaban por fin vacías de visitantes; sin embargo, no era precisamente el silencio lo que reinaba en el edificio. Personal de limpieza, vigilantes de seguridad, técnicos de mantenimiento y los últimos guías transitaban por los pasillos, satisfechos tras haber concluido otra jornada laboral. En el exterior, un grupo rezagado de turistas disparaba fotografías al amparo de los paraguas, resistiéndose a abandonar el extraordinario edificio.

En la sala donde se exhibía el conjunto de las escenas pertenecientes a la obra de Francisco de Goya, popularizada con el nombre de *Pinturas negras,* había más ajetreo del habitual. Media docena de operarios, acompañados de otros tantos profesionales del transporte de obras de arte, trabajaban bajo la supervisión del conservador de Patrimonio Nacional para adecuar el traslado de una de las pinturas hasta Castellón de la Plana, donde sería expuesta en el Real Casino Antiguo de la ciudad. La inusual iniciativa estaba patrocinada por Carlos Sorli, un acaudalado empresario castellonense con una dilatada trayectoria como coleccionista de arte.

Un guía especializado en las *Pinturas negras* frunció el ceño; los compañeros estaban convencidos de que en su fuero interno estaba en total desacuerdo con que el museo sucumbiera a los caprichos de un ricachón.

Examinó el cuadro con verdadera admiración, como si fuera la última vez que lo pudiera contemplar. Se trataba de una de las pinturas que habían formado parte de la decoración de la Quinta del Sordo. De no haber sido por la intervención de un pudiente barón francés que decidió rescatarlas antes de que la casa fuese derruida, se hubieran perdido para siempre. Las pinturas significaron un cambio importante respecto a los anteriores trabajos de Goya; reflejaban su estado de ánimo en aquella época. Cada una de las pinturas se identificaba con valores o sentimientos negativos.

—Todo listo —escuchó que alguien decía a su espalda—. Cuando quiera llevamos la caja al camión.

—Adelante —confirmó el conservador, tres pasos más allá.

Las palabras lo sacaron de sus cavilaciones. Contempló la sólida caja metálica en cuyo interior se encontraba la pintura en la que Goya había empleado pigmentos ocres y un acusado tono enigmático y pesimista. Como el que revoleteaba en su interior. Como la pugna entre un mal presagio y una buenaventura.

—CLARO, A LOS cincuenta y tantos ya nada debe de ser lo mismo, ¿verdad?

La voz de la joven sonó como el látigo del verdugo en el cadalso.

Estaban en un bar de la calle Alcalá, junto a la Casa Árabe y el Parque del Retiro. El local pretendía ser moderno y, a juzgar por la clientela, el mobiliario y los precios, lo habían conseguido. Monfort había hecho un comentario trivial sobre que a su edad convenía dosificar las emociones. Sonaba un disco de Diana Krall que hubiera preferido escuchar sin interrupciones. Le gustaba disfrutar de la música, y si le hablaban no lograba concentrarse ni en una cosa ni en la otra. Y por esa razón había perdido el compás del piano y el ritmo de la conversación.

Era joven y muy atractiva, llevaba el pelo recogido y con ello acentuaba un perfil delicado y sensual. Tenía los ojos grandes y oscuros, y una mirada líquida que intimidaba a cualquiera. Su tono de voz era monocorde, gesticulaba ostentosamente al hablar y trataba de elevar el volumen por encima de la cantante canadiense. Ya le había advertido a Elvira Figueroa que no era buena idea elegirlo precisamente a él para que la acompañara, pero la jueza había hecho caso omiso.

La sobrina de Elvira vivía en Madrid. Acababa de romper con un novio que le había sido infiel con su mejor amiga. Relató con toda suerte de detalles innecesarios la forma en que los sorprendió en la cama que ambos habían compartido horas antes. A continuación, narró lo que ella misma tildó de «verdadero infierno», pero que en realidad se trató de una retahíla de insultos y una profusión de reproches para acabar en una impetuosa reconciliación a base de sexo sobre la isla de la cocina y un fin de semana en un hotel de lujo en Londres. Aunque, según sus propias palabras, al volver del viaje se la volvió a pegar.

Dio un golpe sobre la mesa tras soltar lo que pensaba de aquel que le había jurado amor eterno y medio local se volvió a mirar. Olía a perfume sofisticado, vestía marcas de renombre y lucía un moreno envidiable, pese a estar a finales del mes de noviembre en un Madrid que no superaba los cuatro grados.

Monfort levantó las manos apelando a la calma. Apuró de un trago el whisky que quedaba en el vaso. Una lástima desperdiciar de tal forma un excelente Macallan Double Cask de doce años.

—¿Te apetece cenar con nosotros? —le preguntó, arrepintiéndose inmediatamente en cuanto ella afirmó con la cabeza. El problema no era la chica. Hubiera sido una excelente compañía para cualquiera que no fuera él.

Había quedado con Elvira en aquel lugar cercano al hotel en el que se alojaban, pero se retrasaba de forma alarmante. Madrid era, a aquellas horas, una ciudad tomada por los amantes de la gastronomía, y conseguir mesa para cenar se antojaba poco menos que una odisea. Confiaba en que lo hubiera hecho ella.

Se excusó con el pretexto de salir a fumar, y cuando estuvo en la calle la llamó.

—¿Dónde estás? —le preguntó.

—En un puñetero taxi —profirió Elvira—. Aunque parece que todo el mundo ha decidido coger uno a la misma hora que yo. ¿Qué tal con Adelaida? —Monfort reprimió el exabrupto y observó a la joven dentro del local, que en ese momento regresaba de la barra tras pedir otro whisky para él y lo que iba a ser su tercer mojito.

—Ah, bien, bien… —Aquella respuesta que igual podía dar a entender que estaba encantado, o todo lo contrario.

—Te habrá puesto la cabeza como un bombo de Calanda con su novio mujeriego y ricachón.

—No, qué va… —Mintió, y escuchó la risotada al otro lado del teléfono; el taxista se habría salido del carril al oírla, pensó.

Mientras sostenía el teléfono pegado a la oreja y del interior del local le llegaba la voz de Diana Krall, observó a la sobrina de Elvira entrechocar el cristal de su vaso con el de un joven que se le había acercado. A continuación, Adelaida succionó de la pajita del mojito hasta que los carrillos se estrecharon dejando a la vista unos provocativos labios fruncidos. El joven mutó el semblante; debía de estar imaginando qué más podría succionar con semejante énfasis.

—¿Dónde has reservado para cenar? —preguntó Elvira.

Joder, confiaba en que ella se encargaría de eso. Al fin y al cabo, él se había brindado a acompañarla por la convención de magistrados a la que debía acudir, y además había accedido a quedarse con su sobrina mientras solucionaba unos asuntos en el ministerio. Esperaba que lo tuviera todo debidamente programado, tal como acostumbraba. Y eso incluía la cena.